L'enfant de Sainte-Rose

*

Huit semaines pour t'aimer

*

Une famille pour Isla

JOANNA NEIL

L'enfant de Sainte-Rose

Traduction française de
ANOUK

BLANCHE

HARLEQUIN

Collection : Blanche

Titre original :
HER HOLIDAY MIRACLE

Ce roman a déjà été publié en 2016

HARPERCOLLINS FRANCE
83-85, boulevard Vincent-Auriol, 75646 PARIS CEDEX 13
Service Lectrices — Tél. : 01 45 82 47 47 - www.harlequin.fr
ISBN 978-2-2804-6010-1 — ISSN 0223-5056

Composé et édité par HarperCollins France. Achevé d'imprimer en avril 2021.
par CPI Black Print - Barcelone - Espagne
Dépôt légal : mai 2021.

FSC www.fsc.org MIXTE Papier issu de sources responsables FSC® C159065

Pour limiter l'empreinte environnementale de ses livres, HarperCollins France s'engage à n'utiliser que du papier fabriqué à partir de bois provenant de forêts gérées durablement et de manière responsable.

1.

Enfin !

Rebecca, les yeux fixés sur le catamaran de dix-huit mètres qui se positionnait doucement devant elle le long du quai, poussa un soupir de soulagement. Un air de calypso, porté par la brise tiède, s'éleva du bateau. Aussitôt elle se sentit plus joyeuse, comme dynamisée, après cette attente interminable sous le soleil. Malgré son chemisier léger sans manches et sa jupe en coton, elle souffrait de la chaleur…

Surtout, elle s'impatientait d'arriver à destination : l'île Sainte Marie-Rose, au cœur des Antilles. Cette halte forcée s'était vraiment éternisée.

Devant elle, à quelques mètres, un homme faisait impatiemment les cent pas. Elle l'avait déjà remarqué pendant la manœuvre du bateau. En vérité, il eût été difficile de ne pas le voir ! Grand, les épaules larges sous son T-shirt blanc, il avait les cheveux d'un noir profond et un visage aux traits superbement ciselés. Il dut sentir le regard de Rebecca car il se tourna bientôt vers elle. Gênée, elle se détourna aussitôt. Avec son teint pâle, ses lunettes de soleil et sa chevelure cuivrée et ondulée qu'elle essayait vainement de discipliner, elle devait ressembler à la touriste parfaite !

Lui en revanche paraissait à l'aise, parfaitement habitué à l'environnement. Chez lui.

Curieusement, c'était presque ce qu'elle-même éprouvait ! Quel paradoxe… Les conséquences de douze heures de vol suivies du trajet en taxi jusqu'à ce port, puis de l'attente sur place ? Peut-être. Ils auraient dû atterrir à Sainte-Marie, et non sur l'île de la Martinique, aussi magnifique et réputée fût-elle.

Résultat — et ce n'était pas seulement dû au décalage horaire —, l'Angleterre lui semblait déjà à des années-lumière…

Et tant mieux.

L'après-midi touchait à son terme, et les premières teintes du soleil couchant coloraient l'horizon : un mélange d'orangé et de pourpre. Arriverait-elle chez Emma avant la tombée de la nuit ? Elle commençait à en douter.

Rebecca ressentit une nouvelle bouffée de joie. Quel bonheur ce serait de retrouver sa sœur ! Emma lui avait tant manqué… Plus que jamais, elle avait besoin de son aînée ; de sa sagesse et de son écoute. Même si elles n'avaient pas un grand écart d'âge, Emma se montrait souvent de bons conseils.

Oui, ces vacances tant attendues seraient bénéfiques à tous points de vue. Rebecca regarda autour d'elle, admirant les palmiers, la mer turquoise, le sable doré des plages… C'était paradisiaque. Exactement ce qu'il lui fallait pour oublier. Si seulement elle avait pu effacer ce qui s'était passé de sa mémoire, gommer définitivement sa déception et sa tristesse…

Les gens s'agitèrent soudain, impatients d'embarquer, et Rebecca revint à l'instant présent.

— Ce n'est pas trop tôt ! dit en grommelant un jeune homme derrière elle.

Elle se retourna. Comme elle, il avait entre vingt et trente ans — elle en avait vingt-six —, mais il semblait tendu malgré son sourire. Grand, blond, les yeux bleus et le teint bronzé, il était en compagnie de trois autres jeunes gens qui, eux, bavardaient gaiement.

— Salut ! fit-il en croisant son regard.

Et tandis qu'ils se dirigeaient vers le catamaran il ajouta :

— Il était temps que ce bateau arrive. J'en avais assez, pas vous ?

— Si… C'était long.

— Très. Mais tout va bien maintenant, on va pouvoir s'asseoir et souffler. Je m'appelle William Tempest. Ici, on fait facilement connaissance. Coutume du pays ! Le tutoiement aussi. Entre jeunes, surtout… J'espère que ça ne te gêne pas !

Elle se mit à rire.

— Non, non, au contraire. Moi, c'est Rebecca... Rebecca Flynn.

— Ravi de te rencontrer, Rebecca.

Il lui sourit et, immédiatement, elle le trouva craquant.

— Si tu veux, je t'offre un verre ! Sans arrière-pensée, hein ? En tout bien tout honneur, je veux dire.

Comme elle l'observait, déconcertée, il précisa, le regard malicieux :

— Mon petit doigt me dit qu'un bon jus de fruits frais te ferait le plus grand bien. A bord, ils proposent un excellent cocktail à base d'orange et de mangue. Si ça te tente...

Elle rit de nouveau, surprise et conquise par tant de naturel.

— Merci, c'est gentil. J'avoue que je meurs de soif.

— Normal... Cette chaleur est accablante quand on n'a pas l'habitude. Tu es en vacances ? demanda William.

— Plus ou moins. En fait, je m'offre une longue pause.

— Un congé sabbatique ?

— Une pause, dit-elle de nouveau. J'ai besoin de décompresser.

Elle n'allait quand même pas lui confier de but en blanc qu'elle avait démissionné.

— J'en déduis que tu as traversé, ou que tu traverses, une phase compliquée...

Elle jeta un coup d'œil à William, décontenancée — mais aussi charmée — par la facilité avec laquelle elle s'entretenait avec lui. Même s'il n'était pas son genre, il était plutôt mignon.

— Une phase compliquée, oui... Ça se voit tant que ça ?

— Non, c'est plutôt une question de feeling...

Il lâcha un drôle de rire.

— Peut-être parce que c'est la même chose pour moi, dit-il sur le ton de la confidence. Ma petite amie et moi avons rompu, et le temps passe mais je n'arrive pas tout à fait à m'en remettre.

— Oh ! je connais ce sentiment, répondit-elle comme pour elle-même.

Mais William l'entendit, évidemment.

— Alors changeons de sujet ! J'espère que tu aimeras les îles.

La vie y est belle ! Enfin, elle peut y être belle… Tout dépend de ce qu'on en fait.

Continuant à bavarder de tout et de rien, ils grimpèrent à bord du bateau.

C'était étrange comme cet inconnu lui inspirait confiance ! Elle ne se sentait pas attirée par lui, elle était juste à l'aise. Elle, habituellement si réservée, discutait avec William comme s'ils étaient de vieux amis ! Peut-être l'atmosphère envoûtante des Caraïbes faisait-elle déjà effet… Emma l'avait prévenue : ici, rien ne se déroulait comme en Angleterre !

— Tu veux t'asseoir à l'ombre ou tu préfères rester regarder la mer sur le pont ? demanda William d'un ton léger.

— Les deux, je crois.

Elle sourit.

— Après avoir été enfermée pendant des heures dans un avion, j'ai besoin de bouger et de respirer !

— Je te comprends. Alors, Rebecca, et sauf si je t'ennuie, auquel cas dis-le moi franchement, on va pouvoir faire plus amplement connaissance, dit-il. Il y a encore une heure pour Sainte Marie-Rose.

— Tu ne m'ennuies pas, répondit-elle, sincère.

— Ah, tant mieux !

Ils gagnèrent le bar abrité sous un auvent bleu qui produisait une ombre reposante. La carte proposait des cocktails alcoolisés ou, comme William l'avait annoncé, une boisson rafraîchissante à base de mangue et d'orange fraîchement pressée.

— Qu'est-ce qui te tente ? demanda-t-il.

— Un grand verre de jus de fruits.

— Moi aussi. Si je bois de l'alcool maintenant, je vais être assommé pour le reste de la journée.

— A éviter, dans ce cas.

— Clairement. Je reviens.

Il se montrait si naturel qu'elle ne se posa aucune question sur cet échange inattendu.

Pendant qu'il passait commande, elle s'assit sur un banc et jeta un coup d'œil autour d'elle. Il y avait du monde, essentiellement des touristes. Le bel homme brun qu'elle avait remarqué se tenait à l'écart, appuyé au bastingage. Il semblait songeur.

— Et voilà !

William la rejoignit, lui tendant une coupe remplie d'un cocktail aux couleurs acidulées, agrémenté d'une paille.

— Merci beaucoup.

— De rien. Faire plaisir me fait plaisir, répondit-il en s'asseyant près d'elle. Alors… à tes vacances ?

Ils trinquèrent et se désaltérèrent en silence pendant quelques instants. Le bateau s'éloignait enfin du port, et une agréable odeur d'embruns flottait dans l'air. Rebecca inspira profondément, soudain heureuse d'être là, loin de tout.

Oui, elle allait parvenir à oublier… Ici, elle réussirait à tirer un trait !

— Qu'est-ce qui est si compliqué pour toi ? demanda William au même moment, comme s'il avait deviné ses pensées.

Devait-elle se confier davantage ? Et puis, au fond, pourquoi pas ? Ne lui avait-il pas avoué s'être séparé de sa petite amie ?

— En Angleterre, j'ai eu des problèmes de santé, et celui que j'aimais a décidé de me quitter. Parce qu'il n'a pas supporté ce qui m'arrivait.

Prononcer ces mots lui fit un effet curieux. Cela paraissait si loin, et pourtant si proche. Mais en parler ainsi à un inconnu l'aiderait à dédramatiser encore…

A commencer à dédramatiser. Elle n'en était pas encore à ce stade. Sa blessure restait trop vive.

William esquissa une grimace.

— C'est moche. Ça a dû être dur.

— Très.

Plusieurs mois s'étaient écoulés, mais dès qu'elle pensait à Drew, elle éprouvait un violent pincement au cœur et la même envie de fondre en larmes.

Dire qu'elle avait seulement été hospitalisée à cause d'une crise d'appendicite aiguë… Mais tout s'était enchaîné. Elle avait frôlé la péritonite, failli mourir, et on l'avait placée en soins intensifs pendant plusieurs semaines.

Hélas, les complications ne s'étaient pas arrêtées là. On lui avait annoncé des séquelles : l'infection avait irrémédiablement endommagé les tissus matriciels, avec la prolifération d'adhérences au niveau des ovaires et des trompes utérines, ce qui affecterait la perméabilité tubaire. Le diagnostic d'infertilité avait été posé. Puis le chirurgien avait lâché l'adjectif « stérile ». Un mot terrible. A moins d'un miracle, elle ne pourrait jamais avoir d'enfants.

En apprenant la nouvelle, Drew avait tiqué, réfléchi, puis il s'était éloigné quelque temps pour prendre du recul…

Et finalement, il lui avait annoncé qu'il valait mieux qu'ils se séparent. Il voulait fonder une famille. Dans la mesure où tout se compliquait pour elle de ce côté-là, il ne savait pas s'il était raisonnable de poursuivre.

Raisonnable ?

Sur le moment, elle avait cru avoir mal entendu. C'était bien l'homme en qui elle avait eu confiance, qu'elle aimait, qu'elle comptait épouser, qui lui parlait ainsi ? C'était bien la même personne ?

Mais oui, Drew avait bel et bien prononcé ces paroles-là.

La brutalité de cette rupture la hanterait jusqu'à la fin de ses jours. Non seulement elle n'aurait jamais d'enfants, mais, pour couronner le tout, celui qui partageait sa vie s'était révélé le pire des lâches.

Etouffant un soupir, elle jeta un coup d'œil involontaire au séduisant homme brun toujours appuyé un peu plus loin au bastingage. Pourquoi le regardait-elle de nouveau ? Peut-être parce qu'il lui rappelait Drew… Même si son ex-fiancé n'était pas aussi beau — pas aussi objectivement beau ! —, il y avait un petit air de ressemblance…

— C'est mon cousin, dit alors William, la tirant de ses réflexions.

— Pardon ?

Elle reporta son attention sur son compagnon de traversée.

— C'est mon cousin. Il s'est rendu en Martinique pour affaires. Il a parfois besoin de solitude.

— Je vois, dit Rebecca, plus intriguée qu'elle ne l'aurait souhaité.

— De toute façon, je préfère qu'il soit là-bas ; du coup, je peux profiter de toi ! Tu veux danser ? demanda gaiement William tandis qu'un nouvel air de calypso s'élevait.

— Pourquoi pas ?

Amusée, elle le suivit sur la petite piste où d'autres passagers se rassemblaient également. Les amis de William les rejoignirent et, tous ensemble, ils se laissèrent porter par le rythme des percussions. Elle sentait ses cheveux bouger librement dans son dos, sa jupe virevolter et son cœur se remplir d'enthousiasme. Elle n'avait pas éprouvé une telle légèreté depuis une éternité !

— Tu as réservé dans quel hôtel ? demanda William quand, une dizaine de minutes plus tard, ils retournèrent s'asseoir.

Le cœur battant d'excitation, elle contemplait la mer bleue, si bleue qu'elle semblait recouverte d'un filtre turquoise.

— Aucun. Je vais chez ma sœur, elle loue une petite maison sur la baie de Tamarind. L'endroit est calme, près d'une marina, et, d'après ce qu'elle m'en dit, il y a des arbres superbes. J'ai hâte de le découvrir.

— J'imagine. Bientôt tu seras pile à l'opposé de là où je vis. Je suis au nord de l'île. En même temps…

Il ébaucha un sourire.

— Ce n'est pas bien loin, deux heures de voiture tout au plus. Parce que, Rebecca, j'aimerais beaucoup te revoir. En toute amitié, fit-il à la hâte, comme elle le dévisageait avec surprise. Je pourrais te faire découvrir les lieux, et on se remonterait mutuellement le moral !

Une lueur amusée traversa ses yeux, mais il ne plaisantait pas.

— Après tout, nous sommes deux âmes blessées, dit-il avec une pointe d'humour.

— En quelque sorte, oui.

Mais elle n'eut pas envie de renchérir, encore moins de s'engager. Si elle venait ici, c'était avant tout pour passer du temps avec Emma ! Malgré tout, pour ne pas vexer William, et parce qu'il s'était montré vraiment adorable, elle lui donna son numéro de téléphone quand, tout naturellement, il le lui demanda.

Quelques instants plus tard, le catamaran s'engagea dans le port de Sainte Marie-Rose et ils furent bientôt à quai. Les passagers se préparèrent pour débarquer. Loin devant tout le monde, le cousin de William fut parmi les premiers à quitter le bateau.

Rebecca rassembla ses deux sacs de voyage — sa principale valise avait été égarée, vraisemblablement transférée à bord d'un autre avion, et il lui avait fallu rédiger une réclamation —, mais William l'aida avec empressement.

— Merci, dit-elle. Tu es très gentil.

— Arrête de me faire des compliments, je vais rougir !

Une fois à terre, elle regarda longuement autour d'elle, absorbant chaque détail. La mer turquoise, le sable blond, les palmiers qui bruissaient sous la brise tiède... Quel paysage de rêve ! Elle peinait encore à croire qu'elle était aux Antilles. Depuis le temps qu'elle espérait venir ! Il avait fallu les tristes circonstances de sa séparation d'avec Drew pour qu'elle franchisse le pas et laisse tomber son travail.

— Comment comptes-tu te rendre chez ta sœur ? demanda William, interrompant les pensées de Rebecca. La baie de Tamarind est à environ une heure de voiture, au sud.

Il adressa un signe à ses amis qui, un peu plus loin, l'attendaient.

— Je peux te trouver un taxi, dit-il. Mieux, il suffit que je demande à mon cousin de...

— Je te remercie, ça ira, répondit-elle précipitamment. Je me débrouillerai. Je te suis très reconnaissante... Vraiment, insista-t-elle, comme il l'observait d'un air hésitant.

— Tu es sûre ?

— Certaine.

— Bon... Alors je t'appellerai, si ça ne t'ennuie pas ?

— Pas du tout. On se reverra peut-être.

— Je l'espère bien ! A bientôt, dit-il, s'éloignant à contrecœur.

— A bientôt, William.

Une fois seule, elle essaya de repérer un taxi disponible, en vain. Tous étaient déjà occupés par les passagers qui avaient débarqué en même temps qu'elle. Le temps qu'elle discute avec William, la dizaine de véhicules avait été prise d'assaut.

Elle notait le numéro de téléphone d'une compagnie quand un jeune homme vint vers elle et lui plaqua un prospectus dans la main. Elle examina distraitement les offres d'excursion vers les îles environnantes.

— Merci, mais j'ai d'autres priorités pour l'instant.

— Vous avez besoin d'aide, miss ? Je peux porter vos affaires et vous emmener où vous voulez.

— Non… Non merci.

On l'avait avertie qu'elle ne devait pas faire confiance à n'importe qui, et, même si l'homme paraissait gentil, il ne devait pas être un chauffeur de taxi habilité.

— Si, si, je vous aide, répondit-il, insistant. Vous me payez et, moi, je vous conduis où vous voulez.

Et, sans attendre son accord, il attrapa le sac qu'elle avait laissé par terre. Elle portait l'autre en bandoulière.

— Non merci, répéta-t-elle, mal à l'aise. Rendez-moi mon sac, s'il vous plaît.

— Vous n'êtes pas d'ici, vous ne pouvez aller nulle part sans être accompagnée, répliqua l'homme. Je serai votre chauffeur. Venez !

Elle sentit sa gorge s'assécher. Comment allait-elle se tirer de ce mauvais pas ? Il n'y avait même pas de personnel de sécurité dans les parages ! Touriste, sans personne pour la défendre, elle devenait une proie idéale…

— Je refuse, répondit-elle aussi fermement que possible. Redonnez-moi ma…

Mais à ce moment-là surgit l'homme aux cheveux noirs, le cousin de William. Sourcils froncés, il les rejoignit d'un pas vif et arracha le sac de Rebecca des mains du jeune homme, qu'il repoussa. Son geste, sans être violent, n'en fut pas moins dissuasif.

— Sauf erreur, cette demoiselle vous a dit qu'elle n'avait pas besoin de votre aide. Vous devez respecter son souhait, vous ne croyez pas ?

Ses yeux, d'un gris acier, parurent transpercer son interlocuteur qui, après une brève hésitation, leva les bras en signe d'obéissance.

— OK, OK !

Il semblait complètement pris au dépourvu.

— Compris… je m'en vais !

Et il s'éloigna presque en courant.

— Waouh ! dit Rebecca, stupéfaite, en dévisageant le bel inconnu. Vous m'avez sauvée des griffes d'un escroc potentiel !

— Peut-être pas d'un escroc…

Il hocha la tête.

— Une chose est sûre, mieux vaut ne pas prendre de risque, c'est une question de prudence. Surtout pour une jeune femme qui n'est pas d'ici.

Il esquissa un léger sourire. De près, il était encore plus séduisant. Son regard, sa stature, son expression, tout en lui impressionnait. En dépit de l'échange plutôt vif auquel il venait de prendre part, il paraissait calme alors qu'elle était à cran.

Elle prit une profonde inspiration et s'éventa avec le prospectus qu'elle avait gardé à la main.

— Je vous remercie du fond du cœur, dit-elle.

— Je vous en prie. Je suis Cade, le cousin de William. Il a dû vous le dire.

Il lui tendit la main et, le cœur battant, elle y glissa brièvement la sienne. Il l'enserra d'une manière rassurante.

— Je m'appelle Rebecca. Et, effectivement, William me l'a dit.

Cade sourit.

— J'ai entendu sans le vouloir des bribes de votre conversation, sur la navette. La baie de Tamarind n'est pas très loin de l'endroit où je me rends. Je peux vous y conduire, si vous voulez.

— Euh… Merci, mais je peux très bien appeler un taxi. Je n'ai pas envie de vous déranger davantage.

Même s'il venait de l'aider, elle ne le connaissait pas ! Pourquoi aurait-elle eu confiance en lui ?

— Vous risquez d'attendre longtemps, répondit-il. Pour être franc, une femme seule — belle et jeune, qui plus est —, attire un peu trop l'attention, comme vous avez déjà pu le constater.

Il chercha quelque chose dans la poche de son jean, et en sortit une carte, qu'il lui montra.

— Peut-être ceci vous tranquillisera-t-il ?

Le bristol indiquait :

Dr Cade Byfield,
urgentiste,
hôpital Mountview,
Sainte Marie-Rose.

Elle eut du mal à dissimuler son trouble. De toutes les catégories socioprofessionnelles, il fallait qu'elle tombe sur un médecin. Comme par hasard… Un pied de nez du destin ?

— Les gens me connaissent, dit-il. J'effectue des allers-retours réguliers entre Sainte Marie et la Martinique. Si vous voulez vérifier, demandez aux autorités portuaires, leur bureau est au bout du ponton.

— Inutile.

Et elle lui sourit. Elle le croyait, et pas seulement parce qu'elle savait maintenant quel métier il exerçait. Quelque chose en lui inspirait la confiance.

— Vous exercez ici ?

— Oui, depuis déjà quelques années. Je suis originaire de Floride mais mes parents se sont installés sur l'île il y a longtemps. Et vous ?

— Je suis Anglaise, d'une petite ville du Hertfordshire.

— Ah, j'avais bien cru reconnaître un élégant accent britannique dans votre manière de parler ! Je ne me suis pas trompé.

— Elégant ?

— Je trouve, oui.

Ebauchant un sourire, il lui désigna un parking de l'autre côté de l'embarcadère.

— Je suis garé là-bas. On y va ? Je vous promets que je ne vous ferai aucun mal ! dit-il sur le ton de la plaisanterie.

Mais son message était on ne pouvait plus sérieux, elle le savait.

— Je l'espère ! répondit-elle du tac au tac. En tout cas, merci encore d'être intervenu aussi efficacement. Vous auriez été très utile dans l'avion qui m'a amenée ici…

— Pourquoi ?

Lorsqu'il lui prit son sac de voyage, elle ne s'y opposa pas.

— On a dû atterrir en urgence, un des passagers a eu un malaise cardiaque. J'ai pu agir… dans la mesure du possible.

— C'est-à-dire ?

— J'ai pris son pouls, et j'ai immédiatement compris. Imaginez la panique pendant quelques instants. J'ai tenté des compressions pendant qu'une hôtesse allait chercher le défibrillateur. On a réussi à relancer son cœur… Un miracle. Ses organes vitaux n'ont pas été atteints même si, ensuite, il montrait de forts signes d'arythmie.

— Arythmie ? Vous parlez comme…

— Je suis aussi médecin, dit-elle. La cardiologie n'est pas mon domaine, mais j'ai de bons réflexes ! Il y avait de l'adrénaline dans le kit de survie à bord. J'ai pu injecter une dose en intraveineuse, et tout s'est plutôt bien déroulé.

— Bien joué. Je peux connaître votre spécialité ?

— La pédiatrie.

— Beau domaine. Vous travaillez à l'hôpital ou en cabinet ? Voici ma voiture, dit-il en désignant un véhicule tout-terrain rouge.

— A l'hôpital, dans un service de néonatalité. Mais j'ai besoin de prendre du recul en ce moment. Je suis venue ici faire une pause.

Comment aurait-elle pu entendre des bébés pleurer, rire, couiner, gémir, roucouler… tout en sachant qu'elle-même ne serait jamais enceinte ? Chaque jour, cela aurait été de nouveaux coups de couteau dans sa plaie. L'épreuve serait vite devenue insupportable.

— Une pause ? Parfois, c'est nécessaire, admit-il avec bienveillance, en lui ouvrant la portière côté passager. Installez-vous. J'espère que la fin de votre voyage sera plus agréable que ce que vous venez d'endurer, et que votre séjour vous permettra de récupérer.

C'était étrange, sa remarque aurait pu s'appliquer à tout ce qu'elle avait vécu depuis quelque temps.

Il mit les sacs dans le coffre, se glissa au volant et démarra.

— Merci… En plus, je n'ai pas ma valise principale, dit-elle. Comme on a atterri en urgence, il y a eu des problèmes à l'aéroport, et les bagages sont repartis je ne sais où. J'ai dû remplir un formulaire de réclamation, comme tous les passagers, d'ailleurs.

— Décidément, ce voyage vous a joué des tours. Eh bien, vous allez vous reposer, à présent. Vous êtes en vacances !

Il s'engagea sur la route et emprunta une double voie qui longeait la zone portuaire avant de filer vers la côte. La nuit commençait à tomber, et le ciel, bleu indigo, se reflétait sur la mer. Quelques étoiles scintillaient dans le lointain.

— Les vacances… Oui, c'est mon intention, dit-elle. Tout devrait s'y prêter, ici. Cet endroit est d'une beauté irréelle.

— Mais il est bien réel, répondit-il avec un petit rire. Combien de temps restez-vous ? Si ce n'est pas trop indiscret de vous poser une telle question, bien sûr…

— Non, pas de problème. J'ai prévu un séjour de trois mois environ. Le temps de réfléchir, de remettre certaines choses en perspective, et peut-être de me réorienter.

— Carrément ?

— Oui. A moins que je trouve du travail dans la région… On verra. Quoi qu'il en soit, comme vous le dites, pour l'instant je vais me détendre ! Je serai hébergée chez ma sœur que j'espère voir le plus possible : elle est infirmière dans un dispensaire, et souvent débordée. D'ailleurs, je ne sais pas si elle sera là quand j'arriverai… Elle m'a envoyé un SMS pour me prévenir qu'elle avait été appelée pour une mission de dernière minute.

— Les aléas du métier. On connaît tous ces situations, n'est-ce pas ?

— Oui. C'est courant.

— Pardonnez ma franchise, dit-il, mais vous avez de la chance de pouvoir lever le pied si rapidement dans votre carrière. De nombreux professionnels vous envieraient.

Elle eut un drôle de pincement au cœur. Etait-ce une critique masquée ? Après l'avoir vue sur la navette, en train de bavarder de façon insouciante avec son cousin, peut-être pensait-il qu'elle cherchait juste à passer du bon temps.

— Eh bien, si c'était le cas, franchement, ils auraient tort, répondit-elle sans détour. Je ne me suis jamais considérée comme chanceuse. Mes parents sont décédés quand j'avais douze ans. Ils nous ont laissé de quoi vivre, à ma sœur et moi, mais ils nous ont tellement manqué… Nous avons été élevées par nos oncle et tante, qui ont été formidables et généreux même après la naissance de leurs deux petites filles. Ils auraient pu nous confier à un orphelinat et ils ne l'ont pas fait.

Elle gardait les yeux sur la route, mais devina que Cade la regardait. Ce fut un coup d'œil aussi bref qu'intense, empli de curiosité.

— Désolé, j'ai été indiscret.

— Ce n'est pas grave. Et j'ai accepté de vous répondre, alors ne vous inquiétez pas.

Elle lui sourit et sentit monter en elle une sensation étrange. Comme s'ils se connaissaient depuis toujours, et qu'elle pouvait tout lui révéler… Tout. Plus tôt, à bord du bateau, elle avait également ressenti une grande confiance envers son cousin, mais — et elle n'aurait su dire pourquoi —, c'était différent.

— Tant mieux, alors. Vous me rassurez. Quatre enfants, dans une maison, ce devait être agité !

— Agité ? Oh ! oui !

Elle se mit à rire.

— On a aussi partagé beaucoup de bons moments.

— Une expérience que je n'ai pas eue… Cette vie avec une famille nombreuse, vous voyez. Je suis fils unique, dit-il sur le ton de la confidence. D'où le lien particulier que j'ai avec William. On est très proches, tous les deux, un peu comme des frères.

— Pourtant, vous n'êtes pas venu nous rejoindre, pendant la traversée.

— Touché ! J'avais besoin de réfléchir.

— Il me disait que vous étiez en Martinique pour affaires.

— Exact. Je possède une plantation de cacaotiers à quelques

kilomètres de la baie de Tamarind et je vais régulièrement en Martinique voir mes clients, gérer les exportations, régler différents problèmes… William travaille avec moi, mais aujourd'hui il était en congé. Il devait se sentir libre et léger comme l'air… Au point de tester son pouvoir de séduction sur vous !

Surprise par cette réflexion, elle observa Cade en silence. Il conduisait, un vague sourire aux lèvres, l'air sûr de lui. Pourtant, sa remarque trahissait un je-ne-sais-quoi qui n'allait pas avec sa personnalité de médecin et de businessman efficace.

— On a simplement bavardé, vous savez.

— Je m'en doute. Et dansé, aussi. Soyez prudente, William est fragile.

— Prudente ? Et pourquoi ? Je n'ai aucune intention de l'importuner ! dit-elle, prise au dépourvu. Je suis au courant de l'épreuve qu'il vient de traverser. Il m'a raconté.

— Vraiment ?

— Oui. Enfin, je sais uniquement de ce qu'il m'en a dit, et je n'ai pas posé de questions… On ne se connaît pas ! Mais je l'ai trouvé très sympathique, et ouvert.

— Il l'est. Un peu naïf aussi, peut-être.

— Il est jeune…

— Comme vous ?

— On doit avoir à peu près le même âge.

— Et vous êtes naïve, vous aussi ?

— Plus maintenant.

La réponse avait fusé sans hésitation.

Elle n'ajouta pas que, elle aussi, elle avait confié à William certaines informations d'importance la concernant. Cela ne concernait pas Cade qui, à sa manière, se montrait lui aussi curieux et direct.

Déconcertée par la tournure que prenait leur conversation, elle reporta son attention sur la route. Le ruban d'asphalte traversait des collines couvertes de forêts verdoyantes sous un ciel d'un bleu de plus en plus indigo, constellé d'étoiles scintillantes. Malgré la pénombre, elle aperçut un perroquet prenant son envol, des fougères géantes, des fleurs sauvages mauves, des anthuriums superbes. Tout était si magnifique… Si nouveau.

— Puisque vous allez souvent en Martinique pour vos affaires, ce ne serait pas plus facile d'y aller en avion ? demanda-t-elle, histoire d'aborder un sujet moins personnel.

— J'aime prendre le bateau. Le temps semble ralentir, mes idées s'éclaircissent peu à peu. Une manière d'oublier le tourbillon de l'hôpital, où je n'ai jamais une minute à moi.

A ce moment-là, au détour d'un virage, ils parvinrent au-dessus d'une baie à l'eau cristalline, bordée de palmiers, de rochers et de sable blond. Cade désigna le petit port tout au bout.

— On arrive chez vous.

Rebecca laissa échapper une exclamation admirative.

— C'est encore plus beau que ce qu'Emma m'avait dit !

— Oui, sur la côte comme à l'intérieur des terres, les paysages sont superbes. J'ai pas mal voyagé dans le monde, mais j'ai toujours aimé revenir par ici. Que ce soit pour vivre ou pour travailler, cette île est extrêmement agréable, vous verrez.

Il emprunta une route étroite et sinueuse qui descendait jusqu'à un hameau au bord de la plage. Surexcitée, Rebecca embrassa l'endroit du regard, reconnaissant immédiatement la maison d'Emma à sa façade en bois, ses fenêtres aux cadres blancs et sa galerie cernée d'une balustrade blanche. Le soleil couchant nimbait le paysage d'une lumière dorée. Oh ! elle serait heureuse, ici… Oui, heureuse et au calme. C'était le lieu idéal pour se ressourcer, n'est-ce pas ?

Cade se gara sous un arbre et coupa le moteur.

— Vous voilà à destination, saine et sauve, dit-il avec une pointe d'humour.

Elle ne put retenir un petit rire.

— Merci de m'avoir accompagnée.

— De rien.

Il l'observa quelques instants, et un sourire étrange flotta sur ses lèvres.

— J'ai été ravi de faire votre connaissance.

— Moi aussi.

Elle soutint son regard, confusément consciente des battements accélérés de son cœur. Elle aurait aimé le revoir, mais quand ? Et comment ? Et pourquoi ? Stop ! Elle était ici pour être avec Emma ! Elle s'obligea à chasser ces interrogations saugrenues de son esprit. A ce moment-là, son téléphone sonna. Elle prit son portable dans son sac.

— C'est peut-être ma sœur…

Mais un numéro inconnu s'affichait sur l'écran. Un peu déçue, elle répondit et, à sa grande surprise, entendit une voix masculine.

— Rebecca, c'est William. Je voulais juste m'assurer que tu étais bien arrivée. Ça m'a vraiment ennuyé de te laisser seule au débarcadère, tout à l'heure…

— Oh ! William ! Que tu es gentil.

Du coin de l'œil, elle nota que Cade fronçait légèrement les sourcils, comme s'il était irrité qu'elle reçoive cet appel.

— Tout va bien, merci, assura-t-elle.

— Tant mieux ! Parfait ! Ecoute, je viens dans ton coin demain soir. On pourrait peut-être aller boire un verre, tous les deux ? Si ça te dit, bien sûr.

Au moins il ne perdait pas de temps !

— Avec plaisir ! Mais ça dépendra de ce que ma sœur a prévu. Je ne l'ai pas encore vue.

— Elle pourrait nous accompagner ?

— Pourquoi pas ! Je le lui proposerai. Je t'enverrai un texto pour confirmer.

— Super ! Je réserverai au Selwyn's Bar pour 20 heures, si ta sœur et toi êtes partantes.

— D'accord. Merci encore.

En souriant, elle coupa la communication et regarda Cade.

— C'était votre cousin, dit-elle comme s'il y avait le moindre doute. Il s'inquiétait pour moi.

— Je vois. Il vous apprécie vraiment beaucoup ! Je vous recommande une fois de plus d'être prudente.

— Pourquoi ? demanda-t-elle, contrariée.

— Vous êtes très belle, et il a eu le cœur brisé.

Elle sentit ses joues s'empourprer.

— Je vous remercie du compliment, mais pas de l'allusion. Je trouve William très sympa , et ça s'arrête là.

Cade hocha la tête.

— Mais vous acceptez déjà de sortir avec lui.

— En toute amitié, et de façon très spontanée. Je ne connais personne, ici. Et si vous vous joigniez à nous ? proposa-t-elle. De cette manière, vous pourrez veiller sur William… au cas où je serais dangereuse, naturellement.

Une lueur moqueuse traversa le regard sombre de Cade.

— Et en plus, vous avez de l'esprit. Tout pour me plaire, décidément. Dommage que William vous ait remarquée le premier.

Elle resta quelques secondes sans voix.

— Que dois-je en déduire ?

— Qu'on se verra demain soir… si votre sœur est d'accord pour que deux parfaits inconnus vous invitent à boire un verre !

Sur ces mots, il descendit de la voiture et vint lui ouvrir la portière, puis il lui porta ses sacs de voyage jusqu'à l'entrée de la maison. Alors qu'elle le remerciait, Rebecca fut envahie d'une sensation curieuse, mélange de joie, d'enthousiasme et de retenue. Que lui arrivait-il ? N'avait-elle pas perdu la tête ? Emma allait se moquer d'elle…

Ou la mettre en garde. D'une année son aînée, celle-ci avait pris l'habitude de se montrer maternelle, attentive. Mais Rebecca avait le sentiment qu'ici tout changeait déjà pour elle.

Elle pénétra dans la maisonnette.

Oui, ici, ses blessures et ses craintes ne prendraient plus le dessus.

Du moins l'espérait-elle. Avec un homme comme Cade, il valait mieux qu'elle ait confiance en elle. Il semblait si sûr de lui ! Et il ne devait rien laisser au hasard. N'était-ce pas pour cette raison qu'il était resté sur le quai alors que William avait déjà quitté le port ?

2.

Le lendemain matin, ouvrant les yeux, Rebecca se demanda quelques secondes où elle était. Un éclat doré filtrait à travers les persiennes. Dehors, le soleil brillait. Un soleil radieux, chaud…

Nouveau.

Elle s'éveillait d'ordinaire dans la grisaille, le brouillard, le froid, mais là…

D'un coup, tout lui revint. Le long voyage en avion, l'atterrissage forcé en Martinique, la traversée en bateau, sa rencontre avec William, Cade, et enfin ses retrouvailles avec Emma, en fin de soirée. Elles avaient parlé pendant des heures et des heures, si heureuses d'être ensemble qu'elles ne pouvaient plus s'arrêter !

Mais Emma ne s'était pas vraiment réjouie du rendez-vous envisagé avec William et Cade. De toute façon, elle risquait fort de ne pas être disponible, à cause des problèmes sanitaires qui affectaient depuis quelque temps différents villages du plateau montagneux. Des habitants se plaignaient de fièvres, de maux de tête… Outre le dépistage et les soins préventifs, Emma et son équipe avaient effectué des prélèvements, qui avaient été envoyés à l'hôpital le plus proche. Il faudrait retourner voir ces patients restés chez eux, et parfois trop isolés. Emma craignait d'être très occupée pendant les jours à venir. Mais elle voulait que Rebecca se repose ! Elle était là pour ça !

Reposée, Rebecca l'était déjà. Elle se sentait même en pleine forme ! Elle se leva d'un bond et gagna le salon. La pièce était sobrement meublée, mais élégante : du parquet de pin clair, un canapé et deux fauteuils drapés de coton jaune pâle, une table basse. L'ensemble du mobilier était en rotin clair, ce qui produisait une agréable impression de fraîcheur et de simplicité.

Par les baies vitrées de la cuisine, équipée d'un bar américain, on apercevait la baie, son eau turquoise et la plage de sable fin. Les portes-fenêtres du salon s'ouvraient quant à elles sur un petit jardin privatif. Juste derrière commençait une étendue sauvage plantée de hauts arbres, des pins maritimes pour la plupart.

— C'est paradisiaque ! s'exclama-t-elle.

— En apparence, oui, dit Emma en souriant. Je ne me lasse pas de ce paysage. Thé ou café ? Suis-je bête, je sais ! D'abord du thé, puis du café… C'est toujours ça ?

Rebecca rit.

— De ce côté-là, rien n'a changé. J'aime les deux. Pourquoi dis-tu « en apparence » ?

— Parce que, ici, tout est magnifique pour les touristes. Quand on y vit et qu'on y travaille, c'est un peu différent. A ce sujet…

Emma esquissa une moue navrée.

— Comme je te le disais hier soir, je vais être obligée de retourner sur le plateau, dans les villages. Je me demande s'il n'y a pas une épidémie. Qui sait, un de ces quatre, ton nouvel ami médecin sera peut-être amené à intervenir…

— Ce n'est pas mon nouvel ami, rectifia aussitôt Rebecca. Il m'a tirée d'une mauvaise situation, et m'a gentiment ramenée ici. Par politesse, je lui ai proposé de se joindre à nous ce soir, puisque son cousin William nous avait invitées. Mais si ça ne te tente pas, j'annule.

— Hors de question.

Une lueur malicieuse traversa le regard d'Emma.

— Finalement, ce soir, j'ai bien envie de me détendre. Après l'effort, le réconfort ! Une fois n'est pas coutume.

— Je suis bien d'accord. Tu es sans arrêt sur la brèche, il faut savoir se ménager des pauses ! En plus, William devrait te plaire…

— Qu'est-ce que tu en sais ?

— Je te connais ! Il est plus ton genre que le mien.

Rebecca envoya rapidement un texto de confirmation à William en lui demandant de bien vouloir transférer le message à Cade… qui ne lui avait pas laissé son numéro ! Elle-même ne lui avait d'ailleurs pas communiqué le sien.

Quelques instants plus tard, William lui répondit :

Excellente nouvelle. Je préviens Cade. Passe une belle journée !

— Voilà, ce soir, on s'amuse, dit Rebecca.

Emma sourit.

— Tu es toujours aussi partante ?

— Non… Enfin, ça dépend pour quoi, avoua Rebecca. Mais j'ai l'impression qu'ici je suis déjà différente.

Emma rit.

— Tant mieux. Le climat tropical, peut-être ? Je commence mon service à 14 heures. D'ici là, on peut aller se baigner et papoter. On a tant à rattraper…

Rebecca sourit, émue.

— Oh ! oui !

Emma et Rebecca passèrent deux heures à la plage, puis se promenèrent autour de la petite maison d'Emma. Rebecca admirait les arbres, la végétation luxuriante. Tout était si sauvage… Et la mer si près ! Elle avait le sentiment d'être au bout du monde. Exactement ce dont elle avait besoin pour se ressourcer et tourner la page.

Elles déjeunèrent à la maison de poisson frais, de patates douces et de mangue, puis Emma partit au dispensaire. Durant son absence, Rebecca lut, écrivit quelques e-mails et retourna marcher au bord de l'eau, inspirant l'air iodé à pleins poumons. Oui, quel bonheur d'être là…

Elle avait hâte de retrouver Cade et William ce soir-là. Tous les deux semblaient aussi sympathiques que différents. D'emblée, elle avait eu confiance en l'un comme en l'autre. Ce serait un dîner amical, ni plus ni moins. Un dîner pour bavarder et rire en bonne compagnie. De cela aussi, elle avait besoin…

De chaleur humaine.

Lorsque sa sœur revint à la maison à 19 h 15, Rebecca était déjà prête. Elle avait choisi une longue robe en soie mauve qui soulignait la finesse de sa silhouette. Sa peau paraissait si blanche… D'ici peu, elle serait plus bronzée ! Elle avait noué ses cheveux en un chignon fluide d'où s'échappaient de petites boucles rebelles, comme toujours.

— Tu es ravissante, dit Emma, les yeux brillants. Moi, je n'ai qu'un quart d'heure pour me préparer, il faut que je me dépêche !

Elle troqua sa tenue fonctionnelle contre une jupe en jean noir et un chemisier bleu noué à la taille. Sa chevelure était aussi épaisse que celle de Rebecca, mais brune et lisse. Emma la laissa libre dans le dos ; elle finissait d'enfiler ses sandales quand on sonna à la porte.

— Nos mystérieux amis sont pile à l'heure ! dit-elle.

Rebecca sentit son cœur faire un bond. Pourquoi cette soudaine nervosité ?

Emma alla ouvrir, et Rebecca lui emboîta le pas. Cade se tenait sur le seuil, en jean clair et chemise blanche. Séduisant en diable.

— Bonsoir… Vous êtes la sœur de Rebecca ?

— Oui… Emma Flynn. Et vous êtes son sauveur ?

— Son sauveur ?

Il éclata de rire.

— Seulement Cade Byfield. William, mon cousin, nous attend dans la voiture. Bonsoir, dit-il à l'attention de Rebecca.

Une lueur admirative brilla dans ses yeux.

— Ravie de vous revoir aussi vite.

— De même. Je n'étais pas sûre qu'Emma puisse être disponible, mais tout s'est bien arrangé, dit Rebecca, consciente du trouble qui la gagnait.

Cade sourit. De fines rides s'étiraient aux coins de ses yeux, adoucissant son expression.

— Tant mieux. On voit que vous êtes sœurs : vous avez les mêmes pommettes et le même arrondi du visage… parfait.

— Parfait ? fit Emma. Vous nous flattez.

— Je suis sincère. On y va ?

William se tenait devant la voiture de Cade, souriant et visiblement heureux de ces retrouvailles. En polo bleu marine et jean coupé aux genoux, il était aussi décontracté que son cousin était élégant.

— Super ! Bonsoir, Rebecca.

Il se tourna vers Emma.

— Je suis William Tempest. J'ai rencontré votre sœur sur le bateau hier.

— Je sais. On peut se tutoyer, dit spontanément Emma.

— Pas de problème.

William la dévisagea, l'air charmé, ce qui amusa Rebecca. La veille, il avait posé le même genre de regard sur elle…

— On a une table au Selwyn's Bar, dit-il gaiement. Tu connais ?

— J'y suis déjà allée, répondit Emma. On y mange très bien. Merci de cette invitation !

— Avec plaisir. Grand plaisir, même, dit William.

Rebecca et Emma s'installèrent sur la banquette arrière, et Cade se glissa au volant tandis que William s'asseyait côté passager. Ils prirent la direction de la côte.

— Vous travaillez ici depuis longtemps ? demanda Cade à Emma.

— Quelques mois, pour un dispensaire mobile. On va dans des villages reculés, on s'occupe des vaccinations, on ausculte les petits… C'est surtout de la prévention, mais, parfois, il faut prendre des décisions et contacter un médecin au plus vite. D'ailleurs, votre nom est sur notre liste d'urgentistes.

— Forcément. Vous êtes infirmière, Rebecca est pédiatre… Vocation familiale ? Mais d'après ce que j'ai compris Rebecca veut prendre du recul par rapport à son métier ?

Croisant son regard dans le rétroviseur, Rebecca sentit sa gorge se nouer. Elle détourna les yeux. Pourquoi évoquait-il cela maintenant ? C'était indiscret… Alors, peut-être pour trouver une échappatoire, son esprit se focalisa sur autre chose : Cade, Emma et elle se vouvoyaient. Ils restaient formels. Alors qu'avec William la communication s'était d'emblée simplifiée. Cade ne devait pourtant pas être beaucoup plus âgé, il devait avoir environ trente ans. Mais il… en imposait.

— C'est rare, oui, dit Rebecca en se ressaisissant.

Emma, devinant sûrement ses pensées, lui avait saisi la main et la pressait avec affection.

— C'est le genre d'éventualité que l'on n'envisage pas sans de bonnes raisons, dit-elle, venant à la rescousse de Rebecca.

— En néonatalogie, on assiste parfois à des scènes très dures, dit Cade. Les bébés qui souffrent de malformations, ou qui ne s'en sortent pas... Je comprends qu'on se pose des questions au quotidien.

— C'est vrai. Mais il y a aussi de très bons moments, heureusement, dit Rebecca.

Elle prit une profonde inspiration.

— Si ça ne vous ennuie pas, pour l'instant, je préfère ne pas parler de mon travail.

— Tu as bien raison, dit William. En plus, là, on va dîner.

— Ils font d'excellent mojitos, au Selwyn's, dit Emma. Tu aimeras, Becky. Ils les préparent avec du rhum blanc, du citron vert frais et un peu de menthe. Miam !

Rebecca fit un effort pour chasser les idées noires qui l'avaient assaillie. Pourquoi cette question de Cade la mettait-elle aussi mal à l'aise ? Parce qu'il avait raison... Il était médecin, il savait que cette profession était avant tout une vocation... Mais il ignorait ce qui l'avait poussée à démissionner.

Les yeux fixés sur le paysage qui défilait, elle aperçut le port, les restaurants aux terrasses décorées de lampions, de parasols colorés, et la mer bleue derrière. Son moral remonta en flèche. Oui, ici, elle allait revivre, se reconstruire.

Il y avait déjà du monde au Selwyn's Bar mais, leur table ayant été réservée, ils purent profiter d'une vue magnifique sur le soleil couchant. L'air était tiède, parfumé, et Rebecca se détendit peu à peu. Assis face à face, William et Emma se lancèrent rapidement dans une conversation à bâtons rompus sur la vie aux Antilles, et la manière de concilier le stress du travail avec la chaleur, l'envie de se prélasser sur la plage, le *farniente* ambiant... Pas toujours facile !

— Je travaille à la plantation de Cade, un peu comme

homme à tout faire : je supervise, je conduis les camionnettes, j'accueille les fournisseurs, je gère les équipes quand Cade n'est pas là… C'est non-stop !

Emma ébaucha un sourire compatissant.

— Je travaille aussi beaucoup, mais ça me passionne. Je regrette simplement de manquer régulièrement de matériel médical. On le commande, mais les délais de livraison sont terriblement longs !

Rebecca regarda sa sœur — elle avait vu juste : Emma appréciait William ! —, avant de reporter son attention sur Cade. Tous deux restaient silencieux, alors qu'Emma et William semblaient avoir mille et une choses à partager…

— Je suis désolé de vous avoir posé une question indiscrète, tout à l'heure, dit alors Cade.

— Je m'en suis remise, répondit Rebecca.

— Sujet sensible ?

— Très.

— Je comprends. Pardonnez-moi encore. Voulez-vous que je vous conseille des plats ?

— Qu'on vous conseille, rectifia aussitôt William. Nous sommes tous les deux fins connaisseurs !

— Exact, dit Cade en riant.

Ils commandèrent un assortiment de fruits de mer et de brochettes de poisson — qu'ils partagèrent — ainsi qu'une bouteille de vin blanc sec. Puis Rebecca choisit un sauté de crevettes accompagné de poivrons, oignons, gingembre épicé et sauce au citron vert. Un délice ! Du riz blanc et une salade verte craquante accompagnaient son plat. En dessert, elle opta pour de l'ananas caramélisé au sirop à la vanille, citron et rhum, avec une cuillerée de glace.

Durant le dîner, ils bavardèrent de tout et de rien, comme de vieux amis… Cade évoqua sa double activité, être médecin urgentiste et planteur était un sacré défi ! Il se reposait beaucoup sur William qui, lui, se réjouissait d'être utile et d'apprendre les ficelles du métier. Emma évoqua de nouveau son quotidien d'infirmière sur l'île, et son souhait de s'installer sur place plus longtemps si cela s'avérait possible. Elle n'avait aucune envie de retrouver le climat froid et humide de l'Angleterre ! Rebecca se montra moins prolixe que sa sœur, mais n'était-ce pas normal ? Elle venait à peine d'arriver à Sainte Marie et elle avait tant de choses à régler…

Ou à oublier.

— Je ne m'étais pas autant régalée depuis très longtemps, dit-elle à la fin du repas.

— Moi non plus, fit Emma, qui avait choisi un plat à base de poisson et riz pimenté.

Elle jeta un coup d'œil à Rebecca et sourit.

— Eh bien, grâce à toi, je sors, je profite de la vie… Merci d'être là, petite sœur !

— Petite ? demanda William.

— On a un an de différence. Je suis la plus jeune, dit Rebecca.

Croisant le regard de Cade, elle sentit son cœur battre plus vite. Il l'observait. Oui, il la contemplait attentivement… Comme s'il voulait se forger une opinion d'elle ? En même temps, une lueur indéchiffrable se reflétait dans ses yeux sombres, une lueur intense, troublante.

Cet homme la perturbait. Il avait un impact sur elle… Un impact déstabilisant.

S'astreignant une fois de plus à détourner les yeux, elle admira le croissant de lune qui apparaissait au-dessus des palmiers. A présent, l'air embaumait le jasmin et d'autres fragrances sucrées qu'elle ne connaissait pas. Mais tout, en ce lieu, lui était inconnu…

Et c'était merveilleux. Enivrant.

Quand, un peu plus tard, Cade et William raccompagnèrent Rebecca et Emma, ils évoquèrent la possibilité de leur faire visiter la plantation.

— Demain, qu'en dites-vous ? dit William. Je peux faire le guide si Cade, alias mon boss, est d'accord. Et, bien sûr, si ça vous intéresse !

— Ton boss te donne son feu vert, répondit Cade sur le ton

de la plaisanterie. Je te signale que tu es mon bras droit, tu fais ce que tu veux.

Pour le coup, Emma se montra enthousiaste.

— J'ai toujours eu envie de découvrir ces vastes propriétés de l'île, elles semblent tout droit tirées d'un film, dit-elle. Je suis partante.

— Moi aussi, dit joyeusement Rebecca.

Ses interrogations du début de la soirée s'étaient volatilisées. L'effet positif du délicieux dîner, de l'ambiance et du cadre magnifique, sans nul doute !

— Super ! En milieu d'après-midi, vers 15 heures, ça vous irait ? demanda William.

— C'est parfait. Demain, je suis du matin, dit Emma. Donc pour moi, c'est OK… Sauf si j'ai une urgence, bien sûr.

— Même réserve pour moi, dit William avec un soupir. En principe, je serai libre, mais un imprévu peut aussi survenir. Si jamais c'était le cas, on trouvera un autre moment, c'est promis.

Rebecca échangea un coup d'œil avec Emma. Sa sœur souriait, ravie. Elle aurait aimé se sentir aussi légère qu'elle…

Bientôt.

Elle l'espérait.

Rien ne se déroula toutefois comme prévu. Le lendemain en début d'après-midi, Emma reçut un texto : elle devait se rendre de toute urgence dans un autre village, perché en haut du mont Ventey.

— D'autres habitants se plaignent de maux de tête et de fièvre. Ça ressemble à une infection bactérienne, dit-elle après avoir appelé le médecin de l'équipe. On part avec un maximum d'antibiotiques à large spectre.

— Et si je venais avec toi ? Je pourrais vous être utile, dit Rebecca.

Emma secoua la tête.

— Becky, tu te remets à peine de ta propre hospitalisation,

je refuse que tu prennes le moindre risque. Qui plus est, l'infirmière en chef refuserait.

— Evidemment. Il faudrait qu'elle me rencontre avant.

— Oui.

Emma sourit gentiment.

— Et surtout, Becky, tu es en vacances. William va venir te chercher. Il n'y a pas de raison que tu annules sous prétexte que moi, je ne suis pas là.

— Oui, mais je m'inquiète pour toi. Et s'il s'agissait de la fièvre typhoïde ? Il y a eu des foyers sur certaines îles de la région. Je l'ai lu dans la presse.

Emma haussa les épaules.

— Je me suis fait vacciner, normalement je suis immunisée. Et on met des gants et des masques.

Rebecca regarda sa sœur. Inutile de l'alarmer pour rien… Néanmoins, elle savait que la vaccination n'était pas efficace à cent pour cent. Il fallait être vigilant par rapport à la nourriture ou à l'eau, potentiellement contaminées.

— Comment s'appelle le village où tu vas ?

— C'est un hameau, en fait. Le hameau de la Belle-Fontaine.

— Tiens-moi au courant, s'il te plaît. Téléphone-moi, ou envoie-moi un texto.

— Bien sûr.

Emma l'enlaça affectueusement, puis consulta sa montre.

— L'équipe passe me prendre en jeep d'ici une demi-heure. Oh ! j'avais vraiment envie de visiter cette plantation, dit-elle, du regret dans la voix.

— Tu auras sûrement une autre occasion. William l'a promis.

— C'est vrai. Il est très sympa.

— Ah ! Tu vois ?

Emma rit.

— Et il est mignon, admit-elle. Son cousin est, lui, carrément beau.

— Impressionnant, répondit Rebecca, se souvenant du séduisant visage de Cade.

A tel point qu'elle préféra changer de sujet :

— Tu as besoin d'aide pour préparer tes affaires ?

— Je veux bien. Coton, antiseptique, seringues… Normalement j'ai déjà préparé mon matériel, mais on ne sait jamais ! Ton coup d'œil averti me sera utile.

— Merci… J'ai besoin de reprendre confiance en moi, tes mots m'aident.

Emma fronça les sourcils.

— Becky, tu n'as commis aucune faute professionnelle. Aucune. C'est cette vilaine histoire avec Drew et la déception que tu ressens à cause de sa trahison qui te chamboulent. N'oublie pas tu es un bon médecin… Une pédiatre géniale.

— Oui, mais je ne sais pas si je pourrai encore travailler avec des enfants, dit Rebecca, presque au bord des larmes, dans un murmure. Ça peut paraître égoïste…

— Chut ! fit Emma en lui mettant un doigt sur la bouche. Tu verras. Pour l'instant, fais un break et remets-toi. Ensuite, tu aviseras.

— Tu as raison. Avec le temps, les blessures cicatrisent.

Mais certaines s'ouvraient régulièrement…

Sans rien ajouter, Rebecca examina le contenu des deux trousses qu'Emma emporterait. Elles étaient complètes. Comme elle-même, Emma était une perfectionniste.

Quand on vint la chercher, Rebecca lui souhaita bonne chance, et s'obligea à cacher son inquiétude. Emma était expérimentée, n'est-ce pas ? Et elle ne partait pas seule. Il n'y avait donc aucune raison qu'elle coure le moindre danger. C'était elle, Rebecca Flynn, qui était devenue trop émotive…

Beaucoup trop.

Une demi-heure plus tard, alors que Rebecca venait de finir un thé glacé, on frappa à la porte. Persuadée qu'il s'agissait de William, Rebecca alla aussitôt ouvrir…

Et se figea, stupéfaite, en découvrant Cade. Il portait une chemise blanche impeccablement repassée, une cravate de soie bleu pâle, et un jean qui mettait ses longues jambes en valeur.

— Bonjour…

— Bonjour ! dit-elle, parvenant à sourire malgré son étonnement.

Son cœur s'était mis à battre la chamade, c'était ridicule ! Et malvenu. Il s'en rendrait compte. Cet homme-là devait forcément sentir ce genre de choses.

— Vous ne m'attendiez pas, je sais, mais William a eu un empêchement de dernière minute. Comme il avait organisé la visite de la plantation, je me propose de vous y conduire.

— Vous ?

— Moi.

Cade ébaucha un sourire.

— J'ai fini à l'hôpital, et de toute façon, je dois y aller. J'y vis.

— Ah… Mais Emma n'est pas là, elle a eu une urgence. Vous en entendrez peut-être parler, il y a des cas de fièvres inexpliquées dans certains villages.

— Je suis au courant. Son dispensaire effectue un excellent travail, l'hôpital prendra le relais si cela s'avère nécessaire.

Cade pencha la tête.

— William a fait une promesse, alors si vous le souhaitez, je vous emmène.

Et il la regarda dans les yeux, comme pour la défier de refuser. Non, c'était ridicule… Pourquoi aurait-il agi ainsi ? Mais une petite voix soufflait à Rebecca que Cade se réjouissait d'être seul avec elle.

— Pourquoi William n'a pas pu venir ?

— Il a dû aller réceptionner une nouvelle camionnette sur une île voisine. Vous le reverrez, ne vous inquiétez pas, dit Cade d'un ton un peu moqueur.

Déconcertée, elle sourit.

— Je l'espère ! C'est très gentil de votre part de venir alors que vous devez être débordé.

— Ça me fait plaisir. Vous savez, si je n'avais pas pu, je ne serais pas là. William a essayé de vous contacter, Emma et vous, mais vous n'avez pas répondu.

Elle s'aperçut qu'elle avait effectivement un appel en absence.

— Je n'ai pas entendu sonner. Bon, dans ce cas, on y va ?

— Vous êtes prête ?

— Je le serai dans une minute.

Elle alla prendre son sac et, refermant la maison derrière elle, lui emboîta le pas. Elle avait passé un jean, un simple T-shirt rose et des baskets, au cas où ils auraient à marcher. Ses cheveux étaient noués en queue-de-cheval — avec le climat tropical, humide, ils bouclaient presque ! —, et elle avait évité tout maquillage. Bonne idée. Primo, le beau Cade Byfield n'aurait pas l'impression qu'elle cherchait à plaire. Secundo, si elle transpirait en crapahutant au milieu des cacaotiers, elle éviterait les traces de mascara !

— Vous avez fini de bonne heure, dit-elle en s'installant dans la voiture de Cade.

— Relativement, oui. Mais j'ai commencé très tôt, à 5 h 30. Je n'ai pas eu le temps de déjeuner, et je vous avoue que je meurs de faim.

Elle lui jeta un coup d'œil. De profil, il ressemblait à une sculpture grecque. Magnifique. Chassant le trouble qui l'envahissait, elle concentra son attention sur des choses pratiques.

— Vous avez eu beaucoup d'urgences ?

— Comme chaque jour. Problèmes pulmonaires, viraux, hémorragiques…

Il s'engagea sur la départementale qui longeait la baie puis, très vite, bifurqua en direction des collines. Rapidement, la route grimpa et les virages devinrent serrés.

— Même aux Caraïbes, lieu paradisiaque par excellence, les gens sont malades.

— Je m'en doute. Je vous posais cette question à tout hasard. Parfois, il y a des spécificités comme le paludisme…

— Evidemment. Mais, globalement, les urgences restent les urgences : accidents de la route, accidents de natation, piqûres… Rien de très réjouissant. Le quotidien, en somme.

— Oui, le quotidien, dit-elle en admirant les sommets auréolés de nuages qui se dressaient majestueusement au loin. Pour moi, ici, le quotidien est radicalement différent !

— Heureusement…

Le paysage était impressionnant, à la fois sauvage et doux, un paradoxe permanent. Elle observa les buissons sur le bord de la route. De petites fleurs multicolores, inoffensives, poussaient non loin de plantes pleines d'épines qu'il valait mieux ne pas effleurer !

Rapidement, ils parvinrent à la plantation. Rebecca regarda autour d'elle, émerveillée par ce trésor végétal, si luxuriant, au milieu de la forêt tropicale. Des cacaotiers s'élevaient partout, haut de six à sept mètres, peut-être plus, couverts de grandes feuilles d'un vert brillant. Les troncs, sombres, étaient constellés de mousses et de lichens ; çà et là, de délicates orchidées jaillissaient d'écorces fissurées. Et de volumineux fruits enveloppés d'une coque rose pendaient aux branches, prêts à être cueillis.

Mais il y avait également des arbres encore plus hauts… Elle reconnut des bananiers et des palmiers chargés de noix de coco. Pourquoi ce mélange d'espèces ?

— Ils offrent de l'ombre aux cacaotiers, dit Cade, devinant sa perplexité. Sinon, le soleil les brûlerait. L'arbre à cacao est plutôt fragile, surtout quand il est jeune, il a besoin d'être protégé. J'ai organisé cette solidarité arboricole…

Il ébaucha un sourire amusé.

— … quand j'ai repris la plantation. Le résultat a dépassé mes espérances.

— Je comprends. C'est très intéressant. Et j'aime bien votre image solidaire !

Il sourit.

— C'est la réalité dans le monde des arbres. Mais on s'occupe aussi du monde des humains, par ici. Vous voulez voir comment on récolte les fèves ?

— Avec plaisir !

Elle l'accompagna jusqu'à une clairière où des ouvriers, hommes et femmes, travaillaient sous les branchages des arbres les plus riches en fruits. Munis d'une gaule, ils faisaient tomber les cabosses et, à l'aide de machettes, ils les fendaient. Ils en ôtaient ensuite de gros haricots blancs, qu'ils plaçaient dans des seaux métalliques.

— Deuxième étape : ils déposent les graines dans des boîtes en bois et les recouvrent de feuilles de banane pour les préserver de la chaleur, dit Cade. On les laisse fermenter quelques jours avant de les faire sécher. C'est de cette manière que naissent la couleur et la saveur.

— Fascinant… J'ignorais qu'à l'origine le chocolat est blanc !

— Il évolue et se transforme, comme nous autres, au fil du temps !

Elle le regarda. Une fois de plus, les paroles qu'il prononçait résonnaient étrangement à son esprit. Comme si elles se paraient d'un deuxième sens qui lui parlait singulièrement. Elle aussi voulait que le temps l'aide à se transformer, à devenir plus forte pour affronter la réalité…

Le téléphone de Cade sonna, interrompant ses réflexions. Il prit la communication, répondit brièvement et remercia son interlocuteur.

— Je voulais vous proposer d'aller boire quelque chose ensemble, mais il y a eu un problème. Venez avec moi…

La précédant, il s'engagea dans une allée qui traversait une futaie et débouchait sur une vaste villa entourée de palmiers. Elle eut du mal à cacher son étonnement en découvrant la demeure dissimulée au cœur des arbres, elle était en pierres — et non en bois comme bon nombre des maisons sur l'île. Des baies vitrées trouaient l'imposante façade.

— C'est chez moi, dit Cade, tandis qu'une femme d'une quarantaine d'années, les cheveux bruns coiffés en chignon, les rejoignait à la hâte.

— Et voici Harriet, qui est en quelque sorte ma gouvernante.

— Cade, il y a eu un accident sur la zone est, dit-elle. L'un des ouvriers s'est coupé la main avec sa machette. D'après Dan, il saigne beaucoup.

— J'y vais. Désolé, dit-il à l'intention de Rebecca. Restez avec Harriet, si ça ne vous ennuie pas. Je reviens dès que possible.

— Vous n'avez pas besoin d'aide ? demanda-t-elle spontanément. Même si je ne suis pas urgentiste, je peux être utile.

Il la dévisagea d'un air hésitant.

— Vous êtes sûre ?

— Certaine.

— Très bien, en ce cas, oui, je veux bien. Nous allons prendre cette voiture-là, dit-il en indiquant un buggy de golf pour quatre personnes.

Il courut à l'intérieur de la maison, et revint quelques instants plus tard avec une trousse de premiers secours.

— Toujours prêt à intervenir, j'imagine, dit Rebecca une fois installée dans le véhicule.

Il acquiesça.

— J'ai aussi du matériel médical dans ma voiture, dit-il. Au cas où.

— Il y a souvent des accidents ?

— Moins qu'avant, mais encore trop. Pourtant, j'essaie de réduire les risques. Pour commencer, chaque ouvrier est payé correctement, et pas en fonction de ce qu'il récolte. Du coup, ils sont un peu plus prudents… Enfin, en principe.

Ils atteignirent rapidement la zone est. Cade se précipita vers un groupe réuni autour d'un jeune homme allongé sur le sol. Tout le monde parlait en même temps, trahissant une agitation proche de l'affolement. Mais dès qu'il apparut, on s'écarta pour le laisser passer, et chacun se calma.

La gorge nouée par l'appréhension, Rebecca lui emboîta le pas. Elle n'avait pas pu s'empêcher de proposer son aide. Elle était médecin avant tout ; son rôle, où qu'elle soit, n'était-il pas d'aider et de porter secours ?

Cade se précipita auprès du blessé, un adolescent d'environ dix-sept ans. Pâle, en état de choc, il se tenait la main pour tenter d'endiguer l'hémorragie, et grimaçait de douleur.

— Laisse-moi voir, Thomas, dit Cade en examinant la blessure.

La coupure, sur le dos de la main, était profonde, jusqu'à la jonction du pouce et de l'index.

— Bon, tu as eu de la chance, dit Cade. Il n'y a rien de grave, c'est surtout impressionnant. Mais il va falloir nettoyer cette vilaine entaille et recoudre.

Il sourit au garçon et ajouta :

— Soit je t'emmène à l'hôpital, soit on fait ça à la maison. Qu'est-ce que tu préfères ?

— Euh… ici, c'est possible ? S'il vous plaît !

Cade échangea un coup d'œil avec Rebecca.

— D'accord, Thomas.

Fouillant dans sa sacoche, il en sortit des compresses stériles.

— Je vais comprimer la blessure tant qu'on est sur place et, là-bas, on fera ce qu'il faut.

Tout en parlant, il effectua les indispensables gestes de premiers soins. Ensuite, aidé de deux ouvriers, il porta Thomas à l'arrière du buggy.

— Comment tu t'es coupé ? demanda-t-il tandis que l'adolescent se calait sur la banquette.

— En ouvrant une cabosse ! J'ai cru voir un truc brillant, peut-être un petit lézard, je ne sais pas, du coup, hop, ma lame a glissé, dit Thomas malgré ses dents serrées.

— Donc c'est une faute d'inattention involontaire. Il faut toujours rester concentré ! Mais je vais essayer de trouver des gants de protection aérés, dit Cade en s'installant au volant. Ce qui s'est passé aujourd'hui pourrait se reproduire, et ce serait désolant. Benjamin, tu veux bien prévenir les parents de Thomas ?

Un homme plus âgé acquiesça. Ce devait être le chef du groupe.

— Pas de problème.

Rebecca s'assit à côté de Thomas et s'assura qu'il gardait le bras dans une position confortable. Au moins sa présence était-elle rassurante. Jusqu'à présent, elle n'avait rien pu faire.

Une fois à la villa, Cade accompagna le jeune homme dans une petite pièce près de l'entrée. Rebecca y jeta un coup d'œil circulaire. C'était un véritable petit cabinet médical. La salle était équipée d'une table d'examen ; des placards vitrés emplis de médicaments tapissaient l'un des murs. Dans un coin, il y avait un évier en inox et un distributeur de savon liquide et d'essuie-tout.

Cade aida Thomas à s'installer sur la table, releva un peu le dossier, puis alla se laver les mains. Rebecca le rejoignit pour en faire autant.

— Je vous aide, dit-elle, décidée.

— OK. La procédure est classique : anesthésie avec de la lidocaïne, nettoyage à l'eau stérile, désinfection, puis suture. Il faut faire plusieurs points.

Durant le quart d'heure suivant, elle soigna le blessé avec Cade. Lorsqu'il eut fini de suturer la plaie, elle appliqua une compresse et la fixa avec un adhésif spécial.

— Je vais te prescrire des antibiotiques, dit Cade à Thomas. L'objectif est d'éviter une éventuelle infection. Ton pansement devra être changé tous les jours, et tu vas avoir une semaine d'arrêt de travail, le temps que ça cicatrise. Je te reverrai dans huit jours pour un contrôle de routine.

— Merci, docteur Byfield, dit Thomas en s'efforçant de sourire. Je suis désolé de vous causer tous ces soucis.

Cade sourit à son tour, l'air indulgent.

— Mme Chalmers va te proposer une collation : il faut que tu reprennes des forces. Et s'il te plaît, promets-moi d'être plus vigilant à l'avenir.

— Promis !

Cade l'accompagna jusqu'à la cuisine, une grande pièce moderne et parfaitement équipée. Les portes-fenêtres s'ouvraient sur une spacieuse galerie où la table était déjà dressée. Harriet Chalmers y disposait des rafraîchissements, du thé, des brioches et des fruits.

Le père de Thomas arriva au moment où l'adolescent commençait à se servir. Cade lui expliqua ce qui s'était passé, l'invita à se servir également puis se tourna vers Rebecca.

— Nous allons les laisser... Harriet nous a préparé de quoi grignoter dans le petit salon. Je vous en prie, suivez-moi.

Rebecca lui emboîta le pas, et ils pénétrèrent dans une pièce lumineuse, dotée de trois baies vitrées qui donnaient sur un jardin verdoyant. Simplement meublé d'une table ronde et d'un buffet en pin blanc, décoré de nombreuses fougères vert tendre, l'endroit respirait le calme. Un bouquet d'orchidées jaune pâle apportait une tâche de couleur.

— Qu'elles sont belles ! dit Rebecca, charmée.

— Merci...

Il tira une chaise pour qu'elle s'assoie.

— Harriet cueille les fleurs, s'occupe de la maison, me prépare à manger... Que ferais-je sans elle !

— Elle vous gâte... Elle nous gâte, rectifia Rebecca, admirant les jolis sandwichs en losange disposés dans des assiettes de faïence bleu pâle.

A côté, d'autres plats avaient été disposés : brochettes de volaille, lamelles de crudités à tremper dans des sauces, bols de riz...

— C'est un festin !

— Mon déjeuner, plutôt, dit-il en riant. Harriet savait que je n'avais pas eu le temps de manger. Servez-vous, je vous en prie.

Mais elle se contenta de thé et de fruits. Elle avait surtout soif... d'en savoir plus sur Cade Byfield.

— Je peux vous poser une question indiscrète ?

— Allez-y.

— Qu'est-ce qui vous a incité à vous occuper d'une plantation alors que vous êtes aussi médecin à plein temps ?

Il hocha la tête.

— Disons que c'est une histoire de famille. William a suivi des études orientées vers le monde agricole, mais il a eu des soucis personnels, il lui fallait un petit coup de pouce pour perfectionner son savoir-faire professionnel.

— Il a eu des problèmes sentimentaux.

— Entre autres. Vous vous intéressez vraiment à William...

Elle sourit, avec l'intuition que sa réponse risquait d'irriter Cade. Pourquoi, elle n'aurait su le dire. D'autant que William s'était très bien entendu avec Emma lors de leur dîner. Il n'y avait pas qu'elle qui s'intéressait à son cousin.

— Il est sympa.

— Oui, c'est vrai. Et si confiant. Mais il n'y a pas que ses déboires amoureux qui l'ont mis à mal, ces derniers temps. Son père est tombé malade, et sa mère travaille énormément pour compenser la perte de salaire. C'est la sœur de ma mère. En fait, ce sont elles les véritables initiatrices du projet de développement de cette plantation. Mon père, lui, a d'autres centres d'intérêt. La restauration d'œuvres d'art, par exemple. Il vit toujours en Floride, dans les Everglades. Loin de nous.

Elle perçut une pointe d'amertume dans sa voix.

— Vous ne vous entendez pas très bien ?

— Non. On s'ignore.

Il ébaucha une moue attristée.

— Depuis que mes parents ont divorcé, j'essaie de soutenir ma mère. Mon père, lui, a refait sa vie. Mais elle a besoin de moi… Du moins, j'aime à le croire.

— C'est sûrement le cas. La famille, c'est important.

— Oui, et quand on n'en a pas, on s'en rend compte de manière aiguë. Vous devez le savoir aussi bien que moi.

Il la contempla attentivement quelques secondes.

— Ça n'a pas dû être facile, pour vous, d'être séparée de votre sœur ?

— Elle m'a beaucoup manqué. Et, là, je suis si heureuse de la retrouver !

— J'en suis certain. J'espère que vous profiterez de votre séjour ici pour vous détendre… Oublier le travail, aussi ? D'après le peu que j'ai vu de vous, je parie que vous êtes une excellente praticienne.

— J'aime mon métier. Soigner, aider à guérir…

— Mais il s'est passé quelque chose qui a freiné votre enthousiasme.

De nouveau surprise par sa perspicacité, elle garda le silence un court instant.

— Oui et non. C'est plus complexe que ça… Et je n'ai pas trop envie d'en parler.

— Désolé. Je comprends.

— Merci.

Elle jeta un coup d'œil à sa montre.

— Il se fait tard, il faudrait que je rentre. Je vais appeler un taxi.

— Non, Benjamin, mon contremaître, vous raccompagnera. Je suis heureux d'avoir pu partager ce moment avec vous, dit gentiment Cade comme elle se levait.

Il fit de même.

— Et je serais heureux de vous revoir. Très heureux.

Elle soutint son regard, conscient des battements de son cœur qui s'accéléraient. Cet homme était si charmant… Trop charmant.

Trop beau.

Trop généreux.

Trop… tout.

— Eh bien, vous savez où me trouver, dit-elle.

Ces paroles lui avaient échappé, mais elles ne parurent pas le surprendre.

— Effectivement, dit-il avec un rire amusé. Je passerai peut-être demain, en quittant l'hôpital. Ce n'est pas très loin de chez vous. Si vous êtes là, je vous enlève !

3.

Le lendemain, le temps changea radicalement : le vent se leva et d'impressionnants nuages envahirent peu à peu le ciel. La chaleur restait lourde, des éclairs zébraient l'horizon. Pas très engageant ! Contrairement à Rebecca, Emma y prêta à peine attention. En fin de matinée, elle dut retourner avec l'équipe mobile du dispensaire dans le village en haut du mont Ventey où ils s'étaient déjà rendus. L'état de certains patients s'était précisé, peut-être aggravé, il fallait procéder à des examens complémentaires. Rebecca se retrouva donc à nouveau seule, et un peu déçue que sa sœur soit si peu disponible, mais le quotidien d'une infirmière était ainsi, imprévisible…

Comme le climat de l'île.

Elle partit se promener sur la plage, appréciant malgré tout le paysage soudain si différent. Les palmiers s'agitaient, le sable s'envolait, les vagues déferlaient avec des rouleaux d'écume blanche. Très peu de touristes étaient dehors, et les parasols restaient repliés.

Au bout d'une heure, décoiffée, les joues piquées par l'air vif, elle rentra se préparer un thé. Les informations locales mettaient à présent la population en garde : de fortes intempéries s'annonçaient, mieux valait éviter tout déplacement non nécessaire. Et Emma qui était en pleine montagne ! Certes, elle était entourée de personnes qui vivaient ici depuis longtemps. Ils devaient savoir ce qu'ils faisaient ! Mais Rebecca n'était qu'à moitié rassurée.

Puis elle pensa de nouveau à Cade. Quel homme surprenant… Elle ne comprenait pas clairement ce qu'elle éprouvait pour lui. Un mélange d'attirance, de respect mais aussi de méfiance.

Malgré elle. Son expérience désastreuse avec son ex-fiancé déteignait sur elle, alors que Cade agissait de manière si galante, si prévenante… Il était plein d'attentions envers elle !

Trop ?

Peut-être. Elle avait tellement souffert depuis sa rupture qu'elle en venait à se méfier de quelqu'un qui lui témoignait de la gentillesse !

Mais Cade n'était pas juste « quelqu'un ». C'était un très bel homme, doté d'une situation enviable, qui devait plaire à de nombreuses femmes. Inévitablement. Il ne fallait pas qu'elle se fasse d'illusions… Surtout pas !

En vérité, mieux valait qu'elle le chasse de son esprit. Elle s'approcha de la baie vitrée. Les nuages continuaient à s'amonceler. Il commençait à pleuvoir, et les palmiers étaient secoués par le vent. Aux alentours, les cimes majestueuses des pins maritimes s'agitaient également.

Ce fut alors qu'elle aperçut la haute silhouette qui se précipitait vers la maison. Son cœur bondit dans sa poitrine. Lui ?

Cade…

Lorsqu'elle entendit frapper à la porte, elle hésita un court instant. Décidément, envers et contre tout, il tenait parole. N'avait-il pas promis de passer la voir ?

Partagée entre l'étonnement, le soulagement et l'incrédulité, elle alla ouvrir.

— Je vous dérange ?

Les cheveux en bataille, il était en costume, mais sans cravate. Le col de sa chemise était défait.

— Non, mais vous bravez le mauvais temps…

— J'ai l'habitude, ne vous inquiétez pas.

Il ébaucha un sourire.

— Je ne suis pas venu pour vous enlever, mais pour ça…

Il désigna alors la volumineuse valise posée à côté de lui. Rebecca écarquilla les yeux. C'était son bagage égaré.

— Comment vous avez fait ?

— J'ai appelé la CIA, répondit-il, léger.

Elle rit.

— Sérieusement, qui avez-vous contacté ?

— J'ai passé quelques coups de fil, et on a procédé par élimination, en suivant l'itinéraire le plus probable de votre bagage : l'île de la Barbade, puis retour en Martinique.

— Belle efficacité… Merci beaucoup !

Elle ne lui avait rien demandé, il avait simplement voulu lui rendre service… Curieusement, cela la mettait mal à l'aise. Elle voulut s'emparer de la valise, mais il s'en chargea. Au même instant, la pluie redoubla d'intensité.

— Entrez vite ! dit Rebecca.

Refermant derrière eux, elle réprima un frisson.

— Vous avez froid ? demanda-t-il, inquiet.

— Non, c'est ce temps, l'ambiance, je ne sais pas.

— L'atmosphère, certainement, très électrique ! C'est une tempête orageuse qui menace. Où voulez-vous que je mette la valise ?

— Par ici…

Elle le mena jusqu'à la chambre d'amis, devenue la sienne. Cade jeta un coup d'œil au lit protégé par une moustiquaire, au bureau sur lequel elle avait posé son ordinateur. Une baie vitrée donnait sur la petite véranda.

— Votre sœur a trouvé une maison très agréable, dit-il en posant la valise.

— Oui, très, répondit-elle, de plus en plus gênée.

Le voir dans cette pièce… C'était comme s'il venait de s'engouffrer dans son intimité.

— Je vous offre un café ?

— Avec plaisir.

Il lui emboîta le pas et, comme s'il se trouvait chez lui, ouvrit le réfrigérateur pour prendre du lait. Elle disposa des tasses, alluma la cafetière et sortit une boîte de cookies qu'elle mit sur une assiette.

— Ils sont parfumés à la cannelle. Je les ai achetés à la boulangerie du village. Servez-vous, ils sont délicieux.

— Merci.

Il ôta son veston et le posa sur le dossier de la chaise mais ne s'assit que lorsqu'elle prit place elle aussi.

— Une tempête orageuse, disiez-vous ?

— Oui. Elle a déjà affecté le sud de l'île, et s'approche d'ici, répondit-il. Ça souffle de plus en plus.

Elle esquissa une moue.

— Vous ne devriez peut-être pas vous attarder, vous avez de la route pour retourner chez vous.

— J'ai l'habitude, dit-il à nouveau. Mais pas vous.

— C'est bien plus impressionnant que les intempéries qu'on a en Angleterre, dit-elle, soucieuse, en jetant un coup d'œil par la fenêtre.

Le ciel devenait gris sombre, presque noir, et les bourrasques, de plus en plus fréquentes et violentes, faisaient vibrer les parois en bois de la maisonnette.

— J'espère qu'on ne va pas s'envoler !

Allait-il se moquer d'elle ? Il parut au contraire préoccupé.

— Premièrement, fermons les volets. Je m'en charge. Allumez la lumière et vérifiez que vous avez bien des bougies, au cas où.

— Emma en a, je les ai vues. Coupures de courant en perspective ?

— Très probablement. On pourrait se retrouver sans électricité pendant plusieurs heures. De même pour l'eau, il vaut mieux prévoir et remplir quelques bouteilles, par précaution.

Elle s'abstint de tout commentaire. La situation s'avérait plus préoccupante encore qu'elle ne l'avait imaginé.

Cade sortit et, quelques instants plus tard, tout s'assombrit à l'intérieur. Au même moment, la pluie, toujours plus forte, tambourina sur le toit et les volets dorénavant fermés. Rebecca mit la radio. Un commentateur indiquait un risque de tornade qui se dirigeait vers le nord.

— Cette fois, ça nous tombe dessus, dit Cade en refermant vite la porte d'entrée.

— Mais c'est plus grave sur les autres îles.

Elle lui rapporta ce qu'elle venait d'entendre.

— J'espère qu'Emma et ses collègues ne sont pas en danger…

— Je l'espère aussi. Une chose est sûre : ici, sur la côte, on est au cœur de la tempête.

Des coups de tonnerre retentirent, résonnèrent au loin, puis il y eut des éclairs, et la lumière vacilla.

Plus impressionnée qu'elle ne l'aurait souhaité, Rebecca servit le café et s'installa sur le canapé. Elle réprima difficilement un frisson d'angoisse. La maison tremblait…

— Je ne suis pas rassurée, je l'avoue.

— Je vais rester avec vous, proposa-t-il.

Elle le regarda, incertaine.

— Mais vous avez sûrement autre chose à faire et…

— Je refuse de vous laisser seule.

Il lui sourit.

— Bavardons de la pluie et du beau temps ?

Elle ne put s'empêcher de rire.

— C'est tout à fait de circonstance. Il y a souvent des ouragans, par ici ?

Mais durant l'heure qui suivit, peut-être plus, ils s'efforcèrent d'ignorer le tumulte à l'extérieur et parlèrent de tout sauf de la tempête. Ils évoquèrent les jolies îles des Caraïbes, les barbecues sur la plage, la faune et la flore des alentours… Ils parlèrent travail, un peu. Cade raconta quelques anecdotes sur son quotidien à l'hôpital, les urgences, les joies et les peines de son métier. Il lui confia avoir ressenti une véritable vocation très jeune, quand il vivait en Floride.

L'orage continuait à gronder, se rapprochait, et les éclairs illuminaient la pièce par intermittence. Sous les assauts des bourrasques, les murs de la petite maison vibraient de plus en plus fort.

Cade finit par conseiller d'éteindre la lumière. Rebecca obtempéra — en laissant juste une dans la cuisine — et alluma les bougies qu'elle avait trouvées dans le buffet.

— Je pourrais préparer des sandwichs…

— Bonne idée.

Oui… Elle n'avait pas vraiment faim, mais elle avait besoin de s'occuper.

Un grand coup de vent secoua la maisonnette et, tout à coup, on entendit un bruit métallique sur le toit. Rebecca se pétrifia.

— On dirait que tout va s'écrouler !

Cade vint vers elle et, spontanément, la prit dans ses bras. Elle se laissa faire, surprise mais aussi heureuse de cette étreinte.

— Ce sont sans doute quelques tuiles qui se sont envolées.

— Quelques tuiles, répéta-t-elle, s'efforçant de maîtriser son inquiétude.

Contre lui, elle se sentait bien... Très bien. Le calme qu'il dégageait ne pouvait que la rassurer... N'est-ce pas ? Elle imagina fugitivement que ce grand corps musclé la protégerait des intempéries, qu'il était là pour elle, et que, si besoin, il la sauverait...

Puis elle chassa ces pensées, presque honteuse de se sentir aussi vulnérable. Troublée, également, par les sensations inconnues qui s'emparaient d'elle tandis qu'il l'enlaçait. Sa chaleur, sa force irradiaient en elle. Oui, c'était exactement ça. Il lui communiquait sa force.

— Merci, ça va aller, dit-elle, s'écartant à regret.

Il ne fallait pas qu'ils prolongent ce moment d'intimité... Même si, soudain, naissait en elle l'envie de se blottir encore et encore, de se reposer contre lui. Complètement...

Eperdument.

— Vous êtes sûre ? répondit-il d'un ton taquin. J'aime bien que vous soyez dans mes bras.

Une lueur amusée brillait au fond des yeux.

— Tout à fait sûre, répondit-elle.

Elle s'éclaircit la voix, consciente du trouble l'avait gagnée, et ajouta :

— Vous êtes décidément très gentil.

— Plus que William ?

Elle ne put s'empêcher de rire.

— Différemment ! Bon, je vais préparer des sandwichs.

— On va les préparer ensemble.

Ils coupèrent du pain, du jambon, du fromage. Elle sortit une bouteille de vin, qu'il ouvrit. Ils trinquèrent. Pratiquement à cet instant-là, un formidable coup de tonnerre retentit.

— C'est ce qu'on appelle un drôle de hasard ! dit Cade. Même si la foudre est tombée un peu plus loin, on peut parler de… coup de foudre ?

Elle sentit son cœur battre plus vite.

— Je plaisante, dit-il. Mais dites-moi, vous avez sûrement un petit ami, en Angleterre ? J'ai dû mal à imaginer qu'une jolie femme comme vous reste célibataire. Vous avez dû laisser quelqu'un derrière vous… Et lui briser le cœur !

Elle laissa échapper un petit rire, masquant la tristesse qui, soudain, revenait insidieusement. Il suffisait qu'elle pense à Drew, et cela la reprenait. Même si elle n'éprouvait plus aucun sentiment pour lui, elle ressentait toujours ce mélange de déception, de colère et de chagrin qui, comme à cet instant, risquait de la faire fondre en larmes.

— Il y a eu quelqu'un, dit-elle sur le ton de la confidence, mais ça n'a pas marché entre nous. La vie continue, j'ai tourné la page.

Elle était en train de la tourner. Voilà ce qu'elle aurait pu préciser.

Il l'observa en silence, attentivement.

— Je m'en serais douté.

Elle prépara un sandwich, puis un deuxième, avec des gestes machinaux.

— Et vous ? J'ai l'impression que si, professionnellement, la vie vous a plutôt gâté, d'un point de vue personnel, vous êtes… seul. Je me trompe ?

— Non. Au contraire, vous êtes perspicace. Je suis peut-être devenu trop prudent au fil du temps… Les femmes savent tellement ce qu'elles veulent, dit-il. Le mariage, la richesse, un statut social… J'ai une vision un peu partiale, je l'admets.

— A cause d'une déception, j'imagine. Nous ne sommes pas toutes comme ce que vous le décrivez… Heureusement !

— Je l'espère.

Mais il ne semblait pas convaincu.

— C'est pour cette raison que vous vous montrez si prudent par rapport aux fréquentations de William ? Vous craignez qu'il ne se fasse avoir ?

— Un peu, oui. Il est sorti avec une fille qui lui a menti, qui l'a trahi… On ne se remet pas facilement d'une expérience aussi négative. Puis son père est tombé malade, et William a dû travailler pour aider sa mère et sa famille. Mais il a bien failli craquer.

— Je comprends. Il va mieux, maintenant ? demanda-t-elle, concernée.

— Je crois, oui. Son père — mon oncle — est à nouveau hospitalisé depuis une dizaine de jours. Un virus a affecté son muscle cardiaque il y a quelques années, et il est sous haute surveillance. Sauf que le traitement coûte cher. Ils ont dû vendre la maison pour payer la prise en charge. Aujourd'hui, ils sont hébergés gratuitement dans un des cottages de ma plantation. J'essaie d'alléger leur quotidien.

— Je comprends… Vous êtes leur bienfaiteur.

Il secoua la tête.

— Le mot est trop fort. On travaille ensemble, William et moi. Un jour, on s'associera et, qui sait, peut-être mon oncle se joindra-t-il à nous. Tous ensemble, on réussira à faire fructifier nos affaires !

Elle ébaucha un sourire. Discuter avec lui lui procurait une curieuse sensation, comme s'ils se connaissaient depuis longtemps. Elle se sentait en confiance ; rassurée et presque calme. Pourtant, au-dehors, la tempête continuait à faire rage. Mais elle n'y prêtait plus attention, entièrement concentrée sur Cade.

— Votre oncle a des chances de s'en sortir ?

— Je l'espère. Il a un traitement lourd, un régime adapté sans sel, l'équipe médicale veille à ce qu'il se repose suffisamment. Malheureusement, pour l'instant, le pronostic est flou. On ne sait pas encore à quel point les tissus ont été endommagés ni si son cœur pourra récupérer.

Installés à la petite table du coin cuisine, ils mangèrent en silence pendant quelques instants. Le vent soufflait par rafales, et des tuiles bougèrent de nouveau sur le toit, provoquant des craquements alarmants.

— Franchement, j'ai l'impression que cette maison va se briser comme une boîte d'allumettes, dit Rebecca en s'efforçant de rire. Seule, j'aurais été morte de peur.

— J'imagine.

Il sourit à son tour.

— Le hasard a bien fait les choses. Je devais passer vous voir.

— Merci encore… Et pour votre plantation ? demanda-t-elle. Cette tempête va provoquer d'importants dégâts !

— Hélas, oui. On risque de perdre quelques arbres. Mais la récolte principale est terminée et, en général, le produit de nos récoltes est plutôt à l'abri, comme nos cottages. Pour tout dire, je m'inquiète surtout de l'état du réseau routier…

Il hocha la tête d'un air soucieux.

— Les ruisseaux et les rivières vont déborder et charrier des tas de branchages, des cailloux… Ce sera dangereux.

Son téléphone bipa. Quelques secondes plus tard, un violent coup de tonnerre retentit, et la lumière de la cuisine s'éteignit brusquement.

— OK. Cette fois, il n'y a plus d'électricité, dit-il entre ses dents.

Les flammes des bougies dansèrent, crépitèrent, comme agitées par un fort courant d'air. Puis Rebecca sentit quelque chose lui effleurer les cheveux, couler dans son cou. De l'eau ? Elle leva les yeux vers le plafond et aperçut une auréole sombre, humide, qui s'agrandissait.

— Oh ! non… Il y a une fuite, dit-elle.

Il suivit son regard.

— Exact. Je vais voir ce que je peux faire. Vous avez une lampe-torche ?

Elle en trouva une sous l'évier. Il éclaira le plafond en esquissant une grimace.

— Vérifions les autres pièces…

Il gagna la chambre d'Emma, celle de Rebecca, et revint un court instant plus tard, l'air ennuyé.

— Ça coule partout. Il faudrait colmater avec de l'adhésif étanche. Je peux tenter le coup, si vous en avez… Sans garantie que ça tienne.

Elle fouilla dans les tiroirs de la cuisine et trouva un rouleau de scotch épais.

— Il n'est peut-être pas totalement imperméable… Mais c'est mieux que rien. On a une échelle, je vous aiderai, dit-elle, reconnaissante. Je vais mettre des bassines en dessous… Et demain, ma sœur contactera notre propriétaire pour qu'il fasse réparer. Oh ! j'espère tellement qu'elle va bien, je n'ai toujours aucune nouvelle, dit-elle en jetant un coup d'œil à son portable.

Cade fit alors de même. Il fronça les sourcils en découvrant les messages qu'il avait reçus.

— L'hôpital me demande de venir au plus vite. Il y a un afflux de patients à cause de ce qui se passe.

— Evidemment. Il faut vite que vous y alliez, dit-elle, la gorge nouée.

Il la regarda, le visage sombre.

— Mais je refuse de vous laisser ici. Je vous invite chez moi, vous y serez en sécurité.

— C'est gentil, mais…

— Le temps presse, dit-il. Accompagnez-moi. Laissez un mot à votre sœur, elle comprendra très bien. Elle nous rejoindra peut-être, si elle-même n'est pas déjà à l'abri.

Mais Rebecca hésitait. Malgré la tempête, malgré les dégâts qui s'annonçaient, elle n'avait aucune envie de suivre Cade, aussi adorable fût-il.

Elle regarda de nouveau le plafond. Après tout, il lui suffirait de mettre des serpillières par terre, des seaux, des cuvettes… Le toit tout entier n'allait quand même pas se volatiliser ?

— J'aimerais être là quand Emma reviendra. Mieux encore, j'aimerais partir la retrouver !

— Où ?

— Elle est dans un hameau sur le mont Ventey.

— En haut ? Les accès doivent être bloqués… Ce serait de la folie d'y aller.

Il fronça les sourcils.

— Pourquoi vous ne voulez pas venir avec moi ? Je vous fais peur ?

Prise au dépourvu, elle secoua la tête.

— Non, bien sûr. Mais vous n'avez pas à me prendre en charge. Je ne vous demande rien, vous savez ? Je vous assure que je me débrouillerai. Et vous devriez filer… Pour sauver ceux qui ont vraiment besoin de vous ! dit-elle, tentant une pointe d'humour.

Au même instant, comme pour la narguer, un filet d'eau dégoulina du plafond. Et dehors, le vent souffla de plus belle. La situation devenait critique.

Cade fit une grimace soucieuse.

— Rebecca, je crains que vous n'ayez pas le choix.

— Mais si. N'insistez pas.

— A votre place, compte tenu des circonstances, je n'hésiterais pas…

Il s'approcha et sourit.

— A moins que je vous persuade autrement ?

Avant qu'elle n'ait pu deviner son intention, il l'enlaça d'un geste impérieux et s'empara de ses lèvres. Le souffle coupé, elle voulut le repousser… Mais le tourbillon de sensations qui l'envahit freina aussi bien son indignation que sa raison. Au contraire — et c'était fou ! —, elle se colla contre lui, s'accrochant presque… Et elle l'embrassa avec passion.

Elle n'avait jamais rien éprouvé d'aussi intense. Ce désir fébrile qui l'enveloppait tout entière… Ces délicieux frissons, partout, lorsqu'il glissa une main sous son T-shirt pour lui caresser le dos, la cambrure de la taille… Quand il lui effleura les seins, elle laissa échapper un gémissement de plaisir et se cambra, se lova davantage. Une sorte de magnétisme inexplicable, envoûtant, les poussait l'un vers l'autre. S'ils ne se ressaisissaient pas, ils céderaient fatalement à leurs pulsions…

Mais il ne fallait pas… Elle ne voulait pas ! Elle n'était pas prête… Pas du tout.

Soudain, un vacarme incroyable retentit, et la petite maison trembla du sol au plafond. Rebecca se dégagea brutalement de leur étreinte, et regarda autour d'elle.

— Tout va s'écrouler !

— C'est sans doute un arbre qui est tombé sur le toit. Je vais voir.

Il gagna la porte, l'ouvrit avec précaution et jeta un œil à l'extérieur.

— Bingo, dit-il en refermant le battant. Un pin maritime a été déraciné par le vent. Partons tout de suite. Tu n'as vraiment plus d'autres solutions.

Il la tutoyait, à présent… Forcément. Ce baiser insensé scellait leur nouvelle complicité, impossible de le nier.

— Là, effectivement, les dés sont jetés. Une chance que ma valise soit déjà faite !

Il ne put s'empêcher de rire.

— Je vais la prendre… La reprendre, plutôt. Tu as besoin d'autre chose ?

— Juste un ciré. Je vais emprunter l'imperméable d'Emma.

— Oui, ça vaut mieux, dit-il en enfilant sa veste.

La pluie cinglait le toit, et les volets claquaient, balayés par les bourrasques.

— Cade, puisque je viens avec toi, je vais également t'accompagner à l'hôpital. Je suis médecin, ne l'oublie pas. Je peux être utile.

— Merci. Sincèrement, je me sentirais plus rassuré si tu étais en sécurité chez moi, mais nous aviserons en fonction de la situation.

— OK.

Pendant qu'il mettait ses affaires dans le coffre de sa voiture, elle jeta un coup d'œil autour d'elle, effarée par les dégâts déjà causés. Le joli jardin semblait saccagé… Et un arbre immense s'était abattu sur le toit. Mais lorsque Cade emprunta la route qui menait à la plantation, elle découvrit toute l'ampleur du désastre : bananiers et palmiers arrachés, champs inondés, glissements de terrain…

— Terrible, fit-elle dans un murmure.

— Catastrophique, dit-il en freinant soudain.

Il y avait un éboulis de pierres et branchages au milieu de la chaussée. Il se gara sur le côté et sortit du véhicule. Elle fit la même chose, prête à l'aider.

— Reste à l'intérieur. Nous n'avons pas besoin de nous tremper tous les deux !

Malgré ses protestations, elle dégagea un passage avec lui. Ils repartirent bientôt, grimpant dans les collines jusqu'à ce qu'ils parviennent à un village au bord d'un torrent qui avait débordé et jaillissait sur les berges.

— Regarde ! dit-elle, désignant une voiture abandonnée devant un petit pont un peu plus loin.

— On doit aller voir…

— Tout de suite.

Il ralentit pour se garer. La chaussée boueuse était aussi glissante qu'une patinoire.

Une partie du pont s'était écroulée. Le véhicule se trouvait de travers, juste à l'entrée. Le conducteur avait dû vouloir éviter de s'engager et avait dérapé…

S'approchant, Rebecca distingua des silhouettes à l'intérieur. Le conducteur était penché vers la droite. Du sang coulait sur sa tempe. A côté de lui, une femme semblait sans connaissance. L'arrière était empli d'eau.

— C'est fermé à clé, ou bloqué, dit Rebecca en essayant d'ouvrir une portière.

— J'ai ce qu'il faut dans le coffre, dit Cade.

Il repartit en courant et revint un court instant plus tard muni d'une clé à mollette, avec laquelle il fracassa l'une des vitres. Rapidement, il élargit le trou pour atteindre le loquet.

— Qu'est-ce qui se passe ? marmonna l'homme en revenant à lui.

Il poussa un gémissement.

— Le pont…

— Vous avez eu un accident, dit Cade. Vous avez dû vous cogner. Où avez-vous mal ?

— A la tête. Beaucoup.

Il jeta un coup d'œil à la passagère.

— Ma femme, Jane… Elle est blessée.

— Je m'occupe d'elle, dit aussitôt Rebecca. Cade, charge-toi de lui.

— D'accord.

Une fois que Cade eut aidé le conducteur à sortir, elle se glissa sur son siège pour examiner la femme. Elle écouta sa respiration, prit son pouls, qui s'avéra faible et irrégulier. Au bout de quelques secondes, la blessée bougea, et Rebecca poussa un soupir de soulagement.

— Jane ? Je suis médecin…

— Dieu merci. Ma poitrine… Quand j'inspire, ça fait si mal !

— Vous avez dû vous casser une côte. Ne vous inquiétez pas, on vous emmène à l'hôpital.

— Et mon bébé ? Il va bien ? demanda Jane, alarmée.

— Vous êtes enceinte ?

— Non… Ma fille ! Où elle est ? s'écria la femme en grimaçant tandis qu'elle essayait de se retourner pour jeter un coup d'œil vers la banquette arrière.

La partie inondée du véhicule.

— Oh ! non ! non !

— Calmez-vous, dit Rebecca, tâchant elle-même de ne pas s'affoler. Je vais voir.

Au même instant, Cade réapparut, une expression déterminée sur le visage. Le mari de Jane avait dû lui dire qu'ils voyageaient avec un enfant en bas âge… Sans un mot, se penchant au-dessus de Rebecca, il plongea les mains dans l'eau et chercha. Au bout de ce qui parut être une éternité, il souleva un siège-auto avec, à l'intérieur, une petite silhouette sanglée par la ceinture de sécurité. Sa tête auréolée de boucles blondes pendait sur le côté, immobile.

Hébétée, Rebecca sortit de la voiture pour lui laisser le passage. L'eau du torrent tourbillonnait autour de ses jambes, moins agitée cependant que ses pensées. Le sang bourdonna à ses tempes, et elle se revit subitement dans le service de néonatalité où elle s'était tant investie avant que le destin ne l'éloigne.

— Je m'occupe de l'enfant, dit Cade, et toi, de sa mère.

L'ordre lui fit l'effet d'une gifle, l'obligeant à se ressaisir.

— Amène-la près de son mari, dit-il.

Elle obtempéra, avec la sensation de se mouvoir comme un automate. La petite devait avoir environ un an, et ses joues arrondies étaient beaucoup trop pâles. Une teinte bleutée assombrissait sa bouche en forme de bouton de rose.

C'était insupportablement injuste. De telles choses n'avaient pas le droit de se produire…

La gorge nouée, Rebecca incita le couple à s'asseoir sur un talus à l'écart de l'eau bouillonnante du torrent. L'homme se tenait la tête entre les mains — souffrait-il d'un traumatisme crânien ? —, et la femme avait du mal à respirer. En théorie, ils s'en tiraient plutôt bien. Oui, ils étaient censés se considérer comme chanceux… Sauf qu'ils avaient peut-être perdu leur fille.

Rebecca s'obligea à chasser le chagrin mêlé d'effroi qui l'envahissait. Face aux parents, elle devait se montrer rassurante. Quoi qu'il arrive.

— Je vais vous chercher de quoi vous couvrir, dit-elle, consciente que tous deux risquaient de basculer dans un état traumatique d'une seconde à l'autre. Ne bougez pas.

— Mais mon bébé…, gémit Jane.

— On s'occupe d'elle. Je reviens.

De fait, Cade était en train de lui prodiguer un massage thoracique. Il l'avait allongée sur le dos, à côté de son véhicule. Rebecca l'entendit compter les compressions à mi-voix.

— … vingt-huit, vingt-neuf, trente…

Puis il souffla deux fois dans la bouche de l'enfant avant de recommencer à la masser.

— Une, deux, trois, quatre…

Rebecca gagna le coffre de la voiture et chercha la mallette de secours. Les mains tremblantes, elle parvint à en sortir deux couvertures de survie, pliées. Mieux valait qu'elle ne pense pas à la petite fille… Pas maintenant. Il fallait qu'elle reste opérationnelle.

— Douze, treize, quatorze…

Cade donnait le maximum de lui-même. Etait-ce trop tard ? Combien de temps était-elle restée sous l'eau ?

— Je préviens l'hôpital, dit Rebecca.

Il acquiesça sans cesser les compressions, gardant un rythme régulier, rapide.

— Vingt-neuf, trente…

Et deux insufflations.

Rebecca se précipita auprès des parents, les enveloppa dans les grandes feuilles dorées qui les garderaient au chaud, puis s'efforça de leur remonter le moral. Tous deux étaient désespérés, en état de choc. Elle s'éloigna discrètement afin de téléphoner à l'hôpital. Inutile de les chambouler davantage encore…

C'était si dur !

Elle décrivait la situation à l'équipe des urgences quand elle entendit un bruit étouffé en provenance de l'endroit où Cade intervenait.

— On arrive dès que possible, dit-elle à son interlocuteur. Merci.

Elle coupa la communication et rejoignit Cade. Il avait mis la fillette sur le côté gauche, en position latérale de sécurité, elle venait de cracher de l'eau.

— Elle respire ? demanda-t-elle, pleine d'espoir.

— Oui.

Il lui adressa un bref sourire, un intense soulagement se reflétait sur son visage.

— Elle a toussé, ça a libéré ses poumons. Tu peux aller chercher l'oxygène et un masque ? Dans la mallette de secours.

— Tout de suite.

Elle retourna précipitamment à la voiture et fouilla de nouveau dans le nécessaire médical. Des larmes embuèrent soudain sa vue, elle les essuya d'un geste rageur. Il ne fallait pas qu'elle montre à quel point elle était sensible… Ce n'était pas le moment. Elle perdrait toute crédibilité.

— Nous ne savons pas combien de temps elle est restée sans respirer, dit-elle en tendant le matériel à Cade.

Par conséquent, on ne pouvait pas écarter le risque de lésions cérébrales… Mais elle préférait ne pas formuler cette affreuse hypothèse.

— Mais le torrent est froid.

— Exact. Ça peut être une bonne chose, dit Cade.

Une basse température de l'eau ralentissait le rythme cardiaque et contractait les artères périphériques. Par réflexe vital, le sang oxygéné était propulsé vers le cœur et le cerveau, là où toute absence d'irrigation était fatale. *Avec un peu de chance, c'est ce qui s'est produit*, pensa Rebecca en regardant Cade administrer de l'oxygène à l'enfant.

— Je fais monter les parents dans la voiture, dit-elle.

— Oui, on y va d'une seconde à l'autre. Tu peux t'installer à l'arrière avec la mère et la petite ? Le père se mettra devant.

— Pas de problème.

Il l'observa un bref instant.

— Ça va, toi ?

— Oui, pourquoi ? demanda-t-elle, surprise.

Puis elle se rendit compte qu'elle venait de poser une main protectrice sur son ventre… Ce ventre qui ne pourrait jamais donner la vie. Quelle ironie… Par moments, elle avait même l'impression d'éprouver une douleur sourde, comme si les tissus cicatriciels, ces maudites adhérences sources de stérilité, bougeaient. La mémoire du corps, sans doute… Une mémoire réactivée par le drame auquel elle assistait.

— J'ai simplement hâte qu'on ait fini de secourir cette famille, dit-elle en regardant la fillette qui semblait maintenant hors de danger.

Ses lèvres et ses joues se teintaient peu à peu de rose. Un miracle…

— Tu as été incroyablement efficace. Bravo.

— J'ai fait mon travail. Toi aussi, tu as assuré !

Il lui sourit.

— Sans toi, je ne m'en serais pas aussi bien sorti.

Elle lui tendit la plus petite des couvertures de survie qu'elle avait prises dans la mallette.

— Dès que possible, enveloppe-la là-dedans, après lui avoir

enlevé ses vêtements mouillés. Il faut la garder bien au chaud jusqu'à ce qu'on soit à l'hôpital.

— Bien sûr. Pour l'instant, son pouls est encore irrégulier, mais ça devrait aller mieux dès qu'elle aura un peu moins froid.

Quelques instants plus tard, ils s'installaient dans la voiture de Cade. A l'arrière, à côté de Rebecca, la femme plaça une main tremblante sur le front de son enfant, en quête d'un contact rassurant et essentiel malgré l'inconfort dû à ses blessures.

— Elle s'appelle Annie, dit-elle. Annie, mon ange…

Puis elle ferma les yeux, épuisée.

Rebecca, concentrée sur un seul et unique but — favoriser une respiration régulière —, maintenait le masque à oxygène sur le petit visage. Le cœur de l'enfant battait encore trop lentement. Il y avait aussi le risque qu'elle ait attrapé une pneumonie… Elle avait failli se noyer, ses poumons avaient été gorgés d'eau ; à ce stade, il était impossible de déterminer les conséquences de l'immersion.

Le trajet, qui ne dura pas plus de trois quarts d'heure, parut interminable à tout le monde. Cade conduisit aussi vite que possible, négociant les virages avec adresse et prudence. A deux reprises, ils durent s'arrêter pour écarter des branchages au milieu de la route.

Enfin, ils arrivèrent. Une équipe de secours vint aussitôt les accueillir, Annie fut emmenée en soins intensifs et ses parents conduits au service de radiologie.

— Tu veux que je te conduise chez moi ou tu préfères rester ici ? demanda Cade à Rebecca.

— Je reste. Je serais incapable de me reposer.

Il hocha la tête, une lueur pensive au fond des yeux.

— Je comprends. Allons dans mon bureau. Ils viendront nous chercher quand ils auront du nouveau.

Elle le suivit dans un long couloir, en proie à un étrange sentiment d'irréalité. La dernière heure avait été extraordinairement difficile, mais le pire avait été évité.

Cade s'effaça pour la laisser entrer dans une pièce spacieuse, équipée d'un bureau en bois ciré et de deux confortables fauteuils réservés aux visiteurs. Contre l'un des murs était placé un canapé.

Il referma la porte, et elle laissa son regard glisser autour d'elle, incapable de savoir ce qu'elle ressentait vraiment. Autant de fatigue que de confusion et d'inquiétude, certainement. Un soupir lui échappa.

— En fait, je crois que je vais rester ici pour récupérer un peu.

— Aucun problème, répondit-il. Tu peux te reposer aussi longtemps que nécessaire. A un moment, j'ai eu peur que tu flanches...

Il s'approcha, lui enlaça tendrement les épaules et la regarda dans les yeux.

— Tu t'impliques trop auprès de tes patients, je me trompe ?

Elle sentit son cœur battre plus vite.

— Peut-être, oui.

— C'est pour cette raison que tu veux prendre du recul ?

— Pas tout à fait, murmura-t-elle, troublée. Mais ne me pose pas ce genre de questions maintenant... Là, j'ai juste envie de savoir comment va la petite Annie.

Il la serra un peu plus fort, comme s'il voulait lui transmettre sa propre endurance.

— Je m'inquiète pour elle, moi aussi, dit-il à son oreille.

Puis, s'écartant, il ébaucha un drôle de sourire.

— Et pour toi également, Rebecca. J'ignore ce qui s'est passé dans ta vie mais... Tu peux compter sur moi. J'aimerais que tu le saches.

Le cœur battant, elle soutint son regard.

— Merci.

Mais en prononçant ce simple mot, elle sut qu'elle luttait contre une insupportable sensation de méfiance. Même si Cade se montrait généreux, apparemment sincère, à moins d'un miracle elle ne parviendrait plus à faire confiance comme avant.

4.

Manifestement soucieux, Cade prit la main de Rebecca et l'invita à s'asseoir sur le canapé, à côté de lui.

— Je vais rejoindre mes collègues, mais, avant, je veux être certain que toi tu vas bien.

— Et toi ? demanda-t-elle, lui retournant la question pour ne pas avoir à répondre. Tu as dû avoir si peur que la petite Annie meure…

— Oui, mais je n'y ai pas pensé. Tu le sais, quand on agit, on ne s'interroge pas.

Il la regardait d'un air préoccupé, entremêlant leurs doigts. Elle réprima un frisson. Ce contact lui faisait tant de bien.

— Maintenant, rétrospectivement, je frémis, dit-il. Pardonne mon indiscrétion, Rebecca, mais est-ce que tu as perdu un patient là où tu travaillais avant ? Un bébé ?

Elle détourna les yeux. Comment lui expliquer ce qui s'était produit dans sa vie ? Là, à cet instant, c'était impossible. Trop douloureux. Et cela risquerait de changer complètement ce qu'il ressentait pour elle.

— J'ai déjà été confrontée à ce drame, dit-elle. Malgré tous les efforts qu'on fournit, ça dérape, et on n'y arrive pas. Par moments, la médecine est impuissante et…

Un léger coup à la porte l'interrompit. Cade lâcha sa main, et elle ressentit un tiraillement, un mélange de regret et d'envie qu'il reste encore auprès d'elle.

— Entrez !

Le spécialiste qui s'était occupé d'Annie pénétra dans la pièce.

— Cade, je passe rapidement, on est débordés…

— Je m'en doute. James, voici Rebecca, qui est également médecin. Elle m'a beaucoup aidée avec les parents et la petite.

— Je sais… Je suis le Dr Wool. Je vous ai eue au téléphone tout à l'heure, dit-il en serrant la main à Rebecca. C'est une chance que vous ayez été présente.

— Comment va Annie ? demanda-t-elle.

— Son état n'est pas encore stabilisé. On fait tout notre possible, vous vous en doutez. On lui administre de l'oxygène réchauffé et une solution d'hydratation tiède en intraveineuse. Sa température corporelle devait augmenter lentement mais sûrement.

Il esquissa une moue inquiète.

— Nous espérons qu'il n'y aura pas de complications, mais au cas où, on est prêts. Je suis allé rassurer les parents. Leur petite a de la chance d'être encore en vie.

— Clairement, oui, dit Cade. Tu as le temps de boire un café ?

— En vitesse, merci.

Cade alluma la cafetière installée à côté de son bureau, et servit trois gobelets. Pendant qu'ils buvaient, James continua à résumer la situation.

— Mme Tennyson a trois côtes fracturées, et son mari souffre d'une légère commotion cérébrale. On leur a administré des antalgiques, on les garde en observation. Tous les trois ensemble, précisa-t-il. Annie, son père et sa mère.

— Tant mieux, dit Rebecca. Et vous êtes débordés, j'ai remarqué le monde dans le hall d'accueil…

— Oui, la tempête a fait des dégâts, répondit le médecin en soupirant. On a lancé un appel pour étoffer notre équipe, nous avons besoin d'aide.

— Je suis là, dit Cade. Toute la nuit si besoin.

— Moi aussi, dit Rebecca.

L'étonnement se refléta sur le visage du Dr Wool.

— Même si je suis pédiatre, pas urgentiste, je peux être utile, dit-elle. Si vous me délivrez l'autorisation, bien sûr.

Elle n'aurait pas supporté de rester les bras croisés, à attendre le verdict concernant Annie… Et même, au-delà de sa propre inquiétude, elle avait besoin d'agir. Ses valeurs professionnelles reprenaient le dessus.

— C'est très gentil à vous ! dit James. D'un point de vue administratif, on peut régler la situation en cinq minutes. Il me faut simplement votre numéro d'immatriculation à l'ordre des médecins, ou à l'association qui régit votre pratique en Angleterre. Vous n'auriez pas de compétences en obstétrique, par hasard ? demanda-t-il, plein d'espoir. On va recevoir une patiente dont le travail a commencé il y a plusieurs heures, mais elle n'a appelé l'ambulance que lorsque les contractions sont devenues plus fréquentes. C'est tout à fait normal... mais, compte tenu des intempéries, sa situation se complique. C'est son premier accouchement. On a prévenu le service maternité, mais ils sont aussi surchargés que nous, aucun spécialiste n'est disponible pour l'instant.

Elle sentit son souffle se bloquer. Décidément, le destin s'acharnait ! Elle avait voulu fuir tout ce qui avait trait à sa vocation initiale... Mais comment refuser ? C'était inconcevable.

— J'ai suivi une formation avant de me spécialiser en néonatalogie, répondit-elle. J'irai l'examiner.

— Parfait ! Vous nous serez d'un grand secours, dit James.

Elle échangea un coup d'œil avec Cade, qui lui sourit d'un air encourageant.

— Tu es notre bonne fée.

— N'exagérons rien... Allons-y, dit-elle à James.

Tous les trois quittèrent le bureau et traversèrent le couloir pour rejoindre le hall d'accueil des urgences. James étudiait la liste des patients quand une infirmière se précipita vers lui.

— L'ambulancier qui amène Mme Nelson vient d'appeler. Ils sont coincés sur la route à cause d'un arbre sur la chaussée... La bonne nouvelle ? Ils sont à dix minutes d'ici. La mauvaise nouvelle, c'est que la naissance est imminente et l'enfant se présente apparemment par le siège.

— Merci, Greta. Dites-leur qu'on envoie quelqu'un. Les complications se multiplient mais... Toujours partante ? demanda James à Rebecca.

Elle fit signe que oui.

— Comment est-ce que je me rends sur place ? En taxi, ça semble compromis.

— Je t'emmène, dit aussitôt Cade. Si on est deux pour cette intervention, ce ne sera pas plus mal. On y va.

Elle le suivit en direction du parking extérieur, gardant la tête baissée à cause des bourrasques, toujours aussi violentes. La pluie tombait à verse, Rebecca fut trempée en quelques secondes. Mais peu lui importait. Elle ne pensait qu'à la pauvre femme dans l'ambulance. Un siège signifiait que la tête du bébé n'était pas positionnée vers le bas. Dans ce cas, mieux valait opter pour une césarienne, qui sécurisait aussi bien la mère que l'enfant. Mais vu les circonstances, ce ne se serait pas possible.

— On y sera dans quelques minutes, dit Cade dès qu'ils furent dans la voiture.

Il démarra, mit les essuie-glaces en marche et conduisit prudemment. Son GPS avait localisé l'ambulance.

— Tu étais très pâle, tout à l'heure, dit-il. Tu es sûre que ça ira ?

— Je suis juste fatiguée. Ne t'inquiète pas, je ne me serais pas proposée si je n'avais pas été sûre de moi.

— Alors tant mieux. Je crois qu'on y est, dit-il environ cinq minutes plus tard.

L'ambulance était arrêtée sur le bas-côté d'une route bordée d'arbres. L'un d'eux, un grand palmier, s'était abattu juste devant le véhicule.

— Une chance que personne ne soit blessé, dit Cade en se garant.

— Oui… Et j'espère qu'on arrive à temps, répondit Rebecca. Elle bondit à l'extérieur et courut vers l'ambulance, dont les portières arrière s'ouvrirent pour l'accueillir. Une femme y était allongée, jambes écartées sous un drap. De part et d'autre se tenaient les ambulanciers, un homme et une femme.

— Je suis Jimena, dit cette dernière.

Les cheveux noirs et bouclés, elle semblait robuste.

— Moi, c'est Marcus, dit son collègue, qui se tourna vers

la patiente. On est vraiment contents de vous voir, pas vrai, madame Nelson ?

Kenzie Nelson acquiesça. De fines gouttes de sueur perlaient sur son front.

— On lui a administré du protoxyde d'azote, mais ça n'a pas l'air de soulager sa douleur. Les contractions sont régulières, toutes les cinq minutes, et elle est à six centimètres de dilatation. Elle a perdu les eaux.

— Parfait, ça veut dire que le bébé a envie de venir au monde ! répondit Rebecca avec un sourire encourageant. Je suis le Dr Rebecca Flynn, et voici le Dr Cade Byfield. Kenzie, si vous êtes d'accord, je peux vous administrer de la péthidine, c'est un antalgique puissant… Une piqûre dans la cuisse, et voilà. Simple et efficace. Seul hic : ensuite, vous risquez d'être un peu endormie.

— Je veux bien, j'ai trop mal, dit Kenzie.

— D'accord.

Rebecca se lava les mains avec une solution antiseptique et enfila des gants chirurgicaux. Pendant que Cade préparait le matériel nécessaire, elle examina la patiente. Pression artérielle, fréquence des contractions, rythme cardiaque du bébé…

— Vous avez compris que votre petit n'arrive pas tête la première ? demanda-t-elle à Kenzie.

— Fesses ou pieds d'abord, je sais, murmura la future maman.

— Exactement.

— Et vous savez si c'est une fille ou un garçon ?

— Non… Oh ! merci à vous d'être là ! dit Kenzie, au bord des larmes.

— De rien. On va tout faire pour que ça se passe bien, répondit Rebecca d'une voix rassurante.

Mais au fond d'elle-même, elle s'inquiétait déjà de ce qui pouvait advenir. Les naissances par le siège étaient risquées, et là, dans cette voiture, les dangers étaient démultipliés.

Elle se tourna vers les deux ambulanciers.

— Vous pourriez lui administrer du protoxyde d'azote quand

elle en aura besoin ? Et il va nous falloir une unité d'aspiration à portée de main.

— Pas de problème, dit Jimena.

— Je reste en contact avec l'hôpital, dit Marcus.

— Merci. Tu pourrais surveiller ses constantes ? demanda Rebecca à Cade. Et celles du bébé…

— Bien sûr.

Il était déjà en train de préparer leur patiente. Il lui nettoya une petite zone circulaire sur la cuisse, là où Rebecca pourrait piquer.

— Il faut compter quelques minutes avant que vous sentiez les effets du médicament, dit-il à Kenzie. Mais c'est assez efficace, vous verrez.

Peu de temps après, les contractions augmentèrent en intensité et rapidité.

— Dilatation maximale, dit Rebecca. Je vois les fesses du bébé ! Je vais devoir pratiquer une petite épisiotomie, ça facilitera la naissance. Avec une légère anesthésie avant…

Elle agissait en même temps, rapide, sûre d'elle à présent, puis elle attendit quelques instants, laissant la nature opérer. Quand le siège du bébé apparut plus distinctement de côté, elle le tourna délicatement afin que son dos se trouve vers le haut : la position la plus sûre. Bientôt, elle put faire sortir la première jambe, la droite, réajuster encore la posture, tirer délicatement la jambe gauche, retenant son souffle à chaque fois. Elle craignait tant de faire mal à la mère ou à l'enfant…

— C'est parfait, dit Cade avec un sourire soulagé. Tout va bien… Et c'est un garçon !

Kenzie laissa échapper un soupir heureux.

— Un garçon ! Mon mari va être si heureux, c'est ce qu'il espérait.

— Maintenant, laissons encore faire, dit doucement Rebecca.

Graduellement, le corps descendait. Un coude apparut et, grâce à deux manœuvres délicates, elle fit émerger les bras. Ensuite, elle plaça son majeur sous la tête du nourrisson, puis glissa sur sa nuque, le dos et, le soutenant avec son avant-bras, elle le fit pivoter de façon à ce qu'il puisse sortir son visage…

Exposé à l'air, il laissa échapper un cri de protestation, et Rebecca sentit une boule d'émotion se former dans sa gorge. Il était sauvé…

Et magnifique.

Cade nettoya rapidement le nez et la bouche du nouveau-né avant de l'envelopper d'une couverture et de le poser contre la mère qui souriait, épuisée mais aux anges. Toutes les difficultés qu'elle venait d'affronter s'évanouissaient à cet instant, miraculeusement effacées par la présence de son bébé.

Rebecca les observa, heureuse et soulagée. Quel bonheur…

Un bonheur qu'elle-même ne connaîtrait jamais.

Aussitôt, elle chassa les idées noires qui menaçaient de la submerger. Ce n'était pas le moment.

— Je vais vous administrer un médicament pour vous aider à expulser le placenta, dit-elle à Kenzie qui hocha distraitement la tête, totalement concentrée sur son nouveau-né.

Le sourire aux lèvres, Rebecca fit la piqûre et attendit quelques minutes avant de couper le cordon. Un clampage un peu tardif permettait un meilleur apport sanguin initial, plus riche en nutriments issus du placenta.

Cade continuait à vérifier les constantes du nourrisson, qui semblait se porter très bien. La délivrance terminée, Rebecca put recoudre l'incision de l'épisiotomie.

— Et voilà !

— Comme par hasard, nos renforts arrivent pile maintenant, dit Marcus.

Une ambulance se gara derrière la leur, et deux collègues les rejoignirent à la hâte.

— Comment ça va ?

— Impeccable, dit Cade. On s'en sort à merveille. Mais il va falloir réchauffer le bébé au plus vite.

On emmena la mère et l'enfant. Jimena et Marcus remercièrent chaleureusement Rebecca et Cade, et le véhicule repartit aussitôt à l'hôpital.

— Eh bien, quelle épreuve ! dit Cade en invitant Rebecca à le suivre dans sa voiture. Tu as été géniale.

— J'ai juste aidé…

— Tu as donné la vie !

Elle sentit de nouveau son cœur se serrer. S'il avait su…

— Oui, tout s'est bien passé, dit-elle en s'asseyant sur le siège passager. Franchement, on a eu de la chance.

— La chance s'appelle aussi savoir-faire, répondit-il en s'engageant sur la route de l'hôpital.

Elle ferma brièvement les yeux, submergée par un trop-plein d'émotions et de fatigue.

— Merci, murmura-t-elle.

— Ça va ?

— Oui, oui. Mais maintenant je m'inquiète pour Emma…

Elle prit son portable et essaya d'appeler sa sœur.

— Toujours aucune réponse.

— Le réseau est perturbé. Elle est sûrement à l'abri quelque part, avec son équipe. Elle vit ici depuis un moment, elle doit savoir se mettre en sécurité en cas d'intempérie.

— Je l'espère.

Il lui prit la main, et elle frissonna, repensant pour la première fois au baiser qu'ils avaient échangé. Tant d'événements s'étaient déroulés depuis. Peut-être avait-elle imaginé cette étreinte…

Mais elle ne rêvait pas la tendresse des doigts de Cade autour des siens.

— Aie confiance… Tout ira bien.

Elle sourit, prête à y croire malgré elle. Après tout, pourquoi pas… Tout pouvait aller bien.

Pourtant, une dizaine de minutes plus tard, elle prit conscience que les épreuves de la nuit n'étaient pas finies. Le service des urgences ne désemplissait pas, et James leur annonça une mauvaise nouvelle.

— La petite Annie souffre d'un œdème pulmonaire. Les conséquences de son immersion, dit-il avec une moue navrée. Ça peut survenir même plusieurs heures après avoir été sauvé d'une noyade.

Rebecca échangea un regard avec Cade. Elle avait craint cette éventualité. Les poumons étaient encore gorgés d'eau, et le bébé peinait à respirer.

— Vous lui avez administré un diurétique pour faciliter l'élimination ?

— Bien sûr. Et un traitement pour stabiliser son rythme cardiaque et sa pression sanguine. Ne vous inquiétez pas, docteur Flynn, nous veillons sur elle.

Rebecca s'efforça de sourire, s'abstenant de tout commentaire inutile. Elle savait très bien que le Dr Wool faisait le maximum.

— Et si j'allais voir d'autres patients ? proposa-t-elle. J'ai besoin de m'activer.

James acquiesça d'un bref signe de tête.

— Vous nous serez d'un grand secours. Mais je laisse Cade vous guider, si ça ne vous ennuie pas. Je dois filer. A plus tard.

— Tu es sûre que tu veux continuer ? demanda Cade d'un air soucieux. Il est tard, je pourrais te conduire à la maison. J'ai déjà téléphoné à Harriet pour qu'elle te prépare la chambre d'amis. Elle prévoira également quelque chose à manger.

— Je n'irai nulle part tant que je ne saurai pas comment va Annie, dit Rebecca.

— Bon… Si tu craques, profite du canapé dans mon bureau. Et si tu as besoin de quoi que ce soit, n'hésite surtout pas à me le faire savoir.

Elle lui sourit.

— D'accord, mais ne t'inquiète pas autant pour moi. Ça ira. C'est plutôt toi qui devrais te reposer. Tu es venu me rejoindre chez Emma après ton service, et maintenant, tu poursuis… Je ne sais pas comment tu fais pour tenir le coup.

— Avec de l'expérience, et une bonne condition physique, c'est possible, répondit-il.

Elle l'enveloppa discrètement du regard. Oui, bien sûr, il semblait très en forme… Musclé, agile, vif. Fort. Une présence à couper le souffle. Toutes les femmes devaient tomber amoureuses de lui !

Chassant cette réflexion de son esprit, elle lui emboîta le

pas. Après s'être lavé les mains et avoir passé des blouses blanches, ils gagnèrent la salle de soins intensifs où la petite Annie se trouvait. Son berceau était entouré d'écrans et tuyaux permettant de mesurer sa respiration, son rythme cardiaque, sa température, le niveau d'oxygène dans son sang… Elle dormait, et ses minuscules pommettes se teintaient de rose : un bon signe.

— Elle va mieux, dit Rebecca, soulagée. Elle s'en tirera, Dieu merci. Au niveau neurologique, qu'est-ce qu'on sait ?

Cade étudia rapidement le dossier du bébé.

— Apparemment, elle reconnaît ses parents, et elle leur répond.

— Excellente nouvelle !

Rebecca poussa un soupir.

— Le pire est passé… Elle va se rétablir complètement, je pense. Ouf !

Et elle ne put retenir un bâillement… Puis un deuxième.

Cade l'observait d'un air compatissant.

— Ce ne sont pas vraiment des vacances, pour toi… Il est grand temps que tu ailles te reposer. En vérité, moi aussi.

— On rentre ? fit-elle, étonnée.

— Oui. Il faut savoir se ménager si on veut être de nouveau opérationnels, pas vrai ?

Elle ne protesta pas. Il avait raison, elle était exténuée. Trop d'émotions, trop de chamboulements… Et toujours aucune nouvelle d'Emma. Mais elle préféra ne pas en parler. Formuler ce qu'elle ressentait aurait aggravé son inquiétude.

La pluie avait presque cessé — il bruinait, à présent —, et le vent s'apaisait enfin. La tempête avait été courte mais suffisamment violente pour provoquer un vrai chaos, constata Rebecca quand, en voiture, Cade et elle prirent la direction de la plantation. Ponts écroulés, routes inondées, chutes de pierres… C'était impressionnant.

— Je me demande si le propriétaire de la maison d'Emma

pourra faire réparer les dégâts dans la semaine. Il y a tellement à faire, partout…

— C'est certain. Les plombiers et les maçons vont être submergés de travail.

Il lui jeta un coup d'œil.

— Tu peux rester chez moi le temps nécessaire.

— Vraiment ?

— Absolument.

Peu de temps après, quand ils eurent longé la plantation par le côté sud, ils arrivèrent devant la propriété de Cade. Dès qu'ils franchirent le portail, les lumières de sécurité s'allumèrent, éclairant l'allée. Cade se gara, invita Rebecca à entrer puis alla chercher la valise dans le coffre.

La villa s'élevait sur deux étages, avec un vaste escalier qui s'évasait au fond du hall. Elle était encore plus imposante que dans le souvenir de Rebecca. Mais, lorsqu'ils avaient soigné le jeune ouvrier blessé à la main, elle n'avait fait qu'y passer.

— Je te montre ta chambre, dit Cade. Il y a une salle de bains rien que pour toi, et plein de place dans les placards pour ranger tes affaires. Installe-toi.

Il la précéda dans la pièce, alluma et posa la valise dans un coin.

— Tu admireras la vue demain matin, dit-il en désignant la porte-fenêtre qui s'ouvrait sur une terrasse.

— Demain est un autre jour, fit-elle en admirant la décoration.

Les rideaux de dentelle, le couvre-lit soyeux de la même teinte que le tissu des fauteuils et du tabouret de la coiffeuse, encastrée entre des placards qui couvraient toute la longueur du mur.

— Harriet vient de me laisser un message, dit Cade en consultant son portable. Il y a de la viande froide, de la salade, des fruits. On peut dîner en bas, dans la cuisine, ou si tu veux, je t'apporte un plateau.

— Oh… C'est très gentil de votre part à tous les deux. Je crois que je préfère rester ici.

— Pas de souci.

Il lui sourit et, s'approchant, lui posa une main sur l'épaule. Elle sentit son cœur s'affoler mais parvint à ne pas trahir son trouble. Du moins l'espérait-elle. Et s'il était déçu qu'elle ne partage pas son repas avec lui, il n'en montra rien.

— Tu peux demander tout ce que tu veux. Tu t'es tellement donnée, aujourd'hui… Et j'ai senti que ça n'a pas été facile pour toi.

Il l'embrassa sur le front.

— Merci encore.

— De rien, répondit-elle, émue et un peu gênée.

De nouveau, le souvenir brûlant du baiser qu'ils avaient échangé jaillit à la mémoire. Une éternité semblait s'être écoulée depuis ce moment d'exaltation… Seulement quelques heures, en réalité. Ils n'en avaient pas parlé, pris par l'urgence, le réel fracassant à affronter… Mais maintenant, les sensations et les images lui revenaient à l'esprit. Son pouls s'affola, et elle s'obligea à penser à autre chose.

— Je ne pouvais pas agir autrement, dit-elle. C'est ça, être médecin…

Une lueur chaude traversa les yeux de Cade.

— Je suis bien d'accord avec toi. Je t'apporte un plateau. Détends-toi, fais comme chez toi… A tout de suite.

Une fois seule, elle s'allongea quelques instants sur le lit, et un soupir d'aise lui échappa. Elle était fatiguée, oui… Et heureuse d'être là, dans cette maison inconnue mais si accueillante.

Cade s'avérait si généreux… Si séduisant. Etonnant. Il ne fallait pas qu'elle tombe sous le charme, surtout pas. Un homme pareil lui briserait le cœur… Il devait être tellement sollicité !

Surtout, lorsqu'il apprendrait l'anomalie terrible dont elle souffrait, il se détournerait d'elle. Comme tous les hommes, d'ailleurs.

5.

— Bonjour ! dit gaiement Cade le lendemain matin lorsque Rebecca arriva dans la cuisine.

Il la parcourut d'un regard admiratif. Elle portait une jupe crayon et un haut à fines bretelles qui révélait sa peau déjà légèrement dorée par le soleil. Malgré elle, elle se sentit flattée.

— Bien dormi ?

— Très bien, merci. D'une traite ! La vue depuis la terrasse est extraordinaire.

Dès le réveil, elle avait admiré la forêt tropicale qui couvrait la colline et, au loin, la mer, bleu lagon. De cet endroit, toute trace de la tempête semblait effacée.

Il ébaucha un sourire heureux.

— On ne s'y habitue pas, c'est ce qui est extraordinaire. Après tant d'années, cette île continue à m'émerveiller.

Il était en train de préparer du pain grillé et des œufs pochés.

— Tu as faim ? demanda-t-il.

— Oh ! oui !

— Tant mieux. J'ai prévu des œufs Bénédicte, si tu aimes ça.

— J'adore ! A voir le paysage d'ici, on n'a pas l'impression qu'il y a eu les intempéries de la nuit passée,

— La propriété a été préservée. Après ce genre de mini-tornade, la nature revit et prospère de plus belle. Les fleurs s'ouvrent, et tout est plus verdoyant ou coloré que jamais.

— J'imagine, en effet, dit-elle, presque éblouie par la luminosité qui se déversait depuis la baie vitrée.

Une brise tiède soufflait. Sur la véranda, la table avait été dressée, nappée de damas blanc. Deux verres et une carafe de jus d'orange les attendaient.

Cade sortit des muffins du four, les beurra légèrement, ajouta du saumon fumé puis les œufs pochés. Il versa un peu de sauce hollandaise et parsema le tout de ciboulette ciselée.

— Ça a l'air délicieux !

— J'espère que ça le sera ! On va sur la terrasse ? demanda-t-il en disposant une cafetière et des tasses de porcelaine sur un plateau.

Le mélange d'arômes était divin. Elle suivit Cade, le sourire aux lèvres.

— Quelle merveilleuse façon de commencer la journée.

— Il faut savoir se bichonner. Un peu de douceur dans ce monde de brutes ! dit-il en l'invitant à s'asseoir.

De la terrasse, le jardin et ses arbres fruitiers se laissaient admirer : citronniers, tamariniers, ananas… Un peu plus loin, des palmiers bordaient une pelouse parfaitement tondue. Des bougainvilliers violets, des kalankoés pourpres apportaient des taches de couleurs qui répondaient aux frangipaniers parfumés roses et jaunes. Entourée de sedums rose clair, une petite mare constellée de nénuphars ornait un coin du jardin.

— C'est paradisiaque, dit Rebecca.

Elle goûta les œufs.

— En plus, ta cuisine est excellente. Bravo ! Médecin, planteur et cordon-bleu ?

Il rit.

— Non, sûrement pas cordon-bleu. Je sais juste préparer quelques recettes très simples ! Pizzas, pancakes…

— C'est déjà beaucoup.

Il lui servit du café, auquel elle ajouta du lait et du sucre.

— J'ai surtout consacré tout mon temps à rénover la propriété, maison comprise, dit-il. Il y avait tant à faire. Il m'a fallu du temps, mais je crois que j'ai réussi à bâtir un lieu agréable.

— Tu crois ? Tout est magnifique, ici. Tu as bon goût.

— Merci. J'aime les couleurs claires, les placards vitrés ou intégrés, les effets de transparence… Je te fais visiter la maison, si tu veux.

— Avec plaisir. Mais tu ne vas pas à l'hôpital ? demanda-t-elle, surprise.

— Si, ce matin. J'ai aussi pas mal de paperasse à terminer… Ensuite, ô bonheur, j'ai quelques jours de repos. J'ai prévu de jeter un coup d'œil au chantier de construction des nouvelles serres… A moins que William ne s'en occupe. On verra.

Ils finirent leur petit déjeuner, puis il l'invita à le suivre.

Le salon était spacieux, avec trois portes-fenêtres donnant sur la terrasse. Ouvertes, elles laissaient passer un air tiède et parfumé. Le sol en parquet de bois blond accueillait un canapé d'angle blanc cassé, des fauteuils assortis… Une table basse en verre teinté de vert rappelait les fougères placées en décoration çà et là. Dehors, on apercevait des palmiers, des yuccas et des philodendrons grimpants. Quelle luxuriance !

Ils se rendirent ensuite à l'étage, et Cade lui montra les différentes chambres, toutes équipées d'une salle de bains. Meublées avec goût, ornées de draperies élégantes aux coloris apaisants, les pièces s'ouvraient sur un balcon à la balustrade de fer forgé.

— C'est superbe, dit Rebecca. Et immense ! Tu reçois souvent ?

— De temps à autre, bien sûr.

Il esquissa un sourire songeur.

— La maison est trop grande pour moi, évidemment. Mais j'espère avoir un jour une famille qui la remplira ! Je n'ai pas aimé être fils unique. Mes parents se sont séparés, et tout s'est arrêté là. Je n'ai jamais eu ni frère ni sœur. Je ne veux pas reproduire ce schéma-là.

Elle soutint son regard autant que possible, consciente des battements irréguliers de son cœur. Elle aurait dû s'en douter. Comment aurait-il pu en être autrement ? Il voulait fonder une famille… Une famille nombreuse.

— Je te comprends. J'espère que tu pourras réaliser ton rêve.

Il se mit en rire tout en l'invitant à avancer dans le couloir.

— Oui, c'est un rêve… Jusqu'à présent, je n'ai pas eu de chance avec les femmes que j'ai connues, mais qui sait si ma bonne étoile n'est pas en train de paraître ? Après tout, je suis en ce moment même en compagnie d'une jolie jeune femme douce, généreuse, talentueuse... Des qualités qui me comblent ! dit-il en lui prenant la main et en l'attirant vers lui.

Elle sentit son pouls s'accélérer. Incapable de résister, elle se laissa enlacer tendrement. Il la désirait, c'était évident. Et elle aussi. Entre eux, soudain, quelque chose de magnétique se produisait de nouveau... Comme un envoûtement.

Mais il ne fallait pas qu'elle s'engage sur cette voie-là avec lui. C'était impossible. Elle souffrirait trop ensuite... Et lui aussi.

— Ce n'est peut-être qu'une illusion.

— Comment ça ? murmura-t-il, cherchant son regard.

Elle détourna les yeux et se dégagea de son étreinte avec une douloureuse sensation d'arrachement. Elle avait tellement envie de rester contre lui, de se fondre en lui et de s'abandonner...

— Je me remets à peine de ce que j'ai vécu en Angleterre avec mon ex... Désolée, dit-elle tout bas.

— Ah... Oui, j'imagine. Tu as eu une importante déception et tu as peur que ça recommence ?

Elle lui sourit, espérant dissimuler la tristesse qui menaçait de la submerger. Comme un raz-de-marée. *Ne craque pas... Ne craque pas...*

— Oui. Et je ne suis pas prête à m'engager de nouveau.

Au moins, ses paroles étaient claires. Il l'observa attentivement avant de hocher la tête d'un air perplexe.

— J'en déduis que tu préfères t'amuser ? Vivre légèrement ? Avoir une aventure ? Ici, sur cette île paradisiaque, ce serait l'idéal... Avec quelqu'un comme William, peut-être ?

— Peut-être, effectivement, répondit-elle, consciente d'être en train de tout saboter entre eux.

C'était si cruel de lui mentir ainsi ! Mais lui apprendre qu'elle ne pourrait jamais avoir d'enfants était au-dessus de ses forces. D'un autre côté, elle refusait qu'il se fasse des illusions à son sujet. Il voulait fonder une famille, il recherchait une femme qui lui permettrait de réaliser son désir si légitime...

Ce ne serait pas elle.

Ça ne pouvait pas être elle.

Il l'observa fixement quelques secondes, stupéfait. Il aurait affiché la même expression si elle l'avait giflé. Il s'apprêtait à rétorquer quand son téléphone sonna.

— Encore une urgence, dit-il en consultant le SMS qu'il venait de recevoir.

Elle le regarda, la gorge nouée. Le charme était rompu… La réalité les ramenait à l'ordre.

— Alors ?

— Il faut que j'y aille. Mais ça m'ennuie de te laisser seule ici… Je vais demander à Benjamin de te conduire où tu veux.

Elle secoua la tête.

— Merci, c'est très gentil mais si j'ai besoin de bouger, j'appellerai un taxi. Il faut que je me débrouille !

— Les taxis vont être surbookés.

Il réfléchit un court instant.

— Je peux te prêter le 4x4 que mon oncle conduit en temps normal, puisque comme tu le sais il est hospitalisé.

— Oh…

Elle lui sourit, touchée par cette attention. Décidément, cet homme était son ange gardien.

— Ce serait pratique, oui. Je pourrais explorer l'île en étant autonome.

— Exactement.

A son tour, il ébaucha un sourire, qu'elle trouva plus poli que réjoui. Son attitude changeait déjà imperceptiblement.

— Il suffit que je prévienne l'assurance, et le véhicule est à toi. Mais sois prudente, les routes ne sont pas toutes dégagées, et il vaut mieux éviter d'aller vers le plateau.

Pourtant, elle aurait voulu aller retrouver Emma. Redoutant qu'il essaie de la dissuader, elle garda son idée pour elle.

— En altitude, les routes sont sinueuses, de vrais lacets, et, à certains endroits, les parois rocheuses tombent à pic, dit-il, la dévisageant comme s'il avait deviné ses pensées. Maintenant, allons jeter un coup d'œil au véhicule. Ensuite, je dois m'occuper d'un de mes ouvriers. Harriet vient de me prévenir par texto qu'il était souffrant. On prendra le 4x4 pour aller chez lui, ça te permettra de te familiariser avec la conduite.

— Bonne idée. Encore une fois, merci beaucoup. Tu ne cesses de m'aider.

— C'est avec plaisir.

N'empêche, il semblait si formel, tout à coup… Plus distant.

Elle le suivit dans le garage — une écurie transformée — à l'arrière de la villa. Plusieurs véhicules y étaient garés. Il mit sa trousse de premiers secours dans le coffre d'un tout-terrain gris métallisé et lui tendit les clés.

— A toi de conduire. Je t'indiquerai le chemin. Agwe habite un village à une dizaine de kilomètres. Tu vas joindre l'utile à l'agréable, c'est une zone touristique, très réputée pour la pêche en rivière. D'ailleurs, quand il ne travaille pas à la plantation, Agwe en est adepte.

— Et de quoi souffre-t-il ?

— Apparemment de symptômes grippaux, avec migraine et douleurs musculaires.

Elle s'installa au volant, il prit place côté passager, et elle démarra. La voiture se maniait facilement, elle aurait simplement à se familiariser avec les différents gadgets et écrans du tableau de bord.

— C'est toujours toi qui soignes tes ouvriers ? demanda-t-elle alors qu'il lui indiquait de tourner à droite en direction de champs cultivés.

— Dans la mesure du possible, oui. Ils ont rarement les moyens de se payer des soins médicaux, et ça fait partie du contrat qu'ils ont avec moi. Disons que c'est un engagement de ma part. Rien d'obligatoire… C'est un choix personnel.

— Qui est tout à ton honneur.

Il sourit d'un air pensif.

— Je fais de mon mieux.

Ils parvinrent à destination quelques minutes plus tard. Une femme d'une cinquantaine d'années aux cheveux noirs les accueillit, le regard inquiet.

— Merci d'être là… Venez, dit-elle, les précédant dans un

petit cottage. Je lui ai conseillé d'aller à l'hôpital mais il refuse de m'écouter. Il a peur d'être un fardeau.

— Il devrait savoir que ce ne serait pas le cas, Marisha. Comment va-t-il ? demanda Cade.

— Pas bien. Sa fièvre augmente… Ça a commencé hier. On a d'abord cru qu'il s'agissait d'un simple virus, mais son état s'est beaucoup dégradé ces dernières heures.

D'emblée, Rebecca, précisant qu'elle était également médecin, emboîta le pas à Cade. Ils pénétrèrent dans la chambre d'Agwe. Marisha resta sur le seuil, et observa son mari alité. Il avait le front luisant de sueur mais fronça les sourcils en apercevant Cade.

— Bonjour, patron… Il ne fallait pas venir. Ma femme vous a dérangé pour rien, je vais bien.

— J'en doute, répondit Cade. Laissez-moi vous examiner.

Agwe acquiesça faiblement. Cade lui prit la température et l'ausculta avec son stéthoscope. Puis il vérifia son pouls et sa tension.

— Vous avez beaucoup de fièvre, votre cœur bat très vite mais votre pression artérielle est faible. Je pense que vous avez contracté une infection.

Il regarda Agwe avec attention.

— Vous avez pêché, récemment ?

— Il y a quelques jours, oui. Je me suis blessé la main en manipulant un hameçon. Pourquoi ?

— On a diagnostiqué plusieurs cas de maladies de Weil à l'hôpital. C'est dû à une vilaine bactérie qu'on attrape dans l'eau ou la terre contaminées. Il faudrait vraiment vous faire hospitaliser.

— Vous croyez qu'il a ça ? demanda la femme d'Agwe, manifestement alarmée, en s'approchant.

— Peut-être. Les symptômes concordent.

Agwe s'apprêtait à protester mais son épouse décréta aussitôt qu'il fallait écouter le Dr Byfield. Elle l'accompagnerait…

— Et tu ne discutes pas ! dit-elle avec autorité.

Cade échangea un coup d'œil avec Rebecca.

— Tu peux nous conduire ? Ce sera plus rapide que d'attendre une ambulance. Je vais prévenir l'hôpital qu'on arrive.

— Entendu. Je prends le volant, et toi, tu veilles à ce qu'Agwe soit confortablement installé à l'arrière.

Elle savait que Cade s'inquiétait des conséquences rénales de l'infection. La maladie de Weil pouvait s'avérer très dangereuse si le traitement approprié n'était pas prodigué le plus vite possible.

Ils furent bientôt en route, et parvinrent rapidement à destination. Heureusement, les axes principaux avaient été dégagés. Rebecca s'aperçut qu'elle maîtrisait déjà le véhicule. Elle apprécierait de pouvoir l'utiliser pour ses loisirs le moment venu !

L'équipe des urgences prit Agwe en charge.

— Je crois que tu as fait le bon diagnostic, dit le médecin de garde à Cade. Je vais prévenir le néphrologue, on va mettre le patient sous perfusion. Il aura sans doute besoin de corticoïdes. Merci de nous l'avoir amené.

— Heureux d'avoir pu être utile. Je vais rester, j'ai des dossiers à terminer, dit Cade à l'intention de Rebecca. Mais tu as les clés de la voiture… Il serait temps que tu profites de tes vacances. Tu nous as suffisamment aidés. Je rentrerai par mes propres moyens.

— Je peux t'attendre, si tu veux.

— Non, non. Fais un peu de tourisme, pour changer ! De toute façon, je veux m'assurer que l'état d'Agwe se stabilise.

A ce moment-là, Rebecca reçut un message… de William :

J'ai appris que tu étais hébergée chez mon cousin. Cool ! J'y suis en ce moment. On va se promener à la plage ?

Elle hésita, prise de court. D'un côté, William serait sûrement de bonne compagnie. De l'autre, elle voulait essayer de retrouver Emma, qui ne lui avait toujours pas donné de nouvelles. Inutile d'en aviser Cade, mais si Emma ne se manifestait pas d'ici quelques heures, Rebecca essaierait de gagner le village où sa sœur s'était rendue. Sa décision prise, elle se détendit.

Merci, avec plaisir ! Rendez-vous d'ici une demi-heure !

écrivit-elle rapidement.

Puis elle s'aperçut que Cade l'observait d'un air intrigué.

— Excuse-moi. William vient de me proposer une balade au bord de la mer, dit-elle.

Il arqua un sourcil.

— Eh bien, c'est parfait, non ? William a envie de se changer les idées, tout comme toi, je crois. Sur ce, à plus tard !

Après lui avoir adressé un bref sourire, il tourna les talons. Elle le suivit du regard, déconcertée par cette froideur soudaine. Il n'appréciait pas qu'elle soit en contact avec William, elle l'avait bien compris. Mais ne se montrait-il pas également un peu… jaloux ? Cette pensée flotta un bon moment dans son esprit. Parce que c'était curieux.

Parce que c'était incompréhensible. Cade avait tout pour plaire, n'est-ce pas ? Une situation professionnelle enviable, un physique séduisant, une aisance matérielle évidente… Le jeune William, lui, travaillait sous ses ordres et se démenait. Mais après ce qu'elle avait confié à Cade, pour le décourager en vérité, peut-être changeait-il déjà d'attitude à son égard. Elle ne l'intéressait plus. Ce qu'elle prenait pour de la jalousie n'était probablement qu'un détachement un peu ironique.

S'efforçant de ne pas trop s'interroger, elle retourna au parking et se glissa au volant du 4x4. En chemin, elle s'arrêta faire quelques courses en prévision de son futur périple, puis rentra vite à la propriété. Elle finissait de préparer son sac à dos — elle avait pris de l'eau, des barres de céréale, quelques médicaments de base… — et le rangeait dans le coffre quand William la rejoignit.

— Salut ! Tu pars en expédition ? demanda-t-il d'un ton léger.

— Après notre petite balade, oui. Une petite expédition.

Elle lui sourit.

— Cade me prête cette voiture, je vais en profiter un peu. Il y a beaucoup de choses que je dois découvrir sur cette île… Y compris ta plage !

William et Rebecca passèrent deux heures au bord de la mer, alternant les moments où ils nageaient dans la baie et ceux où ils restaient allongés sur le sable chaud, savourant le soleil. Puis William, qui était aussi mince qu'agile, grimpa en haut d'un cocotier et cueillit des noix. Il en cassa une et lui offrit le jus.

La boisson était fraîche et délicieusement sucrée.

— Merci… C'est délicieux, dit-elle.

Elle en aurait presque oublié ses soucis et déboires de la nuit précédente !

— Ici, la vie est délicieuse, répondit-il, les yeux brillants. Sauf quand il y a des tempêtes comme celle d'hier soir. La maison de ta sœur n'a pas résisté, si j'ai bien compris ?

— La toiture a flanché, des tuiles se sont envolées… Pour couronner le tout, un arbre est tombé dessus. J'espère que le propriétaire pourra engager les réparations rapidement.

— Je l'espère aussi. En attendant, tu es la bienvenue chez Cade, dit William. Il est cool.

— Oui, vraiment très gentil, répondit-elle en s'enroulant dans le joli paréo turquoise et mauve qu'elle avait acheté en Angleterre.

C'était la première fois qu'elle le mettait.

— Il est généreux, sans l'ombre d'un doute. Ta sœur est aussi invitée chez lui ?

— Emma est dans la nature, je ne sais pas où… Elle est partie en mission avec son équipe, en haut du mont Ventey, et je n'ai pas encore eu de nouvelles. Ça m'ennuie.

Il esquissa un sourire rassurant.

— Ne t'inquiète pas trop pour rien. Avec de la tempête, le réseau des télécoms est instable.

— C'est ce que je me répète.

— En plus, elle connaît le coin, pas vrai ? Elle vit sur l'île, ce n'est pas une touriste… D'ailleurs, elle est très sympa. Et aussi ravissante que toi !

— Tu vas me faire rougir…

— Je suis sincère. Oups, il est déjà 16 heures ? dit-il en jetant un coup d'œil à sa montre. J'ai promis à Cade d'aller voir où en est le chantier des nouvelles serres, puis j'accompagne ma mère à l'hôpital. On va rendre visite à mon père.

— Je suis au courant pour lui. Cade m'en a parlé. Ce n'est pas facile pour toi.

Le visage de William se rembrunit.

— Non… Mais on a bon espoir. Maintenant, il est sous corticoïdes pour réduire l'inflammation et il a un nouveau médicament pour réguler le fonctionnement de son cœur.

— Il devrait vite aller mieux. Il faut rester optimiste…

— Je le suis. Moi, j'aime voir le verre à moitié plein ! dit-il en se levant d'un bond. Enfin, j'essaie…

Il enfila son T-shirt, et sourit.

— Je suis prêt. On file ?

— On file.

William la déposa à la plantation et s'excusa de devoir la laisser si vite.

— J'aurais préféré que ce moment de promenade soit plus long, mais c'est…

— Pas de souci, dit-elle. C'était déjà très bien. De toute façon, j'ai prévu de partir en expédition, tu te souviens ?

— En expédition ? fit-il, les sourcils froncés. Vraiment ?

— Façon de parler…

Elle faillit lui confier l'objectif réel de sa destination, mais préféra rester discrète. Comme Cade, il essaierait sans doute de la dissuader.

— Je serai de retour avant la tombée de la nuit.

— Il vaut mieux ! Sinon, Cade sera inquiet ! Tel que je le connais…

Elle rit.

— Merci encore, William. A bientôt !

Une fois seule, elle vérifia qu'elle avait bien préparé tout le nécessaire pour son périple…

Dans les collines, plus précisément sur le mont Ventey. Emma devait être restée — bloquée ? — dans le hameau de la Belle-Fontaine, ou quelque part aux alentours. Ce n'était pas normal qu'elle n'ait pas donné de nouvelles. Puisque Rebecca disposait d'un véhicule, autant en profiter.

Après avoir troqué sa tenue de plage contre un jean, un T-shirt et des baskets, elle téléchargea une carte du plateau montagneux et l'imprima. Puis elle se mit en route sans plus tarder. Le soleil ne se coucherait pas avant trois heures environ, ce qui lui laissait le temps de se rendre à bon port.

En tout cas, elle l'espérait.

Elle s'engagea sur la deux voies qui longeait les contreforts hérissés de forêt tropicale, puis emprunta une route qui, bientôt, devint sinueuse, avec des virages en épingle. Cade, lorsqu'il l'avait mise en garde, avait parlé de lacets… C'était exactement ça. La chaussée s'avéra vite irrégulière, abîmée par les coulées de pluie et de boue de la veille. Mais le 4x4 allait partout ! Elle était heureuse du sentiment de liberté soudain qu'elle éprouvait.

Le paysage était d'une beauté à couper le souffle, avec ses plantations de mangues et d'avocats. Elle poursuivit à l'intérieur des collines, découvrant de hauts arbres à pain aux feuilles vert tendre. De la vigne vierge s'enroulait autour des troncs. La végétation foisonnait, touffue, gorgée d'eau.

Soudain, la voie se rétrécit le long d'une falaise. Sur la gauche, un amas de terre et de pierres semblait prêt à s'écrouler dans le précipice. Le cœur battant, elle ralentit, enclencha la première, accéléra doucement dans le virage suivant…

Et découvrit, à quelques mètres devant elle, un autre éboulis, autrement plus impressionnant. Des fragments de basalte gris s'étaient détachés du sommet de la falaise et, dans leur chute, avaient entraîné des branchages et cailloux.

Elle dut se garer sur le côté, pratiquement contre la paroi rocheuse à droite. Pourvu qu'une autre voiture n'arrive pas ! Refoulant son inquiétude, Rebecca descendit examiner l'amoncellement qui bloquait la route. Elle ne réussirait jamais à dégager la voie… Les pierres étaient trop massives. Elle était dépitée, d'autant que faire demi-tour s'avérait impossible : elle n'avait pas assez de place. L'autre bord de la route longeait un précipice.

Voilà sans doute pourquoi Emma n'était pas revenue… Son équipe ne pouvait pas passer.

Le ciel s'obscurcissait légèrement à l'horizon. La nuit s'annonçait-elle donc déjà ? Mais il n'était pas question qu'elle rebrousse chemin alors qu'elle se trouvait probablement si près du but.

Elle prit son sac à dos, vérifia qu'elle avait bien son portable, et ferma les portières du 4x4. Puis, inspirant profondément, elle poursuivit à pied.

Il faisait encore chaud, lourd. Très vite, la sueur perla sur son front. Au bout d'une vingtaine de minutes, elle marqua une pause. Assise sur une roche plate, elle contempla le paysage. Elle aperçut l'éclat verdoyant d'un perroquet qui planait au-dessus de palmiers. Si seulement elle avait pu voler…

— Où es-tu, Emma ? demanda-t-elle à haute voix.

Seul le silence lui répondit…

Déterminée, elle reprit bientôt sa marche, grimpant vers le sommet. Le hameau se trouvait-il encore loin ? D'après la carte, il était à une quarantaine de kilomètres de la plantation. Elle avait par conséquent déjà dû effectuer l'essentiel du trajet. D'après ses estimations, elle ne tarderait plus à apercevoir des habitations !

Mais elle avait beau avancer, elle n'apercevait pas la moindre maison. Se serait-elle trompée de chemin ? Non, en principe, non… Puis elle se dit soudain que si le passage était bloqué là où elle avait laissé sa voiture, peut-être était-ce pareil plus haut. Mieux valait prévenir la gendarmerie dès maintenant.

Elle prit son téléphone… qui ne captait aucun réseau. Evidemment. Un frisson de peur l'envahit. Le soleil commençait à se coucher, et elle se trouvait seule, injoignable, en pleine nature, sur le plateau. N'importe quoi ! Cade serait vraisemblablement furieux lorsqu'il découvrirait la destination de son escapade. Ne l'avait-il pas mise en garde ?

Son cœur se serra quand elle pensa à lui. Puis une sensation de vide la gagna, inhabituelle, teintée de désespoir. Elle aurait tant aimé être avec lui… Il avait dû quitter l'hôpital, à cette heure. S'étonnerait-il qu'elle ne soit pas là pour le dîner ? Une pointe de culpabilité l'envahit. Il avait été adorable, et elle l'avait repoussé. Il avait été généreux, à l'écoute... Elle l'avait presque ignoré, sans rien lui expliquer.

Perdue dans ses pensées, elle poursuivit son chemin d'un pas lourd. Autour d'elle, la forêt bruissait. D'accord, autant s'avouer la vérité, elle venait de commettre une erreur stupide. Elle n'aurait pas dû s'engager dans cette aventure sans prévenir. La lumière baissait vite. Comment retournerait-elle chez Cade ? Elle ne pouvait pas faire faire demi-tour à la voiture, elle allait devoir repartir à pied... Quelle folie de sa part ! Avec un peu de chance, son téléphone fonctionnerait bientôt, et elle pourrait appeler Cade ou William...

Et elle se couvrirait de ridicule. La parfaite touriste ! Même si son intention avait été de retrouver Emma, ce qu'elle avait entrepris n'était pas raisonnable du tout. Elle n'avait pas tenu compte des dégâts potentiels de la tempête. Quelle idiote elle était ! Elle s'immobilisa, hésitante. Où aller ? Tout droit ? En haut ? Elle ne percevait que des cimes touffues, la végétation tropicale dans toute sa splendeur.

Et toujours pas la moindre habitation.

Donc elle avait dû se tromper. Où était ce maudit hameau de la Belle-Fontaine ?

Elle poussa un soupir. Soit elle continuait en espérant tomber sur un village, soit elle faisait demi-tour immédiatement. En marchant d'un bon pas, elle parviendrait dans la vallée d'ici une heure. Il lui faudrait ensuite récupérer la voiture... Oh ! elle aviserait à ce sujet plus tard. Désormais, l'essentiel était de ne pas se faire piéger par la nuit !

Encore hésitante, elle scruta les environs et écouta le silence. Au loin, une voix appelait...

Une voix masculine criait son nom !

Elle se figea, stupéfaite. Hallucinait-elle ? Mais quelques secondes plus tard, ce fut encore plus clair.

— Rebecca ! Tu es là ? Rebecca !

Elle se retourna. Quelques instants plus tard, au détour du virage, une haute silhouette émergea, se hâtant vers elle.

Bouche bée, elle contempla Cade — car c'était bien lui — qui avançait à grandes enjambées. Il avait un sac à dos, lui aussi… Sa trousse médicale d'urgence, découvrit-elle lorsqu'il l'eut rejointe.

— Ça va ? demanda-t-il d'emblée. Non, visiblement, pas du tout. Tu es toute pâle.

— C'est le choc de te voir, répondit-elle, tentant une pointe d'humour pour dissimuler son effarement. Comment m'as-tu trouvée ?

Il laissa échapper un rire moqueur.

— Enfantin… Je me suis douté que tu aurais envie d'aller chercher ta sœur et je me suis souvenu du nom du hameau. Quand je suis rentré chez moi et que William m'a dit que tu étais partie en expédition avec un sac à dos, j'ai compris.

Il l'observa d'un air inquiet.

— Tu es en nage, épuisée… Et tu n'étais pas joignable.

— Il n'y a pas de réseau, par ici.

— Bien sûr que non. Tu as vu où on est ?

Ses yeux gris exprimaient un mélange de colère et de soulagement.

— Tu es inconsciente, ou quoi ?

— Je sais.

Soutenant son regard, elle retira son sac à dos de ses épaules. La sueur coulait entre ses omoplates, et son cœur battait à se rompre. Etait-ce à cause de la fatigue, ou de l'intense émotion qu'elle éprouvait face à Cade ? Bizarrement, elle était incapable de trancher.

— Il aurait pu t'arriver quelque chose de grave… La route n'est pas praticable, et il y a des éboulements de terrain partout !

— Mais ça va, je suis là…

— Non, ça ne va pas !

Il l'enlaça d'un geste vif et la dévisagea.

— Tu as couru un risque absurde. Pourquoi tu ne m'as pas écouté ? Oh ! si seulement je ne ressentais pas ce que je ressens pour toi, je…

Sans achever sa phrase, il la serra éperdument contre lui et l'embrassa avec fougue. Bouleversée, elle ferma les yeux et répondit à son baiser. Etait-ce un rêve ? Puis, malgré le plaisir manifeste qu'elle ressentait, elle eut de nouveau la conscience aiguë d'être en train de faire ce qu'elle ne voulait pas… Ce qu'il ne fallait pas. Mais elle ne put se résoudre à le repousser. Impossible. Elle était blottie contre ce grand corps musclé, et c'était comme si une force inconnue s'emparait d'elle. La bouche de Cade la dévorait, et un désir fou les enveloppait…

Non !

— Arrête… murmura-t-elle dans un sursaut de lucidité, en essayant de se dégager.

— Pourquoi ? Tu en as autant envie que moi…

— Mais ce n'est pas sérieux !

— Pas sérieux ?

Il s'écarta pour l'observer. Ses yeux brillaient d'un éclat surprenant.

— Tu te moques de moi ?

— Non…

Elle inspira profondément, essayant d'apaiser les battements de son cœur.

— Non ? Ah, je comprends, dit-il après une brève hésitation. Comme tu ne veux pas t'engager, tu préfères choisir la légèreté… qui n'est pas forcément sérieuse. Pas de problème, je ne suis pas contre.

Elle resta sans voix, hypnotisée par son regard. Autour d'eux, la nuit tombait peu à peu. Les oiseaux ne chantaient plus mais, au loin, un ululement s'élevait par intermittences. Elle réprima un frisson. Seule, elle aurait vraiment eu peur.

— On en reparlera, tu veux bien ? Pour l'instant, il faut continuer jusqu'au village… Si tu es d'accord pour m'accompagner.

Il acquiesça d'un air grave.

— Evidemment. Je suis là pour ça… Exactement pour ça. Je suis équipé, dit-il en désignant son sac à dos. J'ai tout ce dont nous avons besoin pour les premiers secours. Mais avant d'y aller, j'aimerais quand même être sûr d'avoir compris…

— Quoi ?

— Tu me laisses t'embrasser, et ensuite tu agis comme si je venais de faire quelque chose de mal.

— Comme si nous venions de faire quelque chose de mal. Une erreur.

— Et pourquoi ?

Elle resta sans voix. Ce n'était pas le moment…

Et ça ne le serait sans doute jamais.

— Un jour, tu m'expliqueras, dit-il d'un ton assourdi par la déception mêlée de frustration qu'il devait éprouver. Rebecca, tôt ou tard, je finirai par savoir ce que tu me caches… Parce que c'est la vérité, tu me caches quelque chose, n'est-ce pas ?

6.

Le souffle coupé, Rebecca demeura obstinément silencieuse. Elle ne pouvait pas expliquer à Cade… Décidément, non. Elle était venue sur cette île pour tout oublier, se reconstruire… Ne pas évoquer ce qui la faisait tant souffrir.

— Mais ce sera pour une autre fois, dit-il d'un ton décidé. Maintenant, nous n'avons pas le choix : nous devons trouver le village.

Elle sentit sa respiration se libérer. Enfin, il revenait à la réalité ! Car le temps pressait.

— Je suis bien d'accord. D'après la carte, on devrait déjà apercevoir des habitations.

— Il y a eu cette tempête…

— Qui a peut-être provoqué des glissements de terrain.

— Exact.

— Je croyais que tu ne t'en faisais pas pour ma sœur.

— Je ne voulais pas t'inquiéter plus, répondit-il, honnête. Mais quand j'ai compris ce que tu avais en tête, je n'ai pas hésité. Et j'ai prévenu William et quelques autres, au cas où.

Puis il s'élança sur la route sans l'attendre. Elle ramassa son sac à dos et lui emboîta le pas. Il marchait rapidement, presque comme si elle n'était pas là… En colère ? Sans doute, oui. Cela aurait été normal.

Sans parler, l'un derrière l'autre, ils grimpèrent encore environ sur cinq cents mètres, longèrent un virage et parvinrent à une autre route, plus étroite, qui filait vers l'est.

— C'est par là, dit-elle. Cette bifurcation est sur mon plan.

Cade se contenta de hocher la tête, et il repartit aussitôt. Malgré l'urgence, Rebecca ne put s'empêcher d'admirer la nature sauvage. A cette altitude, la forêt tropicale cédait la place à une immense prairie, où d'étonnants rochers se dressaient au milieu de palmiers souvent pliés par les bourrasques de la veille. Un peu plus loin, une rivière charriait des cailloux, des branchages…

Et débordait sur la route à plusieurs endroits.

Devant Rebecca, Cade poursuivait sans ralentir. Par moments, les tourbillons sur la chaussée étaient puissants, chargés d'une boue épaisse.

Abasourdie par ce spectacle de désolation, Rebecca s'efforçait de marcher à la même allure que lui. L'inquiétude l'envahissait de plus en plus. Ici, les pluies diluviennes avaient causé des ravages.

— C'est là-bas ! fit-il.

A une centaine de mètres, on apercevait des maisons en bois aux façades colorées. Le hameau… Enfin !

Elle voulut courir mais, sous ses baskets, le sol devint spongieux et glissant. L'eau avait dû monter jusque-là avant d'être absorbée par la terre.

Il n'y avait pas un chat dans les rues. Tout semblait désert… Fantomatique. Fuyant les inondations, les habitants avaient dû se réfugier ailleurs.

— Où sont-ils tous ?

— A l'abri, j'espère, répondit Cade.

Un sentiment d'angoisse gagna Rebecca, qui le chassa aussitôt. Ce n'était pas le moment de flancher.

Quelques instants plus tard, ils parvinrent devant une spacieuse bâtisse. Cade poussa la porte, et ils pénétrèrent dans une salle tout en longueur.

— C'est l'école, dit-elle dans un murmure. Et un hôpital de campagne…

Les tables avaient été poussées le long du mur et les chaises empilées un peu plus loin afin de transformer l'espace en salle de soins : on avait disposé, en rang, une dizaine de lits qui faisaient face aux fenêtres. Trois enfants y étaient allongés, protégés par des moustiquaires ; assis à côté d'eux, des adultes lisaient ou parlaient à voix basse. Ils levèrent les yeux vers Rebecca et

Cade, les examinant avec autant d'intérêt que de lassitude. Sur deux autres lits se trouvaient des adultes, endormis.

Cade jeta un coup d'œil circulaire puis déclara à la cantonade :

— Bonjour à tous, nous sommes médecins. Je suis Cade, voici Rebecca, nous venons vous aider.

Au même instant, une porte s'ouvrit au fond de la pièce, et Rebecca faillit pousser un cri de soulagement. Emma apparut, poussant un chariot chargé de médicaments, prête à s'affairer comme d'habitude… Elle paraissait exténuée. Le teint pâle, les yeux cernés, elle avait la démarche raide. Mais dès qu'elle aperçut Rebecca, son visage s'illumina.

— Oh ! Becky ! Je savais que tu viendrais ! J'étais certaine que si quelqu'un devait venir nous secourir, ce serait toi !

Rebecca la rejoignit à la hâte.

— Je suis là, oui…

Elle la serra affectueusement dans ses bras.

— Tu n'as pas l'air bien en forme. Où sont les autres soignants de ton équipe ?

— Il n'y a personne ici, à part les malades et moi… Et nous, maintenant, dit Emma. On a évacué le maximum de personnes dans le village voisin et…

Elle s'interrompit afin de reprendre son souffle.

— J'ai proposé de rester soigner ceux qu'on ne pouvait pas emmener. Ils devaient revenir nous chercher, mais je crois que les villages sont coupés les uns des autres. En tout cas, personne n'est venu.

Avisant une chaise, elle se laissa tomber, visiblement à bout de force. Cade s'approcha aussitôt.

— Emma, bonjour, vous me reconnaissez ?

— Oui, bien sûr… Vous êtes le Dr Byfield.

— Cade. Depuis quand vous ne vous sentez pas bien ?

— Quelques heures. C'est arrivé d'un coup. La fatigue, j'imagine… Je n'ai pas dormi de la nuit, j'ai dû veiller sur mes patients.

Il fronça les sourcils.

— A mon avis, et d'après le peu que je constate, vous ne

souffrez pas seulement d'épuisement. Avez-vous les mêmes symptômes que les malades que vous soignez ?

— Non.

Elle voulut secouer la tête, mais un gémissement de douleur lui échappa. Elle posa une main sur son cou et se massa doucement.

— Les enfants ont contracté la fièvre pourprée à cause de tiques. Je les ai mis sous antibiotiques. D'ailleurs, il faut leur donner leurs cachets maintenant… Aux adultes aussi.

Elle se leva, prête à reprendre son travail, mais Cade lui pressa gentiment l'épaule, l'obligeant à se rasseoir.

— Nous nous en chargeons. Vous devez vous reposer, nous allons vous ausculter.

— Mais c'est aussi l'heure du repas, dit Emma, anxieuse. Il faut que je leur trouve de quoi manger… Les provisions commencent à manquer.

Elle inspira avec difficultés et frissonna en croisant les bras sur sa poitrine.

— J'ai rassemblé la nourriture qui n'a pas été abîmée. La réserve a été inondée… Comme il n'y a plus d'électricité en cuisine et que les canalisations ont lâché, je me suis débrouillée comme j'ai pu avec de l'eau en bouteille.

— J'ai quelques canettes de soda et des provisions dans mon sac à dos, dit Rebecca, s'efforçant de ne pas trahir ses craintes. Des barres protéinées, du chocolat, des noix… Des aliments qui donnent de l'énergie. Ça aidera tout le monde à tenir un peu mieux.

— Et les secours ne tarderont pas, dit Cade d'une voix rassurante.

Rebecca eut du mal à ne pas montrer sa perplexité.

— Par quel miracle sauraient-ils qu'on est ici ?

— J'ai un ami qui travaille pour le service de sauvetage aérien, expliqua-t-il. Cet après-midi, je l'ai appelé et il m'a dit qu'il survolerait cette zone dès que possible. Il ne le fera peut-être pas aujourd'hui, il y a beaucoup d'endroits sinistrés, mais il essaiera demain. Il faut peindre ou mettre quelque chose sur le toit pour lui signaler notre présence… Quelque chose qu'il repérera en plein jour.

Stupéfaite, Rebecca échangea un rapide coup d'œil avec Emma.

— Donc tu te doutais que la situation était critique ?

— Disons que j'avais de fortes présomptions.

— Et tu ne m'en as rien dit.

— Je n'étais pas sûr que ce collègue serait joignable ou disponible. Evidemment, je t'en aurais parlé si je t'avais trouvée chez moi tout à l'heure, dit-il avec un petit sourire entendu.

Rebecca soutint quelques secondes son regard. L'allusion était claire.

— Est-ce que par hasard vous auriez vu des pots de peinture ? demanda-t-il à Emma. Les façades des maisons sont toutes de différentes couleurs, alors avec un peu de chance…

— Oui, il y en a dans la réserve.

— Excellent. Je vais peindre un SOS géant sur le toit. Je peux te parler deux minutes ? demanda-il à Rebecca. Il faut qu'on s'organise.

— Bien sûr.

Elle se tourna vers sa sœur.

— Ne bouge pas, je reviens tout de suite. Toi, tu dois vraiment te reposer. Cade et moi, on s'occupera des patients. Je suppose qu'ils ont des dossiers.

— Naturellement.

La lumière du jour filtrait à peine par les fenêtres, mais Emma ferma brièvement les yeux, comme si cette clarté, pourtant minime, lui était pénible.

— J'ai si mal à la tête… Je suis contente que tu sois là, Becky.

— Moi aussi. Tu peux souffler, maintenant. A tout de suite.

Rebecca emboîta le pas à Cade.

— Je crains qu'elle ne soit très malade, dit-il dès qu'ils se furent suffisamment éloignés. J'ignore ce qu'elle a, mais il faut faire vite.

— Je sais… Et je suis inquiète, avoua Rebecca, la gorge soudain nouée. Pour Emma et pour les autres.

— Ne le montrons pas. Bon, je commence par examiner les malades, puis j'irai signaler notre présence.

Elle l'observa, troublée et touchée par sa présence, sa gentillesse, son extraordinaire engagement.

— Heureusement que tu es là. Seule, je ne m'en serai pas sortie, dit-elle, s'apprêtant à lui prendre la main.

Un simple geste spontané, amical... Mais Cade s'écarta vivement, comme s'il voulait éviter tout contact avec elle. Elle sentit son cœur se serrer. Elle l'avait blessé... ou vexé. Les deux, sans doute. Elle l'avait embrassé, puis repoussé, puis embrassé de nouveau... Se laissant faire, oui, mais savourant cette étreinte. Il ne devait plus savoir où il en était.

Elle non plus. Elle savait juste qu'elle était de plus en plus attirée par lui, et qu'il fallait essayer de rompre ce magnétisme. Faute de quoi ils souffriraient pour rien. Tous les deux.

— A tout à l'heure, dit-il en s'éloignant. Je me dépêche.

— D'accord.

Elle retourna aussitôt auprès d'Emma.

— Où est-ce qu'il y aurait un lit pour toi ? Il faut que tu t'allonges.

— Dans l'arrière-salle.

Emma se redressa, vacilla et s'appuya sur Rebecca.

— Je me sens vraiment mal. J'ai des nausées épouvantables depuis un moment. Je ne peux rien garder dans l'estomac.

— On va te soigner, ne t'inquiète pas. Laisse-moi juste t'examiner.

Elle installa sa sœur et l'ausculta. Les mains et les pieds d'Emma étaient froids. Elle n'en avait pas moins une forte fièvre.

Les symptômes se précisaient.

Surtout ne pas affoler Emma...

Rebecca prit le stéthoscope et le tensiomètre dans la trousse d'urgence apportée par Cade.

— Ta pression sanguine est basse, alors que ta respiration et les battements de ton cœur sont plutôt rapides. Je pense que tu souffres d'une sérieuse infection bactérienne. On va commencer une antibiothérapie par injection dès maintenant. Je vais aussi t'administrer de la cortisone pour réduire ce qui ressemble à une forte inflammation…

Emma s'adossa contre les oreillers.

— Ce qui ressemble à une forte inflammation ? Tu n'as pas besoin de minimiser la situation, Becky.

Sa respiration était saccadée.

— Je suis infirmière, je suis capable de diagnostiquer ce qui ne va pas… C'est une méningite, c'est ça ?

Rebecca soupira.

— J'en ai bien peur. On ne peut rien affirmer tant que tu n'as pas été hospitalisée, mais on dirait bien, oui. Une chance que Cade ait prévu un kit complet dans sa trousse. On peut commencer un traitement d'attaque dès maintenant. Ensuite, il faudra que tu essaies de dormir… Et je vais te donner quelque chose pour soulager tes maux de tête.

— Merci, Becky.

Emma ferma les yeux.

— C'est super que tu sois là.

Rebecca ne quitta son chevet que lorsqu'elle fut certaine d'avoir fait tout ce qui était en son pouvoir pour le moment. Alors seulement elle partit rejoindre Cade.

Il était dans la salle principale, en train de jouer aux cartes avec un des petits garçons convalescents. Agé d'environ cinq ans, ce dernier riait aux éclats. A côté, sa mère souriait avec indulgence.

— Je reviendrai te voir plus tard, dit Cade à l'enfant dès qu'il aperçut Rebecca. Tu vas bien mieux, c'est l'essentiel !

— Tout à l'heure, je gagnerai ! dit le petit.

— Ah, ah, on verra !

Sur ce, souriant presque, Cade s'éloigna avec Rebecca.

— Alors, comment va-t-elle ?

— Elle dort. Je l'ai mise sous perf et sous oxygène. Il faut qu'on l'hospitalise au plus vite.

— Méningite ?

Elle acquiesça. Le principal danger était l'inflammation des membranes protectrices du cerveau, cause des maux de tête terribles dont souffrait Emma. Se profilait également le risque d'un empoisonnement du sang, mais les conséquences seraient tellement désastreuses que Rebecca refusa d'y songer pour l'instant.

— Comment vont les autres patients ?

— Globalement, pas trop mal. C'est une communauté rurale, les gens vivent de l'agriculture, et les jeunes ont été exposés aux morsures de tiques qui prolifèrent sur le bétail, surtout les chèvres. Je leur ai administré de la doxycycline. Deux des enfants, des garçons d'environ cinq ans, vont déjà nettement mieux. La fillette de trois ans a encore la jambe enflée par endroits, là où elle a été piquée. Pour elle, les symptômes périphériques de la fièvre pourprée persistent : cauchemars, agitation…

— A ce point ? Je n'avais encore jamais vu ce genre de manifestations, dit-elle.

— Eh oui. L'infection s'accompagne de fièvre élevée, d'éruptions cutanées, de maux de tête et de douleurs musculaires. Les plaques ne démangent pas, heureusement.

Il jeta un coup d'œil en direction des adultes qui dormaient toujours.

— Eux ont une infection pulmonaire. Ils sont sous oxygène et antibiothérapie.

— Donc tout est maîtrisé ? Bonne nouvelle… Et côté nourriture ? demanda-t-elle, inquiète.

Il esquissa une grimace.

— Viens, je vais te montrer la cuisine.

Ils se dirigèrent vers une petite pièce à l'arrière.

— Il n'y a plus d'électricité, dit-il en poussant la porte. Ça ne nous laisse pas beaucoup de possibilités, mais j'ai quand même pu trouver de quoi manger. On a intérêt à garder tes barres protéinées pour demain.

— Bonne idée.

Elle jeta un coup d'œil autour d'elle. L'endroit était fonctionnel, équipé d'un évier, d'un comptoir, d'une cuisinière et d'un réfrigérateur hors d'usage.

— J'espère que ton collègue va arriver vite avec une équipe

de secours. Il ne faudrait pas qu'on s'attarde ici trop longtemps, dit-elle en réprimant un frisson.

Il eut un sourire rassurant.

— On se débrouillerait, j'en suis sûr. On forme une bonne équipe, tous les deux.

— C'est vrai.

Elle se ressaisit tant bien que mal. De fait, avec lui elle avait l'impression d'être capable de soulever des montagnes.

— Tu veux que je t'aide à peindre le SOS sur le toit ? Il faudrait peut-être en mettre plusieurs.

— Non, ça ira, je vais m'en occuper avant qu'il fasse nuit. Mais toi, tu dois manger quelque chose. Je parie que tu n'as rien pris récemment ?

Elle secoua la tête. Elle n'avait même pas pensé à s'alimenter. Trop de stress ? Sans nul doute.

— Mais je n'ai pas vraiment faim. Et je veux rester auprès d'Emma.

— Pas de souci, vas-y. Je t'apporterai un peu de riz froid et des petits pois en boîte.

— Oh…

Elle ne put s'empêcher de rire.

— Cette proposition gastronomique me comble !

— Je savais bien qu'en te prenant par les sentiments, ça irait mieux, répondit-il, léger.

D'un geste tendre, il l'attira contre lui et la serra dans ses bras. Elle se laissa faire, le cœur battant, savourant cette étreinte, résistant à l'envie de se blottir davantage encore.

— Tu es un excellent médecin, dit-il en la regardant dans les yeux.

Il l'embrassa sur le front et ajouta :

— Et une excellente coéquipière. J'ai du mal à comprendre que ton ex n'ait pas essayé de te retenir. Il ne s'est pas rendu compte à quel point tu étais précieuse ?

— Mon ex ? Drew… Il s'appelait Drew.

Il la lâcha, et elle s'écarta de quelques pas, submergée par les mauvais souvenirs.

— Les choses n'ont pas marché entre nous, dit-elle simplement. Je suis tombée malade — une crise d'appendicite aiguë —, et il y a eu des complications. Je me suis retrouvée en soins intensifs pendant un bon moment… Et Drew ne l'a pas bien vécu. Je crois qu'il a compris à ce moment-là qu'il n'était pas fait pour moi. Il y avait certainement eu des signes avant-coureurs, mais… Au fond, on était très différents.

Elle s'efforça de sourire.

— Il est vif, impatient, alors que je suis plus posée. Avec le recul, je me dis que, tôt ou tard, on se serait séparés.

Cade l'observa attentivement.

— Mais votre séparation t'a marquée… Maintenant, tu as du mal à faire confiance, je me trompe ?

— Non.

— Parce qu'il n'est pas resté auprès de toi alors que tu étais vulnérable, dit-il. C'est comme une trahison.

Elle soutint son regard, le cœur serré. Jusqu'à quel point réussissait-il à lire en elle ?

— On peut dire ça, oui.

Elle inspira profondément, consciente du malaise et de la tristesse qu'elle éprouvait soudain. Evoquer Drew la ramenait vers le passé…

Ce passé qu'elle espérait oublier afin de se reconstruire vaille que vaille. Elle était néanmoins parfaitement lucide, seul le temps réussirait à panser ses blessures et, en vérité, elle se rappellerait toujours ce qui s'était passé… Mais, petit à petit, lentement mais sûrement, cela la toucherait moins. Peu à peu, elle tournerait la page et accepterait la réalité.

— Il faut que je retourne voir Emma, dit-elle.

— Et moi, que j'aille peindre le SOS. Ensuite, je te rejoins. Reste auprès d'Emma, je m'occupe des autres.

— Tu es sûr ?

— Certain. Elle a besoin de toi.

— Merci…

Elle lui sourit.

— Toi aussi, tu es un excellent coéquipier.

Rassurée, Rebecca veilla Emma toute la nuit. Lorsque le jour se leva, elle constata avec soulagement que l'état de sa sœur n'avait pas trop empiré. Elle dormait beaucoup, se plaignait toujours de maux de tête, mais ses nausées s'étaient calmées. Elle s'inquiéta même des patients dont elle s'était occupée jusque-là.

— Je vais aller les voir, et je te ferai un rapport détaillé ! fit Rebecca, épuisée mais assez en forme pour plaisanter.

Presque comme lorsqu'elle travaillait à l'hôpital. Elle se sentait utile, à sa place ; capable d'occulter ses propres problèmes pour se consacrer aux autres.

Elle trouva Cade assis auprès de la fillette de trois ans. Il était en train de mettre le tensiomètre à son ours en peluche, ce que l'enfant observait d'un air amusé.

— Je crois que Nounours va un peu mieux, ce matin, disait-il. Il va peut-être manger un biscuit ?

— Peut-être, répéta la petite.

— Mais il faudrait que tu lui montres comment faire. En grignotant un peu, toi aussi. Tu veux essayer ?

— D'accord.

— Génial…

Cade lui tendit une assiette de cookies.

— A moins que tu veuilles tous les biscuits ?

Elle fronça le nez.

— Ah non !

Déterminée, elle en prit un et le mit devant la bouche de son ourson. Ensuite, elle en croqua une petite bouchée, et parut apprécier le goût de miel car elle l'avala, d'abord prudemment puis avec plus d'appétit. Cade sourit, et Rebecca sentit une boule se former dans sa gorge. Il était doux et gentil avec les enfants. Il ferait un père merveilleux.

Satisfait que la petite ait mangé, il se leva et alla vers Rebecca, laissant l'enfant en compagnie de sa mère.

— Jusqu'à présent, elle refusait d'avaler quoi que ce soit, mais je crois qu'elle commence à aller mieux.

— Elle remonte la pente, dit Rebecca. Tu as su l'aider.

Elle jeta un coup d'œil circulaire. Les deux garçons alités

étaient en train de manger des barres protéinées en dessinant sur des feuilles de papier. A intervalles réguliers, ils pouffaient de rire.

— Eux aussi ont l'air mieux.

— Un peu, oui. Là, ils font un concours de caricatures, dit Cade. C'était le meilleur moyen de les inciter à s'alimenter… Mine de rien.

— Bien vu.

Elle sourit et prit une barre de céréales dans le panier où Cade avait rassemblé quelques friandises, parmi lesquelles celles qu'elle avait apportées.

— Comment va Emma ? demanda-t-il.

— Son état semble stable, mais l'inflammation intracrânienne est toujours importante. Elle a des épisodes confus. Heureusement, les antibiotiques ne laissent pas l'infection s'aggraver.

— On la maintient, c'est l'essentiel.

Il se servit un verre d'eau.

— Il faudrait préparer tout le monde pour l'évacuation. Quand l'hélicoptère arrivera, on sera prêts.

— J'y ai pensé. Chaque patient adulte devra prendre son dossier et, le cas échéant, son matériel de perfusion. Les plus atteints embarqueront en premier : ma sœur, l'homme qui souffre de pneumonie, la petite fille.

Il acquiesça.

— J'ai préparé une zone d'atterrissage. Il n'y a plus qu'à croiser les doigts pour qu'ils parviennent jusqu'à nous au plus vite.

Le téléphone ne fonctionnant toujours pas, il leur était impossible de savoir quand les secours seraient là. Toutefois, quelques heures plus tard, ils entendirent le bruit d'un hélicoptère…

Enfin !

L'appareil atterrit peu de temps après. Cade et Rebecca coururent accueillir les secouristes.

— Combien de personnes faut-il emmener ? demanda le collègue de Cade.

— Trois enfants, trois adultes — tous malades — et quatre parents. En tout, dix personnes, plus Rebecca. Elle doit accompagner sa sœur, qui a sans doute une méningite. Tu peux transporter autant de monde d'un coup ?

L'homme hocha la tête, les sourcils froncés.

— Oui, ça ira. Et toi ?

— Je dois récupérer ma voiture. Je vous rejoindrai plus tard.

Cade se tourna vers Rebecca.

— J'enverrai quelqu'un chercher le véhicule que je t'ai prêté.

— Merci…

Rassurée de pouvoir partir avec Emma, elle ne put toutefois refouler une bouffée d'inquiétude à l'idée que Cade se retrouve seul.

— Et s'il y a encore des glissements de terrain ? Comment tu feras ?

Il haussa les épaules.

— Je me débrouillerai, ne t'inquiète pas. Tu peux prendre ma trousse de secours, tu en auras peut-être besoin, et ça m'allégera !

Ebauchant un sourire, il ajouta :

— Si je ne suis pas de retour à l'hôpital d'ici deux ou trois heures, envoie-moi William avec des secours.

— Compte sur moi. Mais j'aurais quand même préféré que tu nous accompagnes…

— Vas-y. Ne perds pas de temps, tu as des personnes à soigner.

Ensemble, ils supervisèrent l'embarquement des patients. Rebecca s'assura qu'Emma était bien installée, et, inquiète, resta auprès d'elle durant le trajet. Sa sœur, bien qu'assoupie, avait des signes de confusion intense, à la limite du délire par moments. Avant qu'ils n'atterrissent, elle commença à convulser, au bord de l'épilepsie.

Alarmée, Rebecca fouilla dans la trousse médicale de Cade à la recherche de quelque chose qui calmerait la crise. L'inflammation aggravée intracrânienne risquait d'avoir des conséquences très graves… Il fallait stabiliser au plus vite l'état d'Emma.

Le pilote prévint les urgences et, dès qu'ils se posèrent sur la piste, une équipe vint les prendre en charge, Emma en priorité. Rebecca dut attendre, impuissante.

Ce fut James, le collègue de Cade, qui, environ une heure plus tard, vint lui donner des nouvelles.

— On lui a administré un traitement anti-inflammatoire et préventif. Mais à ce stade, on ne peut savoir s'il fonctionne, précisa-t-il à regret. On a fait des prélèvements ; dès qu'on aura les résultats du labo, on adaptera l'antibiothérapie.

— Je sais que vous faites le maximum.

Il acquiesça.

— Vous devriez aller vous reposer dans le bureau de Cade. Inutile de rester ici à broyer du noir. Je préviendrai Cade pour qu'il vienne vous retrouver à son arrivée.

— D'accord. Merci encore.

Quelques minutes plus tard, dans la pièce si sécurisante où Cade travaillait, elle se prépara un café et téléphona à William. Ce dernier ne cacha pas son inquiétude, tant pour Emma que pour son cousin.

— Il n'est toujours pas rentré ?

— Non. J'espère que ça ira, dit-elle, un peu revigorée par la boisson chaude. On se tient au courant.

Après avoir raccroché, elle s'adossa aux coussins du canapé pour finir sa tasse. La nuit précédente, elle avait veillé Emma et n'avait pas dormi. Elle était si fatiguée… Oui, se reposer, ne serait-ce que quelques minutes, était une bonne idée.

Elle commençait à sommeiller quand on frappa un coup bref à la porte, et William fit irruption.

— Rebecca ?

Il vint vers elle.

— Je suis venu aussi vite que possible. Pour te soutenir.

— Oh ! c'est gentil…

Surprise et touchée par tant de gentillesse, elle lui sourit.

— Je n'ai aucune nouvelle d'Emma pour l'instant. Il faudra sans doute plusieurs jours avant de savoir si elle se remettra.

William s'assit à côté d'elle et lui prit les mains.

— Je suis allé la voir, dit-il. Elle a l'air mal en point, c'est sûr… Mais restons optimistes.

— Oui, c'est important. Mais tu ne devrais pas te faire

autant de soucis pour Emma… Déjà que ton propre père ne va pas bien… Il est dans cet hôpital, c'est ça ?

— Oui, je lui ai aussi rendu visite. Il répond bien au traitement, ce qui est un soulagement.

— Oh ! c'est sûr.

Il la regarda dans les yeux, et s'efforça de sourire.

— On ne se connaît pas beaucoup, Rebecca, mais je t'aime bien… Et je veux que tu saches que tu peux compter sur moi. Ta sœur s'en sortira. Cade et toi étiez auprès d'elle pour empêcher le pire, elle va forcément s'en sortir !

— Je l'espère. Si elle a suffisamment de force pour combattre…

Les larmes jaillirent, et William la prit dans ses bras pour la consoler. Epuisée, elle posa la tête contre son épaule.

Ils étaient encore ainsi, enlacés, lorsque Cade entra dans la pièce quelques minutes plus tard. Elle vit l'expression de son visage se durcir imperceptiblement tandis qu'il les regardait tous deux. Il devait s'imaginer des choses… Forcément !

— William ? Que fais-tu ici ?

— Je suis venu remonter le moral de Rebecca, répondit son cousin en s'écartant d'elle. Je m'inquiétais aussi pour toi. Content de voir que tu vas bien.

— Oui, ça va. J'ai réussi à revenir sans problème, répondit Cade en marmonnant.

Il lança un coup d'œil perçant à Rebecca.

— Tu tiens le coup ? lui demanda-t-il.

— J'essaie. C'est difficile, avoua-t-elle.

Comment ignorer son évidente contrariété ? Il faudrait qu'elle lui explique qu'entre William et elle, il ne se passait rien… Ils avaient simplement partagé un élan amical !

— L'état d'Emma n'est pas encore stabilisé, dit alors Cade.

— Je sais. Je suis passé la voir, dit William. Mais comme je l'ai dit à Rebecca…

Il lui sourit.

— Il faut rester optimistes.

Cade hocha la tête.

— James et son équipe font le maximum. Et toi, Rebecca, franchement, tu devrais aller te reposer.

De nouveau, il la fixa d'un regard intense.

— Pardonne-moi, mais… je te l'ordonne, dit-il. Pour Emma et pour tous ceux que tu as aidés ces dernières heures, il est important que tu récupères. Sinon, tu ne leur seras plus d'aucun secours.

Elle se leva lentement. Il avait raison. Ses jambes flageolaient, et elle dut s'appuyer au mur pour ne pas tomber.

— Je crois que je vais t'écouter…

7.

Six jours plus tard.

— Emma a l'air d'aller un peu mieux, tu ne trouves pas ?

Rebecca jeta un coup d'œil à Cade, guettant son approbation. Ils venaient de quitter la chambre d'Emma. La jeune femme bénéficiait d'un traitement intensif. Une semaine s'était écoulée depuis son admission, et elle avait passé la plupart du temps sous sédatif, branchée à différents appareils qui mesuraient ses fonctions vitales. Un moment de stress et d'angoisse qui, enfin, semblait s'alléger.

— Oui, elle va mieux, répondit-il tandis qu'ils se dirigeaient vers le parking. James la fera moins dormir si l'inflammation des méninges diminue.

Le laboratoire avait identifié la bactérie responsable de l'infection, James avait parfaitement pu cibler l'antibiothérapie.

— Ça fera plaisir à William de l'apprendre. Il est venu rendre visite à Emma chaque fois qu'il est allé voir son père. Il est si gentil…

Cade acquiesça d'un bref signe de tête.

— Il est adorable. Et mon oncle commence à aller un peu mieux. Enfin de bonnes nouvelles pour William !

— Sauf qu'apparemment il a beaucoup trop de travail, dit-elle. La dernière fois, il m'a dit qu'il devait superviser le chantier des serres sur ta plantation.

— Je compte sur lui, en effet. Je veux m'assurer que les charpentiers respectent les plans qu'on a validés.

— Mais William doit tout le temps être sur place, n'est-ce

pas ? Pourtant, il estime que les ouvriers travaillent sérieusement et…

Elle observa attentivement Cade.

— Pour être franche, j'ai l'impression que tu souhaites le garder occupé le plus possible pour qu'il n'ait plus le temps de me rendre visite !

— Et tu me le reproches ? Tu sais ce que je ressens pour toi, Rebecca, et l'autre fois, je vous ai découverts enlacés…

— On est seulement amis, l'interrompit-elle.

Il la regarda d'un air sceptique.

— De très bons amis, alors… Mon cousin t'aime beaucoup, je le sais bien. Sur le bateau, vous bavardiez comme si vous vous connaissiez déjà depuis longtemps, vous êtes allés à la plage ensemble, vous vous téléphonez…

— Et alors ? Je l'aime bien, moi aussi. Il me fait rire. Mais entre nous, c'est strictement platonique.

— Platonique ? Je ne crois pas que ce soit possible entre un homme et une femme.

— Ça, c'est ta vision des choses, dit-elle plus sèchement qu'elle ne l'aurait souhaité. Et je ne suis pas d'accord avec toi.

Il eut une moue perplexe.

— Si tu le dis…

Ils sortirent de l'hôpital.

— Peut-être que toi, tu ne vois pas clair dans les intentions de William. Moi, je sais que j'ai raison. Il a des sentiments pour toi et, à mon avis, tu l'apprécies plus que tu ne l'imagines.

Elle poussa un soupir agacé.

— Je n'apprécie pas que tu interprètes ce que je ressens. C'est ridicule…

— Peut-être.

— En plus, William aime beaucoup Emma. Il n'a plus le temps d'aller la voir non plus, et je crois qu'il le regrette beaucoup.

Cade poussa un soupir.

— Je vais voir ce que je peux faire pour William, ne t'inquiète pas. Il ne doit pas se sentir surchargé de travail pour rien. En attendant, pour me faire pardonner, je t'invite dans un bon restaurant. Tu ne passes pas réellement des vacances dignes de ce nom depuis que tu es ici, il serait temps que tu te changes les idées !

Il lui sourit, et elle eut du mal à rester de marbre. Il la charmait tellement…

— Si tu acceptes, bien sûr.

— Oui, avec plaisir. De toute façon, toi aussi, tu as besoin de te détendre…

Il l'emmena dans un restaurant ravissant à quelques kilomètres de là, dans une clairière ombragée à flanc de colline. L'endroit, unique en son genre, surplombait la côte déchiquetée à cet endroit. Le bâtiment à la façade blanche était prolongé d'une vaste terrasse dotée de loggias privées. Cade en avait réservé une pour eux, décorée de pots d'hibiscus flamboyants.

Prenant place, ravie, Rebecca admira la vue : les yachts sur la mer bleue et, au loin, le long de la baie sur le sable doré, les petites maisons blanches aux toits couverts de tuiles ocre. Un paysage de carte postale !

— J'ai téléphoné au propriétaire d'Emma, il n'est pas sûr de pouvoir engager les réparations maintenant, dit-elle alors que le serveur leur apportait leur premier plat.

Elle piqua sa fourchette dans un friand fourré de noix de Saint-Jacques et d'une sauce bisque au chardonnay. Délicieux.

— Les entrepreneurs sont tous débordés, évidemment. Je voulais savoir si tu pouvais m'héberger encore quelques jours, demanda-t-elle.

Elle avait envisagé d'autres solutions avant de lui poser la question : aller à l'hôtel, louer une chambre chez l'habitant… Mais elle l'aurait vexé si elle ne lui avait pas d'abord soumis le problème.

Il arqua ses sourcils sombres.

— Tu peux rester aussi longtemps que tu le souhaites. J'aime bien te savoir chez moi, répondit-il en souriant.

— Merci de ton hospitalité…

Elle laissa échapper un soupir soulagé.

— Tu es adorable.

— J'ai la place, chez moi, tu le sais bien. D'autre part, moi, je te remercie de tout ce que tu as fait pour les habitants de l'île. Tu es venue en vacances, et jusqu'à présent, tu n'as pas vraiment pu apprécier le *farniente* qui règne normalement ici ! Ni la beauté des lieux, d'ailleurs. J'aimerais t'emmener faire une promenade touristique ! Te servir de guide.

Elle rit.

— Dès qu'Emma ira mieux, avec grand plaisir ! Tant que ce ne sera pas le cas, je ne serai pas capable de m'amuser.

— Tu parles au futur, ça prouve ton optimisme, félicitations. On organisera quelque chose dès que possible, dit-il.

Ils finirent leur entrée, puis le plat principal fut servi : de l'agneau braisé agrémenté de risotto et de légumes rôtis nappés d'une sauce aux échalotes. En accompagnement, Cade choisit un vin rosé délicat, bien frais, qui se maria à merveille avec le plat.

— C'est succulent, dit-elle, enchantée. Tu es déjà venu ici, j'imagine ?

— Plusieurs fois, oui, avec des fournisseurs et des gens qui m'ont aidé pour les travaux de la propriété.

Elle fut soulagée qu'il ne mentionne pas d'autres femmes qu'il aurait invitées. Rien que d'y penser, son estomac se nouait, comme sous le coup de la jalousie.

Ils parlèrent ensuite de la plantation et des ouvriers qui y travaillaient. Cade lui apprit qu'Agwe se rétablissait lentement mais sûrement.

— Il a de la chance : la maladie n'a pas endommagé son système rénal. Et la main de Thomas guérit bien.

— J'en suis heureuse. Ils ont un bon patron, dit-elle. Tu veilles sur eux…

— Je tiens à eux et à leur santé. Pour eux, la vie est souvent dure. J'essaie de la leur rendre un peu plus légère.

Ils finirent leur déjeuner avec des fruits suivis d'un café colombien très parfumé, accompagné de mini-gaufres au chocolat.

— Quel régal ! Je n'avais pas aussi bien mangé — ni autant ! — depuis longtemps. Tout a été absolument… parfait. Merci.

— Merci à toi d'être là, répondit-il en la regardant dans les yeux. Tu illumines mon quotidien…

— N'exagère pas.

— Je suis sincère.

Le cœur battant, elle le laissa payer la note, puis ils quittèrent le restaurant et allèrent se promener dans le ravissant parc botanique derrière l'établissement. Ils longèrent une allée bordée d'avocatiers et d'abricotiers, autour desquels poussait une abondance de plantes tropicales : oiseaux de paradis, *Heliconia* qui attiraient des colibris en quête de nectar…

Tout était si beau et si paisible. Ils se tenaient sur un pont en bois enjambant une mare constellée de nénuphars. Elle aurait aimé que ce moment ne cesse jamais…

Cade lui désigna des perroquets, perchés dans des arbres, et des flamants roses. Une femelle était en train de nourrir ses petits, des petits oiseaux au plumage d'un blanc pur.

— Ils sont magnifiques, murmura-t-elle.

Il rit.

— Toi aussi, tu es magnifique.

Elle le regarda, surprise, et il en profita pour déposer un baiser sur ses lèvres.

— Je suis heureux de te voir heureuse.

— C'est grâce à toi.

Sans la quitter des yeux, il l'enlaça et l'attira contre lui. Puis il lui effleura la bouche, tout doucement, déclenchant un jaillissement brûlant en elle.

— Non…, murmura-t-elle, envahie de désir.

— Si…

Alors, oubliant ses bonnes résolutions, elle noua les bras autour du cou de Cade et l'embrassa passionnément.

— Tu es si généreux avec moi, dit-elle tout bas, entre deux baisers. Je n'ai pas l'habitude…

— Parce que tu comptes pour moi, chuchota-t-il. Je suis tombé amoureux de toi dès que je t'ai vue… Dès la première minute.

Elle s'écarta légèrement pour le regarder, craignant d'avoir mal entendu.

— Oui, je t'aime, Rebecca. Tu es une belle personne… Et je t'aime.

— Mais…

— Chut, pas de mais. Je ne te ferai jamais de mal, crois-moi.

Bouleversée, elle lui caressa le visage, appréciant, sous la pulpe de ses doigts, le côté un peu rêche de sa peau, là où sa barbe repoussait.

— J'aimerais y croire…

Il fronça les sourcils, et elle comprit qu'il n'interprétait pas correctement ses paroles.

— Y croire ? A quoi ? A nous ? A l'amour ? Ou tu veux dire que tu ne me fais toujours pas confiance ?

— En fait, c'est plus compliqué que ça…

Elle s'interrompit, des promeneurs s'approchaient, troublant leur intimité. Sans un mot, tous deux s'éloignèrent vers le chemin qui menait au parking.

— J'éprouve des sentiments pour toi, reprit Cade dès qu'ils furent de nouveau seuls. Et j'ai l'impression que c'est réciproque.

— Oui, mais…

Il lui posa l'index sur la bouche, freinant ses protestations.

— Pour la deuxième fois, pas de mais. Tu voulais de la légèreté ? Dans quelques jours, une petite fête est organisée sur la plage, avec un barbecue. On y va ? Je pense vraiment que tu as besoin de te détendre.

— Sans doute, oui…

Et elle lui sourit, émue. Pourquoi lutter contre l'évidence ? Il sentait qu'elle était attirée par lui, autant qu'il l'était par elle. *Avoue-toi la vérité, tu l'aimes !* se dit-elle, le cœur battant. C'était arrivé d'un coup, presque à l'instant où elle avait posé les yeux sur lui la première fois. Depuis, elle ne cessait de refouler ce qu'elle éprouvait…

Au nom de la raison.

Au nom de la réalité cruelle qui était la sienne, son infertilité qui, lorsqu'il la découvrirait, le découragerait et le glacerait sûrement. Puisqu'elle ne pourrait jamais être enceinte.

A moins qu'elle ne trouve une solution… Il en existait, elle le savait. Recourir à la procréation médicalement assistée, par exemple. Encore fallait-il que l'homme qui partagerait sa vie accepte un tel choix.

Elle observa Cade, presque fébrilement. Elle allait devoir rapidement décider quel genre d'avenir elle envisageait…

Avec ou sans Cade ?

Durant les jours suivants, Emma reprit peu à peu des forces et parvint à s'asseoir dans son lit. Puis elle réussit à parler sans trop se fatiguer.

— Quelle joie de te voir récupérer, dit Rebecca. C'est génial…

— C'est toi qui as été géniale, répondit Emma en s'adossant aux coussins.

— Ta guérison est le résultat d'une vraie chaîne de solidarité, dit Rebecca, embrassant du regard les nombreuses cartes lui souhaitant un prompt rétablissement, ainsi que les fleurs — de belles roses — disposées sur la table.

Une carte, particulièrement élégante, venait de William, avec un graphisme en relief et un petit mot affectueux…

Très affectueux.

Elle regarda attentivement Emma. Sa longue chevelure brune avait retrouvé de sa brillance, et une étincelle particulière pétillait dans ses yeux bleu-gris.

— Oh ! oh, cette lueur dans ton regard… Dis-moi, elle ne serait pas due au beau jeune homme t'a très souvent rendu visite depuis que tu es ici ?

Emma rougit.

— Tu as remarqué ? C'est vrai, William vient chaque fois qu'il le peut. Il m'apporte des fruits, des fleurs, et il fait le maximum pour me remonter le moral.

Elle désigna la table de chevet.

— Il m'a offert ces superbes roses rouges, avec une carte où il me dit qu'il pense à moi.

Rebecca sourit.

— Il est adorable. Et tu l'aimes bien, toi aussi ?

Les joues d'Emma s'empourprèrent davantage.

— Oui, j'avoue... Il est vraiment sympa, et drôle. Il ne me connaissait pas et il a pris du temps pour moi... Je suis touchée. Et toi ? demanda-t-elle en contemplant Rebecca à son tour. Tu ne serais pas amoureuse de son cousin, par hasard ? Le séduisant Cade ?

— Qu'est-ce qui te fait croire ça ?

— La façon dont tu le regardes. Même malade, j'ai noté vos petits échanges de coup d'œil, et puis, je ressens ces choses-là, forcément...

Rebecca rit doucement.

— Tu n'as pas tort. Et je pense que Cade éprouve la même chose. Mais il y a un problème... Il rêve d'avoir une famille, et moi, tu le sais, je ne peux pas.

— Ne sois pas défaitiste à ce point, protesta Emma en lui prenant la main. La procréation médicalement assistée fait parfois de véritables miracles. Ou tu pourrais te faire opérer : les adhérences ne sont pas une fatalité. Il est parfois possible de les enlever.

Rebecca secoua la tête.

— Ça ne se fait pas souvent. Les médecins me l'ont déconseillé... Sauf si je tombais sur un grand spécialiste habitué à ce genre d'intervention.

Elle soupira.

— Eh oui, la fécondation in vitro pourrait être la solution... si j'ai des ovulations correctes. Mais la FIV n'est pas toujours efficace.

Emma fronça les sourcils.

— Tu es trop négative, Becky. Au lieu d'attendre, de ne pas savoir, prends rendez-vous auprès d'un spécialiste. Il examinera toutes les options avec toi. Le pire, c'est de broyer du noir et d'imaginer que c'est définitivement sans espoir.

Rebecca ferma brièvement les yeux.

— Tu as raison. Je crois que l'idée d'un échec me mine, me paralyse.

— Eh bien, l'heure de passer à l'acte est arrivée, dit alors

Emma. Ne perds plus de temps. D'ailleurs, j'ai quelque chose pour toi. Tu veux bien me passer mon sac ? J'ai fait quelques recherches avant ton arrivée. Il s'avère qu'il y a une excellente clinique sur l'île de La Barbade, pas loin d'ici. J'ai mené ma petite enquête : l'équipe médicale est au top.

Rebecca lui donna son sac, et Emma sortit une carte d'une des poches.

— Voilà, appelle-les dès aujourd'hui. Ils m'ont assuré qu'ils te proposeraient un rendez-vous au plus vite si tu choisissais une consultation privée.

Puis, l'air perplexe, elle ajouta :

— Tu devrais peut-être en parler à Cade.

— Je n'en ai pas la force, avoua Rebecca. De toute façon, j'attendrai que tu sois sortie de l'hôpital. Si jamais j'étais admise rapidement, je ne serais plus près de toi, et je me ferais un sang d'encre à ton sujet.

— Arrête, Becky, je vais mieux ! Je suis sauvée ! Téléphone-leur. Et tu le sais, je ne serai pas seule…

Emma ébaucha un sourire entendu.

— L'adorable William viendra me voir. Dès qu'il a fini de travailler, il est là. Et j'adore qu'il soit là.

— Tant mieux !

Rebecca rit.

— Il y a de l'idylle dans l'air à l'hôpital ? Chic ! Mais moi, je veux être là, auprès de toi.

— Ta, ta, ta, c'est une bonne excuse…

Emma serra les lèvres, affichant une moue sévère.

— Puisque c'est comme ça, je vais les appeler, moi.

— Non !

Rebecca jeta un coup d'œil à la carte. La clinique se trouvait sur La Barbade — une autre île paradisiaque —, et on pouvait s'y rendre en ferry. Au fond, qu'est-ce qui l'empêchait de prendre un rendez-vous ? La peur ? Cette peur, si mauvaise conseillère ?

— D'accord, je vais le faire.

— Maintenant. Tout de suite, je veux dire. Et mets le haut-parleur, que j'entende.

Rebecca composa le numéro.

— Vous avez de la chance, annonça la réceptionniste une fois qu'elle se fut présentée et qu'elle ait expliqué le motif de sa demande. Nous avons eu plusieurs annulations, le Dr Solomon a quelques disponibilités. En fait, je peux même vous proposer une consultation dès demain.

— Demain ?

Rebecca sentit sa gorge se nouer.

— Je ne m'attendais pas à ce que ce soit possible aussi vite et…

— Elle viendra ! dit Emma, s'immisçant dans la conversation. Notez son nom.

— Pardon ?

— Je suis sa sœur, je vous confirme qu'elle viendra demain. Merci beaucoup !

Rebecca reprit la communication, et fournit les différentes informations administratives nécessaires. Une fois l'appel terminé, elle resta silencieuse un long moment, mesurant pleinement les conséquences de ce qu'elle s'apprêtait à entreprendre. Il fallait aussi qu'elle organise son déplacement. Il y aurait un ferry un peu plus tard dans la journée. Si elle se dépêchait, elle n'aurait plus qu'à se préparer une petite valise et embarquer. Elle prendrait une chambre d'hôtel sur place, pas loin de la clinique.

— Merci de ton aide, ma grande sœur chérie, dit-elle en enlaçant affectueusement Emma. Je suis venue ici pour te voir mais aussi parce que j'avais besoin de toi…

— Je sais bien. Et je voulais te pousser à agir… J'ai juste attendu le bon moment.

En souriant, Emma étouffa un bâillement.

— C'est fait. Ouf.

— Désolée, je t'ai fatiguée… Je te laisse te reposer, dit Rebecca.

— Oui, je vais fermer les yeux un moment. Mais ne t'inquiète pas, tout ira bien. Je me sens réellement mieux, je peux me lever et même marcher quelques pas. Ils veulent me garder en observation, par prudence, mais franchement, si je m'écoutais, je filerais !

Elle hocha la tête, et une lueur complice traversa son regard.

— J'obéis aux médecins, bien sûr, alors je reste ici tant qu'ils le souhaitent. Ça te laisse le temps de te faire examiner comme il faut. Tu m'appelleras de là-bas, pour me donner des nouvelles ?

— Evidemment.

Rebecca se leva et embrassa sa sœur.

— Merci encore... Prends soin de toi, et à très vite.

Avant de quitter l'hôpital, elle décida d'aller voir Cade. Il fallait au moins qu'elle le prévienne de son absence. Coup de chance, elle le trouva rapidement, au service des urgences. Il était en train de parler à un couple. N'osant pas le déranger, elle tourna les talons mais il l'aperçut.

— Rebecca, justement, on parlait de toi ! Rejoins-nous, s'il te plaît...

Intriguée, elle s'exécuta et reconnut les interlocuteurs de Cade. Ils souriaient.

— Vous êtes monsieur et madame Tennyson, c'est ça ? Les parents de la petite Annie...

— Exact. Nous sommes venus vous remercier, dit Mme Tennyson. Grâce à vous, et grâce au Dr Byfield, notre petite fille d'amour va bien.

Rebecca sourit, remerciant mentalement les bonnes étoiles qui avaient veillé sur la fillette. Pour sauver un être humain, en plus de la médecine, il y avait le facteur chance !

— Quel bonheur de l'apprendre. Je m'interrogeais à votre sujet, puisque je n'ai pas pu avoir de nouvelles ces derniers temps... Vous aussi, vous allez mieux.

— Je récupère. J'ai toujours mal aux côtes mais tout se remet en place, répondit Jane Tennyson. Je l'ai échappé belle !

— Moi aussi, dit Paul, son mari. Mais le plus important, c'est qu'Annie soit en forme.

— Où est-elle ? demanda Rebecca, impatiente de revoir l'enfant.

— Les infirmières étaient si contentes qu'elles l'ont emmenée pour la montrer à leurs collègues... Mais justement la voilà !

Greta ramenait Annie qui, en effet, rayonnait. Ses joues rondes étaient roses, éclatantes de santé. Dès qu'elle aperçut Cade, elle agita sa petite main comme pour attirer son attention. Paul Tennyson rit.

— Elle n'en a qu'après vous, aujourd'hui !

Cade prit Annie dans ses bras.

— Tu es un vrai petit ange, pas vrai ?

Il lui chatouilla le ventre, et elle éclata de rire.

Rebecca sentit son cœur se serrer. Elle mourait d'envie de serrer l'enfant contre elle, mais elle craignait d'être submergée d'émotions.

— Elle est magnifique ! dit-elle.

Cade souleva la petite fille en l'air et, de nouveau, elle rit aux éclats.

— Plus haut !

— Non, ça suffit, dit Cade, les yeux pétillants. Ta maman te réclame.

Il la lui tendit puis, après quelques mots amicaux, M. et Mme Tennyson s'éloignèrent.

— Si tu as cinq minutes, je peux faire une pause, dit Cade à Rebecca. On va dans mon bureau ?

Elle acquiesça et lui emboîta le pas. Il lui adressa un drôle de regard avant de l'inviter à entrer dans la pièce.

— Tu parais inquiète.

— Non... Enfin, justement, je voulais te voir pour te dire quelque chose.

Elle hésita. Elle aurait pu lui avouer qu'elle ne cessait de penser à lui, à ce qu'ils pourraient partager et vivre ensemble... Mais qu'elle doutait terriblement malgré ses sentiments. A cause de son problème, celui qu'elle ne réussissait pas à formuler...

Une fois de plus, les mots se bloquèrent dans sa gorge. Elle dit simplement :

— Je vais partir quelques jours à La Barbade.

Il fronça les sourcils, visiblement surpris.

— La Barbade ? Seule ?

— Oui.

— On aurait pu y aller tous les deux !

— Je sais, mais j'y vais aujourd'hui. Je me suis décidée à la dernière minute, je prends le ferry tout à l'heure.

— Je ne comprends pas…

Il l'observa, perplexe.

— Et ta sœur ? Elle est toujours hospitalisée, et tu la laisses ?

— Emma va mieux. Elle est hors de danger, et William lui tient compagnie.

— William ?

Cette fois, la stupeur se refléta sur le visage de Cade.

— Il s'intéresse à elle ?

— De très près, même, répondit-elle, amusée par son étonnement. Je t'avais dit qu'entre lui et moi il n'y avait rien de sentimental. Parce que de toute façon, j'aime un autre homme.

Lui.

Elle n'eut pas besoin de le préciser. Cade l'enlaça aussitôt et l'embrassa passionnément. Elle voulut résister mais son être tout entier, corps et âme, s'y refusait. Il était si naturel que leurs lèvres se cherchent, se trouvent, que leurs souffles se mélangent. Ils échangèrent un long baiser qui la bouleversa. Elle sentait tant d'amour chez Cade… Et elle l'aimait aussi ! Alors, le cœur battant, la gorge nouée, elle le regarda dans les yeux.

— Ecoute-moi… Je suis amoureuse de toi. Vraiment. Très fort. Mais… je ne suis pas sûre qu'on puisse rester ensemble.

Le visage de Cade se rembrunit.

— Arrête de penser ça ! Fais-nous confiance ! dit-il en la reprenant dans ses bras. Tu m'aimes, je t'aime, pourquoi ça n'irait pas ?

A ce moment-là, une sonnerie s'éleva, annonçant l'arrivée imminente d'un patient en ambulance. Cade se raidit mais ne relâcha pas son étreinte.

— Parce qu'il y a une vraie raison qui pourrait nous séparer, dit-elle d'une voix sourde. Toi, tu rêves de fonder une famille, et moi, je ne peux sans doute pas avoir d'enfants. Voilà.

— Quoi ?

Il laissa glisser ses bras le long du corps de Rebecca, et

elle s'écarta, meurtrie, persuadée que tout était dorénavant fini entre eux.

— Et pourquoi ? murmura-t-il en la dévisageant.

— Ce sont les conséquences de mon appendicite aiguë. Des tissus cicatriciels ont fait de sérieux dégâts... Le diagnostic a été posé par le gynécologue qui me suivait en Angleterre.

— Pourquoi tu ne me l'as pas dit plus tôt ?

Avant qu'il ne tombe amoureux ?

— Je n'ai pas pu. C'est très douloureux pour moi, ce n'est pas le genre d'information qu'on partage facilement. Et puis, toi et moi, on a toujours été très occupés ! dit-elle, s'efforçant de paraître détachée.

Il la regardait fixement. L'alarme de l'accueil des urgences résonna de nouveau, et il lâcha un juron.

— Il faut que j'y aille. Il va falloir qu'on parle... Il va vraiment falloir qu'on parle. D'ici là, prends soin de toi.

Sur ces mots, il quitta le bureau.

Elle mit quelques secondes à se ressaisir. Les dés étaient jetés... Cade ferait sûrement le même choix que Drew. A partir de maintenant, et sans doute pour très longtemps, la solitude deviendrait sa meilleure alliée.

Rebecca retourna à la propriété de Cade, prépara une petite valise et appela un taxi. Evidemment, elle n'utiliserait plus le 4x4... Et elle viendrait récupérer le reste de ses affaires par la suite. Cette maison avait été une étape dans sa vie. Son hôte... un ami pas comme les autres. Elle le regretterait. Il allait tant lui manquer...

Les larmes aux yeux, elle sauta dans le véhicule qui l'attendait.

— Où allez-vous, mademoiselle ? demanda le conducteur.

— Au port, à l'embarquement des ferries.

Tandis qu'ils s'éloignaient, elle se retourna pour regarder la villa au milieu des hauts arbres, et son cœur se brisa en mille morceaux.

8.

Quand Rebecca ouvrit les yeux, elle était incapable de se souvenir de l'endroit où elle se trouvait. Désorientée, elle regarda autour d'elle. Cette chambre aux murs blancs… Où était-ce ? Chez qui se trouvait-elle ?

Puis une infirmière s'approcha et lui sourit gentiment.

— Ça y est, vous êtes réveillée ! Après l'intervention, vous avez dormi plusieurs heures. Comment vous sentez-vous ?

— Bien… Enfin, je crois, répondit Rebecca, engourdie de la tête aux pieds.

— Bonne nouvelle ! Les effets de l'anesthésie se feront encore sentir pendant un moment, ne vous inquiétez pas. Vous devez juste vous reposer encore un peu. Je vais prendre votre tension.

Elle ajusta le tensiomètre autour du bras de Rebecca et effectua la manipulation, les yeux rivés sur le petit écran.

— Un peu basse, mais c'est normal à ce stade.

Se secouant tant bien que mal de sa torpeur, Rebecca se redressa et s'appuya aux oreillers. Elle avait un peu mal dans le bas-ventre, et un pansement avait été placé à l'endroit où le médecin avait pratiqué une petite incision…

Tout lui revint d'un coup à l'esprit. Grâce à Emma et à son insistance, elle avait été prise en charge par un spécialiste extraordinaire.

— Comment ça s'est passé ?

— Le Dr Solomon viendra vous l'expliquer d'ici peu, dit l'infirmière. Mais soyez confiante, la chirurgie de la stérilité tubaire, c'est son fort.

— C'est ce qu'on m'avait dit, dit Rebecca, soudain au bord des larmes.

Etait-ce un effet de l'anesthésie générale ? Soudain, elle se sentit si seule et isolée… Personne ne savait qu'elle était là, sauf Emma. La veille, peu de temps après son entrée en clinique, elle l'avait appelée pour l'informer qu'elle subirait une intervention chirurgicale dès aujourd'hui. Le médecin l'avait reçue, examinée et il avait aussitôt fait réserver un bloc opératoire. Il lui avait précisé que, si tout allait bien, elle pourrait sortir au bout de quatre heures environ.

— Vous voulez une tasse de thé ? demanda l'infirmière. Ça va vous faire du bien.

— Oui, merci…

Rebecca s'efforça de sourire.

— Je suis un peu chamboulée. Tout s'est passé si vite…

— Vous vous remettrez rapidement, ne vous inquiétez pas. Oh ! vous avez un visiteur. Acceptez-vous qu'il vienne vous voir ?

— Un visiteur ? Mais je n'ai prévenu personne !

— Pourtant, ce monsieur semblait très au courant de votre hospitalisation. Il a pris le ferry du matin. Là, il fait les cent pas dans la salle d'attente… C'est un beau brun ténébreux, comme on dit !

L'infirmière se mit à rire.

— Quand j'ai appris qu'il était médecin, j'ai pensé que toutes ses patientes doivent tomber amoureuses de lui !

Rebecca écarquilla les yeux.

— C'est le Dr Cade Byfield ?

— Je crois, oui. Je vous prépare deux tasses de thé ?

Rebecca se contenta d'acquiescer d'un signe de tête. Sa stupeur s'accrut quand, après que l'infirmière eut quitté la pièce, Cade apparut sur le seuil. En jean et T-shirt, il affichait une allure décontractée que démentait l'expression de son visage. Sourcils froncés, la mine sérieuse, presque sombre, il vint vers elle en s'efforçant de sourire.

— Bonjour, Rebecca.

— Bonjour… Comment as-tu su que j'étais ici ? demanda-t-elle d'une voix sourde.

— J'ai simplement demandé à Emma. Elle était surprise que tu ne m'aies rien dit.

— Je suis désolée.

Elle soutint son regard et, malgré sa fatigue, le stress qu'elle ressentait, parvint à sourire.

— J'ai osé faire quelque chose qui me semblait inimaginable il y a encore quatre ou cinq jours. Je dois remercier Emma, elle m'a fortement incitée à me faire examiner dans cette clinique…

— Réputée. L'une des meilleures.

— Il paraît. Je ne voulais pas en discuter avant. Avec personne.

Il hocha la tête.

— Dans un sens, c'est compréhensible, quand bien même j'aurais préféré que tu me mettes dans la confidence. Comment tu vas ?

— Bien. Apparemment, tout s'est déroulé comme il faut.

— Le médecin t'a fait un compte rendu ?

— Pas encore. Il ne va pas tarder.

Cade s'assit sur le bord du lit et, observant intensément Rebecca, poussa un soupir découragé.

— Tu sais, quand je t'ai dit que tu pouvais avoir confiance en moi, ce n'était pas une parole en l'air.

— Je m'en doute. Mais comprends-moi… murmura-t-elle, la gorge nouée. On peut promettre des choses en dehors de tout contexte, et la réalité vient parfois tout bouleverser. Drew, qui m'avait pourtant juré qu'il m'aimait, a disparu dès qu'il a su que j'avais ce problème…

Elle désigna son bas-ventre.

Il suivit brièvement son regard avant de la regarder de nouveau dans les yeux, comme s'il voulait lire en elle.

— Je ne suis pas Drew. Il serait temps que tu cesses de me comparer à lui.

— Oui, oui, c'est une erreur de ma part, je le reconnais. En même temps, je veux être honnête avec toi…

Au bord des larmes, elle cligna des paupières pour tenter de se maîtriser.

— Tu as un rêve… Et il est irréalisable avec une femme qui ne peut sans doute pas avoir d'enfants.

— « Sans doute pas », répéta-t-il. En venant ici, tu changes la donne, pas vrai ? Le Dr Solomon est un spécialiste renommé dans le domaine du traitement de la stérilité. On peut compter sur lui. Et puis, si j'ai un rêve, c'est avant tout de mieux te connaître et de partager le plus de moments avec toi. Parce que je t'aime…

Il lui prit la main et la serra dans ses paumes, tendrement.

— Tu penses réellement que je suis le genre d'homme à te laisser tomber comme ça ? Que je suis égoïste à ce point-là ?

Elle garda le silence, stupéfaite. Un sanglot lui échappa…

Un sanglot de bonheur. Submergée d'émotion, elle noua ses doigts à ceux de Cade. Des doigts solides.

— Je suis heureuse que tu sois là.

Il sourit, soulagé.

— Je suis heureux de le savoir.

A ce moment-là, l'infirmière revint avec un plateau qu'elle posa sur la table de chevet.

— Et voilà vos thés… Servez-vous. Le Dr Solomon sera là d'un instant à l'autre. Il finit avec une autre patiente.

— Merci, dit Rebecca.

— De rien.

L'infirmière jeta un coup d'œil à l'un des écrans de contrôle.

— Votre pression artérielle est beaucoup plus rapide que tout à l'heure… Attention ! dit-elle en agitant un index réprobateur.

Puis, avisant Cade, elle eut un sourire malicieux.

— Mais je comprends…

Et, soupirant, elle quitta la pièce.

Rebecca éclata de rire, ce qui déclencha un élancement douloureux dans son bas-ventre.

— Elle te trouve magnifique !

Il arqua un sourcil amusé.

— Ah bon ? Et toi ?

— Idem… Mais il ne faudrait pas que ça te monte à la tête !

— Aucun risque.

Il lâcha un rire un peu moqueur.

— L'opinion des autres m'importe peu. D'ailleurs, c'est pour ça qu'une fois que j'ai fait un choix, je n'y reviens pas.

— Pourtant, parfois, c'est nécessaire. On peut bâtir des plans et, finalement, se rendre compte qu'on s'était trompé.

— Exact. Mais si on réfléchit suffisamment avant…

Un coup frappé à la porte l'interrompit, et le Dr Solomon entra. Grand et robuste, les tempes grisonnantes, il inspirait confiance.

— Bonjour, mademoiselle Flynn ! Eh bien, dites-moi, vous semblez en pleine forme ?

— Oui, ça va, docteur, merci.

Il jeta un coup d'œil à Cade qui, aussitôt, se leva.

— Je vais patienter à l'extérieur…

— Non, je préfère que tu restes, dit Rebecca.

— Comme tu veux.

Cade s'assit de nouveau, et Rebecca reporta son attention sur le Dr Solomon qui venait de prendre place sur une chaise. Il paraissait préoccupé.

— Alors, je vais vous livrer mes conclusions qui, toutefois, n'ont rien de définitif. Dans mon domaine de spécialité, la nature nous réserve bien des surprises. Des femmes considérées comme infertiles réussissent quand même à être enceintes ! Et parfois, il faut chercher d'autres solutions que celles proposées par la médecine.

Prenait-il des gants pour annoncer une mauvaise nouvelle ? Rebecca échangea un bref regard avec Cade.

— On a découvert de nombreuses adhérences autour de vos ovaires et dans les trompes de Fallope, poursuivit le Dr Solomon. L'hystérosalpingographie a révélé une très mauvaise perméabilité des trompes.

Rebecca acquiesça machinalement. Des larmes lui montèrent aux yeux, mais Cade lui prit la main, et elle parvint à les refouler.

— Malgré tout, on a essayé de remédier au problème. On a réussi à libérer, en quelque sorte, l'un des ovaires. Complètement.

— Vraiment ?

Elle poussa un soupir de soulagement. Cela signifiait qu'une fécondation in vitro pourrait être envisagée !

— Autre point positif : on a pu déboucher une trompe. Par conséquent, votre situation a évolué dans le bon sens !

Puis, l'air ennuyé, il précisa :

— Mais l'acte chirurgical lui-même peut générer d'autres adhérences... D'autres tissus cicatriciels gênants. Quoi qu'il en soit, à ce stade, on peut considérer que vous avez entre quarante et cinquante pour cent de chances d'être enceinte un jour.

— Mais c'est une excellente nouvelle ! dit Cade, croisant le regard de Rebecca.

— Oui...

Elle sourit, incrédule.

— Je pensais que je n'avais aucune possibilité...

— Vous étiez pessimiste à ce point ? demanda le Dr Solomon.

— Très pessimiste, répondit Cade. Merci à vous, vous avez accompli un miracle.

Le miracle, c'est toi, songea Rebecca en le regardant, émue aux larmes.

Le chirurgien jeta un coup d'œil aux différents moniteurs auxquels elle était reliée.

— On va de nouveau vérifier votre température, votre pression artérielle, et si tout est satisfaisant, nous vous laisserons partir. L'infirmière vous donnera des consignes pour les suites de soins. En cas de souci, n'hésitez pas à nous rappeler.

— Merci encore... Beaucoup.

— De rien. Tenez-nous au courant et... bonne chance !

Puis le médecin quitta la pièce.

Restée seule avec Cade, Rebecca garda le silence quelques instants. Elle n'en revenait toujours pas de cette issue inattendue.

— J'ai eu raison de venir...

— Bien sûr ! Et si tu m'en avais parlé, je t'aurais accompagnée, dit-il. Dorénavant, fais-moi confiance... Pour toujours, tu veux bien ?

Pour toujours...

Il l'embrassa doucement, et se redressa quand l'infirmière arriva.

— Alors, cette tension, qu'est-ce que ça donne ? Hum, encore un peu haute, mais je crois que c'est à cause de l'émotion…

Elle adressa un clin d'œil à Rebecca.

— N'est-ce pas ?

Quelques heures plus tard, Rebecca quitta l'hôpital avec Cade. Ils prirent un taxi jusqu'au port et arrivèrent juste à temps pour embarquer à bord du ferry à destination de Sainte Marie-Rose.

La traversée fut tranquille, agréable. La mer était d'un bleu azur, calme comme un miroir. Assis sur le pont près du bastingage, ils sirotèrent du jus de mangue glacé et mangèrent du melon frais.

— Comment tu te sens ? demanda Cade.

— Heureuse. Et je pense que je serai vite sur pieds. Probablement d'ici quelques jours.

Il sourit.

— Tu vas t'installer à la maison, tu te reposeras autant que nécessaire. On s'organisera. Je ferai apporter toutes tes affaires, tout ce dont tu auras besoin. Je t'emmènerai rendre visite à Emma et, si je ne suis pas disponible, Benjamin te conduira. Ensuite, si Emma est d'accord, je l'invite chez moi pour sa convalescence. Vous serez ensemble, et Harriet sera ravie de cuisiner pour tout le monde !

— C'est si gentil de ta part… Merci.

Elle appuya la tête contre son épaule. Oui, elle pouvait compter sur lui… Il ne cessait de le lui prouver !

Une semaine plus tard, Rebecca commença à se sentir un peu mieux. L'incision de la laparoscopie cicatrisait correctement, et elle n'avait plus mal au ventre. Bientôt, l'intervention ne serait plus qu'un souvenir…

Le jeudi après-midi, Rebecca apprit qu'Emma aurait l'autorisation de sortir de l'hôpital le lendemain. Enfin ! Elle lui parla donc de la proposition de Cade.

— Il va m'héberger ? Waouh !

Sa sœur ne put dissimuler son enthousiasme.

— C'est adorable de sa part ! On sera ensemble, et je verrai William plus facilement, puisqu'il habite à côté. Quelle bonne nouvelle !

Oui, soudain, la vie devenait rose ! songea Rebecca un peu plus tard, de retour chez Cade. Il était passé prendre un dossier, si bien qu'elle put aussitôt lui confier la réaction de sa sœur.

— Parfait ! Vous allez être réunies, et sous un toit solide, dit-il d'un air entendu.

— C'est sûr…

Il lui fit choisir une chambre pour Emma puis, avant de filer — il avait une réunion urgente —, lui rappela qu'ils étaient invités à une soirée sur la plage.

— La fête débute au coucher du soleil, et continue jusque tard la nuit…

Il l'enlaça tendrement.

— Il serait temps qu'on s'amuse ! Si tu en as envie, et si tu es en forme, bien sûr.

— Je le suis, répondit-elle.

Et même plus que jamais ! Elle avait l'impression d'être animée d'une énergie extraordinaire !

Que porterait-elle ? Elle hésita longuement et finit par choisir un sarong coloré assorti d'un haut à fines bretelles. Le tissu chatoyant s'enroulait autour de ses hanches, glissait sur son corps de façon fluide, laissant apparaître ses cuisses lorsqu'elle marchait. Sa peau était légèrement bronzée, pas assez à son goût, mais un peu quand même ! Elle mit un soupçon de maquillage, et noua ses cheveux en un chignon lâche de façon à ce que des boucles s'échappent et encadrent son visage.

Cade revint en fin d'après-midi et se prépara à la hâte. Lorsqu'il la vit, il sourit, visiblement ému et conquis.

— Tu es ravissante… Je ne te quitterai pas des yeux un seul instant ! J'aurais trop peur qu'on t'enlève.

Flattée, heureuse, elle se blottit dans ses bras.

— Ça ne risque pas, murmura-t-elle.

Cette soirée, Rebecca ne l'oublierait jamais… Oui, tout resterait gravé dans sa mémoire, chaque odeur, chaque couleur… Chaque baiser.

Cade et elle marchèrent sur le sable, main dans la main, admirant le soleil couchant et ses reflets dorés sur la mer bleue. Sous le ciel qui, peu à peu, devenait rose orangé, les palmiers se balançaient, comme s'ils dansaient au rythme de la légère brise qui soufflait.

Pour l'occasion, une paillote avait été transformée en bar, avec quelques tables çà et là. On servit du punch fruité et des coupelles de piña colada. Le chef cuisinier alluma le barbecue et, bientôt, l'appétissant fumet des viandes grillées imprégna l'air. Les gens faisaient la queue pour être servis, et Cade invita Rebecca à gagner le buffet.

Elle goûta de tout avec gourmandise : brochettes de fruits de mer, de volaille épicée, côtelettes…

— Succulent ! J'adore la nourriture antillaise… Je vais essayer les bouchées à la noix de coco en dessert !

Cade rit.

— Quel bonheur de te voir aussi enthousiaste…

— C'est grâce à toi !

A ce moment-là, les musiciens se lancèrent dans un solo de percussion sur leur steel-drums, et on commença à danser. Cade mena Rebecca vers une étendue de sable bien nivelée et, ensemble, l'un contre l'autre, ils se laissèrent porter par la musique reggae ou calypso.

Plus tard, quand le ciel s'obscurcit et que la lune se refléta sur la mer, il l'emmena au bord de l'eau, loin du monde. Il la prit dans ses bras et l'embrassa tendrement au coin des lèvres.

— Je t'aime tant, chuchota-t-il. Je ne veux plus te quitter. Tu veux bien m'épouser ?

Elle le dévisagea, en proie à un merveilleux sentiment d'irréalité. Comme si elle vivait un rêve…

— Oui…

— Oui ?

Il l'observa quelques secondes, une expression intense au fond des yeux, puis l'embrassa passionnément.

— Je t'aime, murmura-t-elle.

— Et moi donc. A la folie… Je t'aime à la folie.

— Justement, c'est peut-être une folie. Tu es sûr de toi ? Vraiment sûr ?

— Totalement… Tu es la femme de ma vie, Rebecca Flynn !

Ils marchèrent côte à côte en silence, et elle savoura la tiédeur du sable sous la plante de ses pieds. La main de Cade enveloppait la sienne, rassurante. Elle aurait voulu crier son bonheur… Le crier aux étoiles !

— On fondera une famille, toi et moi, dit-il. Soit tu nous donneras un bel enfant, ou plusieurs, soit on adoptera… On trouvera le moyen. Quand on veut, on peut.

— Tu as raison… Tu as tellement raison !

— Et en tant que médecin, tu as beaucoup à partager. Peut-être que travailler dans un service de pédiatrie à mi-temps serait une bonne idée ? Tu viens de passer une année difficile, mais aujourd'hui tu peux tourner la page… Tu le sais, n'est-ce pas ?

— Oui… C'est juste que je m'y attendais si peu ! Pas si vite, en tout cas.

— C'est ça qui est merveilleux, dans l'existence. On croit qu'on est face à un mur, que tout est noir, bloqué, mais soudain, quelque chose de miraculeux survient…

— Notre rencontre est presque un miracle.

— Ou un signe du destin ?

Il l'embrassa de nouveau, avec tendresse et désir aussi, et elle s'abandonna, ivre de joie. Une longue vie emplie d'amour les attendait, elle le savait…

Épilogue

Huit mois plus tard.

— Rebecca, le traiteur voudrait savoir où mettre le grand panier de fruits !

La nervosité de Cade la fit sourire. Pour un homme habitué à gérer des urgences dans des conditions parfois très précaires, il se montrait étonnamment peu doué pour organiser le mariage de son cousin !

Evidemment, à sa décharge, il venait d'accueillir les nombreux invités qui séjourneraient à la villa. La famille de Cade et William était là au grand complet, de même que celle d'Emma et Rebecca. La plupart des gens resteraient sur place pendant quelques semaines.

— En bout de table, celle qui se trouve au fond de la tonnelle.

— OK, je transmets le message.

Il s'approcha et, d'un geste doux, plaça une main sur le ventre arrondi de Rebecca.

— Alors, comment ça va, aujourd'hui ? Oh ! il vient de me donner un coup de pied !

Il sourit, attendri, et attendit que le bébé se manifeste de nouveau. Ce serait un garçon, ils le savaient déjà.

— Il a l'air en pleine forme, dit-elle en posant la main sur celle de son mari.

Son alliance en or capta les reflets du soleil qui s'infiltraient à travers les fenêtres.

— Il bouge sans arrêt, dit-elle. Il doit sentir l'excitation et l'agitation ambiantes... Et à mon avis, il se sent un peu à l'étroit, maintenant. Plus que quatre semaines avant sa venue au monde !

Elle soupira, contemplant son ventre imposant.

— Il fallait que William et Emma se marient pile au moment où je suis presque à terme... J'aurais voulu danser pour l'occasion !

Cade l'embrassa tendrement.

— Vois-le sous cet angle : notre fils participera, à sa manière, au mariage de sa tante !

Elle rit.

— Oui, bien sûr, on peut dire ça... Mais pour le prochain, prévoyons autrement, plaisanta-t-elle.

Il l'enlaça et lui déposa un baiser sur le front. Un baiser vibrant d'amour.

— Oui, promis. On s'organisera dans la mesure du possible... Mais de toute façon, quand nos enfants décideront d'arriver, ce sera toujours le bon moment, tu ne crois pas ?

ANNIE CLAYDON

Huit semaines pour t'aimer

Traduction française de
CHRYSTELLE POULAIN

BLANCHE

HARLEQUIN

Titre original :
DISCOVERING DR RILEY

Ce roman a déjà été publié en 2016

1.

— S'il te plaît, Tom… Sois sympa…

Le Dr Tom Riley secoua la tête. Si Helen Kowalski, médecin chef adjointe des urgences, prenait cette voix charmeuse au téléphone, c'était qu'elle avait désespérément besoin de lui.

Après tout, il l'avait cherché. Quel besoin avait-il de revenir à l'hôpital un dimanche après-midi ?

— Laisse-moi deviner, répondit-il. Tu as un patient pour moi ?

— Oui, un sacré numéro ! Il est en train de nous faire tourner en bourrique.

— Comme il doit avoir moins de seize ans, et que les « sacrés numéros » sont ma spécialité, tu m'appelles ?

— Exactement. Avec toi, les affreux jojos sont sûrs de trouver pire qu'eux…

— Continue comme ça et je rentre chez moi ! Je ne suis même pas de garde.

Il perçut soudain un grand fracas. Helen poussa un juron étouffé dans le combiné.

— Tom ! fit-elle avec un accent de panique. Il vient d'envoyer valser le chariot de soins. S'il te plaît…

— J'arrive.

Descendu aux urgences, il n'eut aucun mal à localiser le fauteur de troubles : c'était un rouquin de huit ans, haut comme trois pommes, qui faisait un raffut de tous les diables dans le box 1. Assise à côté de lui sur le lit, une jeune femme le tenait fermement par la main. Mais elle ne pouvait pas l'empêcher de remuer les jambes et il s'en donnait à cœur joie.

Tom sourit au duo.

— Bonjour, dit-il. Je suis le Dr Tom…

A peine avait-il commencé sa phrase que le bambin lui décocha un grand coup de pied.

— Adrian ! protesta la jeune femme. Arrête ! Désolée, docteur…

Elle avait un drôle de style, avec sa salopette maculée de peinture aux bretelles nouées autour de sa taille, son vieux sweater bordeaux déchiré au coude gauche. De longs cheveux bruns noués en queue-de-cheval à l'aide d'un foulard multicolore complétaient ce look d'artiste bohème.

Devant sa mine déconfite, Tom résista à l'envie de se frictionner le tibia.

— Ce n'est pas grave, dit-il d'un ton rassurant. Qu'est-ce qui vous amène ?

Leurs regards se croisèrent, et il eut l'impression de recevoir un uppercut en pleine poitrine. Cette femme avait de grands yeux violets, aussi lumineux que des iris en fleur. Il n'avait jamais rien vu de pareil…

— C'est Adrian, dit-elle d'un ton las. Il s'est cogné la tête. Il a une bosse.

Bosse ou pas, le trublion était-il toujours aussi mal élevé ?

— Rien d'autre ? demanda Tom. Aucun changement d'attitude ?

Elle eut un sourire contrit.

— Non. Il bouge beaucoup. C'est normal.

— Je vois… Que s'est-il passé exactement ?

— J'étais en train de peindre. Adrian jouait à côté de moi. Il a frôlé mon escabeau, j'ai perdu l'équilibre et nous nous sommes retrouvés par terre tous les deux. Comme il est tombé sur la tête, j'ai préféré venir aux urgences.

Il toussota, perturbé. Ce regard violet était comme une caresse sur sa peau.

— Vous… n'êtes pas blessée ?

A sa posture, il semblait évident qu'elle avait mal quelque part. Le gosse avait dû foncer sur l'escabeau comme un bulldozer !

— Non, ça va, murmura-t-elle. Adrian, arrête…

Il s'était mis à déchirer la nappe en papier qui recouvrait la table. Tom décida d'intervenir.

— Très bien, jeune homme, dit-il. Je vais t'examiner.

Le visage constellé de taches de rousseur d'Adrian prit soudain la même teinte que ses cheveux. Il s'agrippa farouchement à la jeune femme, qui grimaça de douleur. Tom recula. On pouvait raisonner les adultes, mais avec les enfants mieux valait privilégier l'observation.

Il écarta une chaise de la table de chevet, et s'y assit en croisant les bras. Puis il allongea les jambes en bâillant ostensiblement.

— Alors, mon grand… Comment allons-nous procéder ?

L'auscultation finie, Cori poussa un soupir de soulagement. Ce médecin était un cadeau du ciel.

La femme qui avait examiné Adrian la première était probablement compétente, mais manifestement débordée. Celui-là, au contraire, paraissait avoir la vie devant lui. Il ne portait pas le badge des urgentistes. D'où pouvait-il bien venir ? Elle savait seulement qu'il s'appelait « Tom ».

Au fond, peu importait. Il avait eu la bonne attitude. Non seulement il avait expliqué ses intentions, mais il n'avait pas essayé de la séparer d'Adrian, ce qui avait facilité l'auscultation. Et bizarrement, quand par inadvertance il lui avait frôlé la joue, elle avait presque oublié la douleur qui lui cisaillait la hanche et l'épaule.

A vrai dire, cet homme était, de loin, le plus séduisant qu'elle eût jamais rencontré.

Avec ses cheveux blonds comme les blés, ses grands yeux azur et sa silhouette athlétique, il aurait facilement pu être mannequin, ou star de cinéma. Pourtant, sa beauté n'avait rien de surfait. En témoignaient sa mâchoire anguleuse, ses traits fermes et son menton carré, volontaire.

Il devait avoir un certain vécu et n'était visiblement pas du genre à s'en laisser conter.

— Tout va bien, Adrian, dit-il d'un ton gai, après les examens réglementaires. Tu vas pouvoir rentrer à la maison avec ta…

— … sœur, compléta Cori.

C'était le terme le plus adéquat, même s'il ne reflétait pas la réalité. Ce « Dr Tom » n'avait aucun besoin de connaître les détails.

Il opina de la tête, surpris, et elle devina ses pensées. Dix-huit ans la séparaient d'Adrian, il avait dû remarquer leur différence d'âge. Mais après tout, dans certaines grandes familles, ce n'était pas si rare…

Son « frère » affichait une mine réjouie, à présent. Elle le poussa du coude.

— Merci, monsieur, dit-il poliment.

Le médecin lui répondit d'un clin d'œil complice, qui la fit frissonner. Mais son sourire était destiné à Adrian, pas à elle. Etait-elle devenue stupide ?

— De rien, dit le « Dr Tom » d'une voix douce en se tournant vers Cori. Vous avez eu raison de venir. Comment repartez-vous ?

— Une amie nous a déposés, et notre père doit venir nous chercher. Il attend probablement à l'accueil.

— Parfait. Comment s'appelle-t-il ?

— Ralph Evans. Mais…

— Ne bougez pas. J'y vais.

Il fallait trouver M. Evans au plus vite, afin de pouvoir examiner la sœur d'Adrian. Une mission impossible tant que le bambin resterait collé à elle. Or, même si elle essayait de le cacher, Tom *savait* qu'elle souffrait.

A la réception, la secrétaire lui désigna un homme d'âge mûr, aux cheveux bruns grisonnants et à la mine débonnaire. Tom chercha en vain une ressemblance avec l'enfant qu'il venait de soigner.

— Je suis le tuteur d'Adrian, expliqua Ralph Evans après les présentations d'usage. Mon épouse et moi sommes sa famille d'accueil.

— Ah, d'accord. Je comprends. Il n'a rien de grave, rassurez-vous. Juste une grosse bosse.

Tom prit une fiche sur le comptoir et le tendit à M. Evans.

— Vous y trouverez la marche à suivre pour les chocs à la tête, expliqua-t-il. Il faudra surveiller Adrian de près pendant vingt-quatre heures.

— Nous le surveillons de près tous les jours ! répondit Ralph Evans en riant. Cori va bien ?

Cori ? La sœur s'appelait Cori ? Tom avait oublié de lui demander son identité, subjugué qu'il était par ses yeux et son sourire…

— Au téléphone, elle m'a dit qu'Adrian avait foncé sur une échelle, précisa Ralph. J'espère qu'elle n'était pas dessus ?

Tom avait vu juste. La jeune femme avait volontairement minimisé la bêtise de son « frère ».

— Si, hélas, répondit-il. Elle est tombée, et même si elle prétend le contraire, elle souffre. Il faudrait qu'elle passe des radios, mais Adrian est cramponné à elle.

— Ne vous inquiétez pas, je vais le récupérer. Cori ne repartira pas sans avoir vu un médecin. Merci beaucoup, docteur.

— Mais de rien. Nous sommes là pour ça.

Après avoir escorté Ralph et Adrian jusqu'au parking, Cori reprit à pas lents la direction de l'hôpital. Le garçon avait accepté de la lâcher car elle avait prétendu qu'elle rentrait chez elle. Mais leur père adoptif l'avait encouragée d'un discret signe de tête à retourner aux urgences.

Elle allait de nouveau devoir patienter sur une chaise inconfortable, alors que la douleur qui lui laminait le côté gauche empirait de minute en minute.

Elle sentit des larmes brûlantes lui piquer les yeux. Elle ne *pouvait pas* être blessée. Pas maintenant, alors qu'elle commençait le lendemain même à travailler dans ce même hôpital. Cette mission de huit semaines était susceptible de déboucher sur un contrat permanent. Or elle avait besoin d'un poste fixe.

— Ça y est, vous revoilà ?

Cette voix sensuelle, chaleureuse…

Elle émergea de ses réflexions pour découvrir le « Dr Tom »

sur le perron des urgences, un café à la main. Cet homme était si beau qu'elle crut halluciner. Pourtant, elle n'avait encore pris aucun médicament !

— Venez, dit-il. Suivez-moi.

Il termina son café et expédia le gobelet dans la poubelle près de la porte. Alors seulement, Cori reprit ses esprits.

— Je… dois m'inscrire à la réception. Il faut que je refasse la queue.

Le sourire du médecin acheva de lui faire perdre ses moyens. S'il continuait de la regarder comme cela, elle le suivrait jusqu'à la lune…

— Considérez que vous êtes en tête de file, dit-il, taquin.

— Mais… il y a beaucoup de monde avant moi. Vous ne recevez pas les patients dans l'ordre ?

— Je ne suis censé voir personne aujourd'hui. Je suis en repos. Et vous avez déjà attendu assez longtemps.

Devant son air persuasif, elle faillit capituler. Mais cela aurait été injuste.

— Merci beaucoup, répondit-elle doucement. J'apprécie votre geste, mais… je ne peux pas accepter.

Il fronça les sourcils.

— Vous n'allez pas me donner un coup de pied, quand même ?

Elle secoua la tête.

— Parfait ! Dans ce cas, venez.

Sans lui laisser le loisir de protester davantage, il tourna les talons et pénétra dans le hall.

Mieux valait battre le fer tant qu'il était chaud. Après avoir inspecté les contusions sur l'épaule et la hanche de Cori, Tom, sourd à ses objections, l'avait envoyée passer des radios. Alors qu'il attendait les résultats, Helen lui était tombée dessus et lui avait confié quelques cas mineurs, « pour qu'il ne s'ennuie pas ».

Lorsque les radios arrivèrent, il les lut rapidement et alla rejoindre Cori dans le box 2. Affublée de la traditionnelle chemise d'hôpital, elle était assise sur une chaise, serrant ses vêtements roulés en boule contre elle.

— Je voulais vous remercier, pour Adrian…, dit-elle dans un murmure. Je suis désolée qu'il s'en soit pris à vous.

— Ne vous inquiétez pas. J'ai connu pire.

Et même *bien pire.* Tom avait grandi avec les coups. Il avait appris à vivre avec. A subir sans broncher. A pleurer plus tard, seul dans son lit…

Pourquoi ces souvenirs pénibles resurgissaient-ils maintenant ? Peut-être était-ce à cause de sa patiente ? La gentillesse de Cori envers Adrian l'avait ému. Chaque fois qu'il voyait des gens normaux, il prenait conscience que la tendresse, la douceur d'un être cher lui avaient manqué…

— Qu'étiez-vous en train de peindre ? demanda-t-il, balayant ces tristes réflexions.

— Un mur. Ou plutôt, un décor mural. A mes heures perdues, je collabore avec un groupe d'artistes, nous créons bénévolement des fresques pour des œuvres de bienfaisance, des écoles, ce genre d'endroits.

— Dommage qu'Adrian vous ait interrompue…

— Il ne voulait pas me faire mal. Il est plutôt gentil, vous savez !

Sa manière de voler au secours du garçon plut énormément à Tom.

— Rassurez-vous, ce n'était pas une critique. Votre père m'a expliqué, pour la famille d'accueil.

— Ah, d'accord… Il faut savoir aussi qu'Adrian a une mauvaise expérience de l'hôpital. Un soir, quand il était petit, il est arrivé aux urgences parce que sa maman faisait une overdose. Mais le petit ami de sa mère l'a oublié dans la salle d'attente. Les infirmières l'ont trouvé recroquevillé dans un coin. C'est l'assistante sociale qui nous a raconté cette histoire.

Rien qu'à imaginer ce petit bonhomme seul et malheureux, Tom se sentit oppressé. Un poids immense lui écrasait la poitrine.

— Voilà pourquoi il refusait de vous lâcher, dit-il.

— Oui. Pour ne pas lui faire peur, j'ai prétendu que je n'étais pas blessée. En tout cas, une chose est sûre, dit-elle d'un ton doux. Adrian a beaucoup apprécié votre gentillesse. Il n'a pas encore les mots pour l'exprimer, mais moi qui le connais, je l'ai bien senti.

Tom dut faire preuve d'une grande maîtrise de soi pour dompter l'émotion qui le submergeait.

— C'est… gentil. Adrian a de la chance de vous avoir.

— Je suis une enfant adoptée, moi aussi. Je sais à quel point il est important de pouvoir se raccrocher aux bonnes personnes au bon moment.

Il ferma brièvement les paupières. Lui n'avait jamais eu personne pour prendre sa défense. Il avait dû s'en sortir seul…

Se reprenant, il abaissa le sommier du lit, puis fit signe à Cori de s'asseoir. Elle s'exécuta, avec un rictus de douleur.

— Vos radios sont normales, dit-il. Il n'y a pas de fracture. Je voudrais quand même vérifier la mobilité de votre épaule, par précaution.

Il fit remonter le sommier et prit place sur une chaise en face d'elle. Surtout, ne pas la regarder dans les yeux. Eviter de se laisser distraire par ce regard hypnotique…

— Je vais faire bouger l'articulation, dit-il encore. Vous allez avoir mal, mais essayez de vous détendre.

Quand elle lui sourit, il eut une drôle d'impression, comme si c'était lui le patient. Quel idiot ! Il n'était pas censé perdre ses moyens !

— J'ai déjà mal, répondit-elle. Un peu plus ou un peu moins…

Malgré l'avertissement du « Dr Tom », Cori dut étouffer un cri de douleur lorsqu'il lui fit faire une rotation de l'épaule. Il procédait aussi délicatement que possible, mais elle sentit des gouttes de sueur froide dégouliner le long de son dos.

— Désolé, dit-il après un moment. Voilà, c'est fini.

Elle expira profondément, et ouvrit les poings. Alors, à sa grande honte, elle prit conscience qu'elle avait lâché le bord du lit pour agripper la blouse blanche du médecin. Elle baissa la tête, les joues en feu.

— Tout est en ordre, dit-il. Je vais jeter un coup d'œil sur vos contusions, puis je vous laisserai tranquille. Si vous voulez bien descendre un peu votre chemise…

Les doigts tremblants, elle s'exécuta. Mais que lui arrivait-il ? Ce n'était pas comme si elle n'avait jamais montré ses épaules !

Heureusement, le Dr Tom s'était détourné pour remplir sa fiche. Avec un peu de chance, il ne verrait pas qu'elle était écarlate.

Contrairement à elle, il restait calme, professionnel. Elle aurait préféré qu'il plaisante, ce qui aurait détourné ses pensées de ses yeux bleus ou de son torse musclé, dont elle avait senti la chaleur sous sa paume…

L'air impassible, il revint près d'elle et inspecta sa peau meurtrie.

— Aucun problème, conclut-il. Vous pouvez vous rhabiller.

Lorsqu'il s'écarta pour abaisser une fois de plus le niveau du lit, elle éprouva un curieux sentiment d'abandon.

— Merci, dit-elle en bredouillant. C'est… très aimable à vous de m'avoir prise en charge.

— Mais de rien, je suis là pour ça. Je vais chercher la fiche « que faire en cas de contusions ». Nous en avons une pour tous les bobos de la terre, fit-il, non sans humour.

— Merci, répéta-t-elle stupidement.

Après son départ, elle se sermonna. Pour lui, elle n'était qu'une patiente lambda. Il se montrait gentil parce que c'était son métier, point.

Elle devait se reprendre. Sans doute la douleur lui faisait-elle perdre le sens des réalités…

Quand cette femme s'était agrippée à sa blouse, Tom en avait presque oublié qu'il était médecin. Il avait dû déployer d'énormes efforts pour mener l'examen à son terme. Jamais, de toute sa carrière, il n'avait réagi de la sorte.

Il prit tout son temps pour rédiger une ordonnance d'analgésiques et chercher la fameuse fiche de recommandations. Il voulait être sûr de laisser à sa patiente, ralentie comme elle l'était dans ses mouvements, le temps de se changer.

De fait, quand il la rejoignit dans le box, il la trouva habillée, prête à partir. Il lui tendit les papiers, qu'elle parcourut en fronçant les sourcils.

— Prenez les antalgiques pendant quelques jours, et, si vous avez trop mal, ajoutez-y les anti-inflammatoires, dit-il. A votre place, je resterais tranquille jusqu'à mercredi, le temps que les douleurs s'estompent.

Elle secoua la tête, l'air dépité.

— C'est impossible. Je commence un nouveau travail demain. Ici, à l'hôpital.

— Je pourrais vous prescrire un arrêt maladie, et… Ici ? s'interrompit-il, comprenant soudain ce qu'il venait d'entendre.

— Oui, je suis art-thérapeute. On m'a engagée pour huit semaines.

Cori… Cette fille était *Corinne Evans* ? La personne qu'il avait cherchée par tous les moyens à bannir de son étage ?

— Ma mission s'annonce délicate, dit-elle. Je ne peux pas m'absenter dès le premier jour.

A sa manière de froncer les sourcils, il comprit qu'elle était prête à relever le défi. Comment allait-elle réagir en découvrant que c'était *lui* — le Dr Thomas Riley, chef par intérim du service pédiatrique — son problème ?

S'il avait eu son mot à dire, il l'aurait volontiers mise en arrêt maladie pour deux mois. Ou il l'aurait fait muter à l'autre bout de Londres…

Alors qu'il hésitait à révéler son identité, elle gagna la porte.

— Je ne veux pas vous retenir plus longtemps, dit-elle d'un ton affable. Merci encore, pour tout. Dans notre malheur, Adrian et moi avons eu de la chance de tomber sur vous.

Sur un dernier sourire éclatant, elle prit congé.

Il referma la porte derrière elle. La belle Corinne Evans risquait bien d'être *son* défi personnel pour les huit semaines à venir.

2.

Le lendemain, au réveil, Cori eut la pénible impression d'être passée sous un rouleau compresseur.

Elle détendit du mieux qu'elle put ses muscles endoloris sous une douche brûlante. Elle aurait préféré rester chez elle, mais elle n'avait pas le choix. Elle devait se rendre à l'hôpital.

Mary, sa chef de projet, lui avait clairement exposé la situation. Le Dr Shah, consultant en pédiatrie, s'était montré très favorable au recrutement d'une art-thérapeute. Mais il avait hélas dû prendre un congé de longue maladie, et son remplaçant par intérim, le Dr Riley, voyait cette initiative d'un mauvais œil.

Cori devrait faire ses preuves. Manquer à l'appel dès le premier jour aurait donné du grain à moudre à son adversaire.

Au moment de partir, elle cala le grand sac en tissu qui contenait son matériel sur son épaule valide. Elle l'avait allégé au maximum, mais, malgré la courte distance qui la séparait de l'hôpital, elle prit un taxi pour ne pas se fatiguer. Elle n'allait pas marcher dans son état !

A l'arrivée, le dédale de couloirs vers le service pédiatrique eut raison du peu d'énergie qui lui restait. Elle marqua une pause devant le sas, sonna et s'adossa au mur, les yeux fermés, en attendant qu'on vienne lui ouvrir.

— Je croyais vous avoir dit de rester chez vous !

Cette voix… Le « Dr Tom »… Oh ! non ! Que fabriquait-il ici ? Les urgences étaient à l'autre bout de l'hôpital. Elle jouait de malchance !

Elle se redressa trop vite et ne put réprimer une grimace.

— Vous m'avez dit de rester *tranquille*, répondit-elle.

— C'est la même chose. Quel plaisir de voir que vous suivez mes recommandations à la lettre !

Sous l'ironie, l'agacement du médecin était perceptible. Planté devant elle les mains dans les poches, il affichait un air sévère qui ne cadrait pas avec son attitude de la veille.

En costume gris et chemise blanche, il paraissait encore plus grand, plus imposant. Mais il n'avait rien perdu de son pouvoir de séduction, loin de là…

A court de mots, Cori le regarda taper le code de sécurité qui déverrouillait les portes coulissantes. Dès qu'elles s'ouvrirent, il l'invita à le précéder.

— Merci, murmura-t-elle. Je cherche le bureau du directeur.

Pourvu que son sauveur ne s'attarde pas dans les parages. Elle avait passé outre ses consignes. Si cela se savait, elle serait en fâcheuse posture avant même d'avoir commencé.

— Je suis Tom Riley, répondit-il d'un ton bref. Je dirige le service par intérim.

La nouvelle lui fit l'effet d'une bombe. Muette de stupeur, elle ne pouvait plus faire un geste. Elle devait avoir l'air ridicule à écarquiller ainsi les yeux !

Etait-ce de la gêne qu'elle lisait dans le regard bleu du médecin ?

— Hier, je n'ai pas compris tout de suite qui vous étiez, dit-il. Ensuite, vous étiez épuisée, pressée de partir. Le moment aurait été mal choisi pour une discussion.

Au moins, il ne lui déclarait pas la guerre. Il paraissait plutôt désolé de l'avoir mise dans l'embarras. Et d'ailleurs, il n'était pas entièrement fautif : Adrian lui avait donné un coup de pied au moment où il allait décliner son identité !

— Donnez-moi vos affaires, fit-il. Vous devez avoir mal partout.

A quoi bon protester ? Il n'ignorait rien de son état de santé.

Dire qu'elle s'attendait à rencontrer un médecin borné et sans cœur ! Elle avait décidé de se montrer froide, distante, professionnelle envers l'ennemi. Comment allait-elle tenir cette résolution ?

En grimaçant, elle se délesta de son sac. Tom Riley le prit et poussa une exclamation étouffée.

— Il pèse un âne mort ! Comment êtes-vous venue ?

— En taxi. Quitte à être inconséquente, autant se simplifier la vie.

Sa tentative d'humour tomba à plat. Elle crut voir l'ombre d'un sourire sur ses lèvres, mais, très vite, il fronça les sourcils. Puis il lui tourna le dos et s'engagea dans un long couloir aux murs peints de couleurs gaies. Finalement, il ouvrit une porte située au bout du service.

— Nous vous avons réservé un local, dit-il.

Surprise, elle découvrit un grand espace lumineux avec deux tables sur tréteaux, ainsi qu'un coin relaxation avec minicanapés et coussins. Elle qui s'attendait à être reléguée dans un placard !

— C'est parfait ! s'exclama-t-elle. Y a-t-il des horaires spécifiques pour l'utilisation de cette pièce ?

— Non. Elle est à vous pendant huit semaines. Nous avons suivi les recommandations du comité de pilotage.

— Tout le monde n'en aurait pas fait autant, répondit-elle, impressionnée. Merci beaucoup.

Il accueillit ses remerciements d'un signe de tête, et jeta un regard à sa montre.

— J'ai une réunion dans deux minutes, dit-il. Maureen, l'assistante de direction, vous fera visiter les lieux. Pourriez-vous préparer une liste des activités qui relèvent de vos compétences ?

— Bien sûr.

Il lui sourit, et elle sentit une chaleur diffuse irradier tout son corps.

— La machine à café est en salle de repos. N'hésitez pas, allez vous servir. A plus tard, fit-il.

Puis il sortit, laissant de subtils effluves d'after-shave derrière lui. Elle était déçue de ne pas avoir pu lui exposer son projet, mais elle aurait dû s'y attendre. Les choses n'allaient pas être simples !

Quelques semaines plus tôt, quand un joli minois débarquait à l'hôpital, Tom n'avait qu'une idée en tête : inviter la jeune femme en question à dîner, et plus si affinités.

Mais le Dr Shah, son patron, avait eu une crise cardiaque. Tom s'était retrouvé chef de service. Depuis, tout avait changé : il travaillait non-stop, organisait, décidait.

Certaines choses, néanmoins, lui échappaient encore. Par exemple, pourquoi Corinne Evans, alias Cori, était-elle venue travailler dans son état alors qu'elle n'avait aucun espoir d'être embauchée ?

Faute de moyens, l'administration avait suspendu le financement du projet. Le contrat initial de huit semaines avait été maintenu uniquement parce qu'il était trop tard pour faire marche arrière dans les délais légaux.

Cori devait être au courant, tout de même ?

Avant de se rendre à sa réunion, Tom alla saluer Maureen. En poste depuis vingt ans, l'assistante était un pilier du service. Si quelqu'un pouvait, sans avoir l'air d'y toucher, voir comment Cori se débrouillait, c'était elle.

— Cette dame sait-elle que tu ne la portes pas dans ton cœur ? demanda Maureen, franche et directe, quand il évoqua le « problème ».

Il soupira.

— Je n'ai rien contre elle. Seulement… la situation est compliquée.

— Certes ! Mais ne compte pas sur moi pour lui parler des choses qui fâchent.

Tom se le tint pour dit. Cette corvée lui incombait. Il ne pourrait pas se dérober éternellement.

Le Dr Tom Riley était sans doute un excellent médecin. Mais, comme chef de service, il y avait à redire. C'était en tout cas l'opinion de Cori qui, en trois jours, l'avait à peine vu plus de deux minutes.

Cet après-midi-là, la session collective qu'elle avait organisée avait connu un franc succès. Plusieurs malades avaient participé, certains avec leurs parents, d'autres avec leurs frères et sœurs. Les gens s'étaient montrés enthousiastes.

Tout s'était donc déroulé à merveille… mais ce n'était pas de l'art-thérapie.

Cette discipline supposait la mise en place d'activités personnalisées. Mais comment faire puisque Tom ne lui communiquait aucune information ?

Ce soir-là, après avoir dîné chez Jean et Ralph, ses parents adoptifs, Cori leur confia son inquiétude.

— Je suis certain que tu fais ton maximum, dit Ralph, les mains plongées dans le bac à vaisselle. Si ce type n'utilise pas tes compétences, tu n'y es pour rien.

— N'empêche. J'ai l'impression que c'est ma faute.

— Sors-toi cette idée de la tête ! protesta Jean.

Personne ne savait mieux la rassurer que ces deux-là. Quand ils l'avaient recueillie, ils avaient vite compris à quel point elle se dévalorisait. Pour elle qui était passée d'une famille d'accueil à l'autre, leur affection avait fait des miracles…

— Tu prends les choses trop à cœur, dit Ralph.

— C'est normal ! Le Dr Riley me snobe. Il dit qu'il n'a pas le temps, qu'il me recevra plus tard.

Ralph se sécha les mains en fronçant les sourcils.

— Est-il comme ça avec tout le monde ?

— Non ! Les gamins l'adorent. Et les adultes le trouvent super. Bien plus abordable que le Dr Shah.

Dans ces conditions, elle supportait d'autant moins d'être rejetée. Aussi, ces trois derniers jours, et malgré ses douleurs, avait-elle redoublé d'efforts pour aménager son local et le rendre accueillant.

Elle avait pleinement réussi. Tout le monde se répandait en éloges. Mais, à sa grande déception, Tom Riley n'était pas venu.

Ralph se rapprocha d'elle et lui entoura les épaules.

— Si ce poste ne te convient pas, laisse tomber, dit-il gentiment. Tu sais ce que tu vaux. Tu n'as rien à prouver.

— Merci, murmura-t-elle. Heureusement que j'ai les meilleurs parents de la Terre pour me remonter le moral !

Jean vint vers elle, émue.

— Que comptes-tu faire, chérie ? Démissionner ? Si tu as besoin de nous pour éplucher les annonces, n'hésite pas.

— C'est gentil, maman, mais je n'ai pas l'habitude de renoncer sans me battre. Je vais me donner une semaine de plus. J'ai encore quelques tours dans mon sac…

En ce vendredi soir, après une semaine épuisante, Tom n'avait qu'une idée en tête : rentrer chez lui.

Diriger le service pédiatrique n'était pas aussi simple que le Dr Shah l'avait laissé entendre, mais il avait pris ses repères. Il travaillait beaucoup et les choses étaient en train de se mettre en place. Il arrivait à gérer le personnel, en tenant compte des qualités et défauts de chacun.

Maintenant pourtant, il avait besoin de calme. Sitôt chez lui, il prendrait un bon livre et…

Une petite lueur argentée attira tout à coup son attention sur le pare-brise de sa voiture.

En s'avançant, il remarqua une fée minuscule accrochée à un des essuie-glaces. L'objet, en fil de fer, guirlande et tulle, était si joli qu'il paraissait presque vivant. On aurait dit que la fée l'attendait, la tête penchée dans une pose très réaliste.

— Qu'est-ce que tu veux, toi ?

Il avait passé l'âge de croire à ces sornettes. Surtout un vendredi soir d'automne froid et pluvieux !

Comme il allait retirer la créature de son pare-brise, il remarqua soudain qu'elle tenait une petite baguette équipée d'une minuscule lampe LED dans sa main gauche. Elle était pointée vers le sol, et il repéra bientôt la trace scintillante — bien qu'en partie effacée par le passage des voitures — qui menait vers l'entrée de l'hôpital.

Il n'y avait pas trente-six personnes capables d'une pareille mise en scène. Il n'en voyait qu'une. Celle qu'il évitait depuis une semaine…

Passablement énervé, il rangea son attaché-case dans le coffre de sa voiture et enferma la fée dans la boîte à gants. Mieux valait partir. Tout de suite.

Mais la trace attirait son regard. Malgré lui, il suivit le chemin lumineux, qui s'arrêtait au pied du grand chêne planté devant l'hôpital. Plusieurs loupiotes brillaient dans le feuillage et, juste avant d'arriver, il croisa une infirmière. L'air émerveillé, elle tenait une fée au creux de la main.

Cori, elle, l'attendait, adossée à l'arbre.

— En général, dit-il, quand les gens veulent me parler ils laissent un mot sur mon bureau. Ça marche très bien.

Elle eut un sourire dubitatif.

— Ah, bon ? Je n'en étais pas sûre. Vous avez l'air débordé.

Au temps pour lui. Cela faisait presque huit jours qu'il remettait cette entrevue au lendemain.

— C'est vrai, répondit-il, sincère. Alors… Si vous m'expliquiez ?

— Je sais que vous doutez de mes compétences, mais…

Au léger tremblement de sa voix, le sujet lui tenait à cœur.

— Pas du tout ! dit-il. Votre CV est impressionnant, et vous avez déjà fait merveille auprès des petits.

— Comment le savez-vous ? Vous n'êtes pas venu voir !

Elle le défiait du regard. Dans la semi-pénombre, ses yeux violets étaient comme deux taches lumineuses. Un instant, il éprouva l'envie folle de s'y noyer.

Il se secoua.

— Heureusement, il m'arrive de faire un tour dans le service de temps à autre, répliqua-t-il d'un ton badin. Et je discute beaucoup avec mes patients. Je sais que votre présence leur fait du bien.

— Donc… c'est plutôt positif ?

Elle le faisait exprès, ou quoi ? C'était comme si elle refusait de voir l'évidence.

— Bien sûr, répondit-il, s'efforçant à la patience. Mais

puisque nous n'avons pas l'argent pour vous garder plus de huit semaines…

Quand il s'interrompit, Cori le dévisageait, bouche bée. Elle n'aurait pas eu l'air plus étonné s'il avait pris son envol pour rejoindre les fées sur leurs branches.

— Etes-vous en train de me dire… qu'il n'y a pas d'embauche possible à la fin du contrat ? demanda-t-elle d'une toute petite voix.

— Non, répondit-il en soupirant. Je suis désolé. Je pensais que votre chef de projet vous avait mise au courant.

Elle secoua la tête et se détourna, comme pour lui cacher sa réaction. Etait-elle en colère ? Triste ?

En toute honnêteté, il n'avait guère envie de le savoir. Il allait s'éclipser. Cori aurait le week-end pour digérer la nouvelle. Lundi, ils reprendraient cette discussion à tête reposée. Si elle revenait…

— Salut, Tom ! Peut-on se joindre à vous ?

Pivotant, il découvrit deux infirmières qui sortaient du bâtiment après leur garde. Derrière elles, une fillette, visiblement fascinée, tirait son père par la manche. L'homme portait un garçonnet au bras plâtré, qui faisait des mimiques enthousiastes.

Cori, qui avait déjà repéré les enfants, se dirigeait vers eux.

— S'ils veulent approcher, ils sont les bienvenus, dit-elle.

Après que le papa eut donné son accord, elle se pencha vers la petite fille.

— Tu peux emporter une fée à la maison, ma puce.

Elle la prit par la main pour l'emmener vers l'arbre. Le papa les suivit avec son bout de chou, qui tendit aussitôt son bras valide vers les branches illuminées.

C'était une jolie scène, attendrissante. Tom se sentit fondre. Comme il aurait été facile de céder à la magie !

Mais c'était impossible. Il devait garder ses distances. Mieux valait partir. Immédiatement.

3.

Halte-là, docteur Riley…

Du coin de l'œil, Cori avait vu Tom reculer en sortant une clé de sa poche. Il avait sans doute l'intention de filer discrètement, mais il se trompait.

— Docteur ! Nous avons besoin d'aide !

D'un geste, elle désigna la fillette qui attendait près de l'arbre. Tom, pas dupe, lança un coup d'œil éloquent à Cori mais revint sur ses pas. Puis il souleva l'enfant pour qu'elle puisse attraper une des fées accrochées aux branches.

Cori remarqua, troublée, qu'il ne la quittait pas des yeux. Enfin… Il était revenu. C'était l'essentiel.

— Dis merci, souffla le jeune père à sa fille.

— Merci, monsieur ! fit-elle à pleins poumons.

Le sourire qui éclaira le visage de Tom valait toutes les heures supplémentaires du monde. Du moins pour Cori. Et si elle s'y habituait ?

— De rien, ma puce, répondit-il doucement. As-tu trouvé un nom pour ta fée ?

— Oui, mais c'est un secret.

— Ah, d'accord. Je comprends. Surtout, prends-en bien soin. Et n'oublie pas de lui donner son petit déjeuner.

— Du lait et des céréales au chocolat ?

— Parfait ! Je crois savoir que les fées adorent le chocolat.

La fillette opina, l'air grave. Puis elle regarda son petit frère qui gesticulait toujours.

— Est-ce que Gabriel pourrait en avoir une, s'il vous plaît ?

— Mais bien sûr ! répondit Cori, enchantée.

Tom se prêta au jeu pour choisir la fée, qu'il décrocha de

bonne grâce. Pendant qu'il s'occupait de Gabriel, d'autres enfants s'étaient rapprochés et Cori ne distribua pas moins de quatre fées en l'espace de cinq minutes.

— Docteur Riley ?

La voix masculine, à l'intonation peu amène, les fit se retourner tous les deux. Un homme d'âge moyen, en costume et imperméable, traversait à grandes enjambées la pelouse dans leur direction.

— Génial. Il ne manquait plus que lui, fit Tom.

Il se détacha du petit groupe pour aller à la rencontre du nouveau venu.

— Bonsoir, Alan, dit-il d'un ton calme. Vous voulez faire un vœu ?

L'homme ne semblait pas du genre à croire aux fées. Il jeta un coup d'œil soupçonneux à l'arbre.

— Je suis venu voir ce qui se passait, répondit-il sèchement.

— C'est un vendredi porte-bonheur !

Le sourire de Tom aurait fait fondre un iceberg. Cori vola à son secours.

— Bonsoir, dit-elle. C'est ma…

Avant qu'elle n'ait pu finir sa phrase, une main posée sur son bras la repoussa fermement vers l'arrière.

— Ces créations sont l'œuvre de Cori, dit Tom. Elle passe huit semaines avec nous, en pédiatrie, et je suis vraiment impressionné par son travail. Comme il nous restait des fées, il aurait été dommage de les laisser perdre…

— Donc, vous supervisez le projet ? demanda Alan.

— Absolument.

Alan haussa les épaules.

— Il existe une procédure pour ce genre de choses, mais…

— Je sais. Je m'excuse, mais nous avons organisé ce petit événement à la dernière minute. La prochaine fois, je remplirai les demandes d'autorisation, assura Tom.

Pendant une minute, les deux hommes se jaugèrent du regard. Puis Alan recula d'un pas.

— Aucun problème, dit-il enfin. C'est très intéressant, madame…

— Cori Evans, dit-elle. Art-thérapeute intérimaire.

— C'est la personne à qui nous ne pouvons pas offrir de poste définitif, dit Tom. Nous en avons déjà parlé.

— Oui, plusieurs fois.

Cori eut droit à un sourire embarrassé, puis Alan recula encore, dans le but évident de mettre un terme à la conversation.

— Bonne soirée, dit-il. A bientôt.

Dès qu'il fut à distance respectable, Cori pivota vers Tom.

— Je suis désolée, dit-elle. Je vous ai mis dans l'embarras.

— Ne vous inquiétez pas pour ça. En tant qu'administrateur, Alan est très à cheval sur le règlement, mais il ne nous embêtera pas. La prochaine fois que vous voulez sortir du service, pensez simplement à prévenir Maureen. Elle fera le nécessaire.

— Bien sûr.

Mais il n'y aurait pas de prochaine fois. Elle avait imaginé cette mise en scène dans un but précis, et savait désormais à quoi s'en tenir.

Tom se passa une main dans les cheveux en soupirant. A la lumière des LED, ses mèches avaient pris des reflets multiples, du blond doré aux nuances fauves. L'artiste qu'était Cori ne put s'empêcher de les trouver magnifiques.

— Ecoutez…, fit-il. Je pensais que vous étiez au courant, pour cette histoire de budget. Je me demande qui a oublié de vous prévenir. Je vais tirer ça au clair.

— Laissez tomber. Mary, ma chef de projet, ne le savait pas. Je suppose que l'oubli vient de la coordinatrice de l'Agence de la santé. Cette dame a apparemment eu des soucis ces derniers temps. J'ai essayé de la joindre cette semaine mais elle était en vacances. Surtout, ne l'embêtez pas à son retour. Evitons de lui créer des problèmes.

— Dans ce cas, je vous dois des excuses à titre personnel. J'aurais dû m'assurer qu'on vous avait prévenue.

— Ce n'est pas votre faute, répondit-elle gentiment. Ne vous tracassez pas pour ça.

Elle sentit des larmes brûlantes lui piquer les yeux. L'obscurité aidant, peut-être Tom ne se rendrait-il compte de rien ? Elle inspira profondément, puis reprit :

— Je comprends mieux votre refus, pour les séances individuelles. A quoi bon puisqu'il n'y aura pas de suivi ?

— Exactement. Comme il faudrait arrêter au bout des huit semaines, certains patients risqueraient d'être perturbés. Je suis navré, Cori.

— Je… Il n'y a pas de quoi. Vous avez entièrement raison.

Il se tenait tout près d'elle, maintenant. Il avança encore, et elle eut l'impression qu'il allait lui entourer les épaules. Elle recula, craignant de se mettre à pleurer et de se rendre ridicule.

— Seriez-vous prêt à m'accorder une heure ou deux ? demanda-t-elle d'une voix rauque.

Le regard chaleureux de Tom lui prouva qu'il était capable d'écouter.

— Bien sûr, répondit-il. Mais hélas, cela ne changera rien.

— J'aimerais vous proposer autre chose. Naturellement, vous serez seul juge. Et en cas de refus, je comprendrai, rassurez-vous. Mais il faudrait que nous allions quelque part.

Quand il lui sourit, elle eut l'impression de revoir le Tom Riley qui l'avait soignée ce fameux dimanche, à l'hôpital.

— D'accord, répondit-il enfin. Mon planning de la semaine prochaine est déjà surchargé, mais je travaille demain. Je pense finir vers 16 heures. Cela vous conviendrait-il ?

— Oui, très bien !

— J'ai votre numéro de portable, je vous appellerai en sortant d'ici.

Il leva les yeux vers les fées, puis demanda :

— Qu'allez-vous en faire ?

— Les distribuer ! D'ici un quart d'heure, elles devraient toutes avoir trouvé une maison pour la nuit.

— Elles le méritent. Elles ont bien fait leur travail.

Qu'est-ce qui se cachait sous la plaisanterie, un compliment ou une mise en garde ? Tom était-il en train de lui dire qu'il l'avait percée à jour, et qu'elle avait trouvé un adversaire à sa mesure ?

Elle n'eut pas le temps d'y réfléchir. Avant qu'elle ait pu répondre, il s'était éloigné.

Il était un peu plus de 16 heures, ce samedi, quand Tom rejoignit le quartier résidentiel de Londres où vivait Cori.

Suivant les indications qu'elle lui avait données, il se gara le long d'une avenue bordée d'arbres, puis se dirigea vers une jolie bâtisse en briques rouges. Il repéra son nom sur les boîtes aux lettres, sonna à l'appartement 1 — au rez-de-chaussée — et entendit un carillon sonner, tout près de la porte principale.

Cori sortit presque immédiatement, drapée dans un manteau en patchwork de laine qui mettait sa silhouette menue en valeur. Des gants rayés multicolores, un béret fuchsia et une écharpe assortie lui donnaient un air irrésistiblement juvénile, et il sentit son cœur s'emballer. Peut-être aurait-il dû opter pour un costume, plutôt qu'un jean et un blouson de cuir ? Il s'agissait d'un rendez-vous professionnel, après tout…

— Alors, comme ça, nous allons quelque part ? demanda-t-il après les politesses d'usage. Est-ce loin ?

— Pas tellement. Mais nous avons peu de temps, mieux vaut y aller en voiture. Cela… ne vous ennuierait pas de prendre la vôtre ? La mienne n'a plus de chauffage, dit-elle, désignant une vieille Mini bleue sur le parking privé de la résidence.

La carrosserie et les suspensions devaient aussi être en piteux état. Et puis la chute de Cori datait du dimanche précédent. Elle souffrait peut-être encore…

— Bien sûr que non, répondit-il gentiment. Vous m'indiquerez le chemin.

— Super. Ce sera plus confortable.

Tandis qu'elle s'asseyait lentement sur le siège de sa grosse berline, Tom eut l'impression étrange que le monde se remettait en place. Toute la journée, à l'hôpital, il avait ressenti une espèce de manque. Il comprenait pourquoi, à présent.

Cori le guida dans un labyrinthe de ruelles. Très vite, il ne sut plus du tout où ils se trouvaient.

— Où m'emmenez-vous ? demanda-t-il, curieux.

Elle eut un rire taquin.

— C'est une surprise. Tournez à gauche.

Elle le fit se garer devant une grande bâtisse, une ancienne mairie transformée en maison de quartier, avec un centre social. Il s'attendait à tout, mais devant la porte il eut un coup au cœur en lisant la plaque d'une association défendant les victimes de violences familiales. Cori savait-elle… ? Non, impossible. Personne n'était au courant.

— Que faisons-nous ici ?

Sa propre voix lui parut lointaine, comme si un autre parlait à sa place. Il n'avait qu'une envie : redescendre les marches du perron, disparaître…

— J'ai travaillé ici avec mes amis des beaux-arts. J'aimerais vous montrer nos réalisations, répondit-elle en appuyant sur une vieille sonnette.

— Je croyais que vous aviez une expérience en milieu hospitalier…

Un terrible soupçon s'insinua en lui. Si elle avait trafiqué son CV pour l'impressionner, elle n'avait qu'à bien se tenir. Il détestait les menteurs !

— C'est exact, répondit-elle sans se troubler. J'ai remplacé une art-thérapeute pendant un an, pour son congé de maternité. Je venais ici tous les week-ends. Nous avons fini dimanche dernier. Ou plutôt, j'ai dû laisser les autres finir.

Elle eut une petite grimace.

Voilà donc où elle se trouvait quand elle était tombée de son escabeau. Tom eut honte d'avoir douté d'elle. Mais, avant qu'il ait pu trouver quelque chose à dire, la porte s'ouvrit sur une grande jeune femme souriante.

— Cori ! s'exclama-t-elle. Comment vas-tu ?

— Beaucoup mieux, merci. Je me suis reposée.

— Tu avais intérêt ! Vous devez être le Dr Riley, fit-elle à l'adresse de Tom. Bienvenue ! Je suis Lena Graves, la directrice du centre social.

Elle les précéda à l'intérieur, dans un vestibule clair et accueillant. Alors, Tom comprit ce qu'il était venu faire.

4.

La réception sentait encore la peinture fraîche.

Trois murs avaient été repeints en beige classique, mais Tom fut ébahi par la débauche de couleurs qui éclataient sur celui du fond.

— Magnifique…, dit-il comme pour lui-même.

Des arbres luxuriants et des fleurs exotiques se détachaient sur un ciel outremer. Ils offraient un cadre somptueux à une multitude d'oiseaux et autres petits animaux traités de manière très anthropomorphique. Dans un coin, une famille de hérissons buvait le thé. De l'autre côté, des flamants roses semblaient en grande conversation.

Mais le plus insolite étaient les panneaux de plastique transparent qui couvraient la surface de l'œuvre.

— C'est une protection ? demanda-t-il, intrigué.

Lena éclata de rire.

— Pas vraiment, non.

Il remarqua alors la grosse boîte de feutres effaçables posée sur le comptoir d'accueil. Cori en prit un et le lui tendit.

— Cette fresque a été créée pour que les gens dessinent dessus, dit-elle. Allez-y, essayez !

Il saisit instinctivement le marqueur qu'elle lui tendait. Mais, trop inhibé, il n'osa même pas défaire le capuchon.

— Donc… ça s'efface ?

— Oui, c'est l'idée, répondit Cori avec un sourire indulgent.

Il eut l'impression d'être le dernier des idiots.

— Je voulais monter ce projet depuis un certain temps, dit-elle. Lena a accepté de me prêter ses murs, et un groupe d'amis est venu en renfort.

— C'est un succès total, dit Lena. Les enfants accrochent bien. Un petit bonhomme a passé l'après-midi là, hier. Il s'est représenté assis à côté des hérissons. Et les adultes ne sont pas en reste. Tout le monde trouve quelque chose à dessiner.

Tom, lui, hésitait à franchir le pas.

— Vous réfléchissez trop, dit Cori, qui s'était rapprochée.

— Hum. Sans doute.

Il recula et considéra le mur en fronçant les sourcils.

— Certains dessins doivent être problématiques…

Elle lui lança un regard curieux.

— Problématiques pour qui ? Pour leurs auteurs, ou pour les spectateurs ? Est-ce vraiment important ?

— Oui, s'ils sont trop agressifs.

— Cet endroit est sous surveillance permanente, répondit-elle. Et la plupart des enfants qui viennent ici ont des histoires compliquées. Dessiner un traumatisme n'est pas une manière très « agressive » de s'en libérer…

— Non, en effet, dit Lena. D'ailleurs, ceux qui m'inquiètent le plus sont ceux qui restent assis dans un coin, sans parler ni prendre le stylo.

Elle marqua une pause, puis reprit :

— J'aimerais vous montrer autre chose, si vous avez un peu de temps.

— Je… D'accord.

Il se sentait de plus en plus perturbé. La fresque était déroutante et captivante à la fois. Comme Cori. S'il se laissait aller — par l'entremise du dessin ou d'une relation personnelle —, ses émotions risquaient de détruire l'équilibre qu'il s'était créé.

Il n'en était pas question.

— C'est le seul…, chuchota Lena au moment où Tom se détournait du mur avec une certaine brusquerie.

Cori opina, songeuse. Son amie avait raison. Tom était la seule personne de sa connaissance qui ait résisté à l'envie de dessiner. Et il fallait que ce soit lui, son patron, l'homme qu'elle désirait impressionner !

Peut-être voulait-il rester objectif ? Ne pas s'impliquer personnellement pour mieux réfléchir ?

Elle s'accrocha à cette idée tandis que Lena les guidait vers la grande salle d'activités du centre.

Tom observa longuement la pièce, équipée de meubles d'occasion adaptés aux besoins des enfants. Cori avait pensé que Tom apprécierait la visite. A présent, elle en doutait.

— C'est super, fit-il enfin.

Son sourire parut crispé à Cori, mais c'était mieux que rien.

— Ce mur-ci a un revêtement effaçable, dit-elle, passant la main sur la surface immaculée. C'est un concept différent de celui du hall. Ici, on dessine sur du blanc.

— Vous permettez aux gosses de barbouiller les murs ? demanda-t-il, l'air incrédule.

— Seulement celui-ci, répondit Lena. Quand la protection sera usée, on le repeindra. Et s'il y a des débordements sur les autres murs, on arrêtera l'expérience. Mais toute idée nouvelle est bonne à prendre.

Cori lança un regard reconnaissant à son amie, qui continua sur sa lancée :

— Si j'ai bien compris, docteur Riley, vous ne pouvez pas engager d'art-thérapeute à l'hôpital. Mais ce système pourrait peut-être vous convenir ?

— Combien l'installation a-t-elle coûté ?

— Les artistes s'autofinancent, dit Lena. Le centre n'aurait jamais pu payer les travaux.

Quand Tom pivota vers Cori, une lueur approbatrice dans le regard, elle retint son souffle.

— Combien ? demanda-t-il de nouveau.

— Il faudrait… que je retrouve les chiffres, dit-elle en bafouillant. Mais… je préférerais vous montrer de quelle manière nous récoltons notre argent.

Il haussa les sourcils.

— Par le biais d'une association ?

— Pas exactement. Il y a un autre endroit où j'aimerais vous emmener.

— Très bien. C'est la journée des surprises, semble-t-il…

Alors que Tom regagnait sa voiture avec Cori, l'air glacial le fit brutalement passer du rêve à la réalité. Il pivota vers elle en frissonnant.

— Où allons-nous, cette fois ?

— Dans la rue principale, dit-elle en prenant place.

Elle ne développa pas, comme pour ménager son effet. Après un court trajet dans les rues du quartier, elle le fit de nouveau se garer, et il la suivit, intrigué. Rien de ce qu'il voyait autour d'eux ne semblait concerner l'art ou la médecine.

A sa grande surprise, Cori l'entraîna vers un minuscule salon de thé. L'intérieur était si joli, le décor si chaleureux, qu'il en resta coi.

Ils s'assirent à une table, et une serveuse s'approcha presque immédiatement.

— Salut, Cori ! Un thé vert, comme d'habitude ?

— Oui, s'il te plaît, Jana. Et vous, Tom ?

A un moment de l'après-midi, elle avait enfin arrêté — à sa demande — de l'appeler « docteur ». Cela le réjouissait, ce qui était évidemment ridicule.

— Un Earl Grey, s'il vous plaît.

Après le départ de Jana, il s'adossa à sa chaise.

— Vous avez des parts dans la boutique ?

Elle rit.

— Bien sûr que non. Mais regardez ces tableaux, là-bas, sur le mur du fond. Ils sont à vendre. Voilà notre manière de gagner de l'argent. Nous sommes une douzaine d'artistes dans le groupe. Chacun contribue en offrant quelques toiles. Le magasin bénéficie d'une décoration sans cesse renouvelée, et ils touchent dix pour cent du prix des ventes. Le reste va à nos bonnes œuvres. Cela nous permet d'acheter le matériel pour réaliser des fresques dans les écoles, les crèches, les hôpitaux… Enfin, pas encore dans les hôpitaux, mais cela ne saurait tarder…

Elle affichait le sourire enjôleur qui le faisait immanquablement vibrer. Il éclata de rire, puis reprit son sérieux.

— Vous concevez des espaces ouverts, très bien conçus et stimulants, dit-il. Mais quel rapport avec l'art-thérapie ?

Jana revenait avec deux théières joliment décorées. Cori attendit qu'elle soit repartie pour répondre.

— Nous ne travaillons pas avec des médecins sur des projets individualisés, je vous l'accorde. Mais ces structures durent. Les gens s'habituent à les voir et à les utiliser pour s'exprimer. J'aimerais… en aménager une dans votre service. Pourrions-nous en discuter ?

Elle avait son métier dans la peau, comme lui, la médecine. Et cette passion lui allait bien. Elle semblait animée d'un véritable feu intérieur, et il l'imagina, allongée contre lui, dans son lit, par une froide soirée d'hiver…

Il se secoua.

— La discussion va être longue ! dit-il, l'air faussement sévère. Nous risquons de nous chamailler un peu.

— Tant pis, je suis partante ! Et vous ?

Leurs regards se soudèrent. De manière inexplicable, il sentit son cœur battre plus vite.

— Moi aussi, répondit-il d'une voix un peu rauque. A une condition.

— Laquelle ?

— J'aimerais que ce projet vous apporte quelque chose sur le plan professionnel. Qu'il soit utile à votre carrière, puisque nous ne pourrons, hélas, pas vous garder.

Quand elle haussa les sourcils, il eut la satisfaction de constater que lui aussi était capable de la surprendre. Décidément, cette collaboration s'annonçait prometteuse. Elle serait peut-être animée, mais aussi drôle, enrichissante.

— D'accord ! dit-elle. J'y réfléchirai. Finalement, vous n'êtes pas un si mauvais patron…

— J'essaie de m'améliorer tous les jours…

Amusé, il tendit la main.
— Marché conclu ?
Elle mit sa paume dans la sienne, l'air sérieux tout à coup.
— Marché conclu. J'ai hâte de commencer, Tom.

5.

Cette nuit-là, Tom ne rêva ni de son père ni de Cori.

Propulsé dans un univers étrange, il était redevenu un enfant. Il se tenait debout devant la fresque du centre social, à hauteur des hérissons. Les petites créatures lui faisaient signe d'entrer dans leur monde, mais ses pieds restaient collés au sol. Il avait beau faire, il ne pouvait pas avancer…

Il s'éveilla en sursaut et porta une main à ses yeux, soulagé. Ouf ! Il était chez lui, au chaud. Il n'était pas un garçon effrayé, mais un adulte, un médecin. Un professionnel qui avait un rôle important à jouer dans la société.

Quel parcours aurait-il eu si sa mère n'avait pas été foudroyée par un cancer alors qu'il n'avait que douze ans ? Il s'était maintes fois posé la question.

Pendant toute son adolescence, il avait survécu tant bien que mal. Puis son admission en faculté de médecine avait été la chance de sa vie. Il était parti sans se retourner. Il avait appris à maîtriser les angoisses, les terreurs nocturnes, la colère. Toutes les émotions qui avaient fait surface dès qu'il s'était senti suffisamment libre pour éprouver quelque chose…

Il les tenait à distance. Du moins était-ce le cas avant que Cori ne vienne affaiblir ses défenses avec son sourire, ses grands yeux et son charme ravageur.

La veille, à 4 heures du matin, il s'était surpris à la chercher à tâtons dans le lit. Et dire qu'ils n'avaient même pas couché ensemble ! Jamais, de toute son existence, il n'avait réagi de la sorte. Lui, le maître incontesté des relations éphémères, ne se reconnaissait plus…

Agacé, il se leva et gagna la salle de bains. Une bonne douche froide. Voilà ce qu'il lui fallait.

Le côté bohème, imprévisible de Cori ne manquait pas de charme. Mais, même s'il l'admirait, même si le courant passait bien entre eux, il devait garder ses distances. Cette belle enchanteresse était une relation de travail, et le resterait !

La semaine suivante, Cori n'eut plus de doutes sur la bonne volonté de Tom.

Le lundi matin, il avait lui-même accompagné un malade en fauteuil roulant jusqu'à la salle d'art. Il s'était assis à côté de lui, et l'avait encouragé à dessiner pendant dix bonnes minutes. Peu après, trois fillettes étaient apparues pour quémander une fée. Avaient suivi deux garçonnets, à qui le « Dr Tom » avait promis des figurines de guerriers intergalactiques.

La discussion qu'elle espérait tant avait eu lieu le jeudi midi, à la cantine. Pendant plus d'une heure, Tom avait épluché les dossiers et les photographies qu'elle avait apportées pour étayer son projet. Ils avaient longuement débattu, parfois de manière animée, mais toujours constructive.

On était vendredi, à présent, et elle n'en revenait toujours pas d'être passée du rang d'intruse à celui de membre de l'équipe. Elle était presque débordée, aussi se réjouissait-elle à l'idée de passer une heure tranquille, dans sa salle, à l'heure du déjeuner.

Elle venait juste de s'asseoir quand Rosie, la secrétaire de Tom, entra, deux mugs à la main.

— Je vous ai fait du thé, dit la jeune femme.

Sans doute avait-elle cherché une excuse pour venir, mais Cori ne s'en formalisa pas. Même si elle était fatiguée, elle n'allait pas l'envoyer promener…

— Merci, répondit-elle aimablement. Asseyez-vous.

Petite, blonde et tirée à quatre épingles, Rosie prit soin de balayer quelques paillettes de sa chaise avant de s'installer.

— Je ne comprends pas bien comment vous travaillez, dit-elle. Vous faites surtout de la peinture, non ?

Cori faillit se vexer, mais n'en montra rien.

— Mon contrat s'arrête dans six semaines. Je ne peux pas proposer grand-chose en si peu de temps.

— J'en toucherai un mot à Tom.

Rosie affichait un air supérieur, comme si elle se croyait l'égale de son patron.

— Merci, mais nous en avons déjà discuté, répondit Cori. On ne peut rien faire.

— Vous n'imaginez pas de quoi Tom est capable, quand il veut. Et je sais comment le prendre !

— Est-ce que… vous travaillez pour lui depuis longtemps ?

— Non, deux mois. Au début, Terri, la secrétaire du Dr Shah, est restée. Quand elle est partie en congé maternité, on m'a proposé sa place car j'étais la plus ancienne. Apparemment, elle ne reviendra pas. Je l'ai entendue en discuter avec Maureen, l'autre jour, dit Rosie avec des mines de conspiratrice.

Cori, qui n'appréciait pas ce genre de comportement, préféra se taire. Elle prit une feuille de papier chatoyant et commença un pliage en forme d'oiseau, sous le regard curieux de Rosie.

— Très mignon. J'essaierai, un jour, dit celle-ci. Mais ce travail m'accapare tellement… Je vais bientôt aller ranger le bureau de Tom. Il n'aime pas que je le fasse quand il est présent. Là, il organise une réunion de service sur les nouveaux projets…

— A quelle heure ?

— Elle a déjà commencé ! Ils y sont tous. Voilà pourquoi j'ai une grande pause, pour une fois.

Cori sentit l'air se bloquer dans sa gorge. Quelle idiote ! Elle pensait que son projet ferait partie des nouveautés, sous une forme ou une autre. Mais Tom l'avait évincée. Elle s'était trompée sur toute la ligne.

— Tom devrait se mettre aux travaux manuels pour se détendre, fit Rosie d'un ton mielleux. Ses nouvelles responsabilités le stressent. Il le cache bien, mais moi qui suis anxieuse de nature, je l'ai tout de suite remarqué…

On y était. Cori commençait à comprendre de quoi — ou

plutôt de qui — la secrétaire était venue parler. Elle se concentra sur ses pliages, espérant la réduire au silence. En vain.

— Il aurait surtout besoin de quelqu'un qui le sauve de lui-même, dit Rosie d'un air entendu. Je ne sais pas si on vous a mise au courant, mais il a une réputation de tombeur. Disons que sa vie sentimentale est bien remplie. Enfin... Ses histoires ne durent jamais bien longtemps.

De mieux en mieux. Cori se serait volontiers dispensée d'entendre ce genre de choses !

— D'après la rumeur, il a déjà eu beaucoup de liaisons, y compris à l'hôpital. Il paraît même qu'il est sorti avec Helen Kowalski, la chef adjointe des urgences. Vous la connaissez ?

C'était la médecin qui avait tenté de soigner Adrian, le jour de sa chute. Cori s'en souvenait très bien. Toutefois, elle préféra couper court.

— Non, répondit-elle.

— Oh ! c'est une très jolie femme. Elle vient de se fiancer, mais cela ne l'empêche pas de rester amie avec Tom. Ils ont toujours été discrets, de toute manière.

— Sans doute parce que ce sont de bons professionnels, dit Cori d'un ton sec. Dans un hôpital, moins on en dit, mieux ça vaut.

La secrétaire allait-elle comprendre le message et tenir sa langue ? En tout cas, une chose était sûre : ce moulin à paroles n'avait aucune chance avec Tom !

— Oh oui, il est très carré, dit Rosie, qui n'avait manifestement pas saisi l'allusion. Son attitude envers moi a toujours été irréprochable.

— Envers moi aussi, répondit Cori.

A voir le sourire triomphant de Rosie, c'était la réponse qu'elle attendait. Elle but quelques gorgées de thé, puis se leva :

— Bon... Il faut que j'y retourne, déclara-t-elle. Puis-je prendre un ou deux oiseaux pour décorer mon bureau ? Ils sont vraiment mignons.

— Je vous en prie, servez-vous.

Rosie sortit et Cori fixa la porte, songeuse. C'était comme

si une main invisible l'avait, d'un coup, propulsée sur la terre ferme après un séjour dans les nuages.

Heureusement qu'elle ne s'était pas ridiculisée auprès de Tom ! Certes, il hantait ses rêves depuis deux semaines, mais il ne se doutait de rien. Et c'était tant mieux.

Elle n'avait rien à faire avec cet homme !

D'une, il avait une réputation de tombeur. De deux, sa secrétaire avait le béguin pour lui. De trois — et c'était là le plus décevant —, il l'avait évincée d'une réunion importante.

Il n'était vraiment pas pour elle. Plus tôt elle s'en convaincrait, mieux cela vaudrait.

En cette fin de journée, Tom quitta son bureau avec la satisfaction du devoir accompli.

Constatant qu'il y avait encore de la lumière dans la salle de Cori, il s'y dirigea. Il la trouva assise à l'une des deux tables, penchée sur un dessin.

— Coucou, dit-il. Puis-je vous offrir un café ?

Elle leva la tête, et il croisa un regard aussi froid que les eaux de la Méditerranée en hiver.

— Non, merci. Mais puisque vous êtes là, j'aimerais vous montrer quelque chose.

Intrigué, il posa sa veste sur le dossier d'une chaise et s'assit.

— Ce n'est peut-être rien, dit Cori.

— Vous avez l'air inquiet, répondit-il doucement. Alors…

Elle poussa la feuille — marquée « Peter », visiblement de sa propre main — devant lui. La peinture représentait une maison sur la gauche, avec un arbre et un soleil à droite.

— Regardez comme la maison penche, dit-elle. Et il y a un trou, là, en haut du mur.

— Oui, c'est vrai. Trouvez-vous cela inquiétant ?

Pour Tom, il s'agissait d'une œuvre enfantine, ni plus ni moins. A sept ans, on pouvait très bien vouloir créer un effet en laissant une petite surface blanche, non ?

Elle ne semblait pas de cet avis.

— Je crains que Peter n'ait un problème de coordination du côté gauche, dit-elle.

— A ma connaissance, on ne lui a rien diagnostiqué de tel. Il souffre d'une fracture du tibia. Il est tombé de vélo.

Du coin de l'œil, il la vit froncer les sourcils.

— Dans ce cas, j'aimerais que mon observation soit notée dans son dossier. Au cas où…

— Ce ne sera pas nécessaire.

— Si !

Elle s'était redressée, prête à l'affrontement, ses grands yeux lançant des éclairs. L'espace d'une seconde, Tom fut tenté de la pousser dans ses retranchements, puis renonça. Ils auraient bien d'autres occasions de se chamailler. Dans l'immédiat, il avait un patient à ausculter.

— Ce ne sera pas nécessaire, reprit-il, parce que je vais l'examiner maintenant. Vous m'accompagnez ?

On ne pouvait pas faire confiance à Tom, sauf quand il s'agissait des enfants. Sur ce plan au moins, il était irréprochable. Cori le suivit dans son bureau.

Après avoir jeté sa veste et son attaché-case sur son fauteuil, il fourragea dans un tiroir, d'où il extirpa une minilampe torche. Puis il se retourna si brusquement qu'il manqua la heurter.

— Pardon…

— Pardon…

Ils avaient bougé tous les deux dans le même sens, si bien qu'ils se gênaient. Il la prit doucement par les épaules pour l'écarter, puis sortit. Elle lui emboîta le pas, les jambes en coton, se maudissant pour sa faiblesse. Il suffisait qu'il l'approche pour qu'elle se mette à trembler !

Comme il enfilait le couloir à grandes enjambées, elle se ressaisit, courant presque pour rester à sa hauteur.

Il ralentit au moment d'entrer dans la chambre de Peter. A voir son air calme, rassurant, elle sut qu'il ferait tout pour ne pas inquiéter le patient et sa famille.

— Salut, toi, dit-il d'un ton gai.

— Coucou, docteur Tom ! répondit Peter.

Sa maman était assise dans un fauteuil, près du lit. Tom pivota vers elle.

— Je vous présente Cori, notre art-thérapeute.

Après un court échange sur les dinosaures en papier, il exposa le but de leur visite.

— J'aimerais regarder les yeux de Peter, dit-il. Il a fait une peinture penchée, avec un trou dans le dessin.

Des rides d'inquiétude se creusèrent sur le visage de la jeune femme.

— Est-ce un problème, docteur ?

Il eut un sourire apaisant.

— Pour l'instant, non. Mais il pourrait avoir un petit problème de vue. Vous êtes sûre qu'il ne s'est pas cogné la tête le jour de sa chute ?

— Certaine. J'étais avec lui.

— D'accord. Cela confirme ce que je pensais. D'ailleurs, mon collègue des urgences l'a examiné sous toutes les coutures. Il n'y avait ni bosse ni contusion.

Se penchant, il ébouriffa les cheveux du garçonnet.

— Tu veux bien qu'on joue un peu avec ma lampe, mon bonhomme ?

Subjuguée, Cori regarda la magie opérer une fois de plus. La recette était simple : quelques plaisanteries, beaucoup de patience et de gentillesse, et le tour était joué.

Sans avoir l'air d'y toucher, Tom focalisa son attention sur l'œil gauche, puis sur la main gauche de Peter. Après quoi il sonna une infirmière.

Cori recula dans un coin de la pièce. Lorsque la surveillante arriva, Tom tira carrément les rideaux autour du lit, et Cori comprit qu'elle n'était plus la bienvenue.

Elle prit congé de la maman et sortit. Pourquoi était-elle si déçue ? C'était la vie dans les hôpitaux ! Lors de son autre remplacement, on la considérait déjà comme la cinquième roue du carrosse. Elle avait initié un certain nombre de suivis sans jamais connaître les résultats, car personne n'avait jugé bon de la tenir informée.

Mais à l'époque il s'agissait d'une grosse structure, avec de nombreux membres du corps paramédical. Ici, en revanche, elle exerçait seule. Elle avait donc espéré que les choses seraient différentes et qu'on ferait plus attention à elle. A l'évidence, elle s'était trompée.

Le plus douloureux dans l'histoire était l'indifférence de Tom. Elle n'aurait pas dû s'en formaliser, mais son attitude la blessait. D'abord la réunion, à midi, et maintenant, le cas de Peter… Il n'avait rien à faire de son avis et ne se gênait pas pour le montrer.

Si seulement elle pouvait arrêter de penser à lui ! Quelle idiote de s'intéresser à un homme qui, lui, s'évertuait à la snober ! Il fallait que les choses changent, et vite.

Courant presque, elle regagna sa salle, attrapa sa veste et son sac. Puis elle éteignit les lumières et sortit dans le couloir, direction l'ascenseur.

On était vendredi soir. Le week-end commençait. Elle avait la ferme intention d'en profiter pour se détendre, en reléguant Tom à la place qu'il méritait.

Aux oubliettes.

6.

Lorsque Tom sc présenta chez Cori, ce samedi vers 11 heures, il eut droit à un froncement de sourcils orageux en guise de bienvenue.

— Vous êtes là…, dit-il bêtement.

— Oui, je suis là.

Voilà pour l'entrée en matière. Il enchaîna aussitôt, de peur qu'elle ne lui claque la porte au nez :

— Je… suis passé à tout hasard. J'ai travaillé tôt ce matin.

— D'accord.

Elle semblait décidée à le laisser patauger. Il aurait dû s'y attendre !

— Je voulais m'excuser de vous avoir laissée en plan, hier soir, dit-il.

Elle haussa les épaules, mais ne se dérida pas.

— Inutile de vous excuser. Vous étiez avec Peter.

— Justement… J'ai pensé que vous aimeriez avoir des nouvelles.

Enfin, il avait dit ce qu'il fallait ! Elle recula et lui fit signe d'entrer.

— Oui, avec plaisir. Vous voulez un café ?

— Je ne voudrais pas déranger. Vous étiez peut-être occupée…

Pour la première fois, il se demanda si elle avait un compagnon. Ces yeux, ce sourire… Quelqu'un les avait probablement remarqués avant lui ?

— Je ne faisais pas grand-chose, répondit-elle. J'essayais de peindre, sans grand succès. Certains jours, il vaut mieux laisser tomber.

Il n'eut pas besoin d'encouragement supplémentaire pour la

suivre. Dans le couloir, il perçut une odeur de gouache de plus en plus prégnante et s'étonna de lui trouver un attrait particulier, entêtant mais ô combien érotique.

Jusqu'alors il avait toujours contrôlé ses émotions. Pourtant, avec Cori, c'était difficile. Parfois, elle lui faisait l'effet d'une cuillerée de miel. A d'autres moments, il avait l'impression d'une douche glacée. Plaisir ou gêne, une chose était sûre : elle ne le laissait pas indifférent !

Elle lui prit sa veste pour l'accrocher au mur avant d'entrer dans une vaste pièce, avec cuisine ouverte sur le séjour.

Il remarqua d'abord le chevalet posé devant la baie vitrée. Le reste de l'espace était équipé de bric et de broc, probablement avec des meubles chinés. Néanmoins, élégance et harmonie régnaient en maîtres et il tomba aussitôt sous le charme de cet endroit atypique.

Déjà, elle ouvrait un placard au-dessus de l'évier pour en sortir deux mugs.

— Alors, comment va Peter ? demanda-t-elle.

— Il a une petite déchirure de la rétine. Ceci explique le blanc sur sa peinture. Il ne pouvait pas voir cet endroit.

Elle pivota vers lui, inquiète.

— Sa vue risque-t-elle de se dégrader ?

— Heureusement, c'est peu probable. Cette pathologie étant une urgence absolue, il a été opéré ce matin. Je l'ai accompagné au bloc. Tout s'est bien passé, et l'ophtalmo était très content du résultat.

— Pourquoi Peter a-t-il eu cela ? Est-ce dû à sa chute ?

— Non, il devait être atteint depuis un moment. L'ennuyeux avec les petits, c'est d'arriver à savoir qu'il y a un problème. Ils ne s'en aperçoivent pas toujours. Ils compensent et ne disent rien.

Elle posa ses mugs sur le comptoir avec une certaine brusquerie.

— Alors j'ai bien fait de vous en parler ?

Malgré lui, il la défia du regard.

— Vous en doutiez ?

— Non ! Et vous ? Avez-vous douté du bien-fondé de mes observations ?

— En aucun cas.

Maintenant que les choses étaient claires, il pouvait continuer.

— Comme je vous l'ai dit, je souhaitais m'excuser, pour hier, reprit-il. Vous étiez présente au début de l'examen, mais je n'ai pas pensé à…

Elle haussa les épaules.

— Peu importe. Vous aviez d'autres chats à fouetter. Il fallait s'occuper de Peter.

Son air indifférent l'étonna. Jouait-elle la comédie ? En tout cas, elle semblait mieux disposée à son égard. C'était déjà cela.

— Ce n'est pas une raison, insista-t-il. J'aurais dû vous expliquer discrètement de quoi il retournait. Je suis navré.

— J'accepte vos excuses, répondit-elle simplement. Je suis contente d'avoir *enfin* pu servir à quelque chose.

Cette fois, il lut le désarroi dans ses grands yeux.

— Que se passe-t-il, Cori ? La semaine dernière, vous n'aviez de cesse de me mettre les points sur les *i*. Et là, vous faites des allusions mystérieuses…

— Le vent tourne !

Elle alla se planter devant la machine à café rouge posée sur le comptoir de la cuisine et il prit place sur un tabouret haut de l'autre côté de la séparation.

Il ne partirait pas avant d'avoir découvert ce qui pouvait bien la tracasser.

Pour l'heure, elle restait perplexe devant sa cafetière. Il laissa échapper un petit rire.

— On dirait que cet engin va vous exploser à la figure !

Elle soupira.

— Mes frères me l'ont offerte pour mon anniversaire il y a deux mois, mais je ne l'ai jamais utilisée.

— Avez-vous des dosettes ?

— Oui, un plein coffret.

Elle sortit la boîte d'un placard et la posa devant lui.

— Tenez, choisissez. Je prendrai la même chose que vous.

Etrange, tout de même. Elle, qui avait tant de sens pratique, semblait dépassée par une simple machine. Il contourna le bar et prit les choses en main.

— Il faut mettre l'eau ici… Ensuite, clipper les dosettes comme ça… Avez-vous des tasses plus petites ?

— Là-haut, sur l'étagère.

Elle s'assit, manifestement pas fâchée qu'il dirige les opérations. Il prépara les cafés, en posa un devant elle et s'adossa au plan de travail.

— Merci, dit-elle.

— Je suppose que vous passez peu de temps dans cette cuisine ?

— En effet. Je préfère me consacrer à d'autres choses.

— A votre art, de préférence, dit-il gentiment. A ce propos… Pourriez-vous programmer quelques sessions individuelles avec Peter dès lundi ?

— Il ne va pas faire de rééducation ?

— Si, tout est prévu. Mais les opérations des yeux sont perturbantes, et comme il vous aime bien…

— Hum. Je suppose… que je pourrais lui parler.

— Vous pourriez faire bien davantage.

Allait-elle refuser ? Cela le décevrait beaucoup. Il ne resterait pas là une minute de plus !

— Effectivement, répondit-elle d'un ton calme. Je vais mettre un suivi en place, sans attendre lundi. J'irai le voir demain.

Elle lui sourit, et il oublia illico son envie de partir.

Ridicule. Stupide. Insensé.

Cori ne trouvait pas de mot assez dur pour qualifier la manière dont elle réagissait.

Tom était venu chez elle faire amende honorable, mais cela ne signifiait pas qu'elle devait plonger la tête la première. Elle devait garder une chose à l'esprit : cet homme n'était pas digne de confiance.

Pourtant, malgré son attitude, malgré les mises en garde de Rosie, elle avait une envie folle de se jeter dans ses bras. De le conduire jusqu'à sa chambre et de lui arracher ses vêtements. Ou plutôt, non. De le déshabiller lentement, comme s'ils avaient toute la vie devant eux…

Elle secoua la tête pour chasser ces pensées absurdes.

Méfiance, méfiance…

— Quelque chose vous chagrine, dit-il.

Il affichait le sourire rassurant qu'il destinait à ses malades, en version beaucoup plus sexy. Elle s'efforça d'ignorer son trouble et haussa les épaules.

— Mais non.

— Si ! Vous n'êtes pas comme d'habitude.

Pourquoi ne pas vider son sac ? Après tout, elle n'était plus une gamine. Elle était une professionnelle. Puisqu'elle n'approuvait pas l'attitude de son « patron », autant qu'il le sache.

Elle se leva et le défia du regard.

— N'aurait-il pas été correct de m'inviter à votre réunion, hier midi ? demanda-t-elle sans ambages.

Il se raidit, l'air contrarié.

— Qui vous a mise au courant ?

Puis, levant les mains :

— Non, ne dites rien ! Je sais.

— Une réunion de service n'est pas un secret d'Etat, dit-elle. J'espérais simplement pouvoir me rendre utile en y participant. Nous étions d'accord, non ?

— Absolument, répondit-il avec un calme étonnant. Voilà pourquoi je ne vous ai pas invitée. Il aurait été gênant de discuter de votre cas devant vous.

— Vous… avez parlé de moi ?

— Oui.

Il fit un pas vers elle.

— J'ai expliqué à mes collaborateurs en quoi votre présence était un atout pour nos malades. J'ai insisté sur ce point.

— Oh…

— J'ai également demandé à tout le monde de se creuser la cervelle pour trouver des fonds.

Encore un pas. Il posa les deux mains sur le comptoir où elle s'était adossée. A présent, elle ne pouvait plus fuir…

— Votre groupe se démène pour récolter de l'argent, reprit-il d'une voix douce. Nous aussi, nous devons faire un effort. Il serait anormal que nous bénéficiions de votre travail sans lever le petit doigt.

— Je…

Submergée par une chaleur traîtresse, elle inspira profondément.

— Je me sens bête, dit-elle en balbutiant. J'ai cru… Je vous dois des excuses.

— Non, pas du tout ! Je comprends que vous ayez mal interprété la situation. Mais je ne vous ai rien dit après la réunion parce qu'il nous manque l'accord du Dr Shah. En tant que chef de service, il doit valider le projet.

— Donc, vous ne vouliez pas m'en parler avant d'avoir obtenu son aval.

— Exactement. Je l'ai appelé ce matin. Je dois déposer le dossier chez lui demain après-midi. Comme il est très enthousiaste, je suis sûr qu'il le validera.

— Merci, Tom. Je… vous ai mal jugé.

— Peut-être, mais c'est ma faute. Comment auriez-vous pu y voir clair, sans la moindre explication ?

— Vous ne vouliez pas me faire de fausse joie.

— C'est vrai.

Les yeux de Tom, eux, lui délivraient la promesse d'un bonheur immédiat, à portée de main. Si seulement elle osait faire le premier pas…

Dressée sur la pointe des pieds, elle lui effleura la joue de ses lèvres.

— Merci, dit-elle de nouveau. Pour tout.

— Mais de rien. La récompense en valait la peine… Puis-je en avoir un autre ?

— Comme ça ? demanda-t-elle doucement, joignant le geste à la parole.

— Oui…

Il se baissa légèrement, appuya les lèvres sur son front. Alors, elle sut. Elle devait arrêter de se mentir. Elle mourait d'envie de l'embrasser depuis le premier jour. A présent, la tentation était trop forte…

Elle glissa une main sur son épaule, remonta jusqu'à l'encolure de sa chemise. Elle l'entendit reprendre son souffle et lui prit la nuque, ivre de désir.

Lui aussi la désirait. Elle en eut l'intuition quand il plaqua son corps contre le sien, sentiment qui se mua en certitude absolue lorsqu'il prit sa bouche.

D'abord, ce fut comme un effleurement. Il goûtait ses lèvres et elle l'imitait, chacun se délectant du contact de l'autre. Puis il approfondit son baiser et elle eut l'impression qu'une lumière éclatante venait d'inonder la pièce, réchauffant son corps, son cœur et son âme.

Elle aurait pu passer la journée là, dans les bras de cet homme.

— Cori… Je n'ai pas envie de m'arrêter, tu sais, dit-il dans un murmure lorsqu'ils reprirent leur souffle.

— Mais vous… Tu penses que c'est mieux ?

— Notre situation va se compliquer si nous prolongeons ce petit jeu, comme j'en meurs d'envie.

Il lui repoussa une mèche folle derrière l'oreille, le regard plein de regrets. Ce rôle de gentleman lui allait comme un gant. Sans doute l'avait-il répété avec de nombreuses femmes avant elle…

Il dut sentir son hésitation. Il lui posa les mains sur les épaules et l'écarta.

— Cori… Je voudrais vraiment passer du temps avec toi. Discuter. Apprendre à te connaître.

Malgré sa frustration, elle sentit son cœur s'emballer. C'était la plus jolie chose qu'on lui eût jamais dite. D'après Jean, l'important n'était pas qu'un homme s'intéresse au physique d'une femme mais à sa personnalité, et Cori avait très tôt retenu cette leçon.

Que Tom Riley, séducteur invétéré, désire autre chose qu'un moment de plaisir éphémère la touchait. Rosie avait peut-être exagéré, finalement ?

— Si cela te convient, alors à moi aussi…, répondit-elle, prudente malgré tout.

— Oh ! oh ! Toi, tu as entendu des choses sur moi !

Il avait parlé sur le ton de la plaisanterie, mais quand elle opina il haussa les sourcils.

— Qui…

— Je ne vais pas te le dire !

— Non. Cela vaut mieux.

Il poussa un long soupir, et ajouta :

— Les choses étaient beaucoup plus simples avant que je ne prenne ce poste.

— Peut-être, mais tu es un très bon chef.

— Chef *par intérim*. Enfin, cela revient au même. Je n'ai pas le droit de te faire des compliments sur tes yeux magnifiques ni sur le reste.

Donc, il se montrait prudent parce qu'il était son patron ? N'y avait-il pas des raisons plus « sérieuses » ? Par exemple, le fait qu'il ne veuille s'attacher à personne ?

Renonçant à se poser des questions, elle secoua la tête.

— Si on allait au salon de thé ? dit-elle. Tu voulais revoir les peintures. On pourrait déjeuner là-bas en discutant de tes projets pour le service ?

Sortir. C'était la meilleure manière d'éviter une grosse bêtise. Le sourire de Tom, lent et sexy, lui fit comprendre qu'il n'était pas dupe.

— Bonne idée, répondit-il. Il est temps de donner une tournure plus sérieuse… à notre collaboration.

Tom n'avait jamais entretenu de « liaison » au sens strict du terme.

Les femmes appréciaient de dîner en sa compagnie. Sans être vaniteux, il croyait savoir qu'elles aimaient faire l'amour avec lui. Les choses, cependant, n'allaient jamais plus loin. Les deuxièmes soirs ? Très peu pour lui.

Au fond, il en était gêné, mais il se voyait mal fonctionner autrement. Les violences physiques et psychologiques qu'il avait subies l'avaient obligé à se préserver. Enfermé dans sa bulle, il avait construit sa vie d'adulte.

Prendre le risque d'en sortir l'effrayait. C'était impossible.

— Alors, où sont tes œuvres ? demanda-t-il pour chasser ces réflexions perturbantes.

Cori leva le nez de sa salade, un sourire taquin aux lèvres.

— Je te laisse deviner. Sinon, tu n'oseras pas me donner ton avis. Tu risques d'être trop gentil.

— Je n'ai pas envie d'être gentil ! Après tout, je suis en repos. J'ai laissé le politiquement correct à la maison.

D'ailleurs, avec elle, le sens du mot « correct » lui échappait de plus en plus. Ce matin-là, chez elle, il s'était égaré. Ils avaient frôlé le point de non-retour.

Rien, cependant, ne l'empêchait de profiter de sa compagnie. En tout bien tout honneur…

— D'accord ! fit-il, car elle le fixait sans rien dire. Allons-y pour les devinettes. Mais ça va être dur.

Il montra du doigt un vase empli de fleurs éclatantes, une cascade de bleus et de mauves.

— Perdu, c'est celui de Marianne. Nous avons fait les beaux-arts ensemble. Nous avons parfois la même vision des choses.

— Donc, je n'étais pas si loin. Allez, je réessaie…

Il mit les tableaux abstraits de côté. Cori était trop proche des gens pour peindre des formes géométriques. Il se concentra donc sur les tableaux figuratifs, et tomba en arrêt devant un dessin au fusain placé au centre du mur, légèrement sur la droite.

La scène représentait une rue de Londres, un soir de pluie. On y voyait des gens marcher tête basse, sans but apparent. L'œuvre dégageait une telle tristesse qu'il en fut mal à l'aise.

— A quoi penses-tu ?

La voix de Cori le fit sursauter. Il montra le dessin.

— Celui-là est… magnifique, mais… il me dérange.

L'entendant éclater de rire, il pivota vers elle.

— J'ai gaffé, dit-il. C'est le tien.

— Eh oui !

Ce tracé fin, brillant, expressif… Il aurait dû savoir.

— Désolé, Cori. Je ne voulais pas…

— Arrête, voyons. Tant mieux si mon dessin t'a interpellé. C'est le but. Il s'appelle *Rentrer seule*. J'ai voulu montrer l'isolement qu'on peut ressentir dans une foule.

Il se retourna vers le mur. Plus il regardait cette œuvre, plus il avait envie de la toucher.

— L'intention… me semble très personnelle, dit-il. Est-ce quelque chose que tu as ressenti ?

Elle opina.

— Quand j'étais petite, je pensais être la seule enfant au monde à ne pas avoir de famille. Je me trompais, bien sûr.

— Et puis tu as été adoptée.

— Oui. Ce jour-là, ma vie s'est métamorphosée.

Il comprenait sans peine ce qu'elle voulait dire. Lui, en revanche, était resté muré dans la solitude, incapable de partager son secret.

— Le tableau tout en haut, là-bas, est de moi aussi.

Avait-elle senti son désarroi ? Elle montrait maintenant une scène colorée, simple et chaleureuse. Des enfants jouant sur une plage.

— J'adore, dit-il, sincère.

— Je l'ai fait pour que les gens l'aiment !

— Et pas l'autre ?

Elle secoua la tête.

— Pas vraiment. Mais je suis ravie qu'il t'ait tapé dans l'œil.

Elle ne s'était pas offusquée. Elle paraissait vraiment contente, et il n'en demandait pas plus.

Il adorait la voir sourire.

7.

Cori n'avait jamais travaillé si dur, avec tant de plaisir.

Avec Tom, elle avait listé les champs d'intervention possibles sur une période courte. Et plutôt que de regretter le manque de temps, elle s'était attelée à la tâche sans compter ses heures.

Sa récompense, elle la trouvait dans le soutien du personnel soignant. Le salon de thé n'avait presque plus de tableaux à vendre. D'ailleurs, elle soupçonnait Tom d'avoir acheté *Rentrer seule*, dont l'acquéreur avait tenu à rester anonyme.

A ce train-là, il y aurait bientôt assez d'argent pour créer des fresques dans tout l'hôpital. Néanmoins, Tom opposait une fin de non-recevoir aux chefs de service qui venaient maintenant la solliciter pour une raison ou une autre. Elle était rattachée à la pédiatrie. Il était clair qu'elle y resterait jusqu'au bout !

Bien sûr, elle voyait les jours défiler avec un pincement au cœur. Mais à quoi bon se rendre malade ? Au moins, d'ici à son départ, allait-elle se rendre utile. Et si sa mission n'était pas terminée, elle pourrait revenir comme bénévole.

« On » ne l'en empêcherait sûrement pas…

Ce jeudi matin, Tom écrasa l'alarme de son réveil d'un poing rageur.

Dans un demi-sommeil, il se traita d'idiot. Pourquoi l'avoir fait sonner une heure plus tôt que d'habitude ? Mais, alors qu'il allait se rendormir, son portable prit le relais. Il l'attrapa à tâtons et décrocha sans même regarder le cadran.

La journée commençait mal.

— Tom Riley, maugréa-t-il.

— Salut ! Tu es habillé ?

— Cori ?

Une chaleur bienfaisante se répandit en lui et il passa la main sur son torse nu. Si elle voulait voir son caleçon, elle n'avait qu'à se déplacer…

— Au cas où tu ne serais pas en tenue de combat, dépêche-toi ! fit-elle. Je m'apprête à monter en voiture.

La mémoire lui revint d'un coup. Ils avaient prévu d'aller courir ! En général, il faisait du sport le soir, mais il n'avait pas voulu contrarier Cori qui, elle, préférait le matin…

Quand elle arriva, la perspective de passer une heure avec elle lui fit rapidement oublier ce réveil en fanfare.

Comme il habitait près d'un jardin public, ils partirent de chez lui à petites foulées. Lorsqu'ils atteignirent le parc, Cori prit appui sur les grilles pour faire quelques étirements et il l'imita, détournant le regard de ses hanches minces et de son adorable postérieur moulé dans un legging noir.

Il n'était pas venu se rincer l'œil…

— Quelle longueur fait le tour complet ? demanda Cori.

— La moitié de ce qui nous attend pour le défi « sportifs contre paresseux ». Mais on va y aller tranquillement.

L'idée était simple : le jour du fameux challenge, cinq équipes de coureurs se relayaient dans les rues de Londres jusqu'à Hyde Park. Face à elles, cinq équipes de « piétons » devaient rejoindre le même endroit en utilisant les transports en commun le plus astucieusement possible.

Ce projet, parrainé par plusieurs sponsors, rapporterait de l'argent destiné au service pédiatrique. Et l'idée suscitait un tel engouement que tous les groupes étaient déjà constitués !

— J'ai quelques doutes sur ma participation, dit Cori. J'ai beau courir trois fois par semaine, je ne suis pas sûre de tenir la cadence.

— Ne t'inquiète pas. On verra bien quel temps on va mettre ce matin. Mais d'abord, on se fait plaisir.

Sportif confirmé, il était sûr de pouvoir relever le défi, et il comptait encourager Cori au maximum. Il ne s'imaginait pas avec un — ou une — autre partenaire.

Il s'aperçut vite qu'elle avait un style à la fois souple et gracieux. Elle courait avec une facilité étonnante, aussi, à mi-parcours, décida-t-il d'accélérer.

— Prête à passer la vitesse supérieure ? demanda-t-il.

— Vas-y ! Je te suis…

Galvanisé par son sourire, il allongea ses foulées, peut-être un peu trop. Mais elle ne décrocha pas, ct il sentit une vague de plaisir déferler sur lui.

Avec une équipière de ce niveau, l'aventure s'annonçait beaucoup plus excitante que prévu.

Cori était parvenue sans problème à rester dans le sillage de Tom. Mais quand, vers la fin du circuit, il accéléra de nouveau, elle eut l'impression que son cœur allait exploser dans sa poitrine.

Distancée, elle fixa son dos et serra les dents. Elle le rattraperait, dût-elle finir à genoux. Elle ne voulait pas qu'il ralentisse et qu'il la prenne pour une nulle…

A force de s'accrocher, elle grignota un peu de terrain. Tom se retourna et lui sourit.

— Allez ! cria-t-il. Courage !

Surmotivée, elle piqua un sprint. Elle revint à sa hauteur au moment où il atteignait les grilles du parc.

— Super, Cori !

Son intonation chaleureuse, admirative, lui fit oublier qu'elle était hors d'haleine. Lui, en revanche, semblait à peine essoufflé. Il affichait une condition physique ahurissante !

— Le chrono…, demanda-t-elle en haletant.

Il jeta un coup d'œil sur sa montre, l'air satisfait.

— Nous sommes presque dans les temps. En s'entraînant deux fois par semaine pendant quinze jours, puis en poussant à trois fois, on devrait y arriver.

— Je… OK.

Après qu'elle eut récupéré, ils repartirent au petit trot. Elle avait l'impression de flotter sur un nuage, et les endorphines libérées par l'exercice n'en étaient pas la seule cause. Elle avait gagné l'admiration et le respect de Tom. Cette récompense valait tous les efforts du monde.

En courant à son côté, elle s'était sentie heureuse, épanouie. Et quand il l'avait dépassée, elle avait pu admirer sa silhouette de sportif à la musculature parfaite…

Ils s'arrêtèrent devant sa voiture, qu'elle avait garée près de chez lui.

— Bon… Rendez-vous à l'hôpital dans une heure, dit-il.

— Ça marche. Merci pour le jogging. C'était super.

Il lui sourit, se pencha et l'embrassa légèrement sur la joue. Puis, sans attendre sa réaction, il fit demi-tour et s'éloigna.

Passe me voir quand tu auras un moment.

Le SMS n'avait rien de spécial. Pourtant, Cori regretta d'avoir attendu vingt minutes — le temps que son groupe d'enfants parte déjeuner — avant d'aller retrouver Tom.

Assis à son bureau, il était livide et semblait tendu. Quel contraste avec l'homme qui l'avait entraînée au jogging, le matin même !

— Tu as un problème ? demanda-t-elle, alarmée.

— Non, répondit-il en évitant son regard. J'aurais juste besoin… que tu voies mon nouveau patient.

— Oui, bien sûr.

Elle s'assit face à lui, perplexe. Il n'avait vraiment pas l'air bien.

— Jamie… est chambre 7, dit-il. On vient de lui diagnostiquer un diabète. Il va passer une ou deux semaines ici, le temps de le stabiliser. J'aimerais que tu le fasses parler.

— De sa maladie ?

— Non, mais… Il a de nombreux bleus.

Il avait baissé le nez sur son ordinateur. Elle le fixa, de plus en plus surprise.

— Cela pourrait être lié au diabète ?

— Possible. Les diabétiques marquent beaucoup et les hématomes disparaissent moins vite. Mais… j'aimerais m'assurer qu'on ne passe pas à côté d'autre chose. J'ai déjà parlé à l'assistante sociale. Je… lui ai dit que nous allions essayer d'en savoir plus.

Elle eut un coup au cœur. Il devait avoir des craintes sérieuses pour réagir ainsi.

— Donc, tu veux que je discute avec Jamie.

— Oui. Ou que tu le fasses peindre, ou dessiner. Tout ce que tu jugeras utile.

— D'accord. Tu lui as parlé, toi ?

— Non.

— Pourquoi ?

— Cori, peux-tu le faire, oui ou non ?

Il n'avait pas élevé la voix, mais ses mains, crispées sur les bras de son fauteuil, tremblaient.

— Désolé, dit-il. Je ne voulais pas être agressif.

— Tu ne l'es pas, répondit-elle doucement. Quelque part, je préférerais que tu cries. Ça te ferait du bien.

Loin de la rassurer, le sourire lumineux de Tom l'inquiéta encore plus. Il s'était repris en quelques secondes. A l'évidence, il était passé maître dans l'art de la dissimulation. Pourtant, elle était sûre qu'il n'allait pas bien.

— Inutile de jouer la comédie, dit-elle d'un ton calme.

— Il n'y a *aucun problème*, répondit-il sans ciller.

Elle avait une terrible envie de lui crier dessus, mais cela n'aurait servi à rien, sinon à le braquer. Rongeant son frein, elle se leva.

— J'irai voir le gosse en début d'après-midi. Accompagne-moi si tu as le temps.

— On verra… Merci pour lui.

Incapable de se retenir, elle aplatit les mains sur le bureau de Tom et chercha son regard.

— Cette discussion n'est pas terminée ! Nous la reprendrons plus tard.

Ce soir-là, en quittant l'hôpital, Tom fut presque déçu de ne pas trouver de fée sur son pare-brise. Si Cori avait pu deviner son état d'esprit, aurait-elle laissé un sillage lumineux quelque part ?

Pendant qu'elle dessinait avec Jamie, il était resté à l'écart pour observer, le cœur gros. Si seulement il avait eu quelqu'un comme elle, étant petit ! Il s'imaginait même à huit ans, en preux chevalier volant au secours d'une fillette aux boucles brunes et aux grands yeux violets.

Mais il n'avait jamais eu d'amie d'enfance. Il s'était replié sur lui-même. Maintenant, il était trop tard.

Il sortit ses clés de sa poche, sentit ses mains trembler et soupira. Il avait besoin de parler à Cori. D'entendre sa voix. Il allait l'appeler, tout de suite…

Après trois sonneries sans réponse, il coupa la communication et déverrouilla sa voiture. Puis, comme un automate, s'installa au volant.

Finalement, c'était mieux ainsi. Il pouvait se débrouiller seul. Il avait toujours pris soin de ne dépendre de personne, et il continuerait.

Son portable abandonné sur le siège passager sonna au moment où il allait partir. Il hésita, et finit par décrocher avec l'impression qu'un autre agissait à sa place.

— Tom… Tu m'as appelée ?

— Oui, désolé, je… Mon portable s'est allumé tout seul dans ma poche.

— D'accord.

A son intonation, elle n'en croyait pas un mot.

— Je viens de rentrer, dit-elle. Tu veux passer à la maison ?

— Pourquoi ?

Il n'aurait même pas dû poser la question. Elle l'invitait pour le faire parler, s'expliquer…

— Pour rien, répondit-elle gentiment. Je sais faire du chocolat chaud avec ma machine à café, maintenant. Au cas où tu serais intéressé…

— C'est très gentil, mais… j'ai déjà quelque chose de prévu ce soir. Peut-être une autre fois ?

— Bien sûr. Quand tu veux.

Un silence gêné tomba, qu'elle rompit la première.

— Je… Repose-toi bien, Tom. A lundi.

— Oui, toi aussi. Bonne soirée.

Il raccrocha, soulagé. Il s'en était bien sorti. Personne ne pouvait plus l'atteindre dans sa bulle, pas même Cori.

8.

Cori hésitait. Allait-elle ajouter une trace rouge vif à son fond violet ? Elle en était là de ses réflexions lorsqu'un tintement de sonnette la fit sursauter.

Son dîner arrivait. Tant mieux. Elle ne peignait rien de bien, ce soir.

Elle courut vers la porte… et découvrit Tom planté sur le seuil. De surprise, elle lâcha son pinceau.

— Tu n'es pas mon livreur de pizza !

— Aux dernières nouvelles, je suis toujours médecin…

Il se pencha, ramassa le pinceau et le lui tendit.

— Je te dérange ?

— Non ! Mais… je ne m'attendais pas à te voir. Entre.

De toute évidence, il n'allait pas bien. Elle en eut confirmation lorsqu'il franchit le seuil, très raide, le visage impénétrable. Puis lorsqu'il s'affala sur le canapé du salon en soupirant.

Elle s'assit près de lui sans rien dire. S'il avait besoin de parler, elle attendrait qu'il soit prêt à le faire.

— Je… voulais m'excuser, dit-il. Je…

Haussant les épaules, il s'interrompit. Elle décida de lui venir en aide.

— Inutile de t'excuser, répondit-elle gentiment. Quelque chose te tracasse, je pense. J'aimerais t'aider, alors…

Nouveau coup de sonnette. Ce n'était pas le moment !

Mais lui eut un demi-sourire, et elle comprit. Sauvé par le gong ! Il allait sauter sur l'occasion pour se dérober. Elle ne le laisserait pas faire.

Ding dong. On insistait… Evidemment. Faute de réponse,

le livreur allait essayer toutes les sonnettes. Elle avait passé une commande !

Elle attrapa son portefeuille sur le guéridon, sprinta vers l'entrée, ouvrit, prit sa pizza et glissa un billet dans la main du coursier. Elle eut juste le temps de le voir écarquiller les yeux — il héritait d'un joli pourboire — avant de refermer la porte. Puis, abandonnant le carton de pizza sur le plan de travail, elle se rassit.

La manœuvre avait dû prendre environ quarante-cinq secondes.

— Tu devrais la réchauffer, dit Tom.

— Parlons plutôt de toi… Pourquoi es-tu venu ?

— Pour boire du chocolat chaud, pardi !

Le sempiternel sourire, celui qui disait « tout va bien », était reparu sur ses lèvres. Mais elle ne céderait pas.

— Tu en auras plus tard, dit-elle comme si elle s'adressait à un enfant capricieux.

Puis, changeant de tactique :

— Je vais d'abord te donner des nouvelles de Jamie. Après ton départ, j'ai passé une bonne heure avec lui.

Il se rejeta en arrière contre les coussins.

— Vas-y, raconte !

— On a parlé un peu, mais pas des hématomes. Quant aux dessins… Ils révèlent une perturbation, ce qui est normal puisqu'il est malade. J'attends qu'il m'en dise plus. Si j'insiste trop, il risque de se renfermer.

Tom opina.

— Les gosses t'aiment bien. Tu sais t'y prendre avec eux.

— Merci.

Elle était aux anges. Son opinion avait une grande valeur pour elle.

— En plus d'être adorable, tu as beaucoup d'idées, dit-il. Une vraie magicienne…

Il se pencha vers elle, et chuchota :

— Tu es parfois un peu pénible, mais finalement, j'aime bien nos chamailleries. Et puis, avec ces yeux-là, on te pardonne tout…

Cette fois, c'était trop. Elle ne saurait bientôt plus où se mettre !

— Tom…
— J'ai l'impression que mes compliments te gênent.
— Un peu.
— Pourtant, je suis sincère. Mais je vais arrêter si cela t'embarrasse, dit-il, taquin.
Elle lui rendit son sourire.
— Oui, arrête. Explique-moi plutôt… pourquoi tu es venu.
— J'avais besoin de compagnie. De *ta* compagnie.
Son air chaleureux, complice, provoqua un délicieux frisson en elle. Avant qu'elle ait pu répondre, il se rapprocha encore.
— Voudrais-tu me laisser cuisiner pour toi, Cori ?
— Cuisiner ? demanda-t-elle, extrêmement surprise.
— Oui ! Je me débrouille bien, tu sais.
— Je n'en doute pas, mais… on pourrait réchauffer la pizza.
— Pour l'apéritif, si tu veux ! Mets-la au four le temps que je file à l'épicerie du quartier. Elle doit encore être ouverte ?
— Probablement, mais…
— Ne me dis pas que tu refuses de découvrir mes talents !
Vaincue, elle secoua la tête.
— Je ne dirai jamais ça…

Tom était doué. Vraiment doué.
— Hum, fit Cori. C'est délicieux ! Encore…
— Attends, répondit-il avec un rire taquin. L'anticipation est le maître mot du plaisir.
— Tu vas me tuer.
Le plat de résistance — des pâtes avec une sauce crémeuse aux fruits de mer — avait été un régal. Elle l'avait mis au défi de faire aussi bien pour le dessert, et naturellement il se montrait à la hauteur.
— On continue la dégustation. Garde les yeux fermés, Cori. Ouvre la bouche.
Elle s'exécuta… et laissa échapper un soupir bienheureux.
— Glace à la vanille. Avec du citron vert ?
— Gagné !

Quand il promena la cuiller froide sur ses lèvres, elle songea que cette expérience ressemblait comme deux gouttes d'eau à l'amour. Il fallait avoir confiance pour s'abandonner. A ce petit jeu, n'importe quel autre homme aurait reçu un grand coup de pied, puis elle l'aurait jeté dehors. Mais Tom n'était pas n'importe qui…

— Un peu de chaleur, maintenant, décréta-t-il.

La cuillerée de chocolat noir amer, juste fondu, émoustilla ses sens au-delà de l'imaginable.

— Sais-tu que tu as des centaines de milliers de papilles dans la bouche ? demanda-t-il. Selon les saveurs, elles se réveillent, mais pas toutes au même moment. Il ne faut donc jamais déguster un bon repas dans la précipitation.

Les explications scientifiques, c'était bien beau, mais elle avait d'autres pensées, moins rationnelles, en tête…

Elle faillit pousser un petit cri lorsqu'il lui prit la main et lui fit passer le doigt sur le rebord d'un verre. Une odeur douce et fruitée lui chatouilla les narines.

— Bois une gorgée, suggéra-t-il.

— Un vin blanc liquoreux… Tom, qu'est-ce que tu fabriques ? Serais-tu en train de boire dans mon verre ?

— Juste une gorgée. Pour le plaisir du partage.

A l'idée qu'il avait, peut-être, posé les lèvres au même endroit qu'elle, la tête lui tourna.

— Tu avais raison. Manger peut être une expérience sensuelle. Tu es un excellent professeur, dit-elle.

— Prête pour le bouquet final ?

— Vas-y… Miam, des fraises ! Mon fruit préféré…

Cette nuit-là, Tom se réveilla en sursaut à 4 heures du matin. Pendant un moment, il crut que Cori dormait avec lui, dans ses bras. Puis la réalité la rattrapa et il s'assit brusquement, le visage dans les mains.

Après le dîner, Cori avait voulu lui communiquer sa passion.

Ils s'étaient installés sur le sofa, devant une toile blanche, et elle avait esquissé son portrait au crayon.

Il avait senti son corps se détendre contre le sien, tandis qu'elle l'entraînait dans son univers magique. Un monde où tout n'était que chaleur et lumière.

Jamais il n'avait passé une soirée si agréable. Jamais il n'avait eu tant de mal à dire bonne nuit à quelqu'un. Mais faire l'amour avec Cori…

Le corps en feu, il se leva. Il allait prendre une douche glacée, pas plus tard que tout de suite.

Mieux valait qu'il se montre honnête envers lui-même. S'il refusait que les choses aillent plus loin, ce n'était pas parce qu'il était le patron de Cori. En réalité, il avait peur. Peur de se laisser embarquer, de perdre son cœur et son âme. Cela ne lui était jamais arrivé, mais là il y avait danger.

L'eau froide sur son corps nu le fit frissonner. Néanmoins, cela ne suffit pas à calmer le désir violent, presque effrayant, qui le submergeait.

Il devait faire quelque chose.

Il allait écrire à Cori. Puisqu'il n'avait pas réussi à lui parler, il allait mettre ses explications noir sur blanc. Ainsi, elle comprendrait. Elle saurait qu'il n'était pas un homme pour elle.

Et leur amitié serait sauve.

9.

Grâce à Tom — qui n'avait pas son pareil pour contourner les pesanteurs administratives —, le projet de Cori prit rapidement tournure.

Le vendredi soir, après une semaine chargée, toute l'équipe s'était retrouvée au pub et avait échangé une foule d'idées. Cori était rentrée chez elle satisfaite, malgré le pincement au cœur qu'elle avait eu au moment de dire au revoir à Tom.

C'était un patron génial. Un excellent ami. Mieux valait qu'elle s'en contente. Mais ce raisonnement était parfois difficile à tenir lorsqu'il était en face d'elle.

Comme d'habitude, elle rêva de lui et passa une nuit agitée. La sonnerie du téléphone, tôt le lendemain matin, lui fit donc l'effet d'une douche froide. Non, elle ne se lèverait pas. Elle était en week-end !

La sonnerie cessa, puis reprit. L'importun avait de la suite dans les idées. Mécontente, elle attrapa l'appareil sur la table de chevet.

— Allô !

— Encore couchée ?

Malgré sa colère, la voix sensuelle de Tom déclencha un frisson de plaisir en elle.

— Oui…

— Alors, je ne te demande pas ce que tu portes…

— Oh ! mais tu peux ! Je n'ai pas honte de mes pyjamas en flanelle… Que me vaut l'honneur ? demanda-t-elle.

S'il téléphonait simplement pour dire bonjour, elle l'étranglerait.

— C'est toi qui m'as demandé de t'appeler. Tu avais peur

de rester scotchée au lit ! Tu voulais voir Jamie ce matin. Et comme tu es invitée à déjeuner, tu dois repartir de bonne heure.

Mais oui, elle s'en souvenait ! Quelle idiote !

— Je... Excuse-moi, fit-elle, honteuse.

— Ne t'inquiète pas pour ça.

Soudain, on sonna. Elle se leva précipitamment, et réussit à enfiler son peignoir en gardant le téléphone collé à l'oreille.

— Où es-tu, Tom ?

— En route pour l'hôpital.

— D'accord. Je vais voir qui a sonné, et je me prépare. Je suis là dans un quart d'heure.

— Non, prends ton temps !

— Mais... pourquoi ?

— Je viens de déposer ton petit déjeuner sur le perron. C'est mauvais pour la santé de manger trop vite.

Elle courut dans le couloir. Le temps qu'elle arrive, il était déjà parti, laissant un grand sac en papier brun devant sa porte.

Quand Cori arriva à l'hôpital, Tom était assis à la réception, en train d'étudier les esquisses de la future fresque murale.

Une heure s'était écoulée depuis leur coup de fil et, lorsqu'il la vit, il ne regretta pas qu'elle ait effectivement pris son temps. Elle était magnifique en jean slim, bottines et gros gilet de laine rouge tricoté à la main !

Son écharpe colorée mettait sa chevelure ébène et sa peau claire en valeur. Fait inhabituel, elle avait apposé une touche de gloss sur ses lèvres. Il la trouva si craquante qu'une furieuse envie le prit de l'embrasser sur-le-champ...

Allons. Il ne devait pas oublier qu'elle avait rendez-vous ce midi-là. Avec un homme, sans doute ?

— Merci pour le petit déjeuner ! dit-elle.

Elle s'était penchée pour lui chuchoter ces mots à l'oreille. Il inspira profondément, cherchant à masquer son trouble.

— De rien ! répondit-il. Je serais bien venu te le préparer à domicile, mais j'ai eu peur que tu ne me jettes dehors.

— Un cuisinier comme toi ? Aucun risque !

— Dans ce cas, j'essaierai la prochaine fois.

Conscient qu'elle était venue pour travailler, il se leva.

— Prête à aller voir Jamie ?

— Bien sûr !

Ils gagnèrent la chambre 7 où, à leur grande surprise, ils trouvèrent le lit vide. Jamie n'était pas non plus aux toilettes. Cori eut alors l'idée de vérifier la salle d'art, mais hélas le bambin ne s'y trouvait pas.

Inquiets, ils rejoignirent Kate, la surveillante de garde, au bureau des infirmières.

— Quand l'a-t-on vu pour la dernière fois ? demanda Tom.

— J'ai vérifié sa pompe à insuline il y a moins de trente minutes.

— D'accord. Moi, je suis resté assis presque trois quarts d'heure à la réception. S'il était passé par-là, je l'aurais forcément remarqué.

— Il n'a pas pu disparaître... On va chercher partout !

La voix de Kate trahissait son angoisse. Qu'un enfant échappe à la vigilance des adultes était la hantise de toutes les équipes pédiatriques. Tom rassembla ses idées pour déclencher la procédure réglementaire.

— Je vais appeler la sécurité, dit-il. J'aimerais qu'ils visionnent les caméras de surveillance, et qu'ils regardent s'il y a des portes ou des fenêtres ouvertes. Kate, rassemble trois équipes de deux personnes pour fouiller les ailes du service. Je reste ici. Que tout le monde revienne me voir dans dix minutes. On fera le point.

— Ça marche.

— Et moi ? Qu'est-ce que je peux faire ?

Cori était là, près de lui. Il s'était promis de ne plus jamais la tenir à l'écart. Les bonnes résolutions commençaient maintenant :

— Reste avec moi. Tu vas m'aider à réfléchir.

Assise près de Tom dans le bureau, Cori extirpa fébrilement sa tablette de son grand sac en toile.

— J'ai scanné les dessins de Jamie, dit-elle. Ils nous donneront peut-être une piste.

Elle afficha deux productions, s'arrêta plus longuement sur la troisième et fronça les sourcils en voyant Tom sursauter.

— Ce bonhomme, c'est Jamie lui-même, dit-elle. Les lignes qui masquent en partie le dessin pourraient indiquer un besoin de se cacher. Est-ce que ça te parle ?

— Je… Peut-être. Mais il ne s'agit pas de moi, Cori.

— Il s'agit de nous deux, avec un petit garçon de sept ans dans la nature. Si tu as une idée, donne-la !

Il ne répondit rien et elle continua à faire défiler les images. Elle avait presque terminé quand, du geste, il lui fit signe de mettre en pause.

— Regarde celui-là, dit-il. On dirait que le personnage — sûrement Jamie — a peur. Il pense que tu vas le protéger de cet ogre qui est là-bas, dans le coin.

— Qu'est-ce qui te fait dire ça ?

— Tu vois ce beau tournesol, avec le grand sourire et les yeux violets ?

— Oui, mais… je n'avais pas fait le rapprochement.

Il secoua la tête en souriant.

— C'est pourtant clair ! Quoi qu'il en soit, ces dessins nous révèlent son état d'esprit, mais pas l'endroit où il se trouve. Qu'est-ce qui a pu lui passer par la tête ?

— Je le trouve assez joyeux de nature, sauf que quelque chose l'effraie. D'où, peut-être, son envie de se cacher. Où irais-tu à sa place ?

— Difficile à dire, je suis un peu plus grand que lui ! La seule cachette qui me vienne à l'idée, c'est mon bureau.

— Hum. As-tu envoyé quelqu'un vérifier ?

— Non. Jamie ne connaît pas cet endroit.

— Bien sûr que si ! En face de sa chambre, il y a le grand panneau vitré décoratif. Il permet de visualiser l'ensemble du couloir quand la porte est ouverte. J'ai observé Jamie : il surveille toutes tes allées et venues.

Tom se leva d'un bond.

— Allons-y, dit-il.

Cori avait vu juste : ils trouvèrent la porte du bureau directorial fermée à clé.

— Je ne la verrouille jamais, dit Tom. Et la clé est toujours posée sur ma table. Je frapperais bien, mais si Jamie est là, je risque de lui faire peur.

Les stores avaient été tirés devant la vitre du bureau qui donnait sur le couloir. Cori tapota l'épaule de Tom.

— Fais-moi la courte échelle. Je vais regarder par le vasistas au-dessus de la porte.

Elle enleva ses bottines, pensant qu'il allait entrecroiser les doigts pour lui faire la courte échelle. Mais, au lieu de cela, il la souleva vigoureusement par la taille.

— Ouh là… ! dit-elle, déséquilibrée. Tu es beaucoup plus costaud que je ne l'imaginais.

— Et toi, beaucoup plus lourde !

— Merci.

— Quoi ? Je croyais que les fées ne pesaient pas plus lourd qu'un grain de riz… Alors, tu vois quelque chose ?

Collant le nez au vasistas, elle vit Jamie qui la regardait, bien calé dans le fauteuil de Tom. Elle lui fit un petit signe.

— Coucou ! dit-elle, assez fort pour qu'il l'entende. Tu veux bien nous ouvrir, mon cœur ?

Mais celui-ci secoua la tête.

— Qu'est-ce qu'il fait ? demanda Tom.

Une de ses grandes mains s'était arrondie sur les fesses de Cori, sans qu'elle songe à protester. Après tout, c'était une question d'équilibre…

— Rien, répondit-elle. Il est assis. Il n'a pas l'air de vouloir bouger.

— Te semble-t-il groggy ?

— Non. Je ne suis pas médecin, mais, pour moi, il est en pleine forme.

— Redemande-lui d'ouvrir, s'il te plaît. Sinon, je vais devoir casser la porte. Kate ! dit Tom, voyant la surveillante venir vers eux. On l'a trouvé, il est là ! Dis aux autres d'arrêter les recherches.

— D'accord !

Toujours perchée, Cori fit quelques grimaces à Jamie, qui répliqua aussitôt. Néanmoins, quand elle le pria une nouvelle fois d'ouvrir, il se renfrogna.

— Il ne cédera pas, dit-elle. Fais-moi descendre, Tom.

Elle réprima un frisson en glissant le long de son corps musclé. Comme si c'était le moment de penser à l'effet qu'il lui faisait…

On entendit soudain un léger craquement, puis des pas qui se rapprochaient. Cori s'agenouilla pour regarder par le trou de la serrure… et aperçut le front de Jamie, de l'autre côté.

— Va te rasseoir, mon cœur, dit-elle.

Puis, à voix basse :

— Tu l'entends rire ? Il doit prendre ça pour un jeu. Il faut l'éloigner de cette porte. Sinon, tu ne pourras pas la forcer.

— Effectivement. Attends une seconde.

Il gagna le bout du couloir, où Kate était en train de disperser les équipes de recherche. Il s'entretint avec elle, puis entra dans le local de service, d'où il ressortit rapidement, muni d'un escabeau.

Revenu près de la porte, il grimpa sur la troisième marche et colla le nez au vasistas.

— Salut, mon gars ! dit-il d'un ton joyeux. J'ai envoyé les vilaines infirmières au coin. Je suis venu te sauver !

Le garçonnet applaudit et poussa des cris de Sioux. Tom avait trouvé la bonne tactique.

— Jamie, cours te cacher, on va ouvrir la porte, reprit-il sur le ton d'un chef de guerre. Elle va peut-être exploser, il faut que tu te mettes sous le bureau !

— Oh ! pitié… Tous les mêmes. De vrais gosses…

Kate, qui s'était matérialisée près d'eux, secouait la tête, l'air faussement consterné. Cori éclata de rire. Tom était peut-être « gamin » dans l'âme, mais il ne s'en apprêtait pas moins à ouvrir la porte avec une barre de fer.

Sans quitter son perchoir, il prit l'objet que Kate avait dû courir chercher auprès des gardiens.

— Merci beaucoup… Ah, c'est bien, Jamie ! dit-il. Reste caché jusqu'à ce que je te dise de sortir.

Il descendit de l'escabeau puis, avec détermination, logea la barre de fer dans l'encadrement de la porte. On entendit craquer, et le bois céda. Tom rendit alors son outil à Kate, avant de donner un coup d'épaule dans la porte. Il entra dans le bureau en manquant perdre l'équilibre.

— Si on m'avait dit qu'un jour je travaillerais dans un cirque ! s'exclama Kate.

Mais elle souriait, visiblement soulagée que le problème ait trouvé une solution rapide.

Jamie émergea de sa cachette, hilare. Il commença à tourner autour de la table en criant. Tom le souleva de terre, puis l'assit dans le fauteuil.

— Doucement, jeune homme ! Que je vérifie si tout va bien… Il semblerait que oui. Tu nous as joué un bon tour, dis donc !

— Docteur Tom ! Tu as foncé dans la porte ! répondit-il, l'air ravi.

— Tu ne m'as pas laissé le choix.

Tom alla récupérer sa clé dans la serrure, la rangea dans sa poche puis revint s'agenouiller devant Jamie.

— Aimerais-tu boire un verre d'eau fraîche ?

— Oui, mais… je veux rester là.

Tom pivota vers Cori, l'air entendu.

— Pas de problème, déclara-t-il. Moi, j'ai des choses à faire, mais Cori pourrait te tenir compagnie un moment ?

— Bonne idée, répondit-elle. On va fabriquer un joli dinosaure. Je vais chercher du papier dans ma salle. Je reviens tout de suite.

Une heure et demie plus tard, Cori avait enfin réussi à comprendre ce que Jamie avait sur le cœur.

Elle échangea un regard éloquent avec Kate, qui était restée assise sur une chaise, près de la porte.

— Je vais aller te chercher quelque chose à manger, Jamie, dit la surveillante. Tu veux bien retourner dans ta chambre ?

Le garçon opina. Il était très calme, détendu.

— Il lui faudrait peut-être une présence, dit Cori.

— Absolument. Je vais demander à Claire de rester avec lui. Allez, viens, mon bonhomme ! Les aventuriers ont besoin de manger, tu sais !

En sortant du bureau, Cori tomba sur Tom dans le hall. Il discutait avec un interne, et elle se posta un peu à l'écart pour attendre qu'il ait fini sa conversation.

Elle allait s'asseoir et prendre un magazine lorsqu'un grand gaillard, visiblement hors de lui, fit irruption à l'accueil. Alarmée, elle le vit fondre sur Tom.

— Vous ! tonna-t-il. J'ai deux mots à vous dire !

La réceptionniste et les quelques personnes présentes se tournèrent vers cette voix de stentor.

— Monsieur Morton…, dit Tom.

Il n'eut pas le loisir de poursuivre car une jeune femme s'interposa entre lui et l'homme qui devait être le père de Jamie. Elle était en larmes.

— Jack, non… Elle nous a fait jurer de ne rien dire…

Tout le monde avait reculé, y compris l'interne, mais Tom ne bougea pas d'un pouce. Il regardait le visiteur menaçant droit dans les yeux.

— Ça va aller, madame, dit-il. Monsieur Morton, nous pourrions peut-être aller discuter dans mon bureau ?

Sa voix calme, posée, parut décupler la colère de son opposant, qui écarta sa femme sans ménagement et leva le poing.

Tom ne cilla pas. Mme Morton se mit à sangloter de plus belle.

— Tu ne fais qu'aggraver les choses, Jack… Mon mari n'est pas comme ça, docteur, dit-elle d'un ton suppliant. Il est juste très énervé…

— Reste en dehors de ça, Marion ! aboya l'intéressé. C'est entre lui et moi !

D'une main posée sur son bras, Tom éloigna légèrement Mme Morton. Kate prit le relais et l'emmena encore plus loin, vers les fauteuils.

— Monsieur Morton, calmez-vous, dit Tom.

— Non ! J'en ai assez de cet hôpital ! Vous êtes responsable de mon fils, et ce matin, vous l'avez perdu !

— Nous vous avons appelé pour vous prévenir, mais l'infirmière vous a bien dit de ne pas paniquer. Jamie ne risquait rien. D'ailleurs, nous l'avons retrouvé au bout d'un quart d'heure, dans mon bureau.

— S'il n'y avait que ça ! Ma femme et moi sommes au courant de vos manigances. Il paraît que vous voulez nous enlever le gosse ? Ce n'est pas près d'arriver, croyez-moi !

— Il n'y a aucune manigance, dit Tom. Nous essayons d'agir au mieux pour Jamie.

Cori fronça les sourcils. Qui avait bien pu faire part de leurs soupçons au couple Morton ? Le signalement pour maltraitance parentale n'avait pas été lancé de manière officielle, et tant mieux puisqu'il s'agissait d'autre chose…

— Vous prétendez savoir ce qu'il y a de mieux pour mon fils ? hurla le père. A d'autres ! J'ai appris ce qui vous est arrivé. Vous avez été un enfant battu, alors vous croyez que tous les pères sont comme le vôtre. Mais retombez sur terre, mon vieux ! Vous vous fourrez le doigt dans l'œil !

Un silence assourdissant suivit cette tirade. Tom avait blêmi. Il semblait choqué au-delà des mots.

— Nous devrions en discuter ailleurs, dit-il enfin.

— Pourquoi ? Ça vous dérange que les gens connaissent la vérité ?

— Ce qui me dérange, c'est de vous entendre hurler près des chambres. Vous allez faire peur aux enfants. Passons dans mon bureau, dit de nouveau Tom.

— Hors de question !

Cori entendit une porte se refermer derrière elle. Pivotant, elle découvrit deux gardes qui accouraient. Cette vision parut décupler la rage du père de Jamie qui, soudain, fonça sur Tom.

Celui-ci esquiva l'attaque sans pouvoir l'éviter complètement. Le coup de poing l'atteignit à la lèvre, et le sang se mit à couler sur son menton.

Alors, tout le monde parut bouger en même temps. Un des gardes ceintura Jack Morton, tandis que Kate se précipitait pour donner une compresse à Tom. Et c'était lui, le blessé qui, dans la panique générale, essayait encore de calmer tout le monde…

A présent, les vigiles avaient maîtrisé le père agressif. Tom voulait apparemment les rejoindre, mais Cori l'arrêta d'une main posée sur son bras.

— Accorde-moi deux minutes, s'il te plaît.

— Ça ne peut pas attendre ?

Son regard ne reflétait aucune émotion. Ni peine ni colère. Se pouvait-il que Jack Morton ait dit vrai ?

— Non, répondit-elle. J'ai découvert des choses sur Jamie. C'est très important. Il faut qu'on en discute avant que tu ne parles à qui que ce soit.

— D'accord. J'arrive, dit-il à l'intention des gardes. Emmenez M. et Mme Morton au calme. Faites préparer du thé.

Les deux hommes prirent la direction de la salle de repos. Alors, sans un mot — sans même un regard pour elle —, Tom gagna le sas à grandes enjambées et sortit.

10.

Tom entendait la voix de Cori comme un écho lointain.

Il n'allait pas s'arrêter ni même se retourner. Il voulait marcher dans le jardin de l'hôpital. Prendre ses distances et faire disparaître cette matinée horrible dans les oubliettes de son cerveau.

— Tom ! Ralentis !

L'injonction de Cori le poussa à marcher plus vite. Le vent glacial le cinglait, mais c'était à peine s'il en avait conscience. Comment avait-elle pu faire une chose pareille ?

Elle était l'une des rares personnes à qui il avait confié ses soupçons, pour Jamie. Elle était *la seule* à savoir que ce problème le touchait personnellement, au point de ne pas vouloir questionner le patient lui-même.

Sans doute avait-elle deviné pourquoi. Mais, au lieu de lui en parler, elle avait livré son histoire aux Morton sur un plateau, et avec quelles conséquences !

En une matinée, elle avait détruit ce qu'il avait mis tant d'années à bâtir. Comparé à cette trahison, le coup de poing de Jack Morton n'était pas grand-chose…

— Tom ! Regarde-moi !

De suppliante, l'intonation de Cori était devenue provocatrice. Elle le mettait au défi de réagir et il se retourna, hors de lui.

— Quoi ? Tu penses que je n'ai pas le courage de te regarder en face ?

Elle avait les joues rouges d'avoir couru dans le froid, les yeux brillants.

— Non ! s'écria-t-elle. Je pense que tu es incapable de gérer ta colère après avoir été frappé.

— Tu te trompes, riposta-t-il froidement. Ce qui me dégoûte, c'est que quelqu'un ait parlé derrière mon dos. Quel manque de professionnalisme ! Et quelle imbécillité !

Les joues de Cori devinrent plus rouges encore.

— Parce que… Tu t'imagines que *c'est moi* ?

— Tu as dû raconter quelque chose à quelqu'un. Probablement sans réfléchir, mais…

En présentant les choses ainsi, il voulait lui donner la possibilité de reconnaître ses torts sans perdre la face. Mais, loin de se confesser, elle le toisa, les poings sur les hanches. Son regard violet avait viré au noir.

— Ne prends pas cet air condescendant avec moi, Tom. Je sais ce qu'il en coûte de trahir un secret. Le tien, d'ailleurs, n'en était pas vraiment un, dit-elle.

Elle avait raison. Il ne lui avait rien dit de précis. Il ne lui avait jamais demandé de se taire non plus. Mais tout de même !

— Qui d'autre aurait pu parler ? demanda-t-il. Tu étais la seule à savoir…

Il s'interrompit, et se détourna. Il ne supporterait pas de voir le visage de Cori se décomposer quand, au pied du mur, elle devrait admettre sa « faute ».

Néanmoins, elle le surprit encore : il n'avait pas fait deux pas qu'il sentit une main ferme agripper sa chemise. Il aurait pu se dégager, mais à quoi bon ? Elle n'abandonnerait pas !

Prenant sur lui, il inspira profondément et pivota vers elle.

— Pour être franche, j'avais compris, dit-elle d'un ton calme. Je me doute que tu as subi des violences quand tu étais plus jeune. Et je pourrais facilement prouver que je n'ai rien dit aux Morton, mais je ne m'abaisserai pas à ça. Je te demande de me faire confiance.

— Je devrais te croire sur parole ?

— Oui. J'espère que tu auras le bon sens de voir plus loin que le bout de ton nez. Que tu ne me tourneras pas le dos sans réfléchir.

Il prit soudain conscience du sens de ces paroles. L'enfant malheureuse, rejetée, était devenue une femme honnête et franche. Elle avait le courage de l'affronter, d'exiger sa confiance. A juste titre : elle ne méritait pas qu'il la traite de cette façon.

— Je... suis désolé, Cori. Je te crois.

Les mots étaient sortis facilement, sans que cela lui coûte. Comme il était heureux de les avoir prononcés !

— Merci, murmura-t-elle.

Le chagrin suppléa à la colère dans ses yeux. Puis une larme roula sur sa joue, et il sentit une vive émotion lui étreindre la gorge.

Elle avait de la peine, mais pas pour elle-même. Elle pleurait... *pour lui.*

Se penchant, il cueillit cette larme de sa bouche, grimaçant au contact du sel sur sa lèvre fendue.

— C'est malin..., dit Cori. Ça fait mal ?

Son sourire le toucha en plein cœur. Elle ne faisait pas seulement allusion à sa coupure, mais au reste.

— Un mal de chien, admit-il.

Il ne voulait pas lui servir le refrain habituel, prétendre que tout allait bien. Il s'était menti pendant trop longtemps. Mieux valait arrêter de se voiler la face.

— Je suis désolée que tu aies subi tout cela, dit-elle doucement.

Incapable de répondre, il hocha la tête. Elle le comprenait. Il en était sûr. Jusqu'à maintenant, il n'avait laissé personne approcher aussi près...

— Rentre, dit-il enfin. Tu grelottes. Tu vas t'enrhumer.

— D'accord, si tu viens aussi.

— Non.

Il ne voulait pas retourner dans le service. Affronter la compassion des gens, leurs regards navrés, serait au-dessus de ses forces. Cela faisait vingt ans — depuis la mort de sa mère — qu'il évitait ce genre de choses.

— Alors je reste avec toi.

— Tu ne sais pas où je vais...

— Oh ! que si ! Tu veux t'enfermer dans ta bulle de souffrance, celle où tu te sens humilié, impuissant. L'endroit horrible d'où tu ne peux pas t'échapper. Je connais. Je suis passée par-là.

Il se détourna, sentit la morsure du vent sur son visage tuméfié et s'arrêta. Que faire ? Il avait besoin de Cori. Fuir n'était pas la solution.

— Tu as gagné, Cori. Je vais au réfectoire. Allez, viens.

Inquiet pour elle, il retira sa veste et la lui drapa sur les épaules. Puis il la prit par la taille pour la ramener à l'intérieur, vers la chaleur et la lumière.

Tom avait arrêté de fuir.

Cori s'était laissé faire quand il l'avait entraînée vers l'hôpital. A présent, ils se trouvaient à la cantine, bien au chaud. C'était un début.

— Tu veux un thé ? proposa-t-il en explorant ses poches. J'ai laissé mon portefeuille en haut, mais j'ai assez de monnaie pour qu'on puisse partager une brioche.

Elle trouva quelques pièces dans son jean et les lui donna.

— On aura même une brioche chacun, répondit-elle gentiment. Je vais chercher une table.

— Mais au fait… Tu dois partir tôt !

— Je vais chez mes parents. Je leur enverrai un SMS pour dire que je passerai plus tard. Ne t'inquiète pas.

Elle repéra une table isolée près de la fenêtre et s'y installa. Il la rejoignit bientôt, apportant leur en-cas. Elle choisit de le laisser parler le premier.

— Que voulais-tu me dire à propos de Jamie ? demanda-t-il.

Retour au travail. Finalement, c'était peut-être mieux. Ils pourraient reprendre leur conversation personnelle plus tard. Et puis elle avait des informations urgentes à lui donner.

— Ce matin, on a fait un combat de dinosaures pour rire, expliqua-t-elle. Jamie m'a dit qu'il allait « cogner » Kevin comme ça.

— Qui est Kevin ?

— Le petit ami de sa baby-sitter. D'après ce que j'ai compris, il vient à chaque fois qu'elle le garde. Jamie doit se débrouiller seul pour se doucher et se mettre au lit. Les deux ados s'enferment dans le salon. S'il frappe à la porte pour demander quelque chose, le fameux Kevin s'en prend à lui.

— Donc, ce n'était pas le père…

— Je n'en ai jamais eu l'impression. Jamie parle toujours de lui en termes chaleureux. L'autre jour, il m'a raconté qu'il l'a aidé à construire un abri de jardin.

Elle vit une petite veine battre sur la tempe de Tom. Il n'était pas difficile d'imaginer à quoi il pensait.

— Je suis content que Jack Morton soit hors de cause, dit-il avec un soupir. Mais pourquoi Jamie n'a-t-il rien dit ?

— Il avait peur.

— Bien sûr… Je vais remonter, Cori. Il faut que je règle le problème.

— Rassure-toi, Kate a déjà dû parler aux Morton. Elle était avec moi ce matin, dans ton bureau. Elle a entendu toute l'histoire. Appelle-la. Toi, tu devrais rester à l'écart.

Il n'avait pas l'air convaincu, mais prit quand même son portable pour contacter la surveillante. Il se détendit au fil de la conversation et, lorsqu'il raccrocha, il avait l'air plutôt serein.

— Kate a pu joindre Marina, l'assistante sociale de permanence, dit-il. A elles deux, elles ont expliqué la situation aux Morton et les ont rassurés. On n'a pas besoin de moi pour l'instant.

— C'est parfait. Nous pouvons donc rester ici, tranquilles, et… discuter. Enfin… si tu veux.

— Je ne parle jamais de ce qui m'est arrivé.

A sa manière de baisser les yeux, elle comprit à quel point, maintenant encore, il avait honte d'avoir été une victime. Il était devenu un médecin brillant, reconnu, aimé de tous, mais cela ne changeait rien.

Elle lui effleura la joue, bouleversée. Elle ne supportait pas de le voir souffrir.

— Non, s'il te plaît…, chuchota-t-elle. Ce n'est pas…

— … ma faute. Je sais ! dit-il d'un ton dur. Et je sais aussi que je ne suis pas comme mon père. On me l'a dit.

— Tant mieux. J'espère ne pas être la première à qui tu en parles.

— Mon arrivée en fac de médecine a été une libération, dit-il. Mais ensuite…

— … tout est ressorti ?

— Effectivement. Je perdais le sommeil, je faisais des cauchemars. La rage que je sentais bouillir en moi me terrifiait. J'ai fini par aller voir une psychologue. Elle m'a donné des pistes pour contrôler ma colère. Elle m'a remis sur la bonne voie.

Cette thérapeute aurait peut-être dû l'encourager à *laisser sortir* sa colère. Mais Cori était mal placée pour porter un jugement. Elle n'était pas spécialiste, après tout.

— C'est pour ça que tu es devenu pédiatre ? demanda-t-elle.

Un sourire éclaira le visage de Tom.

— Ma psy en était convaincue. D'après elle, c'était ma manière de sauver l'enfant Tom Riley. Moi, je n'ai pas cherché si loin. J'ai juste choisi mon domaine de prédilection. Et si tout est arrivé grâce à mon père, inconsciemment, alors quel pied de nez à la vie !

— Une belle manière de lui renvoyer ton enfance à la figure ?

— Exactement.

Il se rejeta en arrière et la regarda, l'air grave.

— Tu sais, Cori, je voulais…

Il s'interrompit, fronça les sourcils. Il venait, soudain, de penser à quelque chose.

— Je voulais te parler de moi depuis longtemps, dit-il. Un soir, j'ai commencé à t'écrire une lettre. Mais je n'arrivais pas à bien m'exprimer, alors j'ai arrêté au bout d'une page. J'ai mis la lettre dans un tiroir de mon bureau, pensant y revenir plus tard.

En une fraction de seconde, elle comprit ce qui avait pu se passer. Rosie…

Elle préféra néanmoins se taire. Il y avait eu assez de malentendus pour la journée. Elle devait être sûre…

— La lettre est-elle toujours au même endroit ?

Il but une gorgée de thé, puis reposa sa tasse en grimaçant.

— Je… n'en sais rien.

— Si tu veux, je vais aller voir. Donne-moi tes clés.

— Tu es gentille mais non, merci. C'est mon problème.

— C'est le problème du service ! Quelqu'un s'est permis de parler aux Morton dans ton dos, sans réfléchir aux conséquences. Il — ou elle — risque de recommencer.

— Je sais, et je vais régler ça. Mais je ne veux pas te mêler à cette histoire.

Quelle tête de mule ! Etait-il incapable de dire oui ?

— Tom, il faut que tu comprennes une chose… Accepter l'aide d'un ami n'est pas un signe de faiblesse.

L'angoisse qu'elle lut dans ses yeux lui fit mal. Pendant un long moment, elle soutint son regard, espérant le toucher par ce message silencieux. Elle *voulait* être là pour lui. Elle *avait besoin* de l'aider.

Comme elle allait renoncer, il prit son trousseau dans sa poche.

— Tiens, dit-il. Cette petite clé ouvre les tiroirs du bureau. Dans celui de gauche, il y a une enveloppe marron sous une pile de papiers. Je l'avais cachetée.

— Merci, dit-elle doucement. Je te l'apporte tout de suite.

Se faire aider n'était pas désagréable, finalement.

Avec une autre personne, il aurait sans doute refusé. Mais Cori n'était pas n'importe qui. Elle était… son amie.

Comme il lui restait un peu de monnaie, il retourna chercher un thé, sans oublier de prendre une paille, cette fois. Puis il prit un journal sur une table et ouvrit la page des mots croisés. Il voulait tuer le temps, mais surtout balayer la sourde inquiétude qui montait en lui.

Au retour de Cori, il n'avait trouvé que deux mots — les plus faciles. Elle s'assit, puis sortit la fameuse enveloppe marron de son sac.

— Je suppose que tu ne l'avais pas laissée comme ça ?

Il examina le dos de l'enveloppe. L'adhésif de fermeture avait été ouvert puis repositionné avec soin. En d'autres circonstances, il n'aurait rien remarqué.

— Non, répondit-il en soupirant.

Il posa l'enveloppe sur la table et attendit la suite.

— Kate et Marina ont demandé aux Morton le nom de leur informateur, dit Cori. C'est… Rosie.

Les soupçons de Tom se confirmaient. Il n'avait pas voulu y croire, et pourtant…

— Je m'en doutais, répondit-il. Cette fille est une vraie commère. Je ne pensais quand même pas qu'elle irait si loin.

— Moi non plus. Et encore, tu ne sais pas tout ! Hier soir, après sa visite à Jamie, Mme Morton est descendue ici pour boire un thé. Et Rosie l'a abordée.

— Elle l'a *abordée* ?

Tom se raccrochait encore à l'idée que Rosie avait parlé sans réfléchir. Mais il était désormais impossible de lui accorder le bénéfice du doute. Elle n'échapperait pas à une mesure disciplinaire !

Cori secoua la tête, l'air navré.

— Oui. Rosie lui a fait part de nos soupçons pour Jamie. D'après elle, on allait commettre une erreur monumentale. Ton passé d'enfant battu déformait ton jugement, etc.

— Pourquoi Mme Morton n'est-elle pas revenue nous voir ?

— Parce que Rosie lui avait fait promettre de ne rien dire ! Et puis, elle voulait en discuter avec son époux, mais il travaillait de nuit. Elle n'a pu lui parler que ce matin.

Tom était horrifié. Quelle inconséquence de la part de sa secrétaire !

— Pauvre Mme Morton, dit-il. Je me mets à sa place. Il doit y avoir pas mal d'agitation là-haut, je suppose ?

— Bizarrement, non.

Elle n'ajouta rien, mais il lut dans ses pensées. Le service avait besoin de son chef. Il prit l'enveloppe, puis se leva.

— Je remonte, dit-il. Tu viens ?

Elle fronça les sourcils, l'air vexé.

— Bien sûr, Tom. Où voudrais-tu que j'aille ?

De retour dans le service, Tom prit la situation en main. Après un court passage par la cuisine pour se mettre un pack de glace sur le visage, il se rendit en salle du personnel, où attendaient les Morton.

Cori savait déjà ce qu'il voulait leur dire. Il allait s'excuser, au nom du service, pour l'attitude de Rosie. Il indiquerait également à Jack Morton qu'il n'avait pas l'intention de porter plainte pour agression. D'après lui, ces pauvres gens avaient assez souffert.

Elle attendit dans le hall, avec Kate. Quand Tom ressortit, calme et détendu, ce fut pour s'enfermer avec Marina, l'assistante sociale, dans son bureau.

Tout le monde se dispersa ensuite pour le déjeuner. L'équipe était rassurée, l'incident s'achevait. La vie était en train de reprendre son cours normal… quand Rosie franchit les portes du service.

La secrétaire était loin d'afficher son élégance habituelle. Elle avait les yeux rouges, le visage bouffi, les cheveux mal attachés. Son écharpe pendait, informe, sur son manteau ouvert. Elle semblait désorientée.

Cori et Kate se précipitèrent. Mais Tom fut plus rapide encore, et alla se planter devant la jeune femme.

— Il faut que je vous parle, docteur. Je vous en prie, implora-t-elle, comme il hésitait.

— Bien. Venez dans mon bureau.

— Non ! chuchota Kate en aparté. Il lui faut un témoin. Il ne doit pas rester seul avec elle.

— Tu as raison. Elle serait capable de raconter n'importe quoi, après.

Cori allait intervenir lorsque, du coin de l'œil, elle vit Marina approcher. L'assistante sociale n'était pas encore partie, ce qui tombait bien. Kate lui fit signe d'entrer dans le bureau à la suite de Tom et Rosie, et la jeune femme s'exécuta immédiatement.

Cette fois, Cori et Kate allèrent s'asseoir dans le local des infirmières. Quand, au bout d'une heure, Marina raccompagna Rosie à la porte, Kate bondit.

— Cette fois, on le coince ! dit-elle, décidée.

Elle se précipita vers Tom dès qu'il franchit la porte de son bureau. Cori suivit le mouvement.

— Allez hop, docteur Riley, en salle de soins ! dit Kate d'un ton sans appel. On aurait dû commencer par là !

Mais, après cinq minutes à s'occuper de lui, elle déclara

qu'il était cent fois plus pénible que ses patients. Il lui lança un regard noir.

— C'est normal ! Tu es très brusque. Je plains les gosses !

— Kate n'est pas brusque, dit Cori. Si tu arrêtais de gigoter et de vouloir te recoudre toi-même, elle aurait déjà fini. Pose ce miroir !

La surveillante poussa un soupir théâtral.

— Les médecins sont de très mauvais patients.

— Pas pires que les infirmières ! répondit-il.

Heureusement, l'anesthésiant local commençait à agir. Tom eut de plus en plus de mal à parler, et Kate put enfin lui poser deux points de suture à la lèvre.

— Ta belle frimousse devrait s'en tirer sans cicatrice, fit-elle, moqueuse, avant de ranger son matériel.

— Merci bien…

Après le départ de Kate, Cori alla vers lui.

— Prêt à partir ? demanda-t-elle.

Il se leva, et alla fermer la porte.

— Oh ! que oui ! répondit-il. J'ai prié Rosie de rester chez elle lundi matin. Elle sera convoquée par le service des ressources humaines, mais en attendant, elle n'a plus rien à faire ici.

— Tu as raison. Vas-tu… faire un rapport au sujet de la lettre qu'elle a prise dans ton bureau ?

— Non. Elle a assez de problèmes comme ça.

— C'est très généreux de ta part. J'ai du mal à croire qu'elle n'ait pas réfléchi aux conséquences de ses actes.

— Elle est plus bête que méchante, tu sais. En prenant ce poste, elle s'est vue en haut de l'affiche ; maintenant, la chute est dure.

Il s'adossa à la porte et tendit les bras.

— Viens là, chuchota-t-il.

Elle se rapprocha lentement. Lorsqu'elle se blottit contre lui, elle eut l'impression que l'univers se remettait en place. Ni plus ni moins.

— Comment te sens-tu ? murmura-t-elle.

— Très bien, et je meurs d'envie de t'embrasser. Sauf que ce n'est pas le lieu idéal.

Elle lui sourit.

— Personne ne le saura…

Elle se dressa sur la pointe des pieds, se plaqua plus étroitement contre son torse. La réaction ne se fit pas attendre. Il l'étreignit avec un gémissement rauque.

— Quel dommage, dit-il tout bas. Avec cet anesthésiant, je ne vais rien sentir.

— Hum. Voyons un peu.

Elle l'embrassa très doucement au coin des lèvres, de l'autre côté des sutures.

— Alors ? Tu ne sens rien ?

— Si. C'est génial…

Encouragée par sa réaction, elle remonta le long de sa joue, puis, du bout de la langue, traça le contour de son oreille. Il lui caressa le dos et ils demeurèrent enlacés un long moment, chacun se délectant du contact de l'autre.

— Si tu m'accompagnais chez Jean et Ralph ? proposa-t-elle.

Il lui lança un regard sceptique.

— Tu veux me présenter à tes parents ?

— Ça n'aura rien d'une « présentation ». Ils reçoivent toujours beaucoup de monde le samedi. On passe, on amène des amis. Comme dans…

— … une famille normale ?

— Si on veut, oui. Ça me ferait plaisir que tu viennes.

Tom n'avait jamais dû goûter aux joies d'un après-midi en famille. Il était temps de les lui faire découvrir.

Après un moment d'hésitation, Tom avait accepté l'invitation de Cori. Ils étaient repassés chez lui afin qu'il change de chemise. Ensuite, ils avaient fait halte au supermarché. Ils avaient acheté un cheese-cake, et Tom, un peu mal à l'aise car il ne savait pas à quoi s'attendre, avait pris un bouquet de fleurs pour Mme Evans.

— C'est la première fois que je vais rencontrer les parents de ma petite amie, dit-il, alors que Cori se garait devant une maison bourgeoise, dans un quartier tranquille proche de l'hôpital.

— Je ne suis pas ta petite amie, répondit-elle, l'air taquin.

Peut-être pas, mais cela y ressemblait furieusement. Il ne se rappelait pas s'être déjà réveillé à 3 heures du matin à cause d'un rêve érotique. Et cette sensation de manque, dès que Cori s'éloignait… C'était nouveau, ça aussi !

Il contourna la voiture pour lui ouvrir sa portière. Et, incapable de s'en empêcher, il lui effleura les cheveux.

— Tu es très en beauté, aujourd'hui.

— Merci…

Elle lui prit le bras pour l'entraîner vers la maison. Alors, dès qu'il eut franchi le seuil, il eut le sentiment d'être entré dans une ruche.

Ralph Evans lui serra chaleureusement la main et s'inquiéta de sa blessure. Jean poussa des hauts cris à son tour, avant de l'entraîner vers la véranda, où un impressionnant buffet avait été dressé.

A peine avait-il pris une assiette qu'Adrian fondit sur lui pour lui demander s'il avait soigné « beaucoup de morts » ces derniers temps. Il fut vite rappelé à l'ordre par une jeune femme, qui se présenta comme la sœur de Cori. Puis, Adam, l'aîné de la fratrie et également membre du « groupe du salon de thé », vint lui parler d'art.

Quel monde ! Et quelle énergie dans cette maison !

Un peu plus tard, alors que les autres sortaient pour admirer le nouvel abri de jardin de Ralph, Tom resta avec Cori dans la véranda.

— Ça va ? demanda-t-elle.

— Très bien ! répondit-il, sincère. Ta famille… ressemble à celles des séries TV. Quand il y a un « happy end » et que les gens se retrouvent autour d'une table à la fin.

Elle éclata de rire.

— Nous avons des hauts et des bas, comme tout le monde.

— Sans doute, mais l'essentiel, c'est de s'y retrouver ! Merci de m'avoir amené ici. J'aime beaucoup ta famille.

Elle se laissa tomber dans un fauteuil en souriant.

— Mon adoption est la meilleure chose qui me soit arrivée.

— Quel âge avais-tu ?

— Six ans et demi. Quand mon père a quitté ma mère, j'étais bébé. Elle est devenue alcoolique. A partir de là, je suis passée de foyers en familles d'accueil. On me renvoyait à la maison quand elle allait mieux. Puis elle recommençait, et j'étais placée de nouveau... Peu après mes quatre ans, elle est partie en vacances avec son nouvel ami en me confiant à la voisine. Au bout de deux semaines, cette dame a appelé les services sociaux.

— Laisse-moi deviner... Ta mère n'est jamais revenue ?

— Non. A ma majorité, j'ai fait des recherches. J'ai découvert que la police l'avait retrouvée, mais qu'elle n'avait pas voulu revenir. Ensuite, elle a beaucoup déménagé. Elle s'est mariée, elle a divorcé. Finalement, elle est morte en Espagne d'un cancer du foie.

— Oh... Je suis désolé.

— Il n'y a pas de quoi, répondit-elle d'un ton calme. En m'abandonnant, elle m'a rendu service. Le jour où je suis arrivée ici, j'ai cru que c'était Noël. Je me levais à 6 heures du matin et je descendais faire le ménage en cachette, dans l'espoir que Ralph et Jean me garderaient. Jean n'osait même plus cuisiner en ma présence, de peur que je ne mette le feu ! Du coup, elle a demandé à Adam de m'apprendre à peindre pour éviter un accident domestique. Il a deux ans de plus que moi, mais lui a été adopté à la naissance.

— Vous êtes tous adoptés ? demanda-t-il, surpris.

— Eh oui ! Ralph était chef d'entreprise. Il avait bâti une petite fortune en créant des start-up. Jean et lui étaient heureux, mais leur drame, c'était qu'ils ne pouvaient pas avoir d'enfant. A un moment, ils ont eu le choix : soit tout vendre et partir vivre sous les cocotiers, soit adopter une tribu. Ralph nous a souvent dit qu'il regrettait de ne pas avoir choisi les cocotiers ! fit-elle en riant.

La porte de la véranda s'ouvrit, livrant passage à Jean.

— Ah, vous êtes là, vous deux ! dit celle-ci. Il reste des assiettes sales ?

Cori se leva et alla planter un baiser sur la joue de sa mère.

— Non, on a tout emporté à la cuisine. Repose-toi, maman, tu as l'air fatiguée. On va faire la vaisselle.

— Ne t'inquiète pas, Grace et Adam s'en occupent.

— Je vais leur donner un coup de main. Assieds-toi donc.

— Oui, bonne idée. J'ai un petit coup de barre.

Tom se leva à son tour, prêt à suivre Cori. Mais Jean lui fit signe de se rasseoir.

— Restez tranquille, Tom. Vous avez une sale tête !

Il obtempéra en souriant.

— Merci, répondit-il. Rassurez-vous, c'est moins douloureux qu'il n'y paraît. J'imagine que Cori vous a raconté, pour ce matin ?

— Non, mais j'ai vu assez de lèvres fendues dans ma vie pour deviner que vous avez reçu un coup.

— C'était en partie ma faute. Un problème de communication.

— N'empêche, ce n'est pas une excuse. Rien ne justifie l'agressivité.

Jean était si calme, si gentille, que Tom se laissa aller à quelques confidences. La mère de Cori lui témoigna une grande chaleur humaine, et il en fut très touché.

— Vos enfants ont de la chance de vous avoir, dit-il.

— C'est gentil, merci... Ralph et moi sommes heureux que Cori travaille avec vous. Ma fille tient énormément à ce projet.

— Elle donne beaucoup d'elle-même, répondit-il, ému.

Jean eut un sourire rêveur et battit des paupières. Il eut l'impression qu'elle luttait pour ne pas s'endormir.

— Che... chuis... chertaine... euh...

Alarmé, il se leva d'un bond.

— Jean ?

Pas de réponse. Le bras de son hôtesse glissa de l'accoudoir du fauteuil. En s'agenouillant près d'elle, il remarqua que sa paupière droite commençait à tomber.

— Cori ! Cori ! cria-t-il.

Puis il prit son portable pour appeler les secours.

11.

— Ton copain est vraiment mignon.

— Oui, et en plus, je le trouve très sympa. Qu'est-ce qu'il a comme voiture ?

Depuis que Cori avait poussé la porte de la cuisine, Grace et Adam la taquinaient sans relâche. Qu'ils continuent, et, vaisselle ou pas, elle allait les planter là !

Tendant l'oreille, elle eut soudain l'impression que Tom l'appelait depuis la véranda.

— Oh ! oh ! Ton amoureux ne peut plus se passer de toi, plaisanta Grace.

Elle n'avait pas perçu la note de panique dans la voix de Tom. Cori, si. Elle se sécha rapidement les mains pour aller le rejoindre.

Elle le trouva agenouillé devant Jean, le téléphone coincé entre l'épaule et l'oreille.

— … accident vasculaire cérébral, à mon avis, disait-il.

Cori eut l'impression que son cœur se décrochait dans sa poitrine. Tom lui fit signe de le rejoindre, et elle s'avança, luttant pour dominer sa peur.

— Ta mère fait un AVC, dit-il d'un ton calme.

— Que… puis-je faire ?

— Tiens-lui la main. Parle-lui.

Obéis à Tom. Il est médecin, il sait quoi faire. Pas de panique…

— Je suis là, maman, dit-elle d'un ton doux. On est tous là, avec toi. Ça va aller. On va t'emmener à l'hôpital.

Elle sursauta presque en sentant les doigts de sa mère bouger. Jean pouvait-elle l'entendre, ou était-ce un réflexe ?

Déjà, Tom rangeait son téléphone.

— Va prévenir ton père, s'il te plaît, dit-il. Nous allons tous rester calmes. D'accord ?

Il avait parlé si posément que Cori se sentit un peu mieux.

— Oui, d'accord... Maman, je vais chercher papa. On arrive tout de suite. Tom va bien s'occuper de toi.

Elle traversa la cuisine en courant sous les regards médusés d'Adam et Grace, et sortit retrouver son père dans le jardin. A l'annonce de la nouvelle, ce dernier blêmit, mais se reprit aussitôt. Il la suivit à l'intérieur, où, cette fois, elle mit son frère et sa sœur au courant de la situation.

Grace fondit en larmes. Mais Adam, énergique comme d'habitude, avait déjà un plan.

— On prévient les autres, et on va s'occuper d'Adrian. Cori, retourne voir maman... Ça va aller, Grace, dit-il, entourant les épaules de sa jeune sœur.

Cori prit une profonde inspiration, puis entra dans la véranda.

— J'ai besoin de ton aide, lui dit Tom. J'aimerais installer Jean sur le canapé. La position allongée facilite l'arrivée du sang au cerveau. Tiens-lui la tête, s'il te plaît.

Il souleva Jean le plus délicatement possible, et la coucha sur le sofa. Elle émit alors un son inarticulé, comme si elle voulait parler.

— Vous êtes une battante. Vous allez vous en sortir, lui dit Tom d'une voix rassurante. L'ambulance arrive. En attendant, Ralph va s'asseoir près de vous... Voilà, très bien.

Quand il s'écarta, Cori se rapprocha discrètement de lui.

— Comment va-t-elle ? S'il te plaît, sois franc...

— Nous l'avons secourue très vite. Dans ce genre d'attaque, le facteur temps est crucial pour limiter les séquelles. Si, comme je le pense, il s'agit bien d'un caillot de sang dans le cerveau, mes collègues pourront intervenir rapidement. L'hôpital le plus proche est le nôtre. C'est là que les secours vont l'emmener.

A peine avait-il fini sa phrase qu'un hurlement de sirène retentit. Les ambulanciers parurent surpris du calme qui régnait dans la maison. Puis ils virent Tom et hochèrent la tête d'un air entendu. Après avoir écouté ses explications, ils prirent le relais et sanglèrent Jean sur une civière.

Cori poussa un soupir de soulagement. L'hôpital n'était pas loin. Le pire était passé. Du moins voulait-elle désespérément le croire pour ne pas devenir folle.

Trois heures plus tard, alors qu'on venait d'installer sa mère en soins intensifs, Cori sortit de la chambre comme un automate.

Il s'était passé une foule de choses depuis le malaise de Jean. A son arrivée à l'hôpital, celle-ci avait été conduite au scanner. Les urgentistes, puis le neurologue, s'étaient penchés sur son cas. Après la confirmation du diagnostic d'AVC, on lui avait tout de suite perfusé les médicaments adéquats, avant de la monter au deuxième étage.

Pendant tout ce temps, Tom était resté avec Cori, son père et son frère Iain pour les guider, les réconforter, leur expliquer les choses. Qu'auraient-ils fait sans lui ?

— Merci beaucoup, Tom, dit Iain alors qu'ils se dirigeaient vers la sortie.

— De rien, voyons. C'était la moindre des choses.

Même s'il semblait épuisé, il trouvait encore la force de sourire, et Cori sentit son cœur se gonfler de tendresse.

— Je vais raccompagner papa dès qu'il aura dit bonsoir à maman, dit Iain. Puis-je vous déposer quelque part ?

— C'est gentil, mais ma voiture est garée ici, sur le parking, répondit Tom. Je raccompagnerai Cori.

— Ça marche. Venez donc déjeuner à la maison un de ces jours.

Le regard de Iain était passé de l'un à l'autre, et Cori murmura un timide « d'accord ». Puis Tom et elle s'éloignèrent, direction les ascenseurs.

Dès qu'ils furent sur le parking, il lui entoura les épaules.

— Ta mère est entre de bonnes mains, dit-il.

— Je… sais, répondit-elle d'une voix tremblante. Merci pour

tout, vraiment. Je… lui ai dit qu'elle allait se rétablir, mais je ne sais pas trop quoi penser.

— A ce stade, aucun médecin ne pourrait affirmer qu'elle s'en tirera sans séquelles. A mon avis, elles seront peu importantes, mais il lui faudra du temps pour récupérer. Et elle aura besoin d'aide…

Elle eut un petit rire.

— Tu as vu notre tribu. Maman a toujours été là pour nous. Cette fois, on sera là pour elle.

— Et Adrian ?

— Nous nous relaierons auprès de lui, Grace, mes frères et moi. D'ailleurs, ce pourrait être une bonne chose de l'impliquer dans la rééducation de maman.

Qu'il s'inquiète pour Adrian n'étonnait pas Cori. Il était toujours aux petits soins pour tout le monde.

— Es-tu fatiguée ? demanda-t-il.

— Je devrais, mais, bizarrement, non.

— Moi non plus. Si on allait faire un tour en voiture ?

— Avec plaisir.

L'adrénaline allait retomber à un moment ou un autre. Elle n'avait pas envie d'être seule quand cela se produirait.

— Génial, dit-il. Allons-y.

Ils montèrent en voiture, dans un premier temps pour se rendre chez Cori. Là, elle prit son manteau d'hiver, dénicha une grosse écharpe en laine pour Tom, et prépara un thermos de chocolat chaud. Après quoi ils repartirent, direction les hauteurs de la banlieue londonienne.

Arrivé près d'un parc, Tom se gara sur le bas-côté. A cet endroit, la vue sur Londres illuminée était époustouflante. Il vint ouvrir la portière de Cori et, dès qu'elle fut descendue, l'attira à lui. Elle appuya la tête sur son épaule.

— C'est beau…, chuchota-t-elle. On voit le « London Eye », et aussi le quartier des docks… J'adore.

Il resserra son étreinte. Comme il était bon de sentir sa force, sa chaleur !

— Ça va ? murmura-t-il, la bouche dans ses cheveux.

— Oui, grâce à toi. Si j'étais rentrée directement, j'aurais passé la nuit à pleurer sur le canapé.

— Pleure maintenant, si tu veux. Ça te fera du bien.

Elle leva la tête et lui sourit. La tension qui lui nouait les épaules était en train de s'envoler. Elle se sentait déjà mieux.

— Ne t'inquiète pas, ça va aller, dit-elle d'un ton assuré. J'ai… un bon feeling, maintenant.

— Tant mieux. Tu as peur pour Jean, c'est normal. Mais elle va s'en remettre.

Il avait parlé d'une voix un peu triste. Comme le moment semblait opportun, elle se jeta à l'eau :

— Où est ta mère ?

— Elle est morte d'un cancer quand j'avais douze ans.

— Je… suis désolée. Je n'aurais pas dû te poser la question.

— Si je n'avais pas voulu répondre, je ne t'aurais rien dit. Cacher les choses, c'est ma spécialité.

Elle lui noua les bras autour du cou.

— Ce n'est pas rassurant ! J'aimerais mieux que tu sois plus bavard.

Il lui enlaça la taille. Ils devaient ressembler à un couple d'amoureux plutôt qu'à des amis en train de discuter, mais mieux valait ne pas se bercer d'illusions…

— J'ai voulu te parler, dit-il en soupirant. J'ai commencé ma fameuse lettre, mais je suis resté bloqué. Et là, ce n'est pas le moment idéal…

— Le moment idéal n'existe pas. Il faut simplement avoir le courage de se lancer.

Il se raidit contre elle. Puis elle l'entendit inspirer profondément, comme s'il allait sauter dans le vide.

— Ma mère me disait toujours de ne pas traîner dans les jambes de mon père, murmura-t-il. Quand il piquait ses crises, on marchait sur des œufs, elle et moi. Et à sa mort, j'ai culpabilisé. J'ai regretté de ne pas l'avoir mieux protégée.

Elle se hissa sur la pointe des pieds et l'embrassa tendrement sur la joue.

— Ce n'était pas ta faute. Tu n'étais qu'un gosse. Les enfants ne sont pas responsables des actes de leurs parents.

— Je sais, Cori. Mais… ça fait du bien de se l'entendre dire.

Il l'embrassa sur la tempe, et demanda :

— Tu n'as pas froid ?

L'heure des confidences était terminée. Il avait déjà fait un gros effort ce soir.

— Non, répondit-elle. Mais je boirais bien une tasse de chocolat. Cela ne t'ennuie pas si on reste encore un peu ?

— Aussi longtemps que tu voudras.

Il l'écarta doucement, et lui repoussa une mèche derrière l'oreille.

— Vu d'ici, j'ai l'impression que tout est possible, Cori.

Si seulement c'était vrai ! Si seulement Tom était capable de se tourner vers l'avenir !

Ce jour-là, il la trouverait au bout du chemin. En train de l'attendre.

12.

Le lendemain matin, Cori se réveilla dans les bras de Tom.

Il n'était rien arrivé d'« extraordinaire », au sens où elle aurait pu l'espérer. Simplement, la veille, après leur sortie nocturne, il lui avait proposé de dormir chez lui. Il n'avait pas voulu qu'elle reste seule.

Elle avait accepté et s'était installée dans sa confortable chambre d'amis, bien au chaud. Mais, une fois couchée, elle n'avait pas pu trouver le repos. La fatigue, les émotions de ce samedi l'avaient submergée. Elle avait fondu en larmes.

Il avait dû l'entendre pleurer et était venu la rejoindre. Sans un mot, il l'avait prise dans ses bras pour l'emporter jusqu'à son lit. Il l'avait réconfortée. Ils avaient beaucoup parlé, puis s'étaient endormis…

Et maintenant, il dormait encore.

Le soleil qui filtrait à travers les rideaux projetait une douce clarté sur son visage. Il ressemblait à un ange guerrier, avec ses cheveux blonds en bataille, son menton volontaire et sa lèvre enflée, légèrement décolorée à l'endroit où il avait reçu le coup de poing de Jack Morton.

Il ouvrit les paupières comme si le regard de Cori l'avait tiré de son sommeil. Il n'était probablement pas au mieux de sa forme, mais elle le trouva magnifique…

— Salut, toi, murmura-t-il.

— Coucou…

Il voulut se toucher la lèvre, mais elle l'en empêcha.

— Arrête. Tu vas te faire mal.

Il entremêla ses doigts aux siens.

— Tu as raison… Ça va ?

— Oui, très bien.

— Tu ne dis pas ça pour me faire plaisir ?

— Non. Vraiment.

Il avait roulé sur le dos, en gardant la main de Cori au-dessus de son visage. Il en dessina le contour, lentement, avec le pouce.

— Qu'est-ce que tu fabriques ? demanda-t-elle.

— Je regarde. Tu as de très belles mains, douces et fines…

— Merci ! Deviendrais-tu fétichiste, par hasard ?

— Je ne crois pas. Que ferais-tu si c'était le cas ?

— Hum. Voyons… Je te donnerais l'autre !

Il rit et pivota vers elle, le menton appuyé sur une main. L'intensité de ses prunelles bleues lui fit l'effet d'une décharge électrique.

— Alors, Cori ? Qu'est-ce qu'on fait ?

C'était *la* question à ne pas poser. Même si elle était sous la couette, en jogging, elle avait quand même l'impression d'être nue sous ce regard dévastateur.

— Je… suppose que l'excuse du travail commence à devenir répétitive ? fit-elle.

— Oui. D'autant que, bientôt, je ne serai plus ton patron.

— En attendant, cela jaserait à l'hôpital si les gens découvraient que…

— Personne n'en saurait rien. Tu me connais. Je cache très bien mon jeu, répondit-il, taquin.

Mais pour elle le vrai problème était ailleurs.

— Tom, je… ne veux pas…

— D'une liaison passagère avec le médecin le plus dragueur de l'hôpital.

— Ce n'est pas ce que j'allais dire !

— Peut-être pas en ces termes, non. Il n'empêche que je suis un garçon peu recommandable. Pour les raisons que tu imagines, je me sens incapable de fonder une famille. Or, ces choses-là comptent beaucoup pour toi.

— Comment… le sais-tu ?

Il porta sa main à ses lèvres et l'embrassa.

— Je m'en suis rendu compte hier, chez Ralph et Jean. Mais

moi, je fonctionne différemment. Je suis un solitaire par choix. Et malgré tous mes défauts, je suis incapable de mentir. Je ne veux pas te faire de fausses promesses, Cori.

Elle faillit répondre que ce n'était pas grave, qu'elle se contenterait de ce qu'il voulait bien lui donner. Puis elle se ravisa. Elle n'allait pas quémander son attention. Jamais elle ne s'était abaissée à cela !

Volontaire, elle s'assit contre les oreillers.

— Que les choses soient claires, Tom : tu ne vas pas me briser le cœur.

Il parut surpris de sa réaction. Peut-être en faisait-elle trop pour être crédible ? Ou peut-être n'avait-il jamais rencontré de femme qui lui résiste ?

— Tant mieux, répondit-il finalement d'un ton calme.

Comme d'habitude, elle ne savait pas véritablement ce qu'il pensait. Il était sans doute moins indifférent qu'il n'en avait l'air ; l'espace d'une seconde, elle eut envie de se jeter dans ses bras. Mais ç'aurait été une grosse erreur.

Il avait raison : elle n'était pas capable de vivre une histoire sans lendemain. La fillette abandonnée referait surface, et, à ce jeu-là, elle souffrirait énormément.

— Je suis désolée, dit-elle d'une voix à peine audible. Hier soir, nous étions fatigués, bouleversés. Je ne te remercierai jamais assez d'avoir été présent pour moi… mais nous devrions laisser les choses comme elles sont.

— Rester amis, tu veux dire ?

Il s'éloigna, et s'assit à l'autre bout du lit, lui tournant le dos. *Amis* sonnait vraiment de manière bizarre. Le mot paraissait froid, impersonnel. Mais il n'en existait pas d'autre…

Elle soupira.

— Oui, c'est ça, Tom. Soyons amis.

Jean se remettait lentement de son AVC.

Après trois semaines d'hôpital, elle était maintenant capable de s'alimenter, pourvu qu'on lui présente bien les aliments et les couverts. Et, à cet exercice-là, Adrian était devenu le plus adroit et le plus assidu.

Attendrie, Cori le regarda ouvrir un yaourt, puis donner sa cuiller à Jean avec calme et précision. Grâce aux conseils de Tom — qui avait passé beaucoup de temps à lui expliquer comment se rendre utile — le garçon s'acquittait de ces petites tâches quotidiennes à la perfection.

Lui qui ne tenait pas en place d'habitude, il s'était métamorphosé !

— On aura tout vu, dit doucement Ralph, assis au chevet de Jean.

Cori enveloppa son père d'un regard attendri. Le pauvre commençait enfin à refaire surface. Depuis que Jean allait mieux, il avait retrouvé le sommeil. Et Iain et sa femme veillaient au grain pour qu'il se nourrisse correctement !

— Veux-tu aller te dégourdir les jambes, papa ? demanda-t-elle. Je peux rester un moment.

— Non merci, trésor. Je suis descendu boire un thé quand Grace a amené Adrian, après l'école. On va repartir d'ici une demi-heure.

— Dans ce cas, je repasserai plus tard. Je n'ai pas encore terminé, loin de là.

— Ha ! Ha !… Tu fais des heures supplémentaires ?

Elle opina, ignorant le regard entendu de son père.

— Oui, répondit-elle d'un ton neutre. On va construire un arbre dans la salle de jeux, à côté de la salle d'art. Ce sera « l'arbre aux souhaits ». Les gens pourront écrire des petits messages et les accrocher aux branches.

C'était elle qui avait eu cette idée. Au départ, elle avait proposé de peindre un arbre sur le mur, avant que le projet ne prenne une dimension inattendue.

— Le tronc et les branches seront en bois. Le mari de Maureen, la secrétaire de direction, est charpentier. Quand elle lui a raconté ce qu'on faisait, il nous a offert des planches, coupées à la bonne dimension d'après mes esquisses. Pour les feuilles, nous prendrons des morceaux de tissu colorés. Cora, mon amie styliste, m'en a offert trois sacs.

— C'est génial ! Il faudra que je vienne voir ça.

— Tom a déjà verni le bois. Nous n'avons plus qu'à commencer le montage.

— Vous formez une bonne équipe, tous les deux, dit Ralph, le regard pétillant de malice.

Elle fronça les sourcils. C'était le genre de commentaire qu'elle ne voulait pas entendre. Tom et elle *auraient pu* former une bonne équipe, si seulement…

— Y a-t-il un problème, mon cœur ?

— Non. C'est juste que… mon contrat se termine bientôt.

— Et alors ? Rien ne vous empêche de vous revoir.

En théorie, non, sauf que cela n'arriverait pas. Depuis qu'ils avaient décidé de *rester amis*, Tom ne lui parlait presque pas. Ils communiquaient seulement pour les besoins du service. Mais que de silences gênés ! Que de non-dits ! Elle ne supportait plus cette situation.

A son grand soulagement, l'arrivée de Tom lui-même interrompit la conversation.

— Je suis tombé sur Mark, le neurologue, dit-il, après avoir échangé une chaleureuse poignée de main avec Ralph. D'après lui, Jean va bientôt pouvoir rentrer à la maison ?

— Oui, il m'en a parlé tout à l'heure, répondit Ralph. Le secrétariat m'a déjà donné les adresses de plusieurs services d'aide à la personne. Nous ne sommes pas au bout de nos peines, mais on commence à y voir plus clair.

— Absolument.

Tom avait toujours fait preuve d'un optimisme sans faille, et Cori avait puisé un immense réconfort dans son soutien. Mais bientôt elle devrait se passer de lui. Elle n'aurait pas le choix…

Tom offrit une bande dessinée à Adrian, puis, à sa demande, lui retira ses chaussures pour l'installer sur le lit à côté de Jean.

— Mer… ci, dit Jean. Vous… êtes… très… gentil.

Elle s'exprimait encore peu, essentiellement par monosyllabes, mais quel progrès !

— De rien, répondit Tom d'un ton doux. Vous vous débrouillez comme un chef, Jean.

Adrian commença à faire la lecture à sa mère, et Cori et Tom prirent congé discrètement.

Leur nouvelle mission les attendait.

Il avait fallu trois soirées pour construire l'arbre, mais le résultat en valait la peine.

Tom ne se lasserait jamais de regarder Cori à l'œuvre. C'était une vraie magicienne. D'un rien, elle avait le don de faire des merveilles !

Leur arbre avait vraiment fière allure avec ses branches entremêlées et son feuillage multicolore. Lui qui ne touchait jamais rien s'était surpris à effleurer ces morceaux de tissu chatoyants plusieurs fois. Ils lui rappelaient Cori, sa douceur, son éclat.

Quand elle s'étira en bâillant, il se retint de justesse de l'embrasser. Il l'aurait fait s'il y avait eu la moindre chance que son souhait se réalise !

Au lieu de cela, il enfonça les mains dans les poches.

— C'est magnifique, dit-il. J'adore.

— Hum. Pas mal…, répondit-elle. Je veux juste…

Joignant le geste à la parole, Cori fixa une petite feuille supplémentaire sur le mur blanc. Avec son goût du détail, elle ferait sûrement plusieurs retouches avant de se déclarer satisfaite.

— Voilà, c'est plus joli, dit-elle.

— Tu es prête à faire un vœu, maintenant ?

Elle pivota vers lui et secoua la tête.

— Moi ? Oh non ! Je ne veux pas être la première.

Il aurait mieux fait de tourner sept fois sa langue dans sa bouche. Il aurait pourtant dû savoir ! Elle lui parlait à peine depuis qu'ils avaient dormi ensemble…

— J'en ferai peut-être un demain, dit-elle. C'est mon dernier jour.

— Oui, bonne idée.

Le lendemain, vendredi, Maureen organisait une petite fête

surprise pour le départ de Cori. Il y aurait beaucoup de monde. Trop de monde pour Tom, qui souhaitait faire son propre vœu tranquillement.

Il y avait réfléchi en pensant à Cori. Elle devait être la première à le voir.

Se penchant, il prit une étiquette de couleur sur la pile posée au pied de l'arbre. Puis il sortit un stylo de sa poche.

— Moi, je me lance, dit-il.

— Ah bon ?

Il s'appuya sur le tronc d'arbre pour écrire.

— Oui… Voilà. Tu veux lire ?

Elle lui jeta un coup d'œil soupçonneux, mais prit l'étiquette qu'il lui tendait.

— « Je souhaite que tous les enfants puissent vivre sans crainte de la violence », lut-elle tout haut. Tom… C'est magnifique.

Son regard s'était illuminé, et, pour la première fois depuis trois semaines, il vit un vrai sourire sur ses lèvres. Leur complicité lui avait manqué, mais il ne s'était pas rendu compte à quel point. Ils avaient passé beaucoup de temps ensemble à l'hôpital, mais ce n'était pas la même chose…

— Tu es sûr de vouloir laisser ton nom sur ce message ? demanda-t-elle. Tout le monde n'est peut-être pas au courant de l'épisode avec Rosie et la famille Morton.

— Si c'est le cas, il faut m'envoyer ces gens et je leur raconterai mon histoire ! J'ai gardé le secret trop longtemps, Cori. A présent, je veux me faire l'avocat des gosses qui vivent le même enfer que moi.

— L'avocat…

Elle avait les yeux brillants de larmes. Emu, il fit un pas vers elle, mais elle s'était déjà détournée pour ranger leurs outils. Elle s'activa un moment, dans le but manifeste de se ressaisir. Puis elle pivota vers lui, l'air songeur.

— Moi aussi, j'ai un souhait, Tom.

— Ah bon ? Lequel ?

— J'espère ne pas te décevoir dimanche matin.

Plantée sur la ligne de départ à côté de Tom, Cori n'en menait pas large. Plus les minutes passaient, plus elle se sentait nerveuse.

— Rappelle-moi qui a eu cette idée de génie…, maugréa-t-elle.

Il éclata de rire.

— Toi, me semble-t-il.

— Je commence à le regretter ! En plus, j'ai dû prendre un kilo avec tous les gâteaux que j'ai mangés vendredi. Cette fête de départ surprise était géniale, mais j'ai abusé des sucreries…

— Avec ta ligne, cela ne fera aucune différence. Arrête de stresser pour rien !

C'était plus facile à dire qu'à faire. Après plusieurs séances d'entraînement intensif, ils étaient enfin arrivés au jour *J* et elle craignait de tout faire échouer.

Il lui prit la main et la serra pendant quelques secondes. Rien qu'à le voir sourire, elle se sentit mieux.

Le défi « sportifs contre paresseux » avait commencé un peu plus tôt dans la matinée. Cori et Tom partiraient en avant-dernière position. D'après les informations qui leur parvenaient, via le talkie-walkie d'un organisateur, l'équipe précédente — composée de Helen Kowalski et de son fiancé — n'allait plus tarder.

Cori regarda autour d'elle. Aucun signe des piétons qui faisaient le même trajet en empruntant les transports en commun. Tout était jouable ! Avec Tom, elle devrait courir le long de la Tamise, en direction du London Eye et de Westminster. La distance était à sa portée… mais, pour le facteur temps, c'était une autre histoire.

Elle tenta de se rassurer. Quoi qu'il advienne, la course était déjà un succès.

On en avait beaucoup parlé dans la presse et sur les réseaux sociaux. Depuis quinze jours, les dons affluaient à l'hôpital. Une victoire des coureurs sur les piétons serait la « cerise sur le gâteau » car, grâce à une prime exceptionnelle versée par les sponsors, ils récolteraient bien plus d'argent que nécessaire pour réaliser la fresque murale. On pourrait alors acheter des jeux, des jouets, des livres, et même équiper d'autres services de l'hôpital !

Mais il ne fallait pas vendre la peau de l'ours…

— On reste zen, fit-elle dans un murmure.

— Oui, répondit Tom. Suis-moi et tout ira bien.

Comme si c'était un jeu d'enfant ! Sportif émérite, il pouvait accélérer facilement et elle peinait parfois à le rattraper !

— L'équipe 3 arrive dans deux minutes.

La voix du speaker la fit sursauter. Imitant Tom, elle enleva sa veste d'échauffement et sautilla sur place. Elle aperçut bientôt Helen et son compagnon, se prépara à recevoir le témoin…

Helen le lui tendit, et elle l'attrapa plus calmement qu'elle n'aurait pu l'espérer. Elle démarra aussitôt, imitée par Tom, sous les encouragements de Helen et des spectateurs présents.

C'était parti. Elle devait tout donner.

Tom avait choisi une allure parfaite, sachant à quelle vitesse exacte ils devaient courir au début. Elle se sentait bien, elle était en confiance. Ils allaient réussir…

— On est dans les temps, annonça Tom à mi-parcours après avoir consulté son chronomètre.

Quel dommage de n'avoir aucune indication sur l'avancée des « paresseux » ! Cette incertitude rendait le défi plus original, mais nerveusement c'était dur !

Ne pense pas à ça. Concentre-toi. Respire.

— Tu te débrouilles comme un chef, l'encouragea Tom. Tu vas y arriver.

Il restait environ un tiers de la distance à couvrir. En général, c'était le moment où elle fatiguait. Elle devait alors puiser dans ses réserves pour suivre Tom sans se poser de questions.

Fidèle à ses habitudes, elle se focalisa sur une image mentale. Cette fois, elle visualisa Tom qui lui souriait sur la ligne d'arrivée car ils avaient atteint leur objectif. Un sourire qui, dans quelques instants, vaudrait toutes les récompenses du monde…

— Cori ! Attention !

Le cri de Tom la ramena à l'instant présent, mais trop tard. Elle n'avait pas vu le trou dans la chaussée, n'avait pas senti son pied partir…

Elle chuta lourdement sans pouvoir se retenir.

— Nooon ! cria-t-elle, révoltée.

Elle voulut se relever, mais ses membres ne lui obéissaient plus. Devant elle, cent cinquante mètres plus loin, Gemma — une infirmière de cardiologie — attendait le relais. Mais Cori avait perdu le bâton, qui roulait sur l'asphalte.

— Ça va aller, ça va aller.

Désespérée, elle rattrapa le témoin. Puis, dans un brouillard, elle prit appui sur ses paumes. Elle finirait cette course, dût-elle ramper.

Tom, qui s'était arrêté de courir, se matérialisa près d'elle. D'un geste vif, il la remit sur ses pieds. Elle fit quelques pas chancelants, faillit tomber de nouveau, et atterrit dans ses bras. Il la souleva sans effort.

— Accroche-toi, dit-il. On est presque au bout.

Quand il se remit à courir, elle s'agrippa à son T-shirt en redressant le buste pour se faire la moins lourde possible. Tom respirait vite, il avait le souffle court. Pourtant, il franchit rapidement la ligne, et Cori tendit le bras pour que Gemma récupère le témoin.

— Super ! Bravo !

La foule les acclamait autant qu'elle encourageait la dernière équipe. Tom hocha la tête en souriant. Cori se sentit glisser le long de son torse, mais il ne la lâcha pas. Il la retint contre lui, le temps qu'ils reprennent tous les deux leur souffle.

Au bout d'un moment, il la guida vers une des chaises pliantes installées près du poteau de chronométrage.

— Assieds-toi… Ça va ? demanda-t-il en haletant.

— Oui, ne t'inquiète pas.

On leur mit chacun un plaid sur les épaules. Néanmoins, Tom déclina les propositions d'aide qui fusaient de toutes parts, il semblait déterminé à ne laisser personne approcher. Cori s'aperçut qu'elle saignait du genou et du coude gauches. Prise par l'action, elle n'avait rien vu !

— Ne bouge pas, je vais regarder, dit Tom. Je ne t'ai pas fait mal en te portant, au moins ?

— Mais non ! Voudrais-tu bien t'asseoir deux minutes ?

Loin d'obtempérer, il s'agenouilla devant elle. C'est alors qu'une dame s'approcha, portant une mallette de premiers secours. Il l'ouvrit d'un geste prompt.

— Waouh ! dit Cori. Quel attirail !

Il haussa les épaules.

— On doit prévoir toutes les éventualités, dans ce genre de manifestation.

— C'est quoi, cet appareil ?

— Je ne vais pas m'en servir avec toi. Dieu merci, tu n'es pas en arrêt cardiaque ! dit-il en riant.

A ce moment-là, l'équipe des « paresseux » sortit de la bouche de métro toute proche. Le passage de témoin s'effectua de manière beaucoup plus discrète que celui de Cori, mais l'important n'était pas là. Leurs « rivaux » comptaient plusieurs minutes de retard !

Le sourire radieux de Tom lui fit chaud au cœur.

— On va gagner, dit-il doucement. Je suis fier de toi, Cori. Tu as été géniale.

— Toi aussi, Tom…

La gorge nouée, elle le regarda panser son genou meurtri. Grâce à lui, elle s'était sentie capable du meilleur. Elle recommencerait les yeux fermés s'il le lui demandait.

Mais, hélas, cela n'arriverait probablement jamais.

Dans quelques heures, il sortirait de sa vie.

13.

Les deux semaines suivantes, Cori n'eut pas l'occasion de revoir Tom.

Sa mère ayant quitté l'hôpital, elle s'était provisoirement réinstallée chez ses parents pour assurer l'intendance. Néanmoins, même si elle était très occupée, elle pensait toujours à lui.

Chaque soir, elle travaillait sur l'ébauche de portrait qu'elle avait réalisée quand il était venu chez elle. Elle avait presque terminé, mais reculait le moment de mettre la touche finale pour « rester » avec lui le plus longtemps possible.

Consolation, elle savait que Tom aussi pensait à elle. Elle recevait des SMS quotidiens. Parfois, il lui demandait un renseignement à propos de la salle d'art. Ou alors il prenait des nouvelles de Jean. Ou il lui demandait tout simplement comment elle allait, elle…

Le vendredi soir, le message qu'elle espérait arriva enfin :

A demain. Bonne soirée.

En arrivant à l'hôpital avec Adam, tôt le samedi matin, elle sentit un frisson d'excitation la parcourir. Elle s'était levée aux aurores pour la bonne cause. Et elle allait revoir Tom, qui avait insisté pour être là de bonne heure, même si on pouvait parfaitement commencer sans lui.

Il était déjà là, sur le parking, prêt à les aider. A eux trois, ils sortirent le matériel du camion d'Adam. Puis, quand ils eurent monté toutes les caisses en pédiatrie, il se chargea de préparer du thé, et d'aller chercher des viennoiseries pour les artistes bénévoles qui arrivaient. Il les remercia chacun personnellement de leur présence et de leur implication, avant que tout le monde ne se mette au travail.

La première étape consistait à vider la salle d'art de son mobilier. Ce week-end-là, elle serait fermée au public pour cause de travaux. Si les odeurs de peinture n'étaient pas trop tenaces, on la rouvrirait le lundi matin.

A un moment, Cori se retrouva seule avec Tom dans le couloir.

— Tout va bien, dans le service ? demanda-t-elle.

Il lui sourit.

— Ça roule à peu près. Je ne me plains pas.

— As-tu des nouvelles de Rosie ?

— Elle a écopé d'un avertissement et dû rédiger une lettre d'excuses pour les Morton. La directrice du personnel lui a trouvé une place au service administratif, sans contact avec le public. C'était ça ou la porte.

— Oui, cela vaut mieux. Avec cette histoire, elle était grillée dans tous les services.

Elle avait du mal à trouver des excuses à Rosie, après tout le mal qu'elle avait fait. Mais Tom, magnanime, avait arrondi les angles avec les Morton et la direction de l'hôpital. Sans lui, Rosie aurait été renvoyée d'office.

— Tout le monde a droit à une seconde chance, répondit-il doucement.

Ils regagnèrent la salle d'art. Adam arrivait, portant une bâche protectrice pour le carrelage. Tom s'écarta.

— Je vais regagner mon bureau, dit-il. Je ne veux pas être dans vos jambes. Je risque de gêner.

— Pas question ! protesta Cori. Il y a des salopettes, là-bas, dans cette caisse. Va donc en enfiler une.

— Mais non, je… Vous n'avez pas besoin de moi.

— Si !

Pour le coin détente, elle avait prévu une décoration facile à réaliser au pochoir. Elle prit les gabarits dans un carton, sous l'œil soupçonneux de Tom.

— Tu vas peindre, toi aussi ! décréta-t-elle. On aura du mal à finir dans les temps si tu ne nous donnes pas un coup de main.

En vérité, les sept artistes présents, tous expérimentés, étaient largement capables de réaliser le travail. Néanmoins, il ne serait pas dit que Tom resterait à l'écart.

Elle le prit par le bras, soutenant son regard.

— Quoi que tu aies vécu, il est temps de tourner la page, dit-elle d'un ton calme.

— Cori… Tu n'as pas *vraiment* besoin de moi.

— On s'en fiche, Tom. Aujourd'hui, on réalise une œuvre collective, en équipe. Toutes les personnes présentes doivent participer. Il n'est pas question de te mettre sur la touche.

Il soupira.

— Alors le fait que je sois novice n'est pas une excuse valable pour me défausser ?

— Non, en effet. Groupe ou pas, on s'en moque. On travaille tous pour atteindre le même objectif.

— D'accord, tu as gagné ! répondit-il, levant les deux mains. Que veux-tu que je fasse ?

— Je t'ai réservé ce coin du mur, là-bas. Les couleurs et les palettes sont sur la petite table. Tu as déjà peint au pochoir ?

— Non, jamais.

— Pas de problème. Va te changer. Ensuite, je te montrerai comment faire.

Toute sa vie, Tom s'était accroché à ses bonnes résolutions comme à une bouée de sauvetage.

Il y avait eu les grandes exigences, comme réussir à l'école pour obtenir une bourse, passeport vers la liberté. Il y avait eu aussi les petites décisions, en apparence anodines. Par exemple, ne jamais toucher un pinceau.

En le mettant à contribution, Cori avait abordé un point sensible sans le savoir. La vieille boîte de peintures posée par terre, à ses pieds, le narguait. Il avait les mains moites, la bouche sèche. Comment se sortir de ce piège ?

— Tom ! Viens, s'il te plaît !

La voix de Cori mit un terme à ses réflexions. Il était planté là, devant le mur, depuis près d'une demi-heure.

— Ah, non ! Tu vois bien que je suis débordé…

Il avait choisi de plaisanter pour masquer sa gêne, et fut récompensé d'un sourire.

— J'en ai l'impression ! Raison de plus pour faire une pause. Viens donc.

Il la suivit dans le couloir. Tout en marchant, elle fit glisser les bretelles de sa salopette et se les noua autour de la taille. Comme le jour de leur rencontre, elle portait aussi un vieux sweater. Seule différence, elle arborait un masque protecteur relevé sur le sommet du crâne. L'objet en question lui avait laissé des marques autour des yeux, et, d'une certaine manière, cela ajoutait à son charme…

Une agitation inhabituelle pour un samedi régnait dans le bureau des infirmières. En plus de l'équipe de garde, il eut la surprise de découvrir Maureen flanquée d'une adolescente qui lui ressemblait comme deux gouttes d'eau.

— Maureen ! s'exclama-t-il, faussement réprobateur. Tu n'avais rien de mieux à faire ce week-end ?

— Je voulais voir le spectacle, et ta tête au milieu de tout ce bazar ! répondit-elle en riant. Mais on n'est pas venues les mains vides. On a fait des gâteaux.

— Pour tout le monde, précisa Cori, qui avait l'air aussi excitée qu'une gamine à la fête foraine.

Il secoua la tête en riant.

— Maureen, tu es la meilleure ! Salut, Amelia, dit-il, pivotant vers la jeune fille.

L'adolescente fronça légèrement les sourcils.

— Bonjour, docteur. On m'appelle plutôt Milly…

Evidemment. A cet âge-là, on n'aimait pas toujours se voir affublée d'un prénom « classique ».

— Désolé, Milly ! C'est sympa d'être venue.

— Elle se demandait… si elle ne pourrait pas faire un peu de peinture, demanda Maureen.

Tom interrogea Cori du regard.

— Bien sûr ! répondit celle-ci, enthousiaste. Plus on a de bras, mieux ça vaut. Il me reste des salopettes et des masques. Viens, Milly, on va chercher tout ça.

L'adolescente ne se le fit pas dire deux fois. Elles disparurent dans le couloir, et Tom se tourna vers Maureen en souriant.

— Elle a changé, dit-il. Cela faisait un bail qu'elle n'était pas venue. Si elle ne te ressemblait pas tant, j'aurais eu du mal à la reconnaître.

— Eh oui, que veux-tu, elle a quinze ans. Elle est un peu casse-pieds par moments, mais au fond, elle est sympa. Elle a préféré venir plutôt que de faire la grasse matinée.

Tom bavarda de choses et d'autres avec Maureen jusqu'au retour de Cori et de sa nouvelle recrue, équipée de pied en cap. Les grands yeux bleus de Milly pétillaient d'excitation.

— Cette demoiselle a eu une bonne idée, dit Cori. Elle a suggéré d'ouvrir le store de la baie vitrée entre la salle d'art et la salle de jeux. Les gens qui le souhaitent, et surtout les enfants, pourront nous regarder peindre sans être incommodés par les odeurs.

— Mais oui ! dit Tom. On aurait dû y penser.

— On va peindre un panneau « spectacle en cours » avec quelques personnages rigolos, pour inciter les gens à entrer dans la salle de jeux ! dit Milly.

— Faites donc…

Pour la maîtrise des opérations, il s'en remettait à Cori. Elle lui avait cent fois prouvé qu'elle savait où elle allait.

A 11 heures, Tom avait tout fait, sauf de la peinture.

Il avait aidé Milly et Cori à sortir leur panneau du camion.

Il avait refait du thé, distribué les gâteaux de Maureen.

A la demande de Kate, il avait passé une demi-heure au chevet d'un patient qui venait d'être hospitalisé pour une crise d'asthme aiguë.

Mais sa portion de mur, elle, restait désespérément vierge.

A présent, Cori et Milly avaient achevé leur panneau. L'adolescente venait de rejoindre Adam, qui utilisait des bombes de peinture, pour découvrir cette technique. Tom se retrouva donc seul avec Cori devant son coin intact.

— Alors, où en es-tu ? demanda-t-elle, malicieuse.

— Je réfléchis toujours…

— Bien, bien. Quand vas-tu passer à l'action ? Sachant qu'on doit finir avant minuit…

Il rit.

— On a tout ce temps-là ?

— Théoriquement, non ! Mais s'il faut rester avec toi, je me sacrifierai…

Elle le regarda droit dans les yeux. Ce n'étaient pas des paroles en l'air. Elle *voulait* être là pour lui. Elle *serait* là, quoi qu'il fasse — ou ne fasse pas.

— Tu sais quoi ? chuchota-t-il.

Le prenant par le bras, elle le fit sortir dans le couloir.

— Non, mais tu vas me le dire, répondit-elle doucement.

— L'année de mes huit ans, pour Noël, mes grands-parents m'avaient offert une boîte de peintures et un petit chevalet. J'adorais cette boîte, les couleurs. Je la rangeais sous mon lit pour que personne n'y touche. Un jour, j'ai fait tomber un peu de peinture sur le tapis du salon. J'avais réussi à tout nettoyer, mais il restait quelques traces et…

Il haussa les épaules. Cet épisode lointain était encore douloureux, au point qu'il avait du mal à en parler.

— Ton père a confisqué la boîte, dit-elle.

— Il l'a jetée par terre, l'a piétinée, et mise à la poubelle. Pour me consoler, je me suis dit que je m'en fichais, que je détestais peindre. Qu'il ne m'atteindrait pas comme ça. Mais le plus fou dans cette histoire…

— Oui ?

— C'est que, depuis, je n'ai pas retouché un pinceau. J'ai fait un blocage.

— Veux-tu que j'essaie de te débloquer ?

Son sourire tendre, chaleureux, le toucha en plein cœur. Tout devenait facile avec elle. Elle effaçait ses problèmes comme par enchantement.

— Oui, dit-il, sincère. J'aimerais bien.

14.

Son mur était devenu *leur* mur.

Tom s'était vite rendu compte que Cori avait imaginé un décor ambitieux. Sur les feuilles et les branchages réalisés au pochoir, elle juxtaposerait plus tard des animaux et des oiseaux, peints séparément par un autre artiste, et déjà prêts à l'emploi.

— Ils sont magnifiques, dit-il. Sur quoi John les a-t-il peints ?

— Sur du plastique. C'est un matériau léger et durable. Je vais utiliser des fixations qui permettront de les décoller légèrement du mur, pour un effet 3D. En fait, j'expérimente, dit-elle en souriant. Il faudra me dire si les enfants y touchent beaucoup, si ça bouge ou s'il convient de changer le système.

— Tu verras bien toi-même !

Occupé à tamponner son pochoir avec minutie, il avait parlé sans réfléchir. La réponse de Cori lui fit l'effet d'une douche froide :

— Je ne travaille plus ici, Tom.

— Oui, je… désolé.

Il se concentra sur sa tâche, perturbé. Il avait beau essayer, il était incapable de se dire qu'elle ne faisait plus partie de son univers. Cela le rendait trop malheureux.

Même s'il restait des finitions à réaliser, en fin d'après-midi les murs de la salle avaient déjà fière allure.

Les artistes avaient travaillé sans relâche, sous les regards émerveillés des patients qui n'avaient pas tardé à envahir la salle de jeux pour les regarder.

De joie, les petits avaient frappé sur la vitre. Cori et ses amis leur avaient fait des grimaces qui avaient déclenché leur hilarité.

A l'heure de la pause, Maureen avait remonté des sandwichs

de la cafétéria. Le chantier avait repris jusqu'à 17 heures, c'est-à-dire jusqu'à ce que tout soit bloqué car les premières couches de peinture n'étaient pas sèches.

Tom avait alors invité le groupe d'artistes au pub, d'abord pour boire un verre, puis pour dîner. Il s'était installé près de Cori sur une banquette, heureux de la voir si détendue.

— Tu es fou, dit-elle, alors que le repas s'achevait. C'est gentil d'avoir invité tout le monde, mais d'habitude, on fait une collecte entre nous pour payer la note.

Il secoua la tête.

— C'était la moindre des choses. Tu as vu la tête des gosses, cet après-midi ? Ils étaient trop contents !

— Le jeu en valait la chandelle, c'est vrai.

Elle s'étira, un sourire heureux aux lèvres. Il n'était pas tard, et Tom se prit à espérer que la soirée se prolonge un peu…

Quelques artistes étaient déjà partis, d'autres finissaient leur verre. Maureen était venue chercher Milly, qui avait reçu l'autorisation exceptionnelle de dîner avec le groupe.

Tom se retrouva bientôt seul avec Cori. Il la regarda en souriant.

— Tu veux un autre verre ?

— Non, merci. J'aimerais bien rentrer chez moi, m'allonger sur le canapé et fermer les yeux.

— Excellent programme. Tu pourrais venir t'allonger sur *mon* canapé… J'ai du chocolat…

Quand elle se pencha vers lui, les yeux brillants, un frisson de désir le parcourut.

— C'est un piège ? demanda-t-elle d'une voix rauque.

— Pas du tout !

Il était resté trop longtemps sans la voir. Maintenant qu'il l'avait retrouvée, son univers brillait de mille feux. Il ne voulait pas que la magie s'éteigne.

Cette nuit, il voulait la passer avec elle.

En voyant le sourire sexy de Tom, Cori sentit la tête lui tourner.

— Je pourrais déposer le chocolat devant ta porte, dit-il.

Cette solution aurait été plus sage. Mais ce soir elle n'avait pas envie d'être raisonnable.

— Trop risqué, répondit-elle sur le même ton. S'il pleut, le chocolat sera immangeable. Et puis, il pourrait être emporté par des renards.

— Ce serait dommage ! D'autant plus que j'ai acheté des truffes saupoudrées d'un excellent cacao amer.

— Miam ! Je parie que tu en as toujours en réserve pour les grandes occasions.

— Pas du tout. Je les ai choisies spécialement pour toi.

L'idée qu'il avait pensé à elle lui fit chaud au cœur.

— Donc, tu planifiais tout ça depuis un moment ? demanda-t-elle, taquine.

— Il n'y a aucun « plan », répondit-il, l'air sérieux. L'essentiel, c'est de faire ce qu'on veut, quand on en a envie.

Elle eut soudain très chaud. Encore un peu et son cœur allait exploser dans sa poitrine.

— Avec le chocolat, je risque une overdose de sérotonine !

Il rit.

— Il y a peu de risques. Tu ne prends pas de médicaments ? Tu n'as pas de maux de tête ? Pas de vertiges ?

— Non. Non. Et non.

Il se pencha vers elle. Elle sentit son souffle tiède contre son oreille et frissonna.

— A mon avis, tu devrais tenir le choc, murmura-t-il.

— Et toi ? Tiendras-tu le choc ?

Son air circonspect lui indiqua qu'il avait parfaitement compris le sens de sa question.

— Je n'en sais rien, Cori. Je n'ai… pas trop l'habitude de ce genre de choses.

A sa manière, il venait de lui faire comprendre qu'elle était spéciale pour lui. Une vague de joie la submergea.

— Donc… c'est moi qui choisis ? chuchota-t-elle.

— Tout à fait. Je te laisse mener la danse.

Tom la désirait. C'était à elle de franchir le pas — ou non. Mais ce soir elle n'avait plus envie de réfléchir.

Elle allait se jeter dans le vide. L'accepter tel qu'il était.

Elle se leva, puis enfila sa veste et gagna la sortie.

Tom avait dit la vérité à Cori.

La relation qu'ils entretenaient était nouvelle pour lui. Cette histoire ne ressemblait vraiment à aucune autre.

A présent, la radio de la voiture diffusait une douce musique de jazz. Bien calée sur son siège, Cori ne disait rien. Elle avait fermé les paupières, mais il savait qu'elle ne dormait pas. Comme lui, elle devait anticiper le moment où ils se retrouveraient dans les bras l'un de l'autre…

Quand ils arrivèrent chez lui, elle le suivit sans un mot. Il ouvrit la porte, la referma doucement derrière eux. Enivré par le parfum de Cori — une fragrance fruitée à laquelle se juxtaposait une légère odeur de peinture —, il l'attira à lui.

— Cori, je…

Elle le fit taire d'un doigt posé sur sa bouche.

— Chut. On n'a pas besoin d'en parler.

— Ecoute… Je ne peux rien te promettre, murmura-t-il. Cette nuit est la seule chose que je puisse t'offrir.

— Je sais, Tom. Ça me suffit.

— Tu es sûre, mon ange ?

— Certaine.

Il aurait voulu lui dire à quel point elle comptait pour lui, mais l'émotion lui bloqua la gorge. Au lieu de cela, il la poussa contre le mur et se plaqua contre elle.

Au moment où il posa les lèvres sur les siennes, elle gémit doucement. Sa réaction attisa l'incendie qui couvait en lui. Il la désirait comme un fou !

Leurs souffles s'accélérèrent au rythme de leurs baisers. Quand elle enroula les bras autour de son cou, il la souleva légèrement. Alors, elle lui noua les jambes autour de la taille et s'accrocha à lui.

— Je veux te faire l'amour ici, tout de suite, dit-il contre son oreille.

D'un mouvement du bassin, elle lui fit comprendre qu'elle n'y était pas opposée. Si elle continuait, il n'aurait pas le choix. Il n'aurait même plus le temps de l'emmener jusqu'à son lit !

— Oui..., murmura-t-elle. S'il te plaît...

Au prix d'un énorme effort sur lui-même, il se raisonna.

— Nous avons la nuit devant nous, dit-il. Je ne veux pas me priver du plaisir de te déshabiller, et de te donner un bain.

— C'est... ce que tu veux ?

Sa voix tremblante le bouleversa. Il l'étreignit plus fort.

— Seulement si tu en as envie, mon cœur.

Il l'embrassa jusqu'à ce qu'elle demande grâce.

A chaque baiser, elle s'enflammait un peu plus. Chaque fois qu'il bougeait contre elle, elle sentait son souffle s'accélérer, son cœur battre plus vite.

Lui seul pourrait éteindre l'incendie. Mais il prenait tout son temps !

Quand, enfin, ils atteignirent le premier étage, il l'embrassa de nouveau sur le palier, avant de la conduire à sa chambre, où un grand lit en métal noir ouvragé occupait le centre de la pièce.

A la stupeur de Cori, les deux lampes de chevet s'étaient allumées automatiquement quand ils étaient entrés. Elle avait cru que Tom la déshabillerait très vite, dans le noir. Mais un autre scénario se profilait !

Nerveuse, elle commença à déboutonner son gilet.

— Je... vais le faire moi-même.

Il eut l'air abasourdi.

— Si tu veux.

Dressée sur la pointe des pieds, elle lui mordilla le lobe de l'oreille.

— Ecoute... En m'habillant ce matin, je ne pensais pas... que la journée se terminerait comme ça. J'ai enfilé mes tue-l'amour et...

— Tes « tue-l'amour » ? fit-il, amusé. Tu penses qu'ils vont me faire changer d'avis ?

Avant qu'elle n'ait pu répondre, il la poussa en arrière sur le lit. Il s'allongea sur elle, lui donna un baiser ardent. Elle sentit ses mains la parcourir avec fièvre.

— Je veux défaire chaque bouton, dit-il d'une voix rauque. Je veux t'enlever cette salopette moi-même pour voir ce qui se cache dessous…

Qu'elle porte des vêtements de travail n'avait pas l'air de le gêner. Au contraire, il semblait aimer ça.

— Tu es incroyablement sexy, dit-il tout bas, comme s'il avait deviné ses pensées.

Roulant sur le dos, il la fit asseoir sur lui à califourchon. D'un geste vif, il fit glisser son gilet, puis les bretelles de sa salopette sur ses épaules. Alors, lentement, il déboutonna sa chemise et trouva les attaches de son soutien-gorge.

Il arrondit une main autour de sa taille, l'autre sur son sein gauche, jusqu'à ce qu'elle se tortille de plaisir.

— Tom… Maintenant… S'il te plaît !

— Pas encore. On a des choses à faire.

Il la fit basculer sur le dos, s'allongea contre elle. Le feu ardent qui la consumait s'apaisa un peu. Elle rit doucement.

— A nous deux, Tom Riley…

Elle oscilla contre son bassin, ravie d'entendre un cri rauque lui échapper. Puis, avec une lenteur délibérée, elle fit descendre la fermeture Eclair de son jean.

— Cori…

— Quoi ? demanda-t-elle, l'air innocent. Tu veux jouer, oui ou non ?

Le jeu dura aussitôt longtemps qu'ils purent le supporter.

Après qu'ils se furent déshabillés mutuellement, Tom la conduisit à la salle d'eau contiguë à la chambre. Le fameux bain dont il lui avait parlé tint toutes ses promesses. Et quand, ivres de désir, ils ne purent attendre davantage, il l'enveloppa dans une grande serviette moelleuse pour la porter jusqu'au lit.

Il lui cala un oreiller derrière la nuque, s'allongea près d'elle. Elle lui sourit tendrement. Elle ne se lassait pas de contempler son corps bronzé, à la musculature parfaite. Cette nuit, cet homme superbe lui appartenait. Quand ses yeux bleus se posaient sur elle, elle avait l'impression de flotter loin, très loin au-dessus du monde…

Tremblante, elle l'attendit pendant qu'il se protégeait. Alors, il se coucha sur elle, entre ses cuisses. Puis, avec une extrême douceur, il vint en elle.

— Cori… Tu es si douce, si jolie…

D'une main, il lui captura le visage avec une tendresse touchante. Ils oscillèrent ensemble, les yeux dans les yeux, jusqu'à ce qu'un plaisir insoutenable ne la traverse, lui arrachant un cri rauque. Tom accéléra le rythme et il jouit avec elle, dans une explosion de couleurs et de lumière comme elle n'en avait jamais connu.

Tom ne s'était pas attendu à vivre un pareil cataclysme.

Le plaisir avait propulsé son corps à l'extrême limite de ses capacités de résistance. Il avait crié le nom de Cori et s'était abattu sur son épaule en tremblant.

Pour la première fois, il s'était abandonné dans les bras d'une femme. Il avait perdu tout contrôle sur lui-même. Il était tombé amoureux sans même s'en apercevoir.

Il était environ 2 heures du matin, à présent. Il venait de se réveiller, Cori ne dormait pas. Elle souriait, prête à l'accueillir de nouveau.

Avec elle, la vie devenait magique. Il se sentait capable de franchir des montagnes. De se transformer pour devenir l'homme auquel elle croyait.

Ils refirent l'amour avec lenteur, langoureusement. Ils sommeillèrent, s'aimèrent de nouveau…

Au bout du compte, ils dormirent tard et prirent le petit déjeuner au lit.

Tom poussa un soupir de regret.

— Je travaille à 14 heures, dit-il.

— Ça tombe bien, moi aussi. On s'est donné rendez-vous avec Adam et Marianne pour finir la déco de la salle.

— Super ! On passe par chez toi pour que tu puisses te changer ? On ira à l'hôpital ensemble, si tu veux.

D'habitude, il ne passait jamais la journée avec une femme après avoir fait l'amour avec elle. Mais là les choses étaient différentes. Il aurait été ridicule de laisser Cori partir seule pour la revoir deux heures après !

— Je vais mettre de jolis sous-vêtements, dit-elle, légère.

— Plus de « tue-l'amour » ? Dommage…

Il s'amusa de la voir rougir.

— Compte sur moi pour te surprendre, dit-elle dans un murmure.

— Mais oui, j'y compte ! En attendant, je pourrai toujours admirer ton joli postérieur quand tu seras sur l'escabeau. Et essayer de deviner ce que tu caches sous ta salopette…

Elle se pencha, lui effleura la joue du bout du doigt.

— Tu sais quoi, Tom Riley ? Je t'aime…

En trois secondes, Cori eut l'impression de passer du rêve au cauchemar. Si elle avait pu enclencher la touche « arrière », elle l'aurait fait. Et plutôt deux fois qu'une.

L'air horrifié de Tom était révélateur !

— Cori, je…

Il secoua la tête, puis reprit :

— Je croyais que nous étions d'accord.

Bien sûr qu'ils l'étaient. Et il avait respecté sa part du contrat. Elle aurait dû faire la même chose, mais les mots lui avaient échappé.

Elle ferma les paupières pour contenir ses larmes. Quand Tom reprit la parole, ce fut d'un ton calme.

— Je n'ai jamais laissé entrer beaucoup de femmes chez moi, dit-il. Et jamais deux fois, Cori.

Elle se redressa brusquement contre les oreillers.

— Répète un peu ça. Regarde-moi bien en face, et redis-le !

Il la fixa sans ciller.

— Je n'ai jamais invité une femme à revenir chez moi. C'est contraire à mes principes.

— Quels principes ?

— Personne ne doit empiéter sur mon espace vital. Ecoute, Cori, je... veux bien admettre qu'il y a quelque chose de spécial entre nous. Mais les sentiments... ce n'est pas mon truc. Je n'ai jamais pu, ni même voulu tomber amoureux.

Elle eut l'impression qu'une main de fer lui étreignait le cœur. Puis l'amour-propre vola à son secours. Elle releva la tête.

— Pas de problème. C'était un coup d'un soir. Tout est dit !

Il resta silencieux, et elle comprit qu'elle l'avait blessé. Mais comment aurait-elle pu réagir après ce qu'elle venait d'entendre ? Mieux valait qu'elle s'en aille, avant de s'enfoncer davantage.

Elle se leva, s'efforçant de rester digne.

— Ne te donne pas la peine de me raccompagner, Tom. Je vais prendre le métro.

Une fois chez elle, elle prit une douche et se changea comme un automate. Puis, respectant son engagement, elle gagna l'hôpital pour travailler avec Adam et Marianne.

Tout l'après-midi, elle supervisa, peignit, retoucha comme si de rien n'était. Puis, sa mission accomplie, elle rassembla ses affaires et partit sans se retourner.

C'était fini. Dans tous les sens du terme.

Cori l'aimait !

Ce n'étaient pas tant les mots qui avaient bouleversé Tom que leur sincérité. A ce moment-là, ses propres sentiments lui étaient revenus en pleine face. Il avait réalisé à quel point il l'aimait, lui aussi.

Elle avait déposé son cœur entre ses mains, mais il avait trop peur de la faire souffrir. S'il n'était pas capable de changer, le résultat serait désastreux. Or, cette femme exceptionnelle méritait de trouver le bonheur.

Par honnêteté, il avait voulu se montrer sincère. Il n'avait jamais eu de relation suivie. Il était injuste que Cori essuie les plâtres si, finalement, les choses tournaient mal. Alors, même s'il l'aimait comme un fou, il voulait penser à elle avant toute chose.

Ivre de chagrin, il ouvrit son placard et en sortit le fameux dessin, « Rentrer seule », qu'il avait acheté quelques semaines plus tôt.

Contrairement à ses personnages, Cori avait vaincu sa solitude. Elle avait tourné la page.

Lui, en revanche, resterait seul. C'était l'histoire de sa vie.

15.

Quand la lettre de recommandation arriva, Cori ne la lut pas tout de suite.

Elle resta un moment immobile, à fixer la signature de Tom au bas de la page. Sans doute avait-il fait rédiger ce courrier par Maureen ? Vu la manière dont ils s'étaient quittés, cela n'aurait rien eu d'étonnant…

Elle inspira à pleins poumons, puis se décida à lire.

De manière classique, les premières lignes déclinaient son identité, et précisaient quel poste elle avait occupé à l'hôpital. La suite, en revanche, était moins conventionnelle :

Cori appréhende les problèmes d'une manière originale, mais toujours pertinente. Elle propose des solutions personnalisées, discrètes et efficaces.

Elle sentit une larme rouler sur sa joue. Tom était l'auteur de cette lettre. Le doute n'était plus permis. Elle poursuivit sa lecture :

Le décor mural que Cori a réalisé dans notre salle d'art fait l'unanimité. Cette structure — que nous encourageons toute personne intéressée à venir voir — facilitera la libre expression des patients dans un cadre agréable et sécurisant.

Un expert décrirait mieux que moi la touche personnelle de Cori en tant qu'artiste. Mais une chose est sûre : elle a fait souffler un grand vent de magie sur notre service.

Oh ! Tom…

En conclusion, je dirais que Cori était un atout précieux

pour notre équipe. Nous n'avons hélas pas pu prolonger son contrat pour des raisons budgétaires, mais tout le monde, ici, regrette son départ. Je souhaite qu'elle puisse trouver un poste à la mesure de son talent et de ses compétences.

Dr Tom Riley.

Bouleversée, elle abandonna la missive sur le plan de travail. Elle savait à quoi s'en tenir, maintenant.

Même si leur dernière rencontre s'était mal terminée, Tom la respectait. Il avait mis tout son cœur dans cette lettre où il chantait ses louanges. Sa sincérité ne faisait aucun doute.

La moindre des choses serait de lui envoyer un SMS pour le remercier. Mais que dire ? Qu'elle était touchée ? Que son opinion comptait énormément pour elle ?

C'était le cas, bien sûr. Néanmoins, cela n'avait aucune importance. Il ne l'aimait pas. Il ne l'aimerait jamais. Fin de l'histoire.

« Si tu ne sais pas quoi dire, tais-toi. Et si tu ne peux pas te taire, sois honnête. »

Il était temps de suivre le fameux conseil de Jean. Celui qu'elle avait entendu mille fois en vingt ans…

Elle chercha son sac, en sortit son téléphone. Puis, d'une main tremblante, elle pianota sur le clavier :

Merci beaucoup. Je ne regrette rien. Je te souhaite d'être heureux. Bonne continuation.

Tom devait attendre qu'elle se manifeste. Trente secondes plus tard, la réponse lui parvint :

Je te souhaite la lumière, la couleur, les arcs-en-ciel. Tout ce que je n'ai pas pu te donner. Que la magie continue d'éclairer ta vie.

Jusqu'alors, Cori avait versé quelques larmes. Bon an, mal an, elle avait contenu son chagrin. Mais là, c'était impossible : pour la première fois depuis une éternité, elle éclata en sanglots.

Tout était fini, et Tom ne saurait jamais à quel point son

message l'avait blessée. Car, depuis leur rupture, la magie avait totalement déserté son univers.

Chagrin ou pas, il fallait bien continuer à vivre.

Les semaines suivantes, Cori envoya plusieurs CV, qui débouchèrent sur trois entretiens d'embauche.

Les week-ends, eux, se déroulaient selon un rituel immuable. Les œuvres du groupe d'artistes rencontraient un succès énorme. Les commandes ne cessaient d'affluer, il avait même fallu établir une liste d'attente, et Cori travaillait sans compter ses heures.

Ce samedi, après une journée chargée, elle remballa son matériel en soupirant.

— Je vais te raccompagner, Milly, dit-elle.

— Je peux rentrer à pied ! répondit l'adolescente. J'en ai pour un quart d'heure, à peine.

Mais la nuit tombait, et Cori avait promis à Maureen de veiller au grain. Même si Milly avait des velléités d'indépendance, Cori était responsable d'elle.

— J'ai besoin de toi pour m'aider à rentrer mes affaires à la maison, mentit-elle.

— Ah, d'accord ! Pas de problème !

Milly se planta devant la fresque qu'elles venaient de terminer, songeuse.

— Qu'en penses-tu, Cori ?

— Tu as fait du bon travail. Tes pochoirs sont magnifiques.

Ce compliment fit rougir l'adolescente, qui lui adressa un sourire radieux.

— Merci beaucoup ! J'ai peint les volutes dorées à part.

— Tu as eu raison. Ce petit « plus » fait toute la différence.

Depuis qu'elle avait rejoint le groupe, Milly progressait énormément. Elle apprenait vite et montrait des dispositions exceptionnelles, avec une touche d'originalité hors du commun pour une jeune fille de cet âge.

Une originalité que Cori semblait avoir perdue. Depuis un

mois et demi, son pouvoir créatif était au plus bas. A croire qu'elle ne retrouverait jamais l'inspiration.

— Je ferai peut-être quelques retouches la semaine prochaine, dit-elle.

— Est-ce que je pourrais…

— Oui, si tu as fini tes devoirs ! répondit Cori en souriant. Sinon, ta mère va m'arracher les yeux. Il y a des priorités dans la vie.

Cori, elle, ne savait plus trop où étaient les siennes. Elle accomplissait les tâches quotidiennes de manière automatique. Elle voyait sa famille, ses amis. Mais un gouffre insondable s'était creusé en elle.

Le vide se comblerait, un jour. Peut-être. Sûrement.

De toute manière, elle n'avait pas le choix. Elle devait avancer pour ne pas tomber plus bas.

— Cori ! Qu'est-ce que c'est ?

Milly avait été la première à remarquer la petite lueur sur la porte-fenêtre. Quand elles se rapprochèrent, Cori sut immédiatement de quoi il s'agissait. La clarté provenait d'une lampe LED posée dans la main d'une fée minuscule.

Celle qu'elle avait accrochée au pare-brise de Tom, trois mois plus tôt. Il l'avait gardée ? Mais pourquoi…

— Cori ? Ça va ? Tu as l'air bizarre. Tu ne vas pas t'évanouir, dis ?

— Mais non.

Milly posa une main sur son bras.

— Tu es sûre ? Tu ne veux pas que j'appelle maman ?

— Non, ne t'inquiète pas. Ça va aller.

De la fenêtre, une traînée brillante courait jusqu'au guéridon en fer-blanc de la terrasse. On avait enroulé du tulle pailleté autour des quatre pieds. Et sur la table un sillon argenté conduisait à une jolie boîte ovale, revêtue d'un gros nœud marron et or.

— C'est magnifique ! dit Milly. Est-ce un cadeau du Dr Riley ?

— Comment ? Qu'est-ce qui te fait dire ça ?

— Je… ne sais pas. Je… n'ai rien dit. Maman va me tuer !

Cori eut l'impression que Tom était là, à côté d'elle. Il fallait qu'elle sache…

— Ecoute, Milly, je te promets de ne rien dire à Maureen, mais… a-t-elle parlé de Tom ? Va-t-il bien ?

— Apparemment, il était triste après ton départ. Maman dit qu'il travaille trop. Elle trouve dommage que ça n'ait pas collé entre vous, mais… elle pense qu'on ne peut rien y faire.

Maureen n'avait pas tort. Elle avait bien cerné la situation !

Sur le point de fondre en larmes, Cori se reprit. Elle déverrouilla sa porte. Puis elle retourna chercher la fée, la boîte, et ramena le tout à l'intérieur, sous l'œil curieux de Milly qui l'avait suivie, portant son chevalet.

— Il reste des cartons, dit la jeune fille.

— Ne t'inquiète pas, je les rentrerai plus tard. Assieds-toi.

Milly se laissa tomber sur le canapé en fronçant les sourcils.

— Que vas-tu faire de ce cadeau ?

— L'ouvrir.

Joignant le geste à la parole, Cori prit la boîte sur ses genoux et dénoua le ruban. Milly se récria d'admiration en découvrant les quatre rangées de truffes soigneusement alignées sur un papier de soie doré.

— On va les goûter ! dit Cori. Sers-toi.

L'adolescente dégusta son chocolat en fermant les yeux. Elle poussa un petit soupir de contentement, puis demanda :

— Tu vas lui téléphoner ?

Cori n'en avait pas l'intention, mais de là à décevoir les espoirs d'une jeune fille romantique… Milly n'aurait pas compris !

— Peut-être. Quand je t'aurai raccompagnée.

Jamais elle n'avait vu quelqu'un enfiler un manteau et monter en voiture si vite. Jamais, non plus, elle n'avait laissé repartir Milly sans l'inviter à boire le thé. L'adolescente devait s'imaginer qu'elle ne pensait qu'à Tom, et qu'elle allait se jeter sur son portable toutes affaires cessantes !

Mais une fée et des chocolats ne signifiaient pas grand-chose. Dans quel but Tom avait-il lancé cette offensive de charme ?

Pour coucher avec elle, sans doute ! Elle n'espérait pas qu'il ait pu changer…

De retour chez elle, elle s'assit dans le salon, les yeux rivés sur la boîte encore ouverte. Elle aurait été mieux inspirée d'offrir les truffes à Milly. Au moins, elle n'aurait plus pensé à Tom !

Se maudissant, elle se pencha pour fermer la boîte. C'est alors qu'elle aperçut un objet brillant, niché dans le papier de soie du couvercle.

C'était… une clé, attachée à un petit ruban d'or. Au bout du ruban, on avait noué un morceau de papier.

Ses mains se mirent à trembler. Elle souleva la clé du bout des doigts, lut l'étiquette :

« A toi. Pour toujours. »

— Tom… Qu'est-ce que ça veut dire ?

Elle rêvait, c'était impossible ! Il lui avait donné sa clé, son bien le plus précieux…

Pendant un instant, elle se prit à imaginer que tout était possible. Mais très vite la raison l'emporta. Tom l'avait rejetée une fois. Il recommencerait.

Elle allait lui rendre cette clé. Pas plus tard que tout de suite.

Il y avait de la lumière en bas, dans le salon.

Cori leva la main pour frapper à la porte, puis se ravisa. Elle avait la clé, elle allait s'en servir. Tom comprendrait vite quel effet cela faisait de ne plus maîtriser son « espace vital » !

Le verrou de sécurité n'était pas mis. Elle entra sans problème et sentit son estomac se contracter. Tout était calme. Il n'y avait aucun bruit nulle part. Elle rejoignit le salon sur la pointe des pieds…

Tom dormait, allongé sur le canapé. Le livre qu'il était en train de lire avait glissé sur le tapis.

Attendrie, elle se raccrocha de toutes ses forces à ses bonnes résolutions. Elle allait partir sur-le-champ, avant de faire une bêtise…

Elle ramassa le livre discrètement et le posa sur la table basse, avec la clé dessus, bien en évidence. Puis, au prix d'un énorme effort de volonté, elle gagna la porte.

— Halte-là, Cori !

Elle se figea.

— Ou alors ? demanda-t-elle sans se retourner.

Elle savait bien que Tom n'essaierait pas de l'arrêter physiquement. Mais, si elle partait, elle replongerait dans son abîme de solitude…

Il se matérialisa devant elle, l'air un peu hagard, les cheveux ébouriffés. Il s'adossa à la porte, les bras croisés sur la poitrine.

— Je ne te laisserai pas partir.

— Arrête. C'est n'importe quoi.

— Non ! Tu es là !

— Je voulais te mettre au pied du mur. Essayer de comprendre à quoi rime ce jeu ridicule.

Il secoua la tête. L'ombre d'un sourire flottait sur ses lèvres.

— Je ne joue pas. Je n'ai jamais été aussi sérieux de toute ma vie.

— Tu ne sais pas à quoi tu t'exposes. En m'offrant ta clé, tu renonces à ta liberté, ni plus ni moins !

Il prit une profonde inspiration.

— Je mentirai en disant que je n'ai pas peur. Mais ma pire angoisse, c'est te perdre, Cori.

Elle se détourna afin de lui cacher ses larmes.

— Pourquoi rends-tu les choses si difficiles ?

— Cori…

Sa voix était proche, trop proche… Elle voulut s'éloigner, mais soudain il l'attrapa par le poignet et la fit pivoter. Puis il l'attira dans ses bras.

— Si tu me demandes de te laisser partir, je le ferai, murmura-t-il. Si tu refuses de me voir, je respecterai ton choix. Mais tu ne pourras pas m'empêcher de t'aimer. Je t'aime, j'ai besoin de toi. Pour envahir mon espace, pour m'énerver, pour me faire rire, pour mettre des couleurs dans ma vie…

Incrédule, elle le fixa.

— Vraiment ?

— Oui, vraiment. Je suis sincère, Cori. Je sais que tu as peur que je te laisse tomber, mais il faut me croire. Donne-nous une deuxième chance. S'il te plaît…

— Lâche-moi, Tom.

Aussitôt, il recula. Elle l'entendit pousser un cri rauque. Puis il s'éloigna, et son poing s'abattit sur le manteau de la cheminée. Son dos se soulevait rapidement, comme s'il avait du mal à respirer.

— Il faut me faire confiance, dit-il enfin d'une voix rauque.

— Pourquoi ? Tu ne veux pas tomber amoureux. Tu l'as dit toi-même.

Quand il se tourna vers elle, son regard chaleureux l'enveloppa comme une caresse.

— J'avais… baissé les bras. J'avais trop peur de te faire du mal. Et puis, j'ai compris une chose : puisque je t'aime assez pour renoncer à toi, alors je dois être capable de t'aimer pour te rendre heureuse.

C'était la chose la plus absurde qu'elle ait jamais entendue. La plus belle, aussi.

— Tom… Tu m'as laissée tomber parce que tu m'aimes ? C'est…

— Fou, je sais. Mais c'est la vérité. Je ne veux rien d'autre que ton bonheur.

Tout à coup, elle sut. Un délicieux fourmillement la parcourut de la tête aux pieds.

— Tu veux que je prenne cette clé ? demanda-t-elle. Alors, à toi de me convaincre…

Elle s'avança, lui effleura la joue. Ce contact lui procura une joie immense, comme si sa vie en noir et blanc s'était colorée d'un coup de baguette magique.

Une larme roula sur la joue de Tom. Une seule. Mais c'était le début de tout. Une promesse d'avenir.

Ivre de bonheur, elle lui noua les bras autour du cou.

— Ma chérie…

Il la souleva de terre, la porta sur le canapé et s'allongea sur elle. Puis il lui retira sa veste, glissa les mains sous son chemisier. Le contact de ses mains sur sa peau lui fit rapidement tourner la tête.

— Tom…, chuchota-t-elle. Allons dans ta chambre.

— Pas question, mon cœur. Tu viens de fixer les règles. Si tu veux que je t'emmène là-haut, il va falloir être très, très gentille avec moi !

16.

Les deux hommes debout devant le tableau ne pouvaient pas voir le jeune couple assis dans un coin de la galerie. S'ils avaient tourné la tête, ils n'auraient pas reconnu l'artiste, mais ils auraient sans doute identifié le modèle.

— Que c'est beau ! A la fois triste et délicat…

L'homme le plus âgé se tourna vers son compagnon :

— Qui est l'auteur ?

Ce dernier feuilleta son catalogue, s'arrêta sur une page.

— Elle s'appelle Corinne Evans.

— Je n'ai jamais entendu parler d'elle. Mais c'est bon, très bon même. Cette Mlle Evans est une candidate sérieuse !

Les deux hommes se déplacèrent vers la peinture voisine. Cette fois, ils secouèrent la tête.

Cori agrippa le bras de Tom, médusée.

— Je n'en reviens pas, murmura-t-elle. Luther Galloway pense que je suis une « candidate sérieuse ».

Il lui planta un baiser dans le cou.

— Je le savais, dit-il contre son oreille.

— Heureusement que tu m'as inscrite au concours ! Je n'aurais jamais osé.

— Ç'aurait été dommage. Ton tableau est de loin le meilleur de la compétition.

— Tu n'es pas objectif.

— C'est normal. Je défends le travail de ma fiancée !

Cori admirait souvent la superbe bague — un diamant

monté sur platine, flanqué de deux améthystes — qui ornait son annulaire gauche. Elle avait encore un peu de mal à croire qu'elle ne rêvait pas !

— Nous avons des choses à fêter, dit Tom. Tu as trouvé un superposte, tu vas bientôt remporter le prix Galloway. Et me voilà consultant depuis le départ à la retraite du Dr Shah. Que de changements, en trois mois ! Nous devrions ouvrir une bouteille de champagne et la boire au lit, en mangeant des fraises…

— Excellente idée, mais je préférerais du jus d'orange…

Il la regarda, l'air surpris. Puis il comprit ce qu'il venait d'entendre et captura sa main.

— Pas de champagne ?

— Non, pas pendant neuf mois. Et comme je vais manger pour deux, tu vas devoir redoubler d'imagination en cuisine, et peut-être même me donner des cours !

Ignorant le petit groupe de visiteurs qui venaient d'entrer dans la galerie, il la fit lever. Il la serra à l'étouffer, puis l'embrassa passionnément.

— Je t'aime, dit-il d'une voix grave. Que dirais-tu d'avancer un peu la date de notre mariage ?

— Je n'en dis que du bien ! Je t'aime tellement, répondit-elle, les yeux embués.

Ils se rassirent et, pendant un moment, observèrent le va-et-vient des visiteurs devant les tableaux.

— Tu sais quoi ? dit-elle. Je vais devoir refaire ton portrait. Tu as beaucoup changé.

Il fixa le tableau, pensif.

— La tristesse a disparu, répondit-il en souriant.

— Oui, la tienne, et la mienne aussi. Nous ne sommes plus les mêmes personnes.

— Si tu savais à quel point je suis heureux que tu sois entrée dans ma vie ! Je ne le dirai jamais assez.

— Répète-le autant que tu veux. Je ne m'en lasse pas !

Il la fit lever. Alors, main dans la main, ils quittèrent la galerie sous un soleil éclatant.

Ils pouvaient marcher ensemble, vers l'avenir. Ils avaient toute la vie devant eux.

KATE HARDY

Une famille pour Isla

Traduction française de
C. DUTEIL

BLANCHE

HARLEQUIN

Titre original :
HER PLAYBOY'S PROPOSAL

Ce roman a déjà été publié en 2016

1.

Devant la salle de repos, Isla McKenna prit une légère inspiration avant de pousser la porte.

C'était son deuxième jour aux urgences du London Victoria Hospital, et elle cherchait encore sa place dans l'équipe. Les collègues rencontrés la veille lui avaient plu, et aujourd'hui elle allait connaître de nouvelles personnes qui ne savaient rien de son passé et ne la jugeraient pas.

Elle sourit à l'infirmière qui consultait le tableau de service.

— Bonjour, Lorraine.

— Bonjour, Isla. Ce matin, vous faites les box avec Josie et Harry, le bourreau des cœurs, annonça Lorraine.

— Harry, le bourreau des cœurs ?

— Le surnom est sévère, admit Lorraine. En fait, le Dr Gardiner est un bon médecin, toujours à l'écoute des patients.

— Charmant, mais léger avec les femmes, c'est ça ?

— Il sort beaucoup. Il ne promet rien à ses conquêtes et ne les voit jamais plus de trois fois.

Et pourtant, beaucoup d'entre elles se juraient de faire exception à la règle, devina Isla.

Ça ne risquait pas de lui arriver à elle ! Elle ne connaissait que trop ce genre d'homme. Après son aventure avec Stewart, elle se trouvait beaucoup mieux seule.

— Un cauchemar comme petit ami, mais un collègue adorable, reprit Lorraine. Vous vous entendrez bien avec lui.

Donc, les relations professionnelles avec Harry, le bourreau des cœurs étaient faciles, mais mieux valait le tenir à distance sur un plan personnel, traduisit Isla.

Elle se le tiendrait pour dit.

— Tout le monde a été très gentil jusqu'ici, remarqua-t-elle en souriant. Je suis sûre que tout ira bien.

Pourtant, lorsqu'elle vit Harry Gardiner déboucher dans le service, elle ne s'attendait pas à être aussi sensible à sa séduction. Beau brun ténébreux, il aurait été parfait en héros romantique, avec ses boucles noires qui lui tombaient dans les yeux, sa mâchoire ferme et sa bouche sensuelle. En chemise blanche à jabot, chevauchant un fougueux destrier, il aurait été absolument irrésistible !

Harry, la coqueluche de ces dames. Harry, le bourreau des cœurs…

Isla se secoua.

Elle n'avait pas l'intention de fréquenter un homme de sitôt, si beau soit-il. Stewart avait détruit sa confiance en elle en tant que femme, elle n'était pas près de l'oublier.

Avec un peu de chance, sa collègue avait déjà sélectionné le premier patient et s'apprêtait à assister le Dr Gardiner, ce qui lui laissait le temps de se ressaisir et de voir le deuxième patient de la liste.

Harry finit de rédiger ses notes et sortit appeler le patient suivant.

Josie était partie chercher son prochain patient, il allait travailler avec le nouveau membre de l'équipe, Isla McKenna. Il était de repos la veille quand elle avait pris ses fonctions au London Victoria, et il ne savait rien d'elle, sinon qu'elle était cadre infirmier.

Dans le couloir, il l'étudia avec intérêt.

Outre son nom et son accent, les origines écossaises d'Isla McKenna se devinaient à son teint de porcelaine, ses taches de rousseur, ses yeux pervenche, et à ses cheveux roux qui devaient flamboyer au soleil. Une Celte pur jus !

— Isla McKenna, je suppose ?

Elle acquiesça.

— Harry Gardiner. Ravi de vous connaître. Comment se

passe votre installation dans le service ? demanda-t-il comme ils se dirigeaient vers les box.

— Bien, merci. L'équipe paraît très sympathique.

— C'est un bon groupe. Où étiez-vous avant de venir ici ?

— En Ecosse, répliqua-t-elle sèchement, tandis que son visage se fermait.

De toute évidence, elle le trouvait indiscret.

— Du calme, dit-il d'un ton léger, je faisais juste la conversation à une nouvelle collègue.

Elle rougit violemment.

— Pardon, je ne voulais pas me montrer grossière…

Il lui tendit la main.

— Repartons de zéro. Harry Gardiner, chef de clinique. Ravi de faire votre connaissance. Soyez la bienvenue au London Victoria.

— Isla McKenna, infirmière chef. Contente de vous connaître, moi aussi.

Elle avait une poignée de main ferme, et il fut surpris de sentir un troublant picotement au contact de sa peau douce.

Il y avait longtemps qu'il n'avait pas été ainsi attiré par une femme au premier regard… Mauvais signe. En général, il s'efforçait de ne pas sortir avec des collègues de son service, cela facilitait les choses au cas où sa conquête du moment manifestait des aspirations qu'il ne pouvait pas satisfaire. Cette attirance immédiate pour la nouvelle recrue de l'équipe l'ennuyait.

— Qui est le prochain ? demanda-t-il, jugeant plus sage de se concentrer sur le travail.

— Arthur Kemp, soixante-treize ans, soupçon d'attaque cérébrale, répondit Isla. Les ambulanciers ont fait le test FAST[1], et lui ont donné de l'aspirine. J'ai effectué une première évalua-

1. *Face* (visage), *Arms* (bras), *Speech* (élocution), *Time* (temps). Ce test permet de diagnostiquer un AVC quand la moitié du visage est affaissée et ne peut pas sourire, que le patient ne peut pas lever les bras au-dessus de sa tête et qu'il a une élocution difficile, le temps de réaction, crucial, devant être le plus court possible pour remédier au problème.

tion qui confirme qu'il s'agit bien d'un AVC. La bonne nouvelle, c'est qu'il n'est pas diabétique. Sa glycémie est normale.

— J'en déduis que le reste est mauvais ?

— Je le crains. Il a une tension élevée et une faiblesse résiduelle au côté gauche, et l'incident s'est produit il y a plus d'une heure…

— Ce qui signifie qu'il risque fort d'avoir une autre attaque dans les deux jours. Il vit seul ou dans une résidence pour personnes âgées ?

— Il habite dans un appartement sous la surveillance d'un gardien trois jours par semaine, et une aide à domicile vient trois fois par jour s'occuper de ses repas et de ses médications. C'est elle qui a appelé l'ambulance ce matin.

— S'il avait une deuxième attaque en dehors de la présence de ces personnes, on ne le trouverait pas avant plusieurs heures, voire pas avant le lendemain, remarqua Harry en fronçant les sourcils. Il va falloir l'hospitaliser les deux prochains jours pour garder l'œil sur lui.

— Je suis d'accord. Il a un peu de mal à s'exprimer et à avaler. Il avait soif. Je lui ai donné un peu d'eau, mais je recommanderais de le mettre sous perfusion pour prévenir la déshydratation et de ne rien lui donner par voie orale les deux ou trois prochaines heures, car personne ne pourra le surveiller s'il boit de lui-même.

— Bien vu. C'est noté.

Assis dans son lit, M. Kemp attendait.

— Monsieur Kemp, voici le Dr Gardiner, dit Isla.

— Tout le monde m'appelle Harry, dit Harry en souriant. Pouvez-vous me dire ce qui s'est passé ce matin, monsieur Kemp ?

— J'avais un peu mal à la tête, j'ai trébuché et je suis tombé sans pouvoir me relever, expliqua le patient. Mon aide à domicile m'a trouvé en venant me donner mes médicaments et mon petit déjeuner…

Arthur Kemp semblait confus.

Harry s'assit sur une chaise et prit la main du vieil homme

pour l'encourager gentiment à parler, attendant qu'il s'exprime sans le brusquer.

— Vous souvenez-vous si vous avez perdu conscience, avant ou après la chute ? demanda-t-il avec douceur. Vous êtes-vous cogné la tête ?

— Je ne crois pas avoir perdu connaissance, et je ne me rappelle pas m'être cogné la tête… Désolé, docteur, je ne vous aide pas beaucoup. Le mari de ma fille dit que je suis un vieil imbécile.

Il existait donc aussi des tensions familiales, et il était possible que la famille du vieil homme refuse de l'héberger quelques jours.

— Ne vous inquiétez pas. Je vais juste vous examiner pour voir comment vous allez. D'accord ?

— Oui, docteur. Je regrette de vous embêter ainsi.

Ou le vieux monsieur avait l'habitude qu'on lui fasse sentir qu'il était une charge, ou il avait une nature anxieuse. Peut-être les deux, songea Harry.

Il vérifia son champ visuel et lui fit lever les bras.

La faiblesse résiduelle du côté gauche sautait aux yeux.

— Vous marchez avec un déambulateur, d'habitude ? demanda-t-il en remarquant l'engin près du lit.

— Oui, et je déteste ça, répondit Arthur en grimaçant. Ça me fait trébucher. C'est à cause de ce truc que je suis tombé ce matin.

Comme beaucoup de personnes âgées, M. Kemp devait soulever et porter le déambulateur sur quelques centimètres, au lieu de le laisser sur le sol et de le pousser pour être soutenu par l'appareil. Il fallait qu'on lui montre comment s'en servir correctement pour que le déambulateur l'aide dans sa marche au lieu de l'entraver.

— Vous voulez bien essayer de marcher un peu avec moi ? proposa Harry.

Il aida son patient à se lever et l'emmena dans le couloir, puis le fit se retourner pour regagner le box.

Celui-ci traînait des pieds, s'appuyait aussi légèrement sur la gauche — comme quand il était assis — et se penchait un peu en arrière en marchant.

Il allait rédiger des consignes précises pour que l'aide à domicile le guide, l'empêche de traîner les pieds et l'encourage à faire de plus grands pas.

— Je vais vous faire passer une IRM car vous aviez la migraine, et je veux écarter certains problèmes. Mais je pense que l'infirmière McKenna a raison et que vous avez eu une petite attaque cérébrale.

— Une attaque cérébrale ? Comment est-ce possible ?

— La cause la plus vraisemblable est qu'un caillot a stoppé l'afflux de sang à votre cerveau pendant un petit moment, expliqua-t-il. Il a dû se résorber maintenant, car vous pouvez marcher, parler, et remuer les bras, mais je vais vous faire hospitaliser un jour ou deux pour vous garder sous surveillance. A-t-on pris contact avec votre famille ?

— Sharon, mon aide à domicile… Elle a dû appeler ma fille, mais Becky travaille et ne pourra pas venir tout de suite… Ça me contrarie de lui faire manquer son travail, c'est si important pour elle, ajouta Arthur avec une grimace.

— Mais, je parie que son papa est au moins aussi important, commenta Isla, rassurante.

— Absolument, acquiesça Harry.

Il n'éprouvait pas ces sentiments à l'égard de son propre père. Bertie Gardiner pouvait très bien s'occuper de lui-même, lui ou Trixie, la future femme de son père qui avait deux ou trois ans de moins qu'Harry.

Cependant ce n'était pas le moment de penser à ce prochain mariage. Ni à l'insistance de son père qui tenait à l'avoir pour témoin, rôle qu'il avait déjà endossé deux fois. Fallait-il vraiment qu'il repasse encore par là pour le septième mariage de son père ?

— Nous aurons l'IRM quand votre fille viendra vous voir, et nous pourrons lui donner une idée du traitement envisagé.

— Le traitement ?

— L'attaque a affecté votre côté gauche, vous aurez besoin de séances de kinésithérapie pour retrouver vos pleines facultés.

Je vais aussi vous prescrire des médicaments à prendre après l'IRM.

— Avez-vous des questions à nous poser ? demanda Isla.

— Eh bien, j'aimerais bien une bonne tasse de thé, si ça ne vous dérange pas trop, répondit le vieil homme.

— Après l'IRM, répondit-elle. Pour l'instant, vous avez un peu de mal à avaler, et je ne voudrais pas que vous vous étouffiez ni que vous vous brûliez. Mais nous referons un essai dans une demi-heure, quand vous déglutirez un peu mieux. Je vous préparerai votre thé moi-même.

— Entièrement d'accord, renchérit Harry en souriant. Si c'était moi qui m'en chargeais, je vous conseillerais plutôt le café. Mon thé est une abomination…

Il se leva et serra la main du patient.

— Nous ferons le nécessaire pour que votre fille sache où vous trouver. Essayez de ne pas trop vous inquiéter. On va bien s'occuper de vous.

— Je reviens dans un instant, monsieur Kemp, dit Isla en sortant du box derrière lui.

— Pouvez-vous programmer l'IRM et le faire transférer dans un lit des urgences ? demanda-t-il.

Elle lui sourit.

— Bien sûr.

Son sourire métamorphosait complètement son visage.

Le ventre mordu par le désir, il se rappela que, aussi attirante soit-elle, sa nouvelle collègue lui était interdite.

— Merci, dit-il. Je vais noter les prescriptions.

C'était une matinée chargée aux urgences. En plus des habituelles chutes et autres foulures, on amena un bébé de six mois qui avait convulsé à la suite d'une forte fièvre. Affolée, la mère avait demandé à un voisin de la conduire à l'hôpital où l'équipe de triage l'avait dirigée vers les urgences. La petite fille avait les mâchoires crispées.

— Intubation trachéale, dit Harry en regardant Isla.

Il avait à peine fini de parler qu'elle avait en main un tube de la bonne taille, dont elle lubrifiait l'extrémité.

A l'évidence, elle avait déjà été confrontée à des convulsions chez un bébé.

Ils donnèrent de l'oxygène à la fillette, et Isla prépara une seringue de benzodiazépine. Travaillant de concert, ils vérifièrent la glycémie et la température de l'enfant.

— Pyrexie, dit-il doucement. Il doit s'agir de convulsions fébriles.

— Il faut faire baisser sa température et chercher une éventuelle infection, acquiesça Isla.

Elle dégrafa la grenouillère du bébé et lui bassina le corps avec une éponge d'eau tiède pendant qu'il demandait à la mère éperdue à quand remontait sa dernière dose de paracétamol liquide. Quand la fièvre eut baissé, Isla prépara le matériel pour une recherche d'infection.

— Est-ce qu'Erin va se remettre ? demanda anxieusement la mère.

— Elle est dans les meilleures mains, vous avez bien fait de nous l'amener, répondit Harry d'un ton rassurant. Les convulsions ont été causées par une forte fièvre. Maintenant, nous devons trouver ce qui l'a provoquée — virus ou infection bactérienne — pour la soigner correctement.

— Elle aura encore des convulsions ?

— C'est possible, dit Isla. Mais ça ne veut pas dire qu'elle est épileptique. Une température élevée est la cause la plus courante de convulsions chez les enfants en bas âge. Nous y sommes souvent confrontés, essayez de ne pas vous inquiéter.

Les parents se faisaient toujours beaucoup de souci pour un bambin fiévreux. Et les aînés aussi, surtout quand ils avaient la charge de leur cadet et que les choses tournaient mal...

Harry chassa cette pensée.

Cela s'était passé il y avait longtemps. Aujourd'hui, il était plus âgé, plus sage, et Tasha l'envoyait promener sans ménagement s'il se tracassait pour elle. Elle était farouchement indépendante. Et on ne pouvait pas changer le passé, juste en tirer les leçons. Il l'avait fait. Plus jamais il ne serait responsable d'un enfant.

— Je vais l'hospitaliser parce qu'elle est très jeune et que c'est la première fois qu'elle convulse. Et je veux découvrir la cause de l'infection. Nous allons la garder sous surveillance, mais vous pouvez rester avec elle.

— Je vais vous conduire dans le service et vous présenter à l'équipe soignante, dit Isla.

— Et elle va se remettre ? demanda de nouveau la maman.

— Oui, répondit Harry en lui tapotant le bras. Je sais que c'est effrayant, mais tâchez de ne pas trop vous angoisser.

Il ne connaissait que trop ce sentiment de panique. Et le soulagement indicible quand on apprend que le bébé survivra. Et, plus tard, la culpabilité lorsqu'on découvre que, en fin de compte, il y avait bel et bien un problème… Il n'avait pas cessé d'être hanté par sa faute.

— Peut-on prévenir quelqu'un ? demanda Isla.

— Ma mère. Mon mari travaille loin d'ici.

— Très bien. Dès qu'Erin sera installée, nous prendrons contact avec votre mère, promit Isla.

Harry travailla avec Isla une grande partie de la matinée, et il apprécia sa douceur, sa vivacité d'esprit, son sang-froid tranquille qui avait le don d'apaiser les patients et les parents affolés. Une parfaite infirmière urgentiste. Il ignorait où elle avait été formée et quelle avait été sa précédente affectation — l'Ecosse était vaste —, mais il était prêt à parier qu'elle manquait à ses anciens collègues.

Ils n'avaient pas eu le temps de faire un break même pour un café, et il avait une faim de loup en prenant tardivement sa pause déjeuner. Mais il devrait se contenter d'un en-cas rapide à la cantine s'il voulait reprendre son service à l'heure.

En pénétrant dans la salle de repos du personnel, il eut la surprise d'y trouver Isla.

— Vous voulez venir grignoter quelque chose avec moi ? proposa-t-il.

Elle lui adressa un sourire froid.

— Je ne pense pas, non, merci.

— Pourquoi ? demanda-t-il, les sourcils froncés.

— C'est gentil de me le proposer, mais je ne crois pas que nous puissions nous entendre.

Il la dévisagea sans comprendre.

— Comment ça ?

Elle parut mal à l'aise.

— Je… Hum, je suis peut-être nouvelle, mais ça ne veut pas dire que je doive automatiquement figurer dans votre agenda.

Soudain, la lumière se fit. Elle croyait qu'il la draguait !

On le traitait parfois de bourreau des cœurs et de charmeur en série pour le taquiner, mais rien n'était plus éloigné de la vérité. Les femmes avec qui il sortait savaient toujours qu'il voulait juste s'amuser. D'ailleurs, il n'avait pas invité Isla McKenna à sortir avec lui. A l'évidence, elle avait entendu des ragots et les avait pris pour argent comptant.

— J'ai supposé que, étant nouvelle, vous n'aviez personne avec qui déjeuner, c'est tout, expliqua-t-il calmement.

Le visage de la jeune femme devint écarlate, jurant avec sa chevelure couleur de feu.

— Je… Hum, excusez-moi. J'avais entendu… Désolée, je m'enfonce encore plus.

— Entendu quoi ?

— Eh bien, vous avez la réputation de… hum, sortir pas mal.

Il soupira.

— J'aimerais bien savoir comment empêcher les potins. Quand vous ne sortez pas, on vous croit gay ou marqué par un passé tragique. Et si vous sortez en montrant clairement que vous voulez juste vous amuser, vous êtes catalogué comme un don Juan ! Tout le monde n'a pas forcément envie de se caser.

— Je sais. Désolée.

Il lui adressa son plus charmant sourire.

— Je dois quand même vous prévenir : si vous mangez un sandwich ici, vous aurez de la chance si vous en avalez la moitié avant d'être appelée pour une urgence.

— Ça fait partie du travail en milieu hospitalier, répliqua-t-elle d'un ton léger.

— A plus tard.

A la cantine, il avisa une équipe du service de maternité et se joignit à eux, mais il ne cessa de penser à Isla pendant le repas.

Pourquoi la nouvelle infirmière était-elle aussi méfiante ? A cause des ragots ridicules qui circulaient sur son compte ? Ou réagissait-elle ainsi avec tout le monde ?

Comme l'avait prévu Harry, Isla n'avait mangé que la moitié de son sandwich quand on vint la chercher. Quand on travaille dans le service le plus animé de l'hôpital, cela fait partie du jeu…

Elle s'en voulait de la manière stupide dont elle avait réagi avec Harry. A sa place, elle aussi aurait invité un nouveau membre de l'équipe soignante à se joindre à elle pour déjeuner. En lui prêtant des intentions cachées, elle s'était montrée injuste. Malgré ses excuses, elle s'était sentie mal à l'aise, ce qui avait encore empiré les choses. Il devait la trouver arrogante et grossière. Il s'était montré gentil et ne méritait pas d'être traité ainsi.

Mais comment se justifier sans évoquer un passé qu'elle s'efforçait désespérément d'enterrer ? Et le fait de le trouver terriblement séduisant n'arrangeait rien.

Son bon sens lui soufflait de garder ses distances avec lui. De toute façon, elle n'avait pas envie de relation amoureuse. Surtout pas avec un homme à la réputation légère. Elle lui présenterait de nouvelles excuses dans l'intérêt de leurs relations de travail, et ils n'en parleraient plus.

L'après-midi, elle fut encore affectée aux box avec Josie et Harry.

Comme ils venaient de soigner un patient blessé au doigt, elle le prit à part.

— Je peux vous dire un mot ?

— Bien sûr.

— Je voulais m'excuser pour tout à l'heure.

— A quel sujet ? demanda Harry d'un air perplexe.

— Je me suis montrée discourtoise et dédaigneuse quand vous m'avez proposé de déjeuner avec vous.

— Oh ! ne vous tracassez pas pour ça ! répondit-il, amusé.

Ce sont les potins hospitaliers qui sont à blâmer. Ici, on monte tout en épingle.

— En effet, acquiesça-t-elle.

Cela arrivait dans toutes les petites communautés. Par exemple dans l'île au large de la côte écossaise d'où elle venait, où chacun savait tout sur tout le monde. Et elle savait mieux que personne ce qu'on ressent quand on est l'objet de ragots.

— Je vous prie d'excuser mon impolitesse. J'ai été horrible. Je peux peut-être vous offrir une tasse de thé tout à l'heure pour me racheter ?

— Vous n'avez pas été si horrible. Juste un péu arrogante. Excuses et proposition acceptées. Pour le thé, nous pouvons prendre M. Kemp comme chaperon, si vous voulez.

Comment pouvait-il être aussi accommodant ?

Elle se sentit encore plus coupable.

— C'est un bon prétexte pour voir comment il va.

— Parfait. C'est un non-rendez-vous, alors, conclut Harry.

Son sourire parut illuminer la pièce.

Il était vraiment très beau. Et gentil. Et il avait le sens de l'humour. Et…

Elle ferait bien d'éviter de se laisser séduire par Harry Gardiner.

Ils passèrent leur pause de l'après-midi au service d'hospitalisation des urgences en compagnie de M. Kemp.

— Merci pour le thé, dit le vieil homme.

— Avec plaisir, répondit Isla en souriant.

— Vous n'aurez pas d'ennuis pour être venus ici, j'espère ?

— C'est notre pause de l'après-midi. On a le droit de la passer dans un autre service.

— Je vous cause tant de dérangement, se désola M. Kemp.

— Tout va bien, le rassura Isla. Votre fille a-t-elle pu venir vous voir ?

— Elle viendra directement de son travail. Je m'en veux. Elle a dû trouver quelqu'un pour s'occuper des enfants.

— Les mères qui travaillent sont douées pour s'organiser, dit Harry. Elles ont toujours une amie pour leur donner un coup de main. Comment vous sentez-vous ?

— Suffisamment bien pour rentrer chez moi. Au moins, là-bas, je ne serai un fardeau pour personne.

Isla en doutait. Il pouvait de nouveau avaler correctement, mais il n'était pas prêt à rentrer chez lui. Et il causerait plus d'inquiétude à sa famille s'il était seul dans son appartement.

— L'équipe médicale est là pour vous aider, ne vous faites pas de souci, rétorqua-t-elle gaiement.

Lorraine lui avait dit qu'Harry était adorable avec les patients, et elle en eut une nouvelle confirmation : s'étant débrouillé pour savoir que M. Kemp adorait les chiens, il lança la conversation sur le sujet pour lui changer les idées.

— Vous avez été formidable avec M. Kemp, remarqua-t-elle comme ils regagnaient les urgences.

Harry balaya la réflexion d'un geste.

— Juste du bavardage. J'ai remarqué que vous l'observiez pendant qu'il buvait pour évaluer sa déglutition.

— Oui, c'est nettement mieux. Mais il va devoir rester encore un jour ou deux. Il faut s'assurer qu'il n'a pas d'infection urinaire ou d'infection pulmonaire qui aurait pu contribuer à sa chute au même titre que l'attaque cérébrale. De plus, il faudrait qu'une assistante sociale examine son dossier de soins et parle à sa famille. Il ne semble guère disposé à accepter de l'aide, et à en juger par ce qu'il en dit, son gendre n'est pas patient avec lui.

— C'est vrai. Mais je connais des gens qui doivent jongler entre leurs enfants et leurs parents âgés, et ce n'est pas toujours évident. Les anciens ne sont pas tous faciles.

— Mais certains sont géniaux, rétorqua-t-elle.

Ses propres parents avaient été formidables. Ils avaient toujours refusé de croire aux accusations d'Andrew, et ils l'avaient encouragée à prendre un poste à Glasgow avant de s'installer à Londres pour repartir de zéro.

— Oui, certains sont géniaux, répéta Harry en la regardant curieusement.

— Il faut de tout pour faire un monde, observa-t-elle sur

un ton désinvolte, regrettant d'avoir ouvert sa grande bouche. Bien, nous avons des patients à voir.

— Oui, répondit Harry en lui ouvrant la porte et en s'effaçant devant elle. On y va, infirmière McKenna ?

2.

A la salle de bowling où l'équipe soignante s'était rassemblée, Harry se tourna négligemment vers Lorraine.

— Isla ne vient pas, ce soir ?

— Non.

Lorraine ne lui donna aucune explication, et il se garda de la questionner, de peur d'alimenter les potins qui circulaient sur son compte : si jamais quelqu'un laissait entendre à Isla qu'il s'intéressait à elle, cela compliquerait leurs relations de travail.

Néanmoins, c'était la troisième soirée qu'Isla manquait en deux semaines. Collègue idéale, elle était à l'écoute des patients et de leurs parents, prompte à suggérer des solutions sensées aux problèmes cliniques, et elle s'entendait bien avec tout le monde. C'était étrange qu'elle ne se joigne pas à l'équipe pour ces sorties, pourtant des occasions rêvées d'apprendre à mieux connaître ses nouveaux collègues.

Ça l'intriguait. Etait-elle mère célibataire ou en charge d'un parent âgé, avait-elle du mal à trouver quelqu'un pour la remplacer le soir ?

Il pouvait difficilement l'interroger sans paraître indiscret. Et, si elle avait un enfant, il ne tenait pas à se retrouver avec des responsabilités de type parental. Il y avait peu de risque que ça lui arrive de nouveau, mais il ne fallait pas tenter le diable.

— Dommage, dit-il d'un ton léger avant de se joindre à ses compagnons pour constituer les équipes.

Deux jours plus tard, Harry connut sa pire journée aux urgences depuis des mois. Isla, Josie et lui, qui travaillaient ensemble en réanimation, s'étaient efforcés pendant des heures de sauver un jeune motocycliste impliqué dans une collision frontale. Mais ses blessures étaient trop graves. Au moment où ils croyaient que le jeune homme allait s'en sortir, celui-ci avait fait un arrêt cardiaque, et ils n'avaient pu le ranimer.

Il reposa les palettes du défibrillateur après une ultime vaine tentative.

— Il y a vingt minutes, maintenant. Il ne réagit pas. Tout le monde est d'accord pour qu'on le laisse tranquille ?

Décomposées, Isla et Josie acquiescèrent.

— Heure de la mort, 1 h 53, murmura-t-il en remontant le drap sur le visage du patient. Merci à vous. Vous avez bien travaillé.

Mais cela n'avait pas suffi, et ils le savaient.

Jonathan Pryor n'avait que vingt-sept ans, ses parents avaient été prévenus. La réceptionniste envoya un message en réanimation, précisant que la mère de Jonathan attendait dans la salle réservée aux familles.

— J'y vais dès qu'il aura quitté le bloc, annonça-t-il.

— Je vous accompagne, si vous voulez, proposa Isla.

— Merci.

Il détestait être porteur de mauvaises nouvelles. La présence d'Isla rendrait les choses moins difficiles. Peut-être saurait-elle quoi dire quand il serait à court de mots.

— J'ai ça en horreur, admit-il en s'y rendant avec Isla.

— Nous avons fait l'impossible pour le sauver.

Cela ne le consolait pas. Mais devant les yeux si bleus d'Isla empreints de sympathie, son cœur se sentit un peu moins vide.

Mme Pryor leva vers eux un regard plein d'espoir quand ils pénétrèrent dans la pièce.

— Jonathan est sorti du bloc ? Je peux le voir ?

Harry vit l'instant où son visage se décomposa tandis qu'elle prenait conscience de l'épouvantable vérité.

— Je suis désolé, madame Pryor, murmura-t-il en lui prenant la main. Nous avons fait tout ce que nous avons pu pour le sauver, mais son cœur s'est arrêté sur la table d'opération. Il a fait un arrêt cardiaque, et nous n'avons pas pu le ranimer.

— J'ai toujours détesté cette m… maudite moto, hoqueta-t-elle entre deux sanglots déchirants. J'étais morte d'inquiétude quand il la prenait. Je savais que ça arriverait un jour… Et maintenant je ne le reverrai plus. Mon garçon. Mon petit garçon…, gémit-elle, désespérée.

Impuissant devant tant de douleur, il ne dit rien et lui tint la main, la laissant parler de son enfant.

Isla se dirigea vers le distributeur de boissons, et il comprit qu'elle préparait un thé bien sucré pour Mme Pryor.

— Merci, je n'en veux pas, bredouilla celle-ci quand elle lui tendit le gobelet. Ça ne me ramènera pas mon fils…

— Je sais, dit Isla avec douceur et fermeté. Mais vous venez de subir un gros choc, et ça vous fera du bien. Juste un peu.

Effondrée, Mme Pryor porta le gobelet à ses lèvres comme un automate.

— Pouvons-nous prévenir quelqu'un pour vous ? demanda Harry.

— Mon mari… Oh ! mon Dieu ! répondit-elle en secouant la tête. Comment vais-je le lui annoncer ?

— Je peux m'en charger, dit gentiment Harry. Ce sera peut-être plus facile pour vous.

Mme Pryor prit une inspiration tremblante.

— D'accord… Merci.

— Vous pourrez aller voir Jonathan quand vous vous sentirez prête, dit Isla. Je vous accompagnerai, et vous pourrez passer du temps seule avec lui. Voulez-vous que je fasse venir l'aumônier de l'hôpital ?

Mme Pryor secoua la tête.

— Parler à l'aumônier ne ressuscitera pas Jonathan, n'est-ce pas ?

— Je comprends, dit Isla. Mais si vous changez d'avis, dites-le moi. Nous ferons tout pour vous aider.

— Il n'avait que vingt-sept ans. C'est trop jeune pour mourir, murmura Mme Pryor en fermant les yeux. Mais des enfants encore plus jeunes se tuent dans des accidents chaque jour.

Oui, songea Harry. Et s'ils ne mouraient pas, ils gardaient des séquelles à vie. Sa petite sœur en était l'illustration.

Il repoussa cette pensée, chassa la culpabilité.

Pas maintenant !

— On n'imagine pas que ça peut arriver au sien. On espère, on prie pour que ça ne se produise jamais, soupira Mme Pryor. Je sais qu'il était adulte, mais il sera toujours pour moi mon petit garçon…

Harry gagna son bureau pour téléphoner à M. Pryor pendant qu'Isla le remplaçait auprès de la mère éplorée et lui tenait la main. En chemin, il demanda à un aide-soignant de nettoyer le visage de Jonathan et de le préparer pour épargner aux malheureux parents la vision des dégâts causés par l'accident. Puis il retourna auprès d'Isla et de Mme Pryor et y resta jusqu'à l'arrivée du père, vingt minutes après. Unis dans la même douleur, les deux époux restèrent un long moment agrippés l'un à l'autre, hébétés. Puis M. Pryor demanda :

— Peut-on le voir ?

— Bien sûr, répondit Harry.

Accompagné d'Isla, il les conduisit à la salle où le corps de Jonathan avait été entreposé pour plus d'intimité. Ils restèrent quelques minutes avec les Pryor au cas où ceux-ci auraient des questions, puis Isla s'adressa aux parents effondrés.

— Nous serons dans le couloir si vous avez besoin de nous.

— Merci, souffla Mme Pryor entre deux sanglots.

Dehors, Isla se tourna vers Harry.

— Je reste ici, vous devez retourner en réanimation.

— Vous êtes sûre ? répondit-il, hésitant à la laisser seule avec les parents affligés.

— J'en suis sûre.

Il lui pressa la main, s'efforçant d'ignorer le trouble déplacé qu'il ressentait au contact de sa peau.

— Merci, Isla, vous avez été formidable. Si vous avez besoin de soutien ou si vous voulez que je leur parle, vous savez où me trouver.

— Pauvres gens.

— Cette partie de notre métier me fait horreur.

— Je sais. Mais il faut en passer par là et faire de notre mieux, répondit-elle en serrant sa main. Allez-y.

Il rédigea son compte rendu et retourna au service de réanimation.

A son grand soulagement, il put venir en aide au patient suivant, victime d'un malaise. Les tests montrèrent que celui-ci souffrait d'un diabète non diagnostiqué et faisait une acidose diabétique. Harry put commencer immédiatement le traitement, puis il expliqua à l'épouse angoissée que son mari s'en remettrait mais qu'il devait consulter un diabétologue, apprendre à gérer sa glycémie et probablement suivre un régime alimentaire approprié.

En milieu d'après-midi, il put enfin faire un break. N'ayant pas revu Isla après l'avoir laissée avec les Pryor, il se mit à sa recherche. Il la trouva noyée sous la paperasse.

— Je vous libère.

— Quoi ? demanda-t-elle, levant les yeux.

— J'ai besoin d'une pâtisserie, et vous aussi, après la journée que vous avez eue. Je nous prescris donc un saut à la cantine de l'hôpital.

— Et Josie ?

— Elle a déjà pris sa pause, mais je lui rapporterai du gâteau. Vous m'aiderez à choisir ce qu'elle aime.

Un moment, il crut qu'Isla allait regimber à la perspective d'être seule avec lui, mais elle sourit.

— Merci, avec plaisir.

— Allons-y, dit-il. Nous avons un quart d'heure pour aller à la cantine, prendre une pâtisserie et avaler un café.

— Comment vont les Pryor ? demanda-t-il quand ils furent assis devant une grosse part de *carrot cake* et un double café.

— Ils sont dévastés, mais ils ont pu passer du temps avec leur fils. Je leur ai expliqué qu'il n'avait pas souffert en réanimation, qu'il était parti vite.

— Je hais ces cas, soupira-t-il. Ce garçon avait toute la vie devant lui. Il avait cinq ans de moins que moi.

L'âge d'un de ses frères. Et il avait failli envoyer un SMS à chacun de ses frères et sœurs en âge de conduire pour leur faire promettre que jamais au grand jamais ils ne conduiraient une moto.

— Et trois ans de moins que moi, dit Isla en écho, laissant pour la première fois échapper une information personnelle.

— Vous avez été parfaite avec les Pryor. Je suppose que vous avez déjà eu affaire à des parents endeuillés dans le dernier service d'urgence où vous avez travaillé ?

— En fait, non.

Il battit des paupières.

— Comment ça ?

— Je n'étais pas dans un service d'urgence. J'étais infirmière praticienne au cabinet d'un généraliste. J'ai fait un stage de recyclage à Glasgow avant de venir ici.

— Vous avez suivi cette formation pour avoir de meilleures opportunités de promotion ?

— Quelque chose comme ça.

Manifestement, elle regrettait d'avoir trop parlé.

Il lui sourit.

— Pardon, on est un peu curieux au London Victoria. Et je suis trop bavard. Sans doute à cause de l'apport de sucre dans mon sang.

— Et de la dure journée que vous avez eue, renchérit Isla. Vous avez toujours travaillé aux urgences ?

— Pratiquement. J'ai été formé à Londres, et j'ai fait mes années d'internat ici, en pédiatrie et en gastro-entérologie. Mais dès que j'ai commencé à travailler aux urgences, j'ai su que j'avais trouvé ma place, et j'y ai fait carrière.

— Trente-deux ans, c'est jeune pour un chef de clinique, fit-elle remarquer. Vous êtes doué pour ça, ça se voit.

Curieusement, il se sentit tout ragaillardi par sa remarque.

— Merci, gentille dame, dit-il en inclinant la tête.

— Ce n'était pas un compliment, mais une simple constatation, observa-t-elle avec raideur.

— Je vous aime bien, Isla, dit-il en souriant. Vous êtes bonne pour mon ego, vous savez y mettre un frein.

Elle lui rendit son sourire, et il sentit son cœur manquer un battement.

Elle était vraiment magnifique quand elle souriait.

— J'ai connu des egos pires que le vôtre.

— Et vous les avez traités avec aussi peu de ménagement ?

— En quelque sorte.

— Je peux vous poser une question ? dit-il en la scrutant.

— Ça dépend.

— Pourquoi ne venez-vous pas aux sorties de l'équipe ?

— Parce que ce n'est pas mon truc.

— Alors, vous n'aimez ni le bowling, ni les quizz au pub, ni la pizza… Qu'est-ce que vous aimez, Isla ?

— Pourquoi ?

— Parce que vous n'êtes au London Victoria que depuis deux semaines, que vous ne connaissez personne par ici et que vous devez vous sentir seule.

Isla joua avec sa fourchette.

Oui, elle se sentait seule. Sa famille et ses amis des îles Hébrides lui manquaient. Mais même si elle s'efforçait de laisser le passé derrière elle, elle hésitait à fréquenter ses nouveaux collègues. Si jamais elle laissait échapper quelque chose, leur comportement avec elle changerait. Les uns la plaindraient, les autres penseraient qu'il n'y a pas de fumée sans feu. Elle ne tenait à affronter ni les uns ni les autres.

Elle ne croyait pas qu'Harry voulait sortir avec elle, mais mieux valait mettre les choses au point.

— Vous avez raison, je ne connais pas beaucoup de monde à Londres, admit-elle. Et j'aimerais avoir un ami. Juste un ami. Car je me consacre à ma carrière, maintenant.

— Ça me va. Alors, pouvons-nous être amis ?

Même si son sourire la rendait toute chose, l'amitié était la seule chose qu'elle était disposée à lui offrir.

— Avec plaisir, répondit-elle. Et on peut se tutoyer.

— Tout à fait d'accord, dit Harry en lui tendant la main.

Elle ignora résolument le trouble suscité par le contact de sa main.

Non, il ne se passerait rien entre eux !

3.

En entrant dans la salle de repos, ce matin-là, Isla trouva Harry perdu dans la contemplation de son mug de café, l'air malheureux.

Dans un élan de sympathie, elle posa la main sur son bras.

— Dure matinée ?

— Non… oui, bredouilla-t-il avec une grimace. Peu importe. Laisse tomber.

Cette brusquerie ne ressemblait pas à Harry Gardiner. Le médecin qu'elle avait appris à connaître au cours du mois qui venait de s'écouler était un homme souriant, toujours positif. Il avait fait mentir sa réputation de séducteur. Depuis qu'elle le connaissait, il n'était sorti avec personne. Il avait même repoussé des avances, ce qui était plutôt atypique chez un don Juan censé accumuler les conquêtes.

Peut-être avait-il dit la vérité en prétendant n'avoir rien d'un bourreau des cœurs ?

Pour l'instant, il était visiblement bouleversé, et elle comprenait qu'il n'ait pas envie d'en parler. Depuis qu'Andrew Gillespie avait proféré cette horrible accusation et que son fiancé l'avait cru, elle avait la même réaction.

— Très bien. Mais si tu veux en parler, je suis là.

— Merci, répondit Harry.

Il semblait plongé dans une profonde mélancolie. Et il ne se dérida pas quand il travailla avec elle un peu plus tard, pas même pour sortir une plaisanterie et distraire le garçonnet dont il devait suturer le genou.

En milieu d'après-midi, elle s'inquiétait vraiment.

— Harry, tu as visiblement besoin d'une petite douceur, je t'emmène à la cantine, décréta-t-elle avec autorité.

— D'accord, infirmière McKenna, dit-il avec un soupir.

Mais aucune lueur amusée ne brillait dans ses yeux mornes, et l'inquiétude d'Isla ne fit que croître.

— Me diras-tu ce qui ne va pas ? demanda-t-elle quand ils furent assis devant une appétissante tarte au citron

Harry ne répondit pas.

Elle attendit patiemment.

Il garda le silence.

— Harry, soit tu as subitement fait vœu de silence et de chasteté, soit tu as un problème.

Il la regarda.

— Comment sais-tu que je suis chaste ?

Elle soutint son regard.

— Si j'en crois les rumeurs, on ne t'a pas vu avec une femme depuis un mois, et tout le monde te croit malade.

— Ils feraient mieux de se mêler de leurs affaires, grommela-t-il en se renfrognant. Je ne suis pas malade. Je n'ai simplement pas envie de sortir.

— Et le silence ?

Il soupira.

— Je ne veux pas en parler ici.

Il y avait donc bel et bien quelque chose qui n'allait pas.

Elle aimait bien Harry. Et elle détestait le savoir malheureux.

— Après le travail, alors ? Dans un endroit où les gens de l'hôpital ne risquent pas d'entendre tes propos ?

Une lueur d'intérêt brilla dans les yeux d'Harry.

— Serait-ce un rendez-vous, infirmière McKenna ?

— Sûrement pas, s'insurgea-t-elle, offusquée. Mais nous sommes amis, et les amis se soutiennent mutuellement, dit-elle d'un ton plus doux. Harry, tu sembles contrarié et tu ne te dérides plus, tu as manifestement un souci. Je propose que nous allions boire un verre après le travail pour en parler.

— J'ai besoin d'une amie, oui… Mais tu ne sors jamais, Isla. Il n'y a personne qui t'attend à la maison ?

— Je suis célibataire, tu le sais bien.

— Je ne pensais pas à ça. Tu as peut-être un enfant ou un parent dont tu t'occupes, expliqua-t-il.

— Est-ce ce qu'on raconte sur moi ? Que je ne sors pas avec l'équipe parce que je suis mère célibataire et que j'ai des problèmes de baby-sitting ?

— Les gens sont curieux. Mais je ne cancane pas à ton sujet.

Elle le crut.

— Pour ton information, je n'ai pas d'enfant et ne cherche pas de compagnie. Je suis seule, et ça me convient.

— Pas même un poisson rouge ou un chat ?

— Non.

Elle aurait adoré avoir un chien, mais avec ses horaires de travail, elle aurait dû le laisser seul toute la journée, et il aurait été malheureux.

— Merci, Isla. Je cherche l'endroit adéquat, et je t'envoie un SMS. On se retrouve là-bas ?

Elle acquiesça.

Dans un pub ou un café du quartier, ils risquaient de tomber sur des connaissances qui ne manqueraient pas de spéculer sur leur relation. Harry ne voulait pas alimenter les potins, et elle non plus.

Son service terminé, Harry envoya un texto à Isla avec l'adresse d'un bar à vin et les instructions pour s'y rendre.

Il n'aurait jamais imaginé qu'elle puisse le prendre sous son aile. Elle ne sortait pas, alors que lui avait la réputation — imméritée — d'accumuler les conquêtes. Il travaillait au London Victoria depuis des années alors qu'elle était là depuis moins d'un mois. Mais elle était la seule à avoir perçu son malaise, la seule à lui avoir offert une oreille attentive.

Il n'avait pas l'habitude d'évoquer sa famille. Mais cela lui ferait peut-être du bien d'en parler à quelqu'un qui le connaissait peu — et connaissait encore moins les personnes impliquées. Des yeux neufs pour l'aider à y voir plus clair. Cette histoire de nouveau mariage l'obsédait, et il ne comprenait pas pourquoi. Ce n'était pas comme si son père ne s'était pas déjà remarié. Pourquoi, mais pourquoi cela le perturbait-il autant, cette fois ?

Il avait bu la moitié de son verre de merlot quand Isla entra dans le bar. Elle regarda autour d'elle et se dirigea vers lui.

— Bonsoir.

— Bonsoir. Tu es ravissante. C'est la première fois que je te vois dans une autre tenue que ton uniforme d'infirmière… Pardon, je ne voulais pas te faire d'avances.

Il devait pourtant admettre qu'il était très attiré par Isla McKenna. Cette peau laiteuse, ces beaux cheveux cuivrés, cette bouche délicate qui semblait attendre un premier baiser d'amour, comme une princesse de conte de fées…

Du calme. S'il disait à Isla à quoi il pensait, elle le planterait là. Et il faudrait du temps pour reconstruire leur douce relation d'amitié.

— Tu es différent aussi sans ta blouse blanche, répliqua-t-elle à son grand soulagement.

— Je vais te chercher un verre. Que veux-tu boire ?

— La même chose que toi.

— Du merlot australien. Parfait, je reviens tout de suite.

Cela lui donnerait le temps de se ressaisir.

Quand il regagna leur table, Isla était en train de consulter son portable.

— Tout va bien ? demanda-t-il.

— Oui, répondit-elle en souriant. J'envoyais un texto à ma mère, ma sœur et mon frère pour leur parler de ma journée.

— Ta famille te manque ?

Elle hocha la tête.

— Parfois, les îles me semblent aussi loin que l'Australie.

— Les îles ?

— Les îles Hébrides…

Ainsi, elle venait de là-bas ! Il y avait un monde entre les charmants petits villages des Hébrides entre mer et montagne, et la ville tentaculaire et bruyante qu'était Londres.

— Ce n'est pas le bout du monde, dit-elle. Pour aller chez

moi, je peux m'envoler pour Glasgow et attraper un vol pour Lewis, ou prendre le train à Glasgow pour Oban, et emprunter ensuite le ferry.

A en juger par la nostalgie qui perçait dans la voix d'Isla, sa famille lui manquait vraiment. Une chose qu'il avait du mal à comprendre, lui qui se sentait souvent coupé de la sienne. C'était assez ironique, vu la taille de sa tribu. Huit frères et sœurs, et un autre en route ! Certes, il n'avait pas grand-chose en commun avec ses deux plus jeunes demi-frères, mais il n'était pas si éloigné des autres, et il se disputait souvent avec une de ses sœurs. La mauvaise conscience le rendait trop protecteur, et elle finissait par l'envoyer promener.

— Mais il ne s'agit pas de moi. Qu'est-ce qui t'arrive ?

— Tu es directe, remarqua-t-il, jouant la montre.

— Je ne connais pas d'autre approche.

Il soupira.

— Si je te dis ce qui me tracasse, tu vas me prendre pour un monstre d'égoïsme.

Elle sourit.

— Outre le fait que chaque histoire a généralement deux facettes, je doute que tu sois un monstre d'égoïsme.

Une lueur passa dans son regard, comme si elle se rappelait une chose douloureuse, et il s'en voulut d'en être la cause.

— Peu importe, dit-il. Buvons juste nos verres en parlant de… je ne sais pas, du temps, par exemple.

Un sujet de conversation inoffensif.

Elle rit.

— Belle tentative. Mon frère Iain esquive de la même façon quand nous abordons un sujet trop personnel.

— Ça doit être typiquement masculin, dit-il, s'efforçant d'adopter un ton léger.

— Mais parfois, le coupa-t-elle doucement, il vaut mieux évacuer les choses que les garder pour soi. Un problème partagé est un problème réduit de moitié… Et puis, conclut-elle en fronçant son petit nez, j'ai épuisé tous mes clichés pour l'instant. A toi.

Malgré son humeur morose, il se surprit à sourire.

Cette femme lui plaisait. Beaucoup. Raison de plus pour tuer dans l'œuf son attirance pour elle. Il voulait la garder dans sa vie au lieu de se retrancher derrière des barrières protectrices comme il avait l'habitude de le faire.

— Je déteste étaler mes émotions, dit-il. Et il est plus facile de parler l'estomac plein. Ils font de fantastiques tourtes ici, et l'écrasé de pommes de terre au beurre est le plus exquis de Londres. On peut discuter en mangeant ?

— Ne me dis pas que tu comptes me faire avaler aussi de l'anguille en gelée ou de la purée de pois ?

— Les plats traditionnels londoniens ! dit-il en riant. Non. Comme légumes ici, je te recommande les épinards, ils sont délicieusement aillés.

— D'accord pour une demi-portion. Dînons. En amis.

Qu'avait donc Isla contre les rendez-vous galants ? Elle avait probablement eu une déception amoureuse. Mais il sentait que s'il l'interrogeait, elle se fermerait comme une huître.

— Entendu.

Il eut un peu de répit, le temps de passer leur commande. Mais quand ils furent servis et qu'elle eut admis que la tourte était à tomber, il finit par parler.

— Mon père va se remarier, dit-il.

— Hum… En quoi est-ce un problème ?

— On croirait entendre maître Yoda.

— Ne change pas de sujet, dit-elle, les yeux étrécis.

— Vous êtes vraiment autoritaires, vous autres qui habitez au-delà de la frontière du nord, grommela-t-il.

— Et vous autres angliches, vous vous découragez facilement, rétorqua-t-elle avec malice. Sérieusement, Harry, qu'est-ce qui ne va pas ? Tu n'aimes pas la future épouse ?

— Je ne la connais pas vraiment, répondit-il avec un haussement d'épaules.

— Alors, qu'est-ce qu'il y a ?

— Ça reste entre nous ?

— Bien sûr, répliqua-t-elle avec agacement.

— Désolé. Je sais que tu n'es pas du genre à colporter des ragots. Je ne... Eh bien, je ne parle jamais de ma vie personnelle.

— Et j'apprécie que tu le fasses maintenant, dit-elle avec douceur.

Il poussa un soupir.

— Mon père veut que je sois son garçon d'honneur.

— Et tu n'y tiens pas ?

— Non. Ce serait la troisième fois. Et je ne vois pas l'intérêt de faire tout un foin autour de ce mariage alors que, dans cinq ans, il remettra ça.

Isla garda le silence, attendant qu'il finisse.

Nouveau soupir.

— Mon père... Je ne sais pas. C'est peut-être un optimiste pathologique, mais ce sera son septième mariage, et cette fois sa fiancée est plus jeune que moi !

Un septième mariage ? En effet, après un certain nombre d'échecs matrimoniaux, on pourrait penser qu'un homme hésiterait à convoler encore, se dit Isla.

— Ton père n'a peut-être pas encore trouvé la femme de sa vie, remarqua-t-elle doucement.

— Et la septième serait la bonne ? Ça ferait bon effet dans mon discours de garçon d'honneur... Pardon, je ne veux pas te faire supporter ma mauvaise humeur. Mon père est charmant... Du moins, quand ça l'arrange. Mais il s'ennuie vite. Et je ne comprends pas pourquoi aucune de ses femmes ne s'en est rendu compte avant de l'épouser. Pas ma mère, à l'évidence, qui a été la première. Mais toutes les autres. Se marier, avoir un enfant, se lasser, avoir une liaison, passer à autre chose, voilà à quoi il passe sa vie. Aucune relation de mon père n'a dépassé cinq ans, à l'exception de la dernière qui a duré presque sept ans. Et je crois que c'est Julie qui y a mis fin, pas mon père. La cinquantaine le fait peut-être lever un peu le pied...

Harry soupira.

— J'aimais beaucoup Fliss, sa troisième épouse. Elle avait une patience d'ange avec l'adolescent que j'étais à l'époque.

— Tu as vécu avec ton père, étant enfant ?

Il secoua la tête.

— Je venais passer le week-end chez lui de temps en temps, plus une semaine ou deux pendant les grandes vacances. Je vivais avec ma mère et mes trois demi-sœurs. Elle aussi est une habituée du remariage, mais au moins a-t-elle gardé l'époux numéro 4… Papa n'a eu que des fils — six en tout —, et il espère peut-être que sa nouvelle femme lui donnera une fille.

Isla fit un rapide calcul.

Harry appartenait à une fratrie de neuf enfants, bientôt dix !

— Tu es donc l'aîné ?

— Ne te méprends pas. J'aime mes frères et sœurs, mais il y a une génération entre moi et les plus jeunes, et nous n'avons rien en commun. Je me sens plus leur oncle que leur frère.

Il eut un mince sourire.

— Je dirais que garder ses jeunes frères et sœurs quand on est adolescent est la meilleure contraception qui soit. Je ne veux surtout pas avoir des enfants à moi. Jamais.

— Rappelle-moi de dire à mon frère Iain qu'il a de la chance de n'avoir eu que deux sœurs cadettes, Mags et moi.

— Tu es le bébé de la famille ?

— Oui, et j'ai été pourrie gâtée.

— Tu es bien trop sensée pour ça.

— Merci… Bon. Tu ne veux pas être le garçon d'honneur, ni assister au mariage. Je suppose que tu n'as envie de blesser personne, alors tu peux toujours prétendre que nous sommes surchargés de travail à l'hôpital, à court de personnel, et que tu ne peux pas te libérer.

— J'ai déjà essayé, répondit Harry. Mon père dit que mon congé annuel est stipulé dans mon contrat — il est avocat, je ne peux pas le baratiner — et qu'on peut toujours me trouver un remplaçant. En outre, il m'a prévenu suffisamment à temps pour que j'organise mon planning des mois à l'avance afin d'assister à la noce.

— Et une maladie de dernière minute ? suggéra-t-elle. Un norovirus aurait frappé le service, et tu l'aurais attrapé.

— Un norovirus en plein été ? Ça ne marchera jamais.

— Il y a d'autres médecins dans la famille ?

— Une de mes sœurs est stagiaire en audiologie, mais chacun sait que le norovirus sévit surtout l'hiver. La presse parle assez des urgences submergées lors des pics hivernaux de gastro... Non, j'y pense depuis des semaines et je ne vois pas de manière gentille de me défiler.

— L'approche douce étant écartée, as-tu essayé de dire à un de tes frères que tu ne voulais pas y aller ?

— Oui. A Jack, celui qui vient juste après moi.

— Qu'est-ce qu'il a dit ?

— Il pense que je dois être là pour soutenir notre vieux père. Et Fin, son cadet, est du même avis.

— Quel âge ont-ils ?

— Nous avons tous cinq ans d'écart. Jack et Fin ont respectivement vingt-sept et vingt-deux ans. L'*alien*, là-dedans, ce sera le nouveau bébé, qui aura sept ans de moins qu'Evan, le benjamin de la fratrie.

— D'accord. Donc, tu dois aller au mariage. Mais ton père ne peut-il pas trouver un autre garçon d'honneur ? Son meilleur ami, son frère, voire même une sœur ?

La suggestion arracha un sourire à Harry.

— Une dame d'honneur ? Je vois mal tante Val accepter. Elle accuse papa de collectionner les épouses, dit-il en portant son verre à ses lèvres. Et oncle Jeff, le frère de papa, a déjà rempli ce rôle deux fois, tout comme Marty, son meilleur ami.

— Pourquoi pas Jack ou Fin ? Ça pourrait être leur tour ?

— Je le suggérerai. Mais même si je ne suis qu'un invité, ça n'empêchera pas les gens de me harceler de questions parce que je ne suis pas encore casé, sous prétexte que j'ai dix ans de plus que papa quand il a convolé pour la première fois.

— Tu étais étudiant en médecine à vingt-deux ans, objecta-t-elle. Avec les horaires infernaux de l'internat, tu n'aurais pas eu le temps de te marier ni de profiter de ton épouse.

— Mais je ne suis plus étudiant ni interne. A leurs yeux, je n'ai aucune excuse pour ne pas me fixer.

— Et si tu allais au mariage avec une petite amie ?

C'était le pire cauchemar d'Harry : amener une petite amie à une fête de famille laisserait supposer que la relation était sérieuse. Et quand il deviendrait clair que ce n'était pas le cas, quelqu'un souffrirait immanquablement.

— Oui, mais on voudrait savoir comment on s'est connus, depuis quand on sort ensemble, si c'est sérieux, quand on compte se fiancer, etc. Ils n'arrêtent jamais.

— Et si tu leur disais que tu es gay ?

— Ils voudraient rencontrer mon compagnon. Le problème, ce n'est pas son sexe, c'est qu'il n'existe pas. Qu'est-ce qui peut les arrêter ? dit-il en soupirant. Un ouragan, une pluie de grenouilles… Les questions reprendraient au bout de cinq minutes. Je peux peut-être m'inventer une fiancée fictive, qui ne m'accompagnerait pas au mariage parce que…

— Parce qu'elle travaille ?

— Ils ne mordraient pas à l'hameçon. Non, ils ne croiront à mes fiançailles que si je viens avec une fiancée.

— Il n'y a personne dans ta vie qui puisse tenir ce rôle ?

Non. Mais, maintenant qu'il y pensait, ce n'était peut-être pas une mauvaise idée. Il pouvait convaincre quelqu'un de l'accompagner. Une personne sûre. Raisonnable.

— Pas bête. Sa présence au mariage désamorcerait les questions. Tout le monde serait content, et personne ne souffrirait.

— Ce n'est jamais une bonne idée de mentir, dit Isla.

— Hé, c'est ta suggestion.

— Oublie-la. C'est une idée stupide.

— Au contraire, je la trouve géniale ! Et ce ne serait pas un mensonge, juste un petit bobard pour faire taire les gens. Et si ensuite on me demande la date du mariage, je pourrai dire que ma fiancée et moi avons pris conscience que nous commettions une erreur, que nous en avons longuement discuté et que nous avons décidé de rompre. Et, ajouta-t-il en souriant, la fiancée en question connaissant le scénario depuis le début n'irait pas s'illusionner sur la suite de notre relation.

— Tu as une personne en tête ?

Quelqu'un de sûr. Qui ne se fasse pas des idées. Qui soit célibataire. La seule personne remplissant toutes ces conditions était assise en face de lui. Isla voudrait-elle endosser ce rôle ?

Il n'y avait qu'une façon de le savoir.

— Qu'est-ce que tu fais le week-end en quinze ? demanda-t-il.

4.

Isla le fixa de ses yeux bleu pervenche.

— Mettons les choses au clair. Tu veux que je t'accompagne à ce mariage comme… pseudo-fiancée ?

C'était la solution parfaite. Et l'idée venait d'elle.

— Oui.

— Non.

— Pourquoi ? Parce que tu es de garde ce week-end-là et que tu aurais du mal à te faire remplacer sans alimenter les rumeurs ?

— Non, je ne suis pas de service ce week-end-là.

— Alors, quel est le problème ? dit-il, les sourcils froncés. Tu es la personne idéale.

— Comment ça ?

— Si je demande à une autre de m'accompagner au mariage et de rencontrer ma famille, elle pensera que je veux avoir une relation durable avec elle. Toi, c'est différent. Tu ne sors jamais. Tu sauras que je t'invite uniquement pour que les miens arrêtent de me harceler, pas parce que je suis secrètement amoureux de toi et que je veux passer ma vie avec toi.

— Voyons, Harry, on n'assiste pas à un mariage en faisant semblant d'être avec quelqu'un !

— Pourquoi ?

— Parce que ce serait mentir à ta famille.

— Isla, je te le demande parce que je suis désespéré.

— Non mais, tu t'entends ?

— Pas désespéré dans le sens… Oh ! flûte, je m'enfonce ! Ce que je veux dire, c'est que j'ai besoin d'une amie pour me soutenir le long de cette journée redoutée. Une amie fiable qui n'interprète pas mal mes intentions.

— Nous nous connaissons à peine. Je pourrais être une psychopathe…

— Je travaille avec toi depuis un mois, je t'ai vue avec les patients. Tu es agréable, ferme quand il faut, et tu ne recules pas devant les situations difficiles. Mais surtout, tu es généreuse, sensée, et… tu es gentille.

— Gentille, répéta-t-elle, comme si c'était une insulte.

— Je t'aime beaucoup. Je te demande ce service car je sais que je peux te faire confiance.

— Nous mentirions quand même à ta famille.

— Un pieux mensonge. Pour que tout le monde soit content et qu'on se focalise sur le mariage et non sur moi.

— Personne ne va croire que je suis ta fiancée.

— Bien sûr que si. Si notre histoire est proche de la vérité, ce sera convaincant. Nous travaillons ensemble, et je serais tombé amoureux de toi dès notre première rencontre. A mes yeux, tu serais… Quel est l'équivalent écossais d'une rose anglaise ?

— Aucune idée. Un chardon ?

Hum. Elle ne manquait pas de piquant, c'était sûr.

— Ils ne le goberont jamais, dit-elle, agacée. Je parie que tu as l'habitude de sortir avec des femmes glamour. Et je ne suis pas le genre à hanter les agences de mannequins.

— Tu es un peu trop petite, mais avec quinze centimètres de plus, tu pourrais.

— Je ne suis pas assez mince, ricana-t-elle, moqueuse.

— Tu as des formes, ce n'est pas une mauvaise chose.

Il s'imagina effleurer ses courbes. Sentir sa peau douce sous ses doigts…

Mais il n'avait pas le droit d'y penser.

— En te voyant, ma famille pensera que tu es exactement le genre de femme qui me fait craquer. Beaux cheveux, peau superbe, yeux magnifiques, bouche gourmande…

Il devait en avoir trop dit, car Isla parut offusquée.

— Ce n'est pas qu'une question d'apparence, s'empressa-t-il

de préciser, conscient que les femmes détestent qu'on les juge sur leur physique. En parlant avec toi, ils te trouveront vive et enjouée, franche et honnête, bref idéale pour moi. Tu as tout pour toi, et il est parfaitement crédible que je tombe amoureux de toi.

Elle redressa le menton.

— Je ne cherche pas de relation.

— Moi non plus. Je cherche une amie qui m'aide à sortir de cette impasse et plaise à ma famille le temps d'un week-end.

— Alors ce n'est plus pour une journée, mais pour un week-end maintenant ? s'écria-t-elle.

— La noce a lieu en Cornouailles, à cinq heures de route d'ici, en supposant qu'il n'y ait pas d'embouteillages en chemin. La cérémonie est fixée au samedi après-midi. Nous pouvons prendre la route tôt le matin, passer la nuit à l'hôtel et revenir tranquillement le dimanche. C'est mieux que rester dix heures coincés dans une voiture… Je sais que c'est culotté d'exiger deux jours de ton précieux temps libre. Mais je ne le ferais pas si je n'étais pas…

— Désespéré ? dit-elle d'un ton sec.

— Si j'avais une autre solution, corrigea-t-il. Cela dit, si c'est non, oublie ma requête. Je ne veux pas ruiner notre relation de travail pour ça. Je te respecte trop. Cette histoire de mariage m'a embrouillé l'esprit. Tu as raison, c'est idiot. Faisons comme si nous n'avions jamais eu cette conversation.

Il grimaça un sourire.

— Je vais cesser de me comporter en enfant, aller à la noce et, comme toujours, ignorer les remarques. Jack est marié et Fin fiancé. Ça détournera peut-être l'attention de mes harceleurs.

Ou cela leur fournirait des munitions supplémentaires. Si Jack et Fin avaient trouvé l'âme sœur, pourquoi pas lui ?

Il connaissait la réponse à cette question : il ne croyait pas en l'amour. Pas avec le nombre de divorces auxquels il avait assisté. Celui de ses parents quand il avait cinq ans, puis deux de plus pour sa mère et cinq pour son père. Il n'avait pas besoin d'autre preuve pour savoir que, dans sa famille, le mariage était voué à l'échec.

Isla termina son verre, songeuse.

Etait-ce si insensé de la part d'Harry de vouloir aller au mariage de son père avec quelqu'un qui n'interpréterait pas son invitation comme un engagement ?

Mais elle ne voulait pas mentir.

Elle n'avait pas expliqué à Harry pourquoi le mensonge la révulsait tant. Elle ne lui avait pas dit ce qui s'était passé dans l'île, quand le beau-père de son fiancé avait ruiné sa vie.

Par pure malveillance, il avait porté plainte contre elle auprès de son patron. Même infondée, toute plainte contre un membre du cabinet médical devait être prise au sérieux, et on avait fait une enquête. Elle avait été entièrement blanchie des accusations portées contre elle, mais la moitié de l'île avait persisté à croire qu'il n'y avait pas de fumée sans feu. Andrew Gillespie était charmant, populaire, il employait de nombreux autochtones. Pour quelle raison aurait-il menti ?

Elle savait pourquoi. Mais si elle avait révélé la vérité, elle aurait détruit la vie d'Andrew, et il y aurait eu des dommages collatéraux. Des gens qu'elle aimait auraient souffert. Les ragots se seraient répandus, causant encore plus de dégâts.

Le plus douloureux, c'est que Stewart avait ajouté foi aux mensonges d'Andrew. Le seul qu'elle croyait de son côté l'avait laissée tomber. Il ne l'avait pas soutenue.

Elle prit une profonde inspiration.

— Laisse-moi y réfléchir.

Le visage d'Harry s'illumina.

— Tu vas le faire ?

— J'ai dit que j'allais y réfléchir, rectifia-t-elle.

Peut-être trouverait-elle un compromis. Une raison pour accompagner Harry à ce mariage sans qu'ils aient à mentir.

— Merci. Je t'en sais gré. Et si tu décides de venir avec moi, je serai heureux de t'offrir une tenue.

— C'est gentil, mais ce ne sera pas nécessaire. Outre que je peux me permettre d'acheter mes vêtements, merci, ma garde-robe comprend un peu plus qu'un uniforme et un jean.

Il s'esclaffa.

— C'est ce que j'aime en toi. Tu dis toujours ce que tu penses.

— Je ne vois pas l'intérêt de louvoyer. On peut changer de sujet, maintenant ?

Tard, ce soir-là, Isla repensa à cette conversation.

Elle appréciait la compagnie d'Harry. Et un mariage impliquait un repas délicieux, d'agréables rencontres et un bal, autant de choses qu'elle adorait. Elle était sérieusement tentée de l'accompagner.

Raison de plus pour refuser ! Elle risquerait de se laisser charmer par Harry, et elle ne voulait pas d'une relation amoureuse. Lui non plus. Elle compatissait sincèrement à ses problèmes. Pourquoi sa famille le harcelait-elle autant pour qu'il se case ? Pourquoi ne le voyaient-ils pas tel qu'il était, un brillant médecin adoré de ses patients ?

A l'inverse, sa propre famille l'avait toujours encouragée, valorisée. Ils avaient pris son parti et fait l'impossible pour étouffer les rumeurs propagées par Andrew Gillespie. Et quand il était devenu clair que le mal était fait et qu'elle allait devoir partir, ils l'avaient épaulée. Elle avait du mal à comprendre que les parents d'Harry ne le soutiennent pas. Refusait-il leur aide ? Les repoussait-il, déterminé à éviter à tout prix leurs erreurs ?

Elle y songeait encore en allant travailler le lendemain.

Elle n'eut pas l'occasion d'en discuter avec Harry durant la journée, car il était de service aux box. Affectée en réanimation, elle passa la matinée à tenter de stabiliser une adolescente qui avait été renversée par une voiture alors qu'elle traversait la route en envoyant un texto à son petit ami. Elle souffrait d'une fracture du bassin, de plusieurs fractures à la jambe et au bras gauches, et d'une hémorragie interne que l'équipe médicale eut du mal à enrayer avant de pouvoir l'envoyer au bloc opératoire pour réduire ses fractures. L'après-midi fut tout aussi chargé, avec deux crises cardiaques et un AVC. Mais les trois cas eurent une issue heureuse, et les patients furent hospitalisés.

Quand elle arriva au terme de son service, Harry avait déjà

quitté l'hôpital, mais il lui avait envoyé un texto lui demandant de le prévenir quand elle aurait pris sa décision.

Si elle refusait, elle aurait mauvaise conscience de le jeter en pâture aux siens. Si elle acceptait, elle devrait mentir, ce qui lui répugnait. Des mensonges avaient brisé ses fiançailles, l'obligeant à quitter un travail qu'elle adorait et à partir très loin prendre un nouveau départ.

Mais Harry voulait juste que les siens soient heureux, il n'essayait pas d'imposer ses vues ni de montrer son pouvoir. Il n'y avait aucune méchanceté dans sa démarche, cela n'avait rien à voir avec les mensonges d'Andrew Gillespie.

Peut-être le fait qu'il vienne accompagné au mariage suffirait-il, ils n'auraient pas besoin de jouer au couple. Si ?

Elle prit son téléphone et composa le numéro d'Harry.

La sonnerie retentit une fois, deux fois, trois fois, et un message enregistré prit la relève. Impersonnel, débité par une voix mécanique, il précisait que le numéro était indisponible pour le moment et priait de laisser un message.

— C'est Isla. Appelle-moi quand tu auras un moment.

Harry la rappela une heure et demie plus tard.

— Désolé de ne pas avoir décroché tout à l'heure. J'étais en pleine partie de squash… Alors, cette journée en réa ?

Elle apprécia qu'il ne lui demande pas d'emblée ce qu'elle avait décidé.

— Chargée. Mais tous les patients ont survécu, alors on peut dire que c'était une bonne journée. Et les box ?

— Bien, merci… Je suppose que tu appelles suite à notre conversation ?

— Oui. J'ai longuement réfléchi. Je n'aime pas mentir, Harry. Je ne peux pas t'accompagner au mariage en me faisant passer pour ta fiancée.

— Je comprends, dit-il d'un ton neutre. Je te remercie de l'avoir au moins envisagé.

— Tu te méprends. J'irai avec toi, Harry, mais comme une amie, pas comme une fiancée. Ainsi, on te laissera tranquille sans que nous ayons à mentir.

— Tu m'accompagnes à la noce ? Vraiment ? Oh ! merci, Isla ! Je t'en suis reconnaissant. Si jamais je peux te renvoyer l'ascenseur un jour, j'en serai ravi.

— Ce n'est rien.

— Et ma proposition de t'offrir une tenue tient toujours.

— C'est inutile, vraiment. En revanche, j'aimerais connaître le code vestimentaire de la cérémonie.

— Il s'agit d'un mariage civil. N'importe quelle jolie robe fera l'affaire. Oh ! Et mets des chaussures confortables.

— Les chaussures confortables ne vont généralement pas avec les jolies robes, remarqua-t-elle.

— Il le faudra pourtant. Ils ont prévu un bal campagnard.

— Un bal campagnard ?

— Ne t'inquiète pas si tu n'y connais rien, un type nous apprendra les pas. C'est une bonne idée, car on se mélangera sur la piste et on dansera avec tout le monde.

— Je suis écossaise, lui rappela-t-elle en souriant. Au village où j'ai grandi, il y a un bal paysan tous les troisièmes vendredis du mois.

— Ça doit être vraiment amusant.

— En effet.

Et ça lui manquait. Mais elle gardait un mauvais souvenir des deux derniers bals, avec tous ces gens qui la fixaient en chuchotant. Elle avait fini par ne plus y aller.

— Dois-je savoir autre chose ? Prévoir un cadeau de mariage ?

— Je m'en suis déjà occupé, répondit-il. J'ai pensé que nous pourrions porter une tenue confortable pour le voyage, au cas où nous serions bloqués dans les embouteillages de ce samedi estival, et que nous nous changerions à l'hôtel.

Cela soulevait une autre question. S'attendait-il à ce qu'ils partagent la même chambre ? Elle avait connu assez de malentendus pour toute sa vie…

— Toutes les chambres ne risquent-elles pas d'être déjà réservées ? Je devrai peut-être aller loger ailleurs.

— Mon père a réservé tout l'hôtel. Tu auras ta propre chambre.

Il n'y aurait donc pas de malentendu.

— Merci, dit-elle, soulagée.

— Il ne me reste plus qu'à te demander ton adresse, pour venir te chercher.

Elle lui expliqua comment arriver chez elle.

— Parfait. Merci de venir avec moi, Isla.

Comme Isla rentrait chez elle le lendemain soir, la porte de sa voisine s'ouvrit.

— Il y a eu une livraison pour vous pendant votre absence, dit celle-ci en lui tendant un ravissant bouquet. C'est votre anniversaire ?

Isla secoua la tête en souriant.

— Ça vient probablement de ma famille.

— Vous leur manquez ? Je sais ce que c'est, soupira la voisine avec nostalgie. Ma fille me manque beaucoup depuis qu'elle s'est installée à Oxford. Je lui envoie un colis de temps en temps pour lui montrer que je pense à elle. Elle travaille dur, c'est bon de la gâter un peu.

— Et je parie qu'elle apprécie, comme j'apprécie ces fleurs, répliqua Isla. Merci de les avoir gardées pour moi.

— Avec plaisir, mon petit.

Elle referma sa porte et posa le bouquet sur la table pour lire la carte.

Les fleurs venaient d'Harry. Le message était bref, et elle ne reconnut pas l'écriture, ce qui signifiait qu'il les avait commandées en ligne ou par téléphone.

« Je voulais juste te remercier de ton aide. H. »

Charmante attention. Elle ne se rappelait même pas la dernière fois qu'on lui avait offert des fleurs. Et ce bouquet état particulièrement beau, composé d'un assortiment de roses, gerberas, iris et gypsophiles joliment disposés.

Elle appela immédiatement Harry.

— Merci pour les fleurs, Harry. Elles sont superbes. Tu n'avais pas besoin de faire ça.

— Ça me fait plaisir. Je n'ai pas voulu te les envoyer au travail pour ne pas déchaîner les mauvaises langues.

— Tu as bien fait. Ma voisine les a réceptionnées.

— J'ai parlé avec mon père ce midi, il va prendre Evan comme garçon d'honneur. Julie, la mère d'Evan, trouve aussi que c'est une excellente idée. Evan se sentira valorisé, il verra que son papa ne l'oublie pas, même s'il ne vit plus avec sa maman et lui.

— Je m'en réjouis... Ça a un écho personnel chez toi ?

— Probablement. J'étais un peu plus jeune qu'Evan quand mes parents se sont séparés, mais je me rappelle avoir craint que papa ne m'oublie s'il ne vivait plus avec moi puisqu'il avait une nouvelle famille. Mais mon père a toujours continué à nous voir. Même quand il était en pleine crise conjugale, ses samedis matins étaient réservés à ses garçons.

— Tous ? Ou le voyiez-vous à tour de rôle ?

— Tous, jusqu'à ce que nous ayons quitté le nid pour aller à l'université ou ailleurs.

Harry étouffa un petit rire.

— J'étais généralement chargé de nous réunir pour une partie de football au parc, papa étant fort occupé à flirter avec une dame sur la touche... Il est comme ça. Il flirtera probablement aussi avec toi au mariage.

Elle sentit un frisson glacial lui parcourir l'échine.

Andrew Gillespie aussi avait flirté avec elle.

— N'y vois aucun mal, ajouta Harry. Il aime ça, c'est tout. En tout cas, merci encore. A demain.

— A demain, Harry.

5.

La semaine suivante passa comme un éclair.

Isla prépara son sac de voyage à l'aube le samedi matin, et en voyant le minuscule coffre du coupé sport rouge d'Harry, elle se réjouit d'avoir pris le minimum.

— On connaît l'existence de cette voiture, dans le service ?

— Oh oui ! répondit-il en souriant. Les collègues sont partagés entre la jalousie de me voir avec un tel bijou et l'envie de me taquiner. Tu conduis ?

— Oui, mais je n'ai pas de voiture à Londres. Le métro est plus pratique.

Le sourire d'Harry s'élargit.

— Tu veux la conduire ?

— Moi ? s'écria-t-elle, ébahie.

Les hommes sont connus pour ne pas prêter facilement leur voiture. Stewart détestait être conduit par quelqu'un d'autre, et elle n'avait jamais tenu le volant avec lui.

— Si tu préfères ne pas conduire dans Londres, je ferai la première partie du trajet, et tu pourras prendre la suite. Elle se conduit facilement.

Elle se mit à rire.

— Vous êtes un cliché ambulant, Harry Gardiner. Le bourreau des cœurs de l'hôpital avec son coupé sport rouge…

— Redis-moi ça quand tu l'auras conduite, répliqua-t-il en riant. Viens, allons-y.

Le véhicule était étonnamment confortable. Et elle découvrit avec amusement que la stéréo était à commande vocale.

— Les hommes et leurs joujoux…

— C'est plus pratique que tâtonner pour essayer de trouver

une radio, ou écouter des trucs qu'on n'aime pas, rétorqua Harry. Tu peux connecter ton téléphone à la stéréo pour écouter ce que tu veux, si ça te tente.

— En fait, j'aime assez ce genre de musique, admit-elle.

— Du rockabilly que l'on peut chanter en même temps, dit-il en lui jetant un coup d'œil en coin. Savez-vous chanter, infirmière McKenna ?

— Tu ne me feras jamais faire de karaoké, éluda-t-elle.

— Je ne le dirai à personne si tu chantes faux. Allons-y.

— Sérieusement ?

— Ça détournera mes pensées du mariage.

— Tu l'appréhendes donc toujours ?

— Un peu, avoua-t-il. Mais ce sera agréable de voir tous mes frères. On ne se réunit pas si souvent, maintenant. Evidemment, les filles ne seront pas là puisqu'elles ne sont pas de papa, et l'interrogatoire de Maisie te sera épargné.

— Maisie ?

— L'aînée de mes sœurs. Viennent ensuite Tasha et Bibi. On est nombreux dans la famille, dit-il, narquois.

— C'est bien que vous vous entendiez entre vous.

— Les fratries s'entendent bien, même si les ex-femmes se méfient les unes des autres. Bien sûr, il y a eu des périodes difficiles au moment des divorces, mais les choses se calment toujours au bout d'un certain temps. La seule ex-femme de papa présente au mariage sera Julie, et uniquement parce qu'Evan est trop jeune pour venir seul.

— Hum. D'accord. Mets quelque chose sur quoi on puisse chanter.

— Voilà une femme selon mon cœur !

Elle apprécia beaucoup le voyage. Et quand ils reprirent la route après s'être arrêtés à une station-service pour faire une pause, elle conduisit le petit bolide à son tour.

— Eh bien ? l'interrogea Harry quand il reprit le volant pour la dernière partie du trajet.

— Génial. Je comprends pourquoi tu l'adores.

— Je te l'avais dit, remarqua-t-il avec malice.

Mais il cessa de chanter tandis qu'ils approchaient de l'hôtel où devait se tenir la cérémonie de mariage, et quand il gara la voiture, il avait l'air carrément sinistre.

Elle lui pressa la main.

— Hé, ça va aller ! Le soleil brille, ça se passera mieux que tu ne penses.

Harry ne parut pas convaincu, mais il pressa sa main en retour et se força à sourire.

— Merci, Isla.

— Les amis sont là pour ça, tu en ferais autant pour moi, assura-t-elle, en s'efforçant d'ignorer le picotement de la main qu'il avait touchée.

C'était une réaction inappropriée. Même si elle avait voulu entamer une relation amoureuse — que Dieu l'en préserve —, ce n'était ni le moment ni l'endroit.

Harry descendit de voiture et insista pour porter ses bagages à elle en plus des siens. A la réception, un employé stylé les accueillit avec le sourire.

— Docteur Harry Gardiner ? Bienvenue au Pentremain Hotel. Voilà votre clé. Vous êtes chambre 217. Second étage à gauche en sortant de l'ascenseur.

— Il doit y avoir deux chambres, objecta Harry. Harry Gardiner et Isla McKenna.

— Je crains qu'on n'ait réservé qu'une chambre. Mais c'est une chambre double.

— Il y a sûrement une erreur. Mon père a dit clairement qu'on aurait deux chambres.

— J'ai peur qu'il n'y en ait qu'une, dit le réceptionniste. Je suis navré, monsieur. L'hôtel est plein, et je ne vais pas pouvoir vous trouver une autre chambre.

— C'est bon, dit Isla, consciente de la gêne de l'employé et ne voulant pas faire d'histoire. Nous réglerons ça plus tard. Merci de votre aide, dit-elle avec un sourire forcé.

Accompagner Harry au mariage était une chose, partager sa chambre en était une autre.

Contrariés, ils montèrent dans leur chambre en silence.

— Je suis vraiment désolé, Isla. J'ai bien précisé que nous étions amis et qu'il nous fallait deux chambres. J'espère que mon père n'a pas tiré de conclusions hâtives. Je vais passer quelques coups de fil pour essayer de dénicher un autre hébergement pour moi dans le coin.

— Il s'agit de ta famille. Tu dois rester ici.

— Donne-moi un moment, je vais trouver une solution, dit-il en sortant son téléphone pour chercher sur Internet les numéros d'hôtels et de gîtes de la région.

Dix minutes plus tard, il n'était pas plus avancé.

— Tout est complet avec les vacances, dit-il en soupirant. Très bien. Je dormirai dans la voiture.

— Pas question ! Ecoute, ce n'est que pour une nuit. Nous pouvons partager cette chambre.

— Dans ce cas, je prendrai le canapé.

— Tu es trop grand, ce serait une torture pour ton dos. Non, dit-elle en prenant une inspiration, nous sommes adultes. Nous pouvons partager le même lit sans…

Elle sentit ses joues s'enflammer.

Sans faire l'amour ?

Toute femme digne de ce nom trouverait Harry Gardiner attirant et ne manquerait pas de s'imaginer dans ses bras. Elle devait veiller à ne pas agir impulsivement.

— Tu as raison, on n'est plus des adolescents.

— Exactement. Bon, il faut nous changer maintenant, dit-elle d'un ton brusque. Tu préfères le faire ici ou dans la salle de bains ?

— Je te laisse choisir.

— La salle de bains, dit-elle en allant s'y enfermer avec sa robe et sa trousse de maquillage.

Partager cette chambre avec Isla McKenna, c'était la solution raisonnable, Harry le savait. Le problème, c'est qu'il ne se sentait pas raisonnable. Ce mariage le mettait à cran, et s'ils partageaient un lit, il serait tenté de chercher du réconfort auprès d'elle…

Pas question. Elle était sa collègue, donc inaccessible. Elle ne voulait pas plus que lui d'une relation.

Il parvint tant bien que mal à se ressaisir le temps de passer la tenue imposée par son père : queue-de-pie, chemise à col cassé, cravate. Il laissa momentanément son haut-de-forme sur le lit et, prenant une inspiration, frappa à la porte de la salle de bains.

— Isla, je suis prêt. Mais nous sommes en avance, tu peux prendre ton temps.

Elle ouvrit la porte.

— Je suis prête, dit-elle doucement.

Instantanément, le désir lui coupa le souffle.

Il ne l'avait jamais vue qu'en uniforme d'infirmière ou en jean et T-shirt, et toujours avec les cheveux attachés et sans maquillage, pas même du rouge à lèvres. Aujourd'hui, elle portait une simple robe bleue qui rehaussait la couleur de ses yeux, une touche de mascara, un soupçon de gloss sur les lèvres, et elle était éblouissante.

Comment avait-il pu la croire inoffensive ? Il devait recouvrer son sang-froid, et vite.

— Tu es ravissante, dit-il d'une voix éraillée qui trahissait son trouble.

— Merci. Vous n'êtes pas mal non plus, docteur Gardiner.

— On y va ?

Elle lui adressa un sourire effronté.

— N'oubliez pas votre chapeau.

Il considéra ses escarpins aux talons vertigineux.

— Tu crois que tu pourras danser, avec ça ?

— Je suis écossaise, Harry ! Bien sûr que je pourrai. Et dans le cas contraire, je les enlèverai.

Il déplora sincèrement qu'elle ait dit ça, car il n'arrivait plus à chasser l'image d'une Isla ensorcelante, pieds nus devant lui, le contemplant de ses beaux yeux rieurs.

De là à s'imaginer lui ôter ses vêtements un à un…

Il se força à se ressaisir et, plaquant son plus beau sourire sur ses lèvres, il ouvrit la porte de la chambre et s'effaça pour la laisser sortir.

— Isla, je te présente mon père, Robert Gardiner, dit Harry d'un ton formel quand ils rejoignirent les invités dans les jardins de l'hôtel. Papa, voici mon amie Isla McKenna.

La ressemblance n'échappa pas à Isla. Les cheveux striés de gris de Bertie avaient visiblement été aussi noirs en leur temps que ceux de son fils, et s'il les avait portés plus longs, ils auraient été aussi bouclés que ceux d'Harry. Il avait les mêmes yeux noirs, le même sourire charmant que son fils, même si Harry n'avait pas hérité de ses fossettes.

— Je suis ravie de vous connaître, monsieur Gardiner.

— Tout le monde m'appelle Bertie, corrigea-t-il en souriant. Enchanté de vous connaître, Isla. Je peux vous appeler Isla ?

— Oui, bien sûr.

— Bon, dit-il, les yeux pétillants. Je crois que c'est à vous que je dois la présence d'Harry aujourd'hui, tout comme l'idée de prendre Evan comme garçon d'honneur.

Elle eut une grimace contrite.

— Pardon pour cette ingérence.

Il lui donna une petite tape sur l'épaule en souriant.

— C'était une excellente suggestion, mon ange. Et comme Harry est là, je vous dois une double dose de champagne.

Un instant, elle se figea.

Andrew Gillespie s'était montré aussi charmant et flirteur avec elle, mais son sourire cachait le mal incarné. Harry l'avait prévenue que les entreprises de séduction de son père étaient sans conséquence, et il avait raison. Il n'y avait rien de calculateur dans le regard de Bertie. Aucune arrière-pensée.

— Mon fils vous a présentée à tout le monde ? dit Bertie.

— Nous venons d'arriver de Londres, papa. Nous avons juste eu le temps de nous changer, répondit Harry.

— Si tu n'avais pas été de garde hier soir, vous auriez pu arriver plus tôt et dîner avec nous, fit remarquer son père.

Harry lui adressa un sourire forcé.

— Je travaille dans le service le plus animé de l'hôpital.

— Hum. Venez avec moi que je vous présente, mon ange.

— Où est Trixie ? demanda Harry.

Bertie sourit.

— Voyons, mon fils, tu as assisté à suffisamment de mes mariages pour savoir que ça porte malheur que le marié voie la future épouse avant la cérémonie.

Isla se détendit, appréciant la façon dont le père d'Harry se moquait de lui-même.

Elle fut présentée à plus d'une douzaine de membres de la famille d'Harry, y compris ses frères. Le garçon de douze ans semblait mal à l'aise, et elle se promit d'aller bavarder avec lui un peu plus tard. L'adolescent de dix-sept ans avait la maladresse de son âge. Les deux aînés, Jack et Fin, la jaugèrent comme pour voir si elle convenait à Harry.

— Pardon pour cet examen, murmura Harry quand ils furent de nouveau seuls. Ils ont sûrement reçu des instructions de Maisie. Jack n'a qu'un an de plus qu'elle, et ils s'entendent comme larrons en foire.

— Ce n'est rien, répondit Isla avec un sourire.

La cérémonie de mariage se déroula sous un dais, au sommet d'une falaise où la vue était magnifique. Devant la mer à perte de vue, elle eut soudain le mal du pays.

— Il y avait longtemps que je n'avais pas vu la mer.

— Avant de rentrer à Londres, nous irons nous promener sur la plage, promit Harry.

— Je te le rappellerai. Les balades sur la grève me manquent beaucoup.

— Il y a une sorte de plage sur la Tamise. Je t'y emmènerai, si tu veux.

— Merci.

La cérémonie fut sobre et belle, et le benjamin des fils de Bertie remplit parfaitement son rôle de garçon d'honneur au moment de la remise des alliances.

Quand Trixie et Bertie échangèrent leurs vœux, elle sentit Harry se raidir.

Elle glissa sa main dans la sienne et la serra. Il lui pressa les doigts en retour et ne les lâcha plus.

Après le mariage, le photographe officiel fit poser les invités par petits groupes. Isla s'amusa particulièrement de voir Bertie entouré de ses six fils en haut-de-forme, surtout quand ceux-ci jetèrent leurs chapeaux en l'air d'un même ensemble. Elle prit plusieurs instantanés avec son téléphone pour la postérité.

Puis le photographe la pria de venir près d'Harry.

— A vous. Mettez-vous là… Rapprochez-vous davantage.

Au secours, il les prenait pour un couple ! Et elle avait l'impression désagréable que la famille d'Harry aussi, même s'il avait précisé qu'ils étaient amis. Elle allait devoir se prêter à cette comédie, toute protestation ne pouvant qu'être gênante.

— C'est ça. Enlacez-vous, ordonna le photographe. Regardez-vous… C'est ça. Je veux voir l'amour dans vos yeux, comme si vous alliez vous embrasser.

Elle avait la bouche sèche.

Embrasser Harry…

Elle s'imagina lever la main pour caresser sa joue, la poser sur son cou pour l'attirer à elle en entrouvrant les lèvres. Elle voyait ses pupilles se dilater de désir, sentait ses lèvres effleurer les siennes, légères, taquines, prometteuses. Puis il l'attirait plus près et l'embrassait à pleine bouche…

— C'est exactement ça ! s'exclama le photographe.

Elle revint au présent et vit l'expression choquée d'Harry.

S'était-elle trahie ou avait-il éprouvé la même chose ?

Elle trouva un prétexte pour se fondre dans la foule des invités en priant pour arriver à contenir sa libido avant qu'Harry ne la perce à jour.

Consciente que les plus jeunes risquaient de s'ennuyer, Trixie avait organisé une course de canards sur la rivière qui traversait les jardins de l'hôtel. Evan insista pour faire équipe avec Harry et déguisa leur canard en pirate.

Harry était aussi adorable avec les enfants de sa famille qu'avec ses jeunes patients. Isla avait du mal à comprendre qu'il n'en veuille pas.

— Il est doué avec les petits, remarqua Bertie en venant la rejoindre.

— Ils l'adorent. A l'hôpital, il trouve toujours des plaisanteries pour les distraire.

— Vous vous êtes rencontrés au travail ?

Elle s'attendait à des questions. Le meilleur moyen d'empêcher que leur petite supercherie soit découverte était de coller au plus près de la vérité.

— Oui… il y a quelques mois.

— Vous êtes aussi médecin ?

— Non. Infirmière.

— Cadre infirmier, en fait, précisa Harry qui s'approcha pour glisser un bras autour des épaules d'Isla. On arrête les questions maintenant, papa, s'il te plaît.

— Si tu disais les choses, je n'aurais pas besoin de les soutirer aux autres, pas vrai ? dit Bertie, narquois.

— Je suis médecin, j'ai l'habitude de respecter la confidentialité des informations, rétorqua Harry d'un ton jovial.

— Tu es impossible, soupira son père.

— Tel père, tel fils, déclara Harry avec un clin d'œil. Isla est mon amie, fin de l'histoire. Isla, il est temps d'aller manger quelque chose, je meurs de faim, dit-il en l'entraînant vers l'immense tente blanche dressée sur la pelouse.

Le repas fut une merveille : terrine de crabe de Cornouailles, filet de bœuf en croûte accompagné de petits légumes, assortiment de fromages traditionnels cornouaillais et crackers, et Pavlova à la crème et aux framboises, le tout généreusement arrosé de champagne.

Le premier discours fut donné par le père de la mariée. Fidèle à la tradition, il souhaita la bienvenue aux invités, les remercia d'être venus, parla un peu de Bertie et Trixie et porta un toast aux nouveaux mariés.

— Excuse-moi, je dois te laisser une ou deux minutes, murmura Harry à l'oreille d'Isla.

Elle comprit pourquoi quand le petit Evan grimpa sur sa chaise et qu'Harry s'accroupit à côté de lui.

— Je m'appelle Evan, et je suis le garçon d'honneur de mon papa, annonça fièrement l'enfant. Mon grand frère Harry dit que je dois faire un discours drôle, alors je vais vous raconter ma blague préférée. Qu'est-ce que la banane dit au singe ?

Il attendit un moment, puis lâcha la chute :

— Rien… Les bananes ne parlent pas !

Tout le monde rit.

— Harry dit aussi que le discours doit être court, alors j'arrête. Heureuse journée de noces, papa et Trixie !

Tous se joignirent à lui pour porter un toast aux mariés.

Harry chuchota à l'oreille d'Evan qui écarquilla les yeux.

— Excusez-moi, tout le monde, j'ai oublié quelque chose ! reprit l'enfant. Les demoiselles d'honneur sont très jolies, et elles ont fait du bon boulot. Il faut aussi boire à leur santé !

Il y eut des rires indulgents, et tout le monde trinqua aux demoiselles d'honneur.

Bertie se leva le dernier.

— Je dois remercier chaleureusement mon garçon d'honneur, qui a fait un travail remarquable.

— Et Harry aussi, rétorqua Evan.

— Je crois que c'était un travail d'équipe entre tous mes fils, dit Bertie. Mais c'est ça, la famille. Une union indéfectible… Je lève mon verre à ma ravissante épouse Trixie, et à ma merveilleuse famille. Merci à tous d'être là pour fêter cette belle journée avec nous.

Harry en profita pour revenir discrètement rejoindre Isla, qui serra sa main sous la table.

Après les discours vint le moment de découper le gâteau.

— Il est fourré au chocolat, annonça Trixie. Ça devrait faire le bonheur de tous les hommes de ma nouvelle famille !

Ce qui lui valut une ovation.

— Je crois que l'orchestre est prêt, dit Bertie alors que le bruit des conversations commençait à remplacer celui des petites cuillères. Je propose de nous rendre tous dans l'autre tente !

L'orchestre était installé au fond, et des rangées de chaises s'alignaient autour de la piste.

Il y eut d'abord un slow. Bertie et Trixie ouvrirent le bal, suivis par les parents des mariés, puis par les demoiselles et le garçon d'honneur.

Comme Isla commençait à se demander si Harry allait l'inviter à danser, la musique se tut.

— Et maintenant, annonça le chanteur, il est temps de perdre les calories de ce délicieux gâteau ! Je veux voir tout le monde sur la piste de danse, et vous n'aurez aucune excuse pour rester assis, car nous allons vous montrer les pas !

Il y eut quelques protestations de la part des plus jeunes, mais bientôt tout le monde se retrouva en train de danser en riant de bon cœur.

Isla connaissait la plupart des pas pratiqués dans les bals de son île, et sa propre réception de mariage aurait dû se dérouler exactement comme celle-ci.

Elle chassa résolument sa tristesse.

Elle ne laisserait pas l'ombre d'Andrew Gillespie gâcher son week-end.

Au fond de la salle, Harry regardait Isla danser, sa flamboyante chevelure ondoyant autour d'elle.

Elle avait dit la vérité en déclarant pouvoir danser avec des talons hauts. Si ses collègues pouvaient voir leur calme, compétente et timide infirmière chef à cet instant...

Rayonnante, elle s'entendait avec tout le monde. Elle avait même réussi à faire danser ses deux frères adolescents, qui s'amusaient comme des fous. Il avait déjà remarqué qu'elle avait le contact facile, mais là, elle avait carrément l'air de faire partie de la famille.

Il avait la désagréable impression qu'Isla McKenna pourrait lui faire oublier sa règle d'or de ne jamais avoir de relation sérieuse avec une femme. Dire qu'il lui avait demandé de l'accompagner au mariage parce qu'il croyait ne rien avoir à craindre d'elle ! Il allait devoir redoubler de prudence, surtout s'ils partageaient la même chambre cette nuit.

Toute sa famille lui avait parlé d'elle. Fin avait dit qu'il était temps qu'il trouve quelqu'un comme elle, Jack avait remarqué qu'elle s'entendait avec tout le monde et savait s'y prendre avec les jeunes, et Julie et Evan l'adoraient. Si les siens avaient leur mot à dire, ils seraient mariés avant une semaine ! Il leur avait dit la vérité sur leur relation, mais ils refusaient de le croire, voulant le voir heureux comme dans les contes de fées.

Cependant, convoler n'était certainement pas une option pour lui, convaincu qu'il était que le mariage apporte un bonheur éphémère et un chagrin infini.

L'orchestre fit une pause quand on apporta les canapés du buffet, et il réussit à passer un moment avec Isla.

— Oh ! regarde, des pâtés cornouaillais miniatures et des mini scones à la crème et à la confiture de fraise ! s'écria-t-elle, ravie. Tu dois absolument goûter ça, Harry, dit-elle en lui fourrant un morceau de scone dans la bouche.

Troublé par la brève sensation de ses doigts sur ses lèvres, il eut du mal à recouvrer son sang-froid.

Il serait si facile d'agir stupidement, de prendre sa main pour baiser ses doigts avant de poser sa bouche sur la veine qui palpitait à son poignet fragile…

— C'est un des mariages les plus sympas auxquels j'aie assisté, observa-t-elle avec enthousiasme.

Il se ressaisit avec effort.

— C'est mieux que je n'espérais, oui.

Parce qu'elle était là. Mais il n'osa pas le lui dire, de peur qu'elle n'interprète mal ses propos. Il sentait confusément qu'elle jouait pour lui un rôle plus important que celui d'une simple amie. Mais même si on venait de célébrer un mariage, il savait que ça ne durerait pas. Ça ne durait jamais.

Il se força pourtant à sourire et à se montrer sociable.

Après la pause, l'orchestre joua une musique plus traditionnelle, et Isla dansa avec ses deux frères et avec Bertie avant qu'Harry ne se décide à l'inviter.

Juste à ce moment, l'orchestre attaqua un slow.

Il était trop tard pour reculer, elle était déjà dans ses bras.

A présent, il savait ce que c'était que la tenir contre lui. Elle était chaude, douce, délicieuse. Ils semblaient tellement s'accorder l'un à l'autre que cela l'effraya.

Il aperçut son père qui lui souriait d'un air approbateur. Et ses frères aussi.

Au secours ! Ils étaient tous persuadés qu'ils étaient en couple ! En fait, Isla ne s'était pas trompée, leur petit subterfuge n'avait fait que compliquer les choses.

Ils devaient éviter la prochaine danse, bavarder avec les autres invités, détourner l'attention de sa famille…

Mais il n'arrivait pas à la lâcher.

Le morceau musical suivant était encore un slow, et il se surprit à attirer Isla contre lui pour danser avec elle joue contre joue.

Il ferma les yeux.

Il sentait son parfum, suave et captivant, à son image. Il suffirait qu'il tourne la tête un tout petit peu, et il pourrait baiser le coin de sa bouche. Et il découvrirait si ses lèvres étaient aussi exquises que le reste de sa personne.

Le désir lui donnait le vertige. Il y avait longtemps qu'il n'avait pas ressenti une telle envie d'embrasser quelqu'un.

Visiblement, l'ambiance festive lui était montée à la tête, il était temps qu'il retrouve ses esprits avant de faire quelque chose qu'ils regretteraient tous les deux.

Il s'écarta légèrement.

— Ça va ? dit-elle, le regard empreint de sollicitude.

Il hocha la tête.

— J'ai juste besoin de prendre un peu l'air.

— Je viens avec toi si tu veux.

Il aurait dû dire non. Trouver une excuse pour prendre ses distances. Il ne fallait pas qu'ils aillent se promener dans le jardin au clair de lune.

Mais malgré ses bonnes résolutions, il s'entendit accepter. Et, lui prenant la main, il quitta la tente avec elle.

6.

La nuit tombait, les premières étoiles commençaient à apparaître dans le ciel de velours, plus brillantes qu'à Londres. On entendait le murmure régulier des vagues qui venaient lécher le pied de la falaise, et ce bruit avait quelque chose d'hypnotique, d'apaisant.

Harry s'assit dans l'herbe auprès d'Isla pour contempler la mer et lui glissa un bras autour des épaules.

Elle se raidit imperceptiblement puis se détendit et lui enlaça la taille.

Cela semblait curieusement naturel. Mais il n'avait pas envie d'y penser. Il n'entretenait jamais de relation sérieuse et il avait trop d'estime pour Isla pour gâcher leur amitié.

Ils restèrent silencieux un moment.

— Alors, ça va bien, Harry ? demanda-t-elle doucement.

— Oui. Ça va, mais... Eh bien, c'est bon de voir mes frères, mais je ne peux pas m'empêcher de me rappeler les fois où ils ont pleuré sur mon épaule quand leurs parents se séparaient et qu'ils devaient déménager, aller dans une nouvelle école. Chaque divorce a causé beaucoup de dégâts, déracinant les enfants et les rendant très malheureux.

— Ils semblent tous bien adaptés, maintenant.

Sauf lui, peut-être. Mais il ne tenait pas à en parler.

— Ils ont quand même été blessés. Dix mariages entre mes deux parents, c'est un peu excessif.

— Ton père a l'air heureux.

— Pour le moment. Mais dans quatre ou cinq ans, il en aura assez et voudra retrouver l'excitation de la conquête. Je ne veux pas être comme mes parents, Isla, incapable de me fixer… Je ne veux faire souffrir personne.

— C'est pour ça que tu t'isoles ?

Il n'avait jamais vu les choses ainsi. Il croyait plutôt épargner les autres en évitant les erreurs de ses parents.

— Peut-être.

Elle passa doucement la main dans son dos pour le réconforter.

— Tu es dur avec toi-même, Harry. D'après ce que je vois, ta famille t'adore. Tes frères ont beaucoup d'admiration pour toi.

— Possible.

Elle tourna la tête et l'embrassa sur la joue.

Une brusque chaleur l'envahit, et il se rappela quand le photographe leur avait demandé de se regarder amoureusement, comme avant un baiser.

A cet instant, il avait vraiment eu envie d'embrasser Isla, pour voir si sa bouche était aussi tendre et douce qu'elle en avait l'air. Et il brûlait de l'embrasser maintenant…

Mauvaise idée !

Il devrait s'écarter d'elle, suggérer d'aller rejoindre les autres. Mais il ne pouvait pas bouger. Comme s'ils étaient soudés par quelque force magnétique qu'il ne pouvait pas — ne voulait pas — briser.

— Tu es un homme bien, Harry Gardiner. Je comprends pourquoi tu évites de te lier, mais tu n'es pas juste envers toi-même. Tu es loyal, gentil, tu as tout ce qu'il faut pour faire marcher une relation. Pour aimer vraiment quelqu'un.

— Je croirais entendre ma mère… Et mes sœurs.

— Si c'est ce qu'elles disent, je suis de leur avis.

— On peut changer de sujet ? dit-il d'un ton plaintif.

— Parce que tu as la trouille ?

Oui.

— Non, parce que le ciel est magnifique, et que je n'ai pas envie de parler d'un sujet qui me rend nerveux.

— Très bien.

— Tu avais l'air de t'amuser tout à l'heure, nota-t-il.

— Pendant la danse paysanne ? Oui, ça ressemble beaucoup à nos *ceilidhs* dans l'île. C'est ce que nous aurions eu à notre mariage.

« Notre mariage » ? Isla aurait dû se marier ?

Le fait qu'elle soit célibataire et apparemment décidée à le rester signifiait que quelque chose avait mal tourné, il s'en était toujours douté. Etait-ce pour cette raison qu'elle avait quitté son île ? Et qu'elle avait répugné à jouer la fausse fiancée ? Parce qu'elle avait déjà été vraiment fiancée ?

— Explique-moi ça.

— Bah, c'est une longue histoire.

— J'ai tout mon temps, dit-il en resserrant son bras autour d'elle. Et tu peux compter sur ma discrétion. Tu as gardé mon secret, je garderai le tien. De plus, quelqu'un de sage m'a dit qu'il valait mieux sortir les choses que les garder pour soi. Un problème partagé… Et patati et patata. Que s'est-il passé, Isla ? Ton fiancé est mort ?

— Stewart ? Non. Il va très bien, à ma connaissance… Nous nous connaissions depuis l'enfance. Je suppose que c'est normal dans une petite communauté, on finit par faire sa vie avec quelqu'un qu'on a toujours connu.

Il attendit qu'elle poursuive sans la presser.

— Nous avons commencé à sortir ensemble il y a deux ans. Il m'a demandée en mariage, et j'ai dit oui. Ma famille l'aimait bien, et je croyais que la sienne m'appréciait.

C'était ça le problème ? La famille de son ex ne l'aimait pas ? Pourtant elle avait accepté de rencontrer la sienne aujourd'hui.

Son respect pour elle monta encore d'un cran.

— Un jour, la mère de Stewart, Bridie, m'a demandé un service. Elle croyait qu'Andrew, son mari, avait un problème d'alcool. Elle voulait que je lui parle pour le persuader de se faire soigner avant qu'il n'ait une cirrhose. Je voulais juste aider…

— Il n'a pas apprécié ton ingérence ?

— Non. Mais surtout, Andrew s'est mépris quand j'ai voulu lui parler en privé. Il a cru que je m'intéressais à lui et m'a fait des avances. Je ne m'y attendais pas, dit-elle en soupirant. Je croyais leur mariage solide comme un roc.

— Ce n'est pas ta faute, Isla. Un homme bien comprend que si une femme dit non, ça veut dire non. Il a mal pris que tu le repousses ?

— Ça oui ! répondit-elle d'un air sombre. Il n'a pas du tout apprécié que je dise non. Mais Andrew Gillespie avait l'habitude d'arriver à ses fins, et il a appelé le directeur du cabinet médical où je travaillais. Il a prétendu que j'avais eu un comportement déplacé, alléguant que j'avais voulu le voir seule à seul sous prétexte de discuter de sa santé et que j'avais tenté de le séduire.

— Quoi ? C'est consternant ! J'espère que ton patron l'a envoyé sur les roses.

— Mon patron a fait une enquête, c'est la règle quand un patient se plaint d'un membre de son personnel.

— Mais, à l'évidence, ces allégations étaient fausses.

— Et j'ai été blanchie. Mais tu connais le dicton : « il n'y a pas de fumée sans feu ».

— Des gens ont cru que c'était vrai ? demanda-t-il, effaré.

Isla hocha la tête.

— Je vivais dans un village. Tout le monde me connaissait, mais ils connaissaient aussi Andrew. Il était très aimé, d'une part parce qu'il employait beaucoup de villageois, d'autre part parce qu'il savait être charmant.

— Mais ton fiancé et sa mère connaissaient la vérité ?

— Andrew pouvait se montrer très persuasif…

— Mais sa femme t'avait demandé de lui parler en privé pour l'aider à résoudre son problème d'alcool, elle devait savoir qu'il mentait ? objecta-t-il.

— Elle a soutenu son mari, même si ça impliquait d'accréditer un mensonge.

— C'est… C'est…

Choqué, il ne savait pas quoi dire. Mais il pouvait faire une chose.

Il la prit sur ses genoux et l'étreignit.

Il avait envie de l'embrasser. Mais ce serait totalement déplacé. Il ne pouvait pas lui proposer d'oublier leurs soucis dans les bras l'un de l'autre. Même s'il sentait que ça les aiderait ce soir, ils devraient en affronter les conséquences demain, et ça pourrait devenir très compliqué.

— La seule chose que je puisse faire, c'est te faire un câlin.

— J'accepte avec reconnaissance.

— Je suis vraiment désolé que tu aies eu à traverser cette horrible épreuve. Je ne vois pas comment quelqu'un qui te connaît a pu te croire capable d'une telle chose, surtout avec ton futur beau-père.

— Merci pour ce vote de confiance.

— Je suis scandalisé que des gens avec qui tu avais vécu, travaillé, que tu avais soignés, aient ajouté foi à ce mensonge flagrant. En particulier ton fiancé. Je prendrais un plaisir fou à boxer cet Andrew Gillespie et à secouer ton ex comme un prunier pour avoir été aussi stupide.

— La violence ne résout rien, fit remarquer Isla. Il n'y a qu'à voir tous ces pochards que nous devons recoudre le vendredi et le samedi soir.

— Je sais, mais je me sentirais mieux.

Elle sourit.

— Tu n'es pas un homme des cavernes, Harry !

— En ce moment, j'aimerais en être un. La civilisation est largement surestimée, si tu veux mon avis.

— Merci de prendre mon parti, dit-elle en lui caressant la joue.

Il comprenait à présent pourquoi Isla n'avait pas de relation amoureuse, pourquoi elle répugnait même à se joindre aux sorties entre collègues. Elle avait été trahie de la pire façon et n'était pas prête à accorder de nouveau sa confiance.

— Isla, ceux qui te connaissent n'ont pas besoin qu'on le leur dise. Tu es honnête, fiable et sincère.

— Merci. Je ne cherchais pas les compliments.

— Je sais. Je te le dis, c'est tout. Et, si je déplore que tu aies été traitée ainsi, je me réjouis que tu aies choisi de travailler au London Victoria et que tu sois ici maintenant, avec moi.

Si un mois plus tôt on avait dit à Isla qu'elle se retrouverait sur les genoux du Dr Harry Gardiner avec ses bras autour d'elle, elle aurait éclaté de rire.

Et pourtant... Elle lui avait même fait des confidences !

Curieusement, Stewart qui la connaissait depuis des années s'était complètement trompé sur elle, alors que Harry, rencontré un mois plus tôt, savait exactement qui elle était. Et ça lui réchauffait le cœur qu'il la trouve « honnête, fiable et sincère ».

— Moi aussi, Harry, je suis contente d'être là. Merci de croire en moi.

Et, bien que consciente de marcher sur des œufs, elle se pencha impulsivement et l'embrassa sur la joue.

— Isla, murmura-t-il, les yeux fixés sur sa bouche.

Avait-il les mêmes pensées qu'elle à cet instant ? S'interrogeait-il sur ce qu'il ressentirait si leurs lèvres se touchaient ? Aspirait-il à l'embrasser à la lueur des étoiles ?

Manifestement, oui. Car il s'inclina et s'empara de sa bouche. Et ce fut comme si le ciel s'illuminait d'une pluie d'étoiles. Ses lèvres étaient chaudes et veloutées, plus tentantes qu'exigeantes, et elle voulait encore plus.

Elle glissa les mains dans ses cheveux, savourant la douceur de ses boucles sous ses doigts.

— Nous nous demandions où vous étiez, les deux tourtereaux, dit une voix.

Ils se séparèrent, et elle rougit en levant les yeux vers le père et la belle-mère d'Harry.

Quelle mouche l'avait piquée de l'embrasser au milieu du jardin, au vu et au su de tous ?

Harry se passa la main dans les cheveux d'un air coupable.

— C'est le jour de mon mariage, et on est en Cornouailles. Alors, le romantisme est de rigueur, remarqua Bertie. Mais ce n'est pas vrai que vous êtes juste amis, n'est-ce pas ?

— Papa... Pas maintenant.

— Nous vous cherchions car Evan refuse d'aller se coucher sans vous avoir dit au revoir, expliqua Trixie en souriant. Il vous aime bien, Isla. Nous vous aimons tous beaucoup.

— D'accord, d'accord, on arrive, dit Harry en échangeant un regard avec Isla.

Elle sauta de ses genoux, et ils se dirigèrent vers la grande tente pour aller embrasser Evan.

Le petit garçon essaya de les persuader de lui lire des histoires, mais Julie balaya sa requête d'un « plus tard » péremptoire.

— Tu sais y faire avec les enfants, Isla, remarqua Harry quand Evan fut parti.

— Ça fait partie de mon travail. Toi aussi, tu as ce don.

Il rit.

— Probablement parce que j'ai des tas de frères et sœurs.

— Pourtant, tu ne veux pas avoir d'enfant. Je ne comprends pas.

— Je n'ai pas envie d'en parler… Viens, j'adore cette chanson, dit Harry comme l'orchestre attaquait *Dancing Queen* d'Abba.

Il voulait détourner la conversation, elle le savait, mais elle n'insista pas. Il lui avait fait assez de confidences pour aujourd'hui. Elle ne lui avait pas non plus tout dit sur Stewart, elle serait mal placée pour protester.

— J'ai un peu plus de dix-sept ans, tu sais…

— Ça ne t'empêche pas de danser, rétorqua-t-il en l'entraînant sur la piste.

Elle n'avait d'autre choix que le suivre. D'autant que ce genre de chanson faisait danser tout le monde, des plus jeunes aux plus âgés.

Toutefois, Harry et elle évitèrent soigneusement les slows joués de temps en temps par l'orchestre. Ça valait mieux, après ce qui s'était passé dans le jardin.

A la fin de la soirée, ils regagnèrent leur chambre.

— Je devrais prendre le canapé, dit Harry.

— Parce que nous nous sommes embrassés ? Mets ça sur le compte du clair de lune et de l'ambiance romantique.

— Je suppose.

— Harry, nous sommes des adultes. Nous avons une longue route demain pour rentrer à Londres. Nous avons besoin de dormir. Je n'ai pas l'intention de te sauter dessus.

Même si elle en avait très envie.

Non, elle n'avait pas envie d'être sage. Et, à en juger par la façon dont Harry l'avait embrassée, lui non plus. En fait, elle bouillait intérieurement. Sa bouche la brûlait encore au souvenir de leur baiser. De plus, c'était la première fois qu'elle partageait un lit avec un homme depuis sa rupture avec Stewart. Et même s'ils étaient convenus d'être sages, cette perspective n'en mettait pas moins ses nerfs à vif.

— Tu as raison, dit Harry avec un sourire forcé. Tu prends la salle de bains la première ?

— Merci.

Elle s'attarda à sa toilette aussi longtemps qu'elle put, prenant le temps de se calmer. Après s'être brossé les dents et avoir enfilé son pyjama, elle regagna la chambre.

— Tu as un côté préféré pour le lit ? demanda-t-elle.

— N'importe lequel, ça m'est égal.

— Personnellement, je préfère dormir près de la fenêtre.

Quand Harry émergea de la salle de bains en pyjama, elle était au lit.

— Bonne nuit, dit-il, et il se glissa dans le lit et lui tourna le dos.

— Bonne nuit, répondit-elle en faisant de même.

Elle mit un moment à se détendre mais finit par s'endormir. S'éveillant au milieu de la nuit, elle s'aperçut qu'Harry était plaqué contre son dos, un bras passé autour de sa taille. Cette intimité lui avait beaucoup manqué. Ce serait si facile de se retourner et de l'embrasser pour le réveiller… Mais il ne voulait pas d'une relation, et elle non plus.

Même si Harry Gardiner embrassait comme un dieu, elle devait l'oublier. Ils étaient collègues et amis, rien d'autre.

A son réveil le lendemain matin, Harry s'aperçut qu'il enlaçait Isla et que celle-ci était lovée contre lui.

Oh ! Seigneur !

Sa respiration régulière lui apprit qu'elle dormait encore Elle était toute chaude, douce et tendre.

Comme ce serait facile d'écarter sa somptueuse chevelure rousse pour baiser sa nuque, de promener ses lèvres sur sa peau jusqu'à ce qu'elle ouvre les yeux…

Il savait qu'elle répondrait favorablement à ses avances, comme elle avait répondu à son baiser la veille. Si son père ne les avait pas interrompus, il l'aurait probablement emportée dans le lit qu'ils partageaient maintenant, et ils auraient pu aller très loin. Jusqu'au bout.

Elle lui avait raconté ce qui lui était arrivé en Ecosse, et il devinait que l'expérience l'avait dégoûtée des relations amoureuses. Mais il sentait qu'elle ne lui avait pas tout dit. Pourquoi diable son fiancé ne l'avait-il pas crue ? Il avait forcément dû se rendre compte que son beau-père mentait ? Isla n'avait pas précisé qui des deux avait rompu leurs fiançailles…

Il prit une inspiration.

Il devait absolument ignorer le désir qu'elle lui inspirait et se comporter comme il convenait. Il était encore relativement tôt pour un lendemain de noces, mais ils avaient une longue route devant eux, et mieux valait ne pas trop s'attarder.

S'arrachant doucement à elle pour ne pas la réveiller, il alla prendre sa douche et s'habilla. Puis il prit deux sachets de thé sur la desserte, prépara deux tasses et, posant celle d'Isla sur la table de nuit, il lui toucha l'épaule.

— Isla…

Elle ouvrit les yeux. Un instant, elle parut désorientée, comme si elle ne savait pas où elle était.

— Oh ! Harry…

— Bonjour. Je t'ai préparé une tasse de thé.

— Merci, murmura-t-elle, presque timidement. Quelle heure est-il ?

— 8 heures. Je sais que c'est un peu tôt.

— Mais un long trajet nous attend.

Il fut soulagé qu'elle comprenne.

— Je vais aller me promener un peu avant le petit déjeuner. Ça te laissera le temps de te préparer.

Elle lui jeta un regard reconnaissant.

— Je te remercie.

— On se retrouve dans une demi-heure ?

— Je serai prête, promit-elle.

Il lui sourit.

Ni leur baiser, ni les confidences qu'elle lui avait faites n'avait causé de dégâts entre eux, heureusement. Elle semblait toujours un peu intimidée avec lui, mais il avait gagné sa confiance comme elle avait gagné la sienne.

Et de retour à Londres, tout irait bien.

7.

Le jeune Evan avait insisté pour qu'Harry et Isla prennent leur petit déjeuner avec sa mère et lui. Isla remarqua avec amusement qu'il copiait Harry et mangeait exactement comme lui. De toute évidence, son grand frère était son héros.

La dernière miette avalée, ils firent leurs adieux à la famille et reprirent la direction de Londres. Le trajet de retour fut plus silencieux que l'aller, Harry préférant la musique classique aux chansons de variété qu'ils auraient pu chanter ensemble.

Elle ne savait que penser. Ils auraient probablement dû discuter de ce qui s'était passé la veille, fixer de nouvelles règles, mais elle sentait qu'Harry n'avait pas envie d'en parler et qu'il changerait de sujet si elle s'avisait de l'aborder.

Quand ils s'arrêtèrent pour déjeuner, il suggéra d'avaler rapidement un hamburger à la station-service, et cette fois il ne proposa pas de lui laisser le volant.

— Tu vas bien ? demanda-t-elle, déstabilisée par son air morne.

— Bien sûr. Je pensais juste au travail.

Que répondre à ça ?

— Veux-tu entrer boire un café ? proposa-t-elle lorsqu'ils approchaient de chez elle.

— Merci, j'ai suffisamment abusé de ton temps ce week-end, répliqua-t-il poliment.

Avait-elle commis un impair ? Mais tenter d'éclaircir la situation ne risquait-il pas d'empirer encore les choses ?

Elle commençait à comprendre pourquoi on qualifiait Harry Gardiner de bourreau des cœurs. Ils étaient allés au mariage en amis, et il reprenait déjà ses distances avec elle. Se méfiait-il à ce point de toute implication sentimentale ?

— Merci de m'avoir accompagné ce week-end, dit-il.

— Les amis sont faits pour ça, rétorqua-t-elle d'un ton léger, avec l'impression désagréable que leur amitié naissante risquait fort d'en rester là.

Harry ne se départit pas de sa stricte courtoisie, il porta son bagage jusqu'à sa porte.

— A demain au travail, alors, dit-il.

— Oui, à demain.

Et il s'empressa de regagner sa voiture comme s'il avait le diable à ses trousses.

Chez elle, Isla s'affaira à ranger ses affaires, mais elle eut du mal à se concentrer.

Comment Harry se comporterait-il avec elle le lendemain ? Ce qui avait failli se passer dans le jardin n'allait-il pas affecter leurs relations de travail ?

Elle n'eut pas tout de suite la réponse à cette question, car ce jour-là il était en réanimation et elle au triage des patients.

Mais en milieu de matinée, une femme arriva affolée aux urgences, portant dans ses bras un bambin inerte.

— Je vous en prie, aidez-moi ! C'est mon petit-fils, je crois qu'il est en train de mourir !

Isla fit signe à la réceptionniste qu'elle s'en chargeait.

— Madame, je sais que vous êtes inquiète, dit-elle avec douceur après s'être présentée. Prenez une bonne inspiration et répondez à mes questions pour que je puisse m'en occuper. Comment s'appelle-t-il et quel âge a-t-il ?

— Peter Jacobs, il a deux ans, répondit la femme d'une voix tremblante.

— Pouvez-vous me raconter ce qui s'est passé ?

— Il a eu des nausées, avec un vomi noir grisâtre. Et il est amorphe alors qu'il est généralement plein de vie. J'ai appelé une ambulance, mais comme elle ne pouvait pas être là avant un moment, j'ai demandé à ma voisine de nous amener ici.

Un vomi d'un noir grisâtre ?

Un signal d'alarme se déclencha dans le cerveau d'Isla.

— A-t-il mangé quelque chose ? demanda-t-elle.

Hochant la tête, Mme Jacobs fouilla dans son sac et en sortit une boîte de médicaments.

— Il a parlé de bonbons avec un mauvais goût. Je ne voyais pas ce que ça pouvait être au début... Je garde toujours les médicaments dans le placard à pharmacie de la salle de bains, qui a une sécurité enfant. Mais mon mari prend des comprimés de supplémentation en fer à cause de son arthrite. Je ne m'étais pas aperçu qu'il les avait laissés dans la chambre au lieu de les remettre dans la pharmacie... C'est sûrement ça.

— Avez-vous une idée du nombre de cachets qu'il a pris ?

— Je ne sais pas, mais la boîte n'était pas pleine. Aidez-nous, je vous en prie... Mon fils ne me le pardonnera jamais s'il arrive quelque chose à Peter. S'il meurt...

— Il ne va pas mourir, déclara Isla, même si elle savait qu'un empoisonnement au fer pouvait être fatal à un petit enfant. Vous avez bien fait de nous l'amener immédiatement. Savez-vous à peu près quand il a absorbé ces comprimés ?

— Probablement au cours des deux dernières heures. Mon fils Lee l'a déposé en partant au travail. Ma belle-fille est en voyage d'affaires. J'étais censée garder Peter la matinée, et maintenant...

Isla lui pressa la main.

— Essayez de ne pas vous inquiéter. Je dois parler rapidement au médecin, puis nous soignerons Peter.

Elle conduisit Mme Jacobs en réanimation et fit signe à Harry de venir.

— Voici Mme Jacobs et son petit-fils Peter, qui a deux ans et a absorbé accidentellement des cachets de fer, dit-elle. Madame Jacobs, vous voulez bien vous asseoir et faire un câlin à Peter pendant que j'explique la situation au Dr Gardiner ?

Très pâle, Mme Jacobs s'assit sur le lit, Peter sur ses genoux.

— Mme Jacobs ignore combien de comprimés il a pris, mais elle pense que ça s'est passé au cours des deux dernières heures. Les symptômes ressemblent à un empoisonnement au fer. Il a vomi noir…

— Ça a l'air d'être ça, en effet, dit Harry. Très bien, mesure la teneur en fer du sang, fais un bilan sanguin complet et mets-le sous glucose. Les comprimés de fer sont opaques à la radio, alors faisons des radios pour voir combien il en a pris, puis nous lui ferons un lavage d'estomac, voire même un lavement.

Elle savait que le charbon actif n'absorbe pas le fer et qu'un lavement est le traitement le plus efficace, mais ce serait une expérience désagréable pour l'enfant, et encore plus pour sa grand-mère.

— Nous devrions suggérer à Mme Jacobs de patienter en salle d'attente pendant le traitement.

— D'accord, acquiesça Harry. Laisse-la accompagner Peter à la radio, puis donne-lui du thé chaud pour la faire patienter en attendant qu'on ait fini.

Harry accompagna Isla auprès de Mme Jacobs et de son petit-fils.

— Peter, je suis le Dr Harry, et je vais m'occuper de toi. Tout ira bien, bonhomme.

Trop malade pour sourire, le garçonnet ne réagit pas.

— Madame Jacobs, nous allons réaliser des tests sanguins et faire une radio pour voir combien de comprimés il a avalés avant d'effectuer un lavage d'estomac ou un lavement. Je sais que c'est dur pour vous, mais j'aimerais que vous patientiez en salle d'attente pendant que nous nous occuperons de lui.

— Pourquoi ne pourrais-je pas rester avec lui ? Il ne connaît personne ici, il va avoir peur.

— Vous serez plus bouleversée en assistant au traitement qu'il ne le sera d'être avec nous, d'autant qu'il est sonné. Nous allons bien le soigner, et nous viendrons vous chercher dès qu'il sera stabilisé.

— Mon fils ne me pardonnera jamais…

Le pardon. Oui. Il en connaissait un bout là-dessus. Sa mère et

Tasha lui avaient pardonné cet horrible après-midi, mais jamais il n'avait pu se pardonner lui-même. Aujourd'hui encore, il se réveillait en sueur après avoir revécu la scène en rêve. Sa petite sœur dégringolant l'escalier sous ses yeux impuissants, comme dans un film au ralenti, et gisant au bas des marches, inerte…

Mais le cauchemar était pire que la réalité. Dans son rêve, Tasha ne se réveillait pas. Dans la vraie vie, Dieu merci, elle avait repris conscience.

— Je croyais avoir pris toutes les précautions, murmura Mme Jacobs. J'avais verrouillé les placards, placé des dispositifs sur les portes pour qu'elles ne se referment pas sur ses petits doigts. Je n'ai jamais imaginé qu'il irait prendre ces médicaments dans notre chambre…

Tout comme lui n'avait pas pensé que Tasha le suivrait dans l'escalier.

— On ne peut jamais tout prévoir, avec les bambins, et je suis sûr que votre fils vous pardonnera. Vous seriez surprise de ce que les enfants pardonnent à leurs parents.

Et à leur frère aîné.

— Vous avez commis une négligence, et à l'avenir, vous mettrez tout sous clé, dit Isla. Doit-on prévenir votre fils ?

— Non, merci, je m'en charge.

Il pressa la main de la grand-mère, rassurant.

— Ça risque de durer un moment, essayez de ne pas trop vous angoisser.

— Vous pouvez venir avec moi à la radio, ça le rassurera, dit Isla. Je vous accompagnerai ensuite à la salle d'attente. Peter, mon petit cœur, je suis infirmière et je m'appelle Isla, je vais aider le Dr Harry à te guérir…

Elle emmena l'enfant et sa grand-mère en radiologie.

Il examinait déjà les radios sur le négatoscope quand elle regagna le service de réanimation.

— Il semble y avoir une douzaine de cachets, dit-il. Il faut faire un lavement complet des intestins.

La procédure fut longue et déplaisante, mais ils réussirent à se débarrasser des comprimés et à stabiliser l'état de Peter.

— Je vais chercher sa grand-mère, dit-il comme on transférait le garçonnet en salle de réveil. La pauvre doit être morte d'inquiétude.

Dans la salle d'attente, il trouva Mme Jacobs avec un homme qu'elle devina être le père de Peter.

— Il va bien ? demandèrent-ils d'un même élan.

— Très bien. Il ne gardera aucune séquelle. Vous pouvez aller le voir en salle de réveil. Vous êtes le père de Peter, je présume ?

— Oui, Matthew Jacobs. Je n'arrive pas à croire ce qui s'est passé…

— Je suis navrée, murmura Mme Jacobs. Je te promets que ça ne se produira plus jamais quand il sera sous ma garde.

— Il aurait pu mourir, dit le père, d'une voix qui se brisa.

— Il va bien, dit Harry avec douceur en posant la main sur son bras. C'est ça qui compte. Le pire est passé.

Il les accompagna en salle de réveil, et M. Jacobs étreignit son petit garçon avec émotion.

— Papa, Peter a bobo au ventre, murmura l'enfant, groggy.

— Je sais, mon ange. Ça va aller. Je t'aime très fort.

— Je veux maman, sanglota Peter, blotti contre son père.

— Elle va bientôt arriver, promit M. Jacobs. Je reste avec toi jusqu'à ce qu'elle soit là. Tout va bien.

Harry avait connu la même inquiétude, la même angoisse, pour un bambin qui avait failli perdre la vie. Plus jamais ça.

— Peter va se remettre, le rassura-t-il. Je suppose que votre mère vous a raconté comment ça s'est passé ?

— Papa n'aurait jamais dû laisser ses médicaments à la portée de Peter, dit Matthew Jacobs d'un ton dur. C'est impardonnable.

— Peter n'est pas le premier enfant qui avale des comprimés en les prenant pour des bonbons, et il ne sera pas le dernier, remarqua calmement Harry. On a beau prendre des précautions, des accidents arrivent, et votre mère a bien réagi en nous amenant immédiatement Peter.

Il était un bel hypocrite de dire à cet homme de pardonner à sa mère. Lui-même n'avait jamais pu se pardonner l'accident de

Tasha. Surtout après le constat que les dommages étaient plus définitifs qu'une commotion cérébrale et une fracture du bras.

— Nous avons fait un lavement pour éliminer les cachets.

— Oh ! quelle horreur ! s'écria M. Jacobs, choqué.

— C'est plus efficace qu'un émétique pour évacuer les médicaments, et moins risqué, observa Isla.

— Mon pauvre petit garçon… dire qu'il a dû subir tout ça !

— Il ne se souviendra probablement de rien. Il est très jeune, et il était plutôt sonné en arrivant, le rassura Harry.

— Je peux le ramener à la maison, maintenant ?

— Non. Vu son jeune âge, nous allons le garder sous surveillance pédiatrique pendant vingt-quatre heures, expliqua Isla.

— Alors son état pourrait se dégrader ? bredouilla Mme Jacobs, au bord des larmes.

— Les premiers symptômes ont disparu, mais il arrive qu'ils reparaissent le lendemain. Nous préférons prendre nos précautions avec les très jeunes enfants et garder l'œil sur eux, répondit Harry. Nous allons vous conduire en pédiatrie pour vous présenter à l'équipe médicale. Ils ont des lits pour les parents qui veulent passer la nuit avec leurs enfants.

M. Jacobs secoua la tête avec incrédulité.

— Mon Dieu, si je l'avais perdu…

— Il va se remettre, répéta Isla. Je sais que c'est facile à dire, mais essayez de vous détendre, à présent.

Harry hocha la tête.

Il préférait que ce soit elle qui l'ait dit. Ces paroles avaient toujours un goût de cendre dans sa bouche quand le patient était un enfant.

Isla accompagna la famille Jacobs au service de pédiatrie et l'aida à s'installer avant de regagner les urgences. N'ayant pas pu prendre sa pause déjeuner, elle se prépara un café instantané dans la cuisine du personnel.

Elle achèterait une barre chocolatée à la machine du couloir en regagnant son poste, ça lui permettrait de tenir jusqu'à la fin de son service.

Elle avait bu la moitié de sa tasse quand Harry entra, tenant deux paquets de sandwichs et deux canettes de soda.

— Je me doutais que tu n'aurais pas le temps de déjeuner non plus, et j'ai fait un saut à la baraque à sandwichs. Ils n'avaient pas beaucoup de choix, mais il y a du thon mayonnaise et du poulet salade. Choisis.

— Merci, Harry.

Elle était soulagée de le voir se comporter comme avant leur voyage en Cornouailles. Ce week-end n'avait donc pas ruiné leurs relations de travail, finalement. Elle se sentait le cœur plus léger.

— Il y a deux sandwichs par paquet, on peut peut-être en prendre un de chaque ?

— Bonne idée.

— J'ai fait chauffer de l'eau. Tu veux un café ?

— J'absorberai plus vite la caféine avec ça, rétorqua-t-il en désignant les boissons gazeuses, mais merci quand même. Veux-tu un soda ?

— Je m'en tiendrai à mon café, mais merci d'avoir pensé à moi. Combien te dois-je pour le sandwich ?

Il balaya la question d'un geste.

— Ce sera ton tour la prochaine fois. Nous avons fait du bon travail avec le jeune Peter.

— Sa grand-mère me fait de la peine. Son fils lui en veut beaucoup.

— Il culpabilise sûrement de ne pas avoir été là pour empêcher l'accident, et ça le rend furieux… C'est pour ça que je ne veux pas d'enfant. On ne peut pas faire un travail comme le nôtre et accorder en même temps à nos propres enfants l'attention qu'ils méritent.

Bien des membres du personnel hospitalier y arrivaient pourtant, songea-t-elle. Harry laissait son environnement familial fausser son jugement.

— Hum, dit-elle évasivement en mangeant son sandwich. Je ferais bien d'aller retrouver l'équipe de triage, maintenant.

— Et moi la réanimation. A plus tard, Isla.

Elle lui sourit.

— Encore merci pour le sandwich, Harry.

La semaine avait été chargée aux urgences, et ce samedi soir, Isla était affectée aux box.

Ça ne la réjouissait pas. Elle détestait avoir à calmer l'agressivité des ivrognes qui, prenant pour eux la politique de tolérance zéro de l'hôpital, se montraient souvent menaçants avec le personnel.

Elle savait qu'elle devait s'attendre à être confrontée à la violence pendant sa garde, mais son cœur sombra quand elle prit un patient en charge à 1 heure du matin.

Il s'était battu. Outre un œil au beurre noir et des lacérations au visage, il avait une vilaine morsure à la main : ou il avait frappé très brutalement son adversaire à la bouche, et on risquait de trouver une dent fichée dans la blessure, ou l'autre l'avait mordu à pleines dents.

— Quand est-ce arrivé, monsieur Bourne ? demanda-t-elle.

— J'attends ici depuis des heures, alors dites-le moi, grogna-t-il.

Génial. Ivre, agressif, et pas d'humeur à livrer des informations.

Elle réprima un soupir.

— Nous soignons en priorité les cas les plus urgents, précisa-t-elle. Les patients doivent parfois attendre, et une personne arrivée après eux peut être vue avant si son état est jugé plus grave.

Il grommela un juron qui en disait long sur son opinion sur la question.

— Je peux examiner votre main, monsieur Bourne ?

Il tendit sa main.

Grâce à Dieu, elle ne vit aucun corps étranger dans la blessure.

— La bonne nouvelle, c'est que votre main n'est pas cassée, dit-elle après l'avoir examinée. Et il ne semble pas y avoir de problème articulaire. Comme il y a perforation, vous risquez de développer une infection bactérienne. Je vais devoir bien nettoyer la plaie, sous anesthésie locale pour vous éviter la douleur. Vous vous rappelez à quand remonte votre dernière vaccination antitétanique ?

Il haussa les épaules en grimaçant.

— Sais pas. Peut-être quand j'étais à l'école.

— D'accord. Par mesure de précaution, je vous ferai une injection.

A peine eut-il posé les yeux sur la seringue d'anesthésiant qu'il se mit à vomir.

— C'est… pas l'alcool. Je déteste les piqûres.

— Ce n'est rien. Je nettoierai quand j'aurai fini les soins.

Elle anesthésia la peau autour de la morsure, la désinfecta soigneusement, et elle se retournait pour prendre un scalpel sur le chariot afin de débrider les bords déchiquetés de la plaie quand elle sentit qu'on lui pinçait les fesses.

Elle pivota sur elle-même et foudroya l'homme du regard.

— C'est un comportement inadmissible, monsieur Bourne. Ne recommencez pas ! Dois-je vous rappeler que nous appliquons ici une politique de tolérance zéro ?

— Voyons, ma jolie, grogna-t-il avec un regard lubrique, tout le monde sait ce que, vous autres infirmières, vous cachez sous votre uniforme amidonné…

— Vous êtes mon patient et rien d'autre, dit-elle fermement. Pour votre information, je ne suis pas intéressée, et je ne veux plus que vous me touchiez. C'est compris ?

— Vous ne le pensez pas. Vous en avez envie…

L'homme s'interrompit quand le rideau s'ouvrit soudain, livrant passage à Harry, l'air furieux.

— Un problème, infirmière McKenna ?

Elle désigna le patient d'un signe de tête.

— Aucun problème, doc, bredouilla Bourne, la bouche pâteuse. Elle m'allume et se fait désirer…

Elle était déjà passée par là avec Andrew Gillespie, un autre ivrogne prétendument civilisé. Bouillant de rage, elle fut tentée d'envoyer le haricot à la tête de l'homme. Mais elle se figea, glacée.

Elle avait raconté à Harry ce qui s'était passé avec Andrew dans l'île. Allait-il croire, à l'instar de Stewart, qu'elle mentait et que son accusateur disait la vérité ? Qu'elle l'avait allumé, récoltant ce qu'elle avait semé ? Refuserait-il de la soutenir, comme Stewart ?

— Sûrement pas, rétorqua Harry d'un ton méprisant. C'est la chose la plus stupide que j'aie jamais entendue.

Elle sentit le soulagement l'inonder.

Harry prenait son parti ! Elle ne s'était pas rendu compte à quel point elle voulait qu'il la soutienne.

— Nous appliquons une politique de tolérance zéro dans ce service, dit sèchement Harry, et nous n'acceptons aucune maltraitance verbale ou physique du personnel. L'infirmière McKenna est là pour vous soigner. Si vous la touchez sans son accord, vous quitterez l'hôpital sans avoir reçu de soins.

Bourne serra les poings.

— Vous me jetteriez dehors ?

— Vous êtes ivre. Vous avez vomi partout, et vous êtes à peine capable de vous tenir debout. Le personnel de sécurité n'aura aucun mal à vous mettre dehors.

— Vous avez trop peur de le faire vous-même ?

— Non, je suis trop occupé à soigner des gens qui ont besoin de moi, répliqua Harry. Inutile de jouer au dur, ça ne m'impressionne pas. Je suis ici pour travailler, pas pour flatter votre ego. Si nous ne soignons pas votre main, elle sera infectée avant demain matin, et vous souffrirez l'enfer, alors à vous de choisir. Vous pouvez présenter des excuses et nous laisser faire le travail, ou partir et risquer l'infection.

— Je pourrais porter plainte contre vous.

— Ne vous gênez pas. Qui le juge croira-t-il, à votre avis ? Deux professionnels de la médecine ou un homme trop soûl pour avoir toute sa tête ?

Isla se dit que la situation pouvait rapidement dégénérer. Mais elle avait un moyen d'empêcher ça.

— Je dois vous administrer un antibiotique, dit-elle en prenant la plus grosse seringue sur le chariot.

Voyant l'ivrogne devenir blanc comme un linge, elle lui fourra un haricot dans les mains.

— Visez bien. Je ne veux pas avoir à nettoyer de nouveau votre main si vous vomissez dessus.

Il eut un haut-le-cœur, mais le bol resta vide.

— Avez-vous quelque chose à dire à l'infirmière McKenna ? demanda froidement Harry.

— Pardon, marmonna Bourne.

— Bon. Je ne veux plus vous entendre, sauf pour répondre à nos questions, dit Harry avant de se tourner vers Isla. Je vais rester avec toi pour m'assurer qu'il ne t'importune plus.

— Merci. Je vais pouvoir continuer à travailler, répondit-elle en finissant de débrider la plaie. Comme c'est une morsure, je ne peux pas la recoudre tout de suite à cause du risque d'infection, monsieur Bourne. Vous devrez aller voir votre médecin de famille ou revenir ici dans quelques jours pour vous faire faire des points de suture, précisa-t-elle en lui posant un pansement stérile antiadhésif. Comme c'est une blessure à la main impliquant une morsure, docteur Gardiner, faut-il utiliser un antibiotique prophylactique ?

— Bonne idée. Je prépare la seringue.

— Et une injection antitétanique, s'il vous plaît.

— Vous êtes médecin, grommela l'ivrogne en voyant Harry préparer la seringue. Vous n'avez pas à recevoir des ordres d'une infirmière.

— Je vous ai dit que je ne voulais plus vous entendre, lui rappela sèchement Harry. Mais pour votre information, l'infirmière McKenna est cadre, donc plus que qualifiée pour faire ça. Je ne suis là que pour la chaperonner à cause de votre comportement idiot. Et je vous suggère de traiter le personnel hospitalier avec le respect qui lui est dû.

— Belle égratignure, commenta gaiement Isla en administrant l'injection antitétanique.

M. Bourne gémit.

— Et de deux, dit-elle en lui injectant l'antibiotique. Comme vous ne vous rappellerez probablement pas ce que je vous dis, je vais vous remettre une notice. Allez voir votre médecin ou revenez dans trois ou quatre jours vous faire recoudre. Si la peau autour de la plaie devenait rouge, enflée et douloureuse, ou si vous aviez de la fièvre, consultez immédiatement, car ce sont des signes d'infection. Mais l'antibiotique devrait empêcher ça. Quelqu'un vous attend ?

— Nan. Le pote qui m'a amené a dû rentrer chez lui pour pas que sa bourgeoise pique une rogne.

— Alors, je vous laisse repartir seul, dit-elle.

Le patient grimaça, se leva péniblement et sortit en titubant.

— Direction la cuisine du personnel maintenant, c'est un ordre, décréta Harry.

— Il faut d'abord que je nettoie toutes ces saletés.

— Dans ce cas, je t'aide, dit-il en se mettant au travail.

Quand ils eurent nettoyé le vomi et remis le box en état, il revient à la charge.

— Plus de discussion, direction la cuisine.

Elle acquiesça et le suivit en silence.

— Je te prépare du thé bien chaud et bien sucré, dit-il en allumant la bouilloire. Ça va ?

— Merci, mais je n'ai pas besoin de thé. Je vais bien.

— Sûr ? Outre le fait que son comportement était totalement inacceptable, ça a dû faire remonter…

— Je vais bien, le coupa-t-elle, refusant de se laisser déstabiliser. Merci d'être venu à ma rescousse, Harry.

— N'importe qui fait la même chose si un collègue a affaire à un patient difficile.

— Il n'y a pas que ça, dit-elle doucement. Tu m'as crue.

Harry lui sourit.

— Isla, outre le fait que je te connais assez pour savoir que tu n'es pas du genre à encourager les patients à te tripoter, ce type puait la bière rance et le vomi. Pas vraiment le genre à faire fantasmer une femme, non ?

— Je suppose que non.

— Et son attitude empestait encore plus. Tu es vraiment sûre que ça va ?

— Oui. Mais merci de poser la question.

Il lui tapota l'épaule, et elle sentit une brusque chaleur l'envahir à ce contact.

Pitié ! Elle aurait besoin au contraire d'une douche froide pour rafraîchir ses ardeurs. Et d'une injection de bon sens.

— Sincèrement, je n'ai pas besoin de thé, Harry. Nous ferions bien de retourner travailler. A plus tard.

Et elle s'esquiva avant de faire une sottise.

Harry Gardiner avait clairement montré qu'il n'était pas pour elle, et de toute façon elle s'était juré de ne plus jamais sortir avec quelqu'un. C'était non négociable.

8.

Quand Isla quitta son service, Harry l'attendait.

— Je te ramène chez toi.

— Merci, c'est inutile.

— Pas du tout. Tu as eu une journée affreuse… Et ça me ferait plaisir de te raccompagner et de te préparer un sandwich au bacon.

— Je n'ai pas de bacon.

— Alors, nous passerons au plan B : je connais un café sympa où on fait les meilleurs sandwichs au bacon du monde. Et un sandwich au bacon accompagné d'une tasse de thé, c'est le meilleur remède après une garde pourrie.

— Tu ne laisses jamais tomber, hein ?

— Non, répondit-il avec un grand sourire.

— D'accord pour un sandwich au bacon, céda-t-elle, mais c'est moi qui paye. Pour te remercier d'être venu à mon secours tout à l'heure.

— Suis-je autorisé à offrir le thé ?

— Je suppose, dit-elle en souriant.

Ils se rendirent au café à pied et commandèrent leurs sandwichs, avec une grande théière et deux tasses.

— Merci encore de m'avoir sauvé la mise, Harry.

— J'en ferais autant pour n'importe quel collègue harcelé par un patient.

— Je sais, mais tu m'as crue. Tu m'as soutenue.

— Evidemment, dit-il avec douceur. C'est pour ça que je voulais prendre le petit déjeuner avec toi ce matin. Je ne tiens pas à ce que le comportement d'un imbécile ravive tes blessures encore fraîches.

— Ça m'a rappelé en effet Andrew Gillespie, quand je l'ai repoussé et que ma vie s'est écroulée…

Depuis, elle avait toujours la crainte irraisonnée que quelqu'un porte de fausses accusations contre elle, qu'on la croie coupable et qu'on la force à partir ailleurs reconstruire son existence en miettes.

Harry lui pressa la main sur la table.

— Je sais que tu as passé une période difficile dans l'île, mais ça n'arrivera pas ici. Tout le service connaît ton professionnalisme, ce type était soûl et parfaitement odieux… Il y a autre chose, n'est-ce pas ?

Elle soupira, fatiguée de tout garder pour elle.

— J'ai eu si peur que tu ne m'épaules pas…

— C'était évident ! protesta-t-il. Tu es ma collègue et mon amie… Pourquoi diable ton ex ne t'a-t-il pas défendue quand son beau-père a proféré ces mensonges à ton sujet ?

— Je présume que, pour Stewart, il n'y avait que deux possibilités : ou j'étais une menteuse sans scrupule qui voulait le tromper avec son beau-père et je persistais dans le mensonge après avoir été démasquée, ou je disais la vérité, et l'homme qui l'avait élevé comme son fils trahissait sa mère.

— Il devait te connaître assez pour savoir que ce n'était pas toi qui mentais ?

— C'est ce que j'espérais, ce en quoi je me trompais, dit-elle tristement. Il a choisi l'option la moins affreuse pour lui, préférant croire qu'il avait choisi une compagne indigne de lui que penser que sa mère avait fait le mauvais choix. Bridie avait déjà eu assez de malheur dans sa vie. Le père de Stewart avait été tué en mer. Andrew lui avait redonné le goût de vivre, et Stewart avait besoin de croire qu'il continuerait à rendre sa mère heureuse.

— Même si ça impliquait de te trahir ?

— Je te le répète, c'était le moindre des deux maux. J'ai espéré un moment que, le choc passé, il se rendrait compte que je disais la vérité et que tout s'arrangerait. Mais alors, est-ce que j'aurais pu oublier sa déloyauté, passer le reste de ma vie avec quelqu'un qui ne m'avait pas crue ? Que se serait-il passé quand nous aurions eu une divergence d'opinion ? Aurait-il mis en doute ma bonne foi ? Dans l'incertitude, j'ai préféré rompre avec lui.

— Savait-il qu'Andrew avait un problème d'alcool ?

— Je l'ignore. Andrew pouvait être très convaincant, et si Bridie était d'accord pour cacher la situation à tout le monde, Stewart n'était probablement pas au courant.

— Tu ne lui as rien dit ?

— Comment trahir le secret professionnel ? Et puis Bridie et Andrew auraient nié, et tout le monde, y compris Stewart, aurait cru que je mentais pour sauver ma peau, ou que je prenais plaisir à divulguer une information personnelle qu'un patient m'avait confiée.

— Quelle situation cornélienne !

— Heureusement, ma famille et mes proches m'ont crue.

— Mais les mauvaises langues t'ont quand même chassée de l'île ?

— Je comptais rester malgré tout. Mais je devais affronter tous les jours les mêmes spéculations. Tous les jours, des patients refusaient de me voir parce qu'ils n'avaient plus confiance en moi. Tous les jours je rencontrais les mêmes difficultés à faire correctement mon travail à cause des mensonges et des ragots qui circulaient. Au bout de trois mois, je ne dormais plus, je ne mangeais plus, j'étais au bout du rouleau. Alors, mes parents et mes frère et sœur m'ont dit qu'ils croyaient en moi, mais que rester dans l'île finirait par me détruire, et que je devais partir pour retrouver le plaisir de travailler.

— Pourquoi as-tu choisi les urgences ? Pour soigner des gens qui te seraient inconnus ?

— Oui. Et j'aime vraiment travailler ici.

— Mais ta famille te manque.

— Je suis une grande fille, je m'en remettrai… Au début, on veut tout avoir, mais finalement on doit faire des concessions, apprendre à transiger. C'est la vie, conclut-elle avec résignation.

— Peut-être, mais à ta place, ça me rendrait furieux.

— Je l'ai été, mais j'ai surmonté ma colère. Je suis juste triste que ça ait tourné ainsi.

— Jusqu'à ce qu'un idiot imbibé fasse tout remonter en se croyant irrésistible, aveuglé par les vapeurs d'alcool…

— Même s'il avait été sobre et n'avait pas vomi, il n'aurait pas été mon type, dit-elle en grimaçant.

— Je n'ose te demander quel est ton genre…

— Je ne répondrais pas, répliqua-t-elle sèchement.

Jamais elle n'oserait dire à Harry Gardiner qu'il était son type d'homme. Pas seulement parce qu'il était séduisant, mais parce que c'était un homme vraiment gentil et qu'elle aimait sa façon de traiter les gens. Elle déplorait juste qu'il ne soit pas un peu plus indulgent envers lui-même.

Il rit.

— Sérieusement, j'étais inquiet pour toi. Nous avons tous au cours de notre carrière des choses qui nous perturbent quand nous y sommes confrontés. Pour moi, c'est la rupture d'un anévrisme aortique abdominal.

— Tu as perdu le patient ?

— Oui. C'était mon premier jour aux urgences, et ça a failli être le dernier. Je sais que statistiquement, on perd plus de patients ici que dans les autres services à cause de la nature même du travail. Mais je n'étais pas préparé à perdre une patiente le premier jour. Elle avait le même âge que ma grand-mère, et elle lui ressemblait avec ses rondeurs… Elle est arrivée avec une douleur dans le dos. Elle transpirait abondamment, était tachycarde et hypotendue. J'ai pensé à la rupture d'anévrisme aortique abdominal, mais la peau des membres inférieurs n'était pas marbrée, et comme elle était en surpoids, je n'ai pas senti de masse abdominale pulsatile en l'examinant. Je suis allé voir mon chef de clinique pour avoir son avis, mais quand nous sommes revenus, la patiente avait perdu connaissance, et nous l'avons perdue. En rentrant après ma garde, j'ai pleuré toutes les larmes de mon corps, puis j'ai appelé ma grand-mère et l'ai suppliée de faire un check-up complet et de commencer un régime.

— Oh ! Harry…, murmura Isla avec sympathie.

— La journée du lendemain a été affreuse. Comment savoir si je n'allais pas tuer d'autres patients ? J'ai sérieusement envisagé d'abandonner la médecine.

— Harry, tu n'as pas tué ta patiente ! Tu étais jeune et inexpérimenté, tu as fait ce qu'il fallait en demandant conseil.

— J'aurais quand même dû réfléchir davantage et lui faire une échographie avec l'appareil portable.

— Même alors, tu n'aurais sans doute pas pu la sauver. Tu sais comme moi qu'une rupture d'anévrisme aortique a un taux très élevé de mortalité et que beaucoup de patients n'arrivent même pas à l'hôpital.

— Je le savais intellectuellement, mais mon cœur me disait autre chose.

— Tu as pu aller au bout de ta garde ?

— Oui. L'infirmière en chef du service était un amour. Elle m'a serré dans ses bras à mon arrivée, m'a dit que j'avais eu la malchance d'avoir un premier jour désastreux, mais que je ne devais plus y penser. Puis elle m'a annoncé que j'étais affecté en réanimation ! J'étais terrifié à l'idée de tuer un autre patient, mais j'ai sauvé une fillette qui avait fait une réaction allergique sévère à l'œuf. Les ambulanciers lui avaient administré de l'adrénaline, mais son état avait empiré sur le chemin de l'hôpital, et j'ai dû l'intuber pour la stabiliser. C'est à ce moment-là que j'ai pris conscience de la réalité de notre travail : on s'efforce de sauver les patients. Parfois on échoue, mais du moment qu'on a fait tout son possible, on doit s'en satisfaire.

Sauf qu'il n'avait pas fait tout son possible avec Tasha, se dit Harry à part lui. Il avait laissé la porte de l'escalier ouverte, pensant qu'elle ne le suivrait pas. Et plus jamais il ne se mettrait dans une situation aussi risquée. Plus jamais.

Après le petit déjeuner, il raccompagna Isla chez elle.

— Veux-tu entrer boire un café ? lui proposa-t-elle.

Il fut sur le point de refuser. Il lui avait dit des choses assez intimes, au café. Et il avait l'impression désagréable que leur relation devenait de plus en plus personnelle, ce qu'il tenait malgré tout à éviter.

— Merci, j'en serai ravi, s'entendit-il répondre.

— Entre et installe-toi pendant que j'allume la bouilloire. Tu veux du déca ?

— Si je veux dormir un peu ce matin, je préférerais, oui, répondit-il en souriant.

Isla le fit entrer dans le salon et disparut dans la cuisine.

Comme il s'y attendait, l'appartement était en ordre et parfaitement entretenu. De nombreuses photos encadrées ornaient la cheminée : Isla posant le jour de sa remise de diplôme entre ses parents, Isla immortalisée en demoiselle d'honneur aux mariages de son frère aîné et de sa sœur, Isla portant des bébés sur les fonts baptismaux…

Le regard de tendresse qu'elle posait sur les poupons était éloquent. Elle voulait sûrement avoir des enfants.

Ces clichés étaient un avertissement : ils ne devaient pas entamer de relation alors qu'ils attendaient de la vie des choses incompatibles. Ils avaient parlé de compromis, mais dans ce domaine, il ne pouvait pas en faire. Il ne voulait pas être responsable d'un enfant. S'il tentait sa chance avec Isla et s'ils se mariaient, il y avait une forte probabilité pour qu'ils finissent par divorcer, et s'ils avaient un enfant, ils détruiraient aussi sa vie. Il ne voulait pas imposer à un bambin les souffrances qu'il avait connues petit. Et il refusait de faire souffrir Isla.

Il devait absolument garder ses distances avec elle.

C'était d'ailleurs ce qu'il avait fait jusqu'à ce que cet ivrogne s'en prenne à elle. Il ne pouvait décemment pas la laisser se débrouiller seule, d'autant plus que ça lui était déjà arrivé. Et il s'était laissé guider par son cœur quand il l'avait emmenée prendre le petit déjeuner et raccompagnée chez elle.

Alors qu'il cherchait un prétexte pour prendre congé, Isla entra avec deux tasses de café et une assiette de biscuits.

Trop tard. Il allait devoir rester le temps de boire son café s'il ne voulait pas se montrer impoli. Et il tenait à la ménager.

— Joli appartement, remarqua-t-il, choisissant un sujet anodin.

— Je l'aime bien. Il est clair et aéré, et même si ce n'est pas très grand, ce n'est pas loin de l'hôpital…

Ils enfilèrent les banalités le temps d'une tasse de café.

— Il faut vraiment que j'y aille et que je te laisse dormir, dit-il en étouffant un bâillement. Moi aussi je dois dormir, ou je ne vaudrai pas grand-chose pendant ma garde de ce soir.

— Je comprends, répondit Isla en souriant. A plus tard, et merci encore.

Durant tout le trajet de retour, il se répéta les mêmes injonctions : il allait s'éloigner d'elle, garder ses distances, arrêter de désirer ce qu'il ne pouvait pas avoir.

9.

Durant leur service, ce soir-là, Harry garda ses distances avec Isla. Il ne lui proposa même pas de prendre un café avec elle pendant leur pause. Ils ne se virent pas le lundi ni le mardi, jours de leur repos hebdomadaire, et quand ils travaillèrent ensemble les deux jours suivants, il se montra froid avec elle.

Isla ne voyait pas ce qu'elle avait pu dire ou faire pour le contrarier. Il avait été adorable avec elle quand l'ivrogne s'en était pris à elle, il l'avait défendue, rassurée. En fait, il avait commencé à prendre ses distances quand ils étaient allés chez elle.

Il fallait qu'elle ait une conversation avec lui pour éclaircir la situation. Elle tenait beaucoup à lui comme ami et comme collègue, et elle ne voulait pas gâcher leur précieuse relation.

Harry avait prétendu qu'il la croyait, mais avait-il changé d'avis, comme tant de gens l'avaient fait sur l'île ?

A la fin de leur service, le vendredi, elle décida d'en avoir le cœur net.

— Je pensais que nous pourrions peut-être aller boire un verre quelque part, lui proposa-t-elle.

— Désolé, je ne peux pas, répondit-il avec un sourire contrit. Je dois jouer au squash. Match de championnat.

Pourquoi sentait-elle qu'il s'agissait d'une excuse ?

— Harry, il faut qu'on parle, dit-elle calmement. Je t'ai manifestement contrarié, et je veux comprendre pourquoi. Pouvons-nous nous voir après ton match ?

Il évita son regard, et son ton était un peu trop enjoué quand il répliqua.

— Tu ne m'as pas contrarié du tout.

— Alors pourquoi as-tu été distant toute la semaine ?

— J'ai fait ça ? dit-il en détournant la tête.

Il n'arrivait pas à la regarder dans les yeux. C'était grave.

Elle soupira.

— Oui, tu le sais bien. Je nous croyais amis.

— Nous le sommes.

— Alors, que se passe-t-il ?

— Je ne vois pas ce que tu veux dire, dit-il en haussant les épaules.

— Dans ce cas, allons boire un verre après ton match.

— Désolé, je ne peux pas. Toute l'équipe va manger une pizza ensuite.

Elle abandonna.

— Comme tu voudras. De toute évidence, je fais des histoires pour rien. Amuse-toi bien.

Harry regarda Isla s'éloigner, torturé par la mauvaise conscience.

Il lui avait menti. Il ne jouait pas au squash ce soir, et il n'allait pas non plus dîner avec des amis.

Il tint deux heures avant de lui envoyer un texto.

Tu es chez toi, Isla ?

Elle répondit après un moment.

Pourquoi ? Je croyais que tu jouais au squash. Match de championnat.

Il se tortilla, mal à l'aise. Il ne l'avait pas volé.

Cette offre de verre tient toujours ?

Cinq minutes s'écoulèrent, et il crut qu'elle allait refuser.

Bien sûr.

Il poussa un soupir de soulagement.

On se voit dans une heure ?

En chemin, il s'arrêta au supermarché pour acheter un gros bouquet parfumé de lilas blanc et mauve mélangés.

Le temps d'arriver chez elle, il se sentait ridiculement nerveux.

— Pour toi, dit-il quand elle ouvrit la porte, en lui fourrant les fleurs dans les bras.

— Merci, c'est très gentil. En quel honneur ?

— Pour te demander pardon, répondit-il avec honnêteté.

Elle parut perplexe.

— Je ne comprends pas, mais entre. J'ai une bouteille de pinot dans la cuisine. Peux-tu la déboucher pendant que je mets ces magnifiques fleurs dans un vase ? Les verres sont dans le placard au-dessus de la bouilloire.

Il trouva le vin, ouvrit la bouteille et remplit deux verres pendant qu'elle s'occupait des fleurs. Il posa les verres sur la table basse du salon.

— Alors, que se passe-t-il, Harry ?

— Je t'ai évitée toute la semaine, c'est vrai.

— Pourquoi ?

Il prit une grande inspiration.

— Parce que nous sommes censés être amis.

— Je croyais que nous l'étions, dit-elle, sourcils froncés.

— Nous le sommes.

— Mais alors… Ce que tu dis n'a pas de sens, Harry.

— Je sais, admit-il, au supplice. Tu devrais être en sécurité avec moi.

— Et je ne le suis pas ?

— Loin de là.

— Mais pourquoi ?

Il poussa un profond soupir.

— Parce que je t'ai embrassée en Cornouailles et que, chaque fois que je te vois, j'ai envie de recommencer. Comme je ne vaux rien comme petit ami et que tu as déjà connu une déception amoureuse, la seule chose à faire est de rester à l'écart de ton chemin… Donne-moi encore quelques jours pour reprendre le dessus, et j'espère pouvoir te regarder de nouveau sans vouloir…

Il s'interrompit, la bouche sèche.

— Sans vouloir quoi, Harry ?

— Peu importe, je ne veux pas t'embêter. Mais tu méritais une explication et des excuses.

— Merci… Mais supposons que je pense à la Cornouailles, moi aussi ? murmura-t-elle avec douceur.

— Alors, tu es aussi dingue que moi, répondit-il sur le même ton. Car nous ne pouvons pas faire ça. Tu as déjà été cruellement blessée, et tu n'as vraiment pas besoin de fréquenter quelqu'un comme moi.

— Quelqu'un comme toi ? C'est-à-dire ?

— Tu connais ma réputation. Je suis celui qui ne sort jamais plus de deux ou trois fois avec une femme par peur de s'engager.

— Rien à voir avec l'homme que j'ai en face de moi, gentil, honnête, bienveillant, qui aide les autres sans faire d'histoire.

— Ils ont raison sur un point, je ne m'engage jamais, répéta-t-il. Voyons, Isla, tu as rencontré ma famille !

— Et ils sont tous adorables.

— Oui, acquiesça-t-il, mais ils ne sont pas doués pour les responsabilités. Mes parents comptabilisent dix mariages à eux deux avec le leur. C'est dans mes gènes de tout bousiller.

— Ou tu peux apprendre des erreurs de tes parents.

— C'est déjà fait, et je ne m'implique plus dans une relation sérieuse. Je ferais mieux de partir, dit-il en jetant un coup d'œil au verre qu'il n'avait pas touché.

— Pourquoi ?

— Tu sais pourquoi, Isla. Je ne veux pas succomber à la tentation et nous faire souffrir tous les deux.

— Tu t'étais blotti contre moi pendant ton sommeil en Cornouailles…

Oui, il s'était réveillé avec Isla dans ses bras, toute douce, toute chaude. Et il avait dû faire un effort de volonté pour s'arracher à elle.

— Et alors ? demanda-t-il anxieusement.

— Alors, peut-être me suis-je réveillée avant toi et ne me suis-je pas écartée.

— Sérieusement ? bredouilla-t-il, interdit.

— Sérieusement. J'y pense peut-être chaque matin depuis, trouvant mon lit beaucoup trop grand…

Il se figea, n'en croyant pas ses oreilles.

— Es-tu en train de dire… ?

— Je ne cesse de me rappeler ce que j'ai ressenti quand tu m'as embrassée… Et j'aimerais peut-être que tu recommences.

— Tu serais prête à tenter une relation avec moi ?

— Ma tête me dit d'être raisonnable, mais une autre partie de moi pense que je ne devrais pas laisser ma triste expérience avec Stewart gâcher le reste de ma vie, qu'il est peut-être temps d'avoir du courage et de courir le risque.

Il avait du mal à respirer.

Le choisissait-elle, lui ?

— Je suis à haut risque, tu le sais.

— Tu me plais, Harry, murmura-t-elle, et je crois que je te plais aussi. Et pas seulement en tant qu'amis.

— Et si ça tourne mal ? Je ne peux pas te promettre que ça marchera. Que ce sera pour toujours.

— Je n'attends rien de tel. Nous sommes adultes. Si nous échouons, nous serons assez raisonnables pour faire passer en priorité nos patients, comme maintenant… Mais imagine que ça se passe bien, Harry ?

Courir le risque d'une relation avec Isla McKenna. Sortir avec elle. L'embrasser. Lui faire l'amour…

Il sentit sa bouche s'assécher à cette pensée.

Elle avait été blessée par le passé, mais si elle était prête à courir le risque, il devait faire preuve de courage, lui aussi.

— Il faut fixer quelques règles de base, dit-il.

— Ça me va.

— D'abord, que ça reste entre toi et moi. Nos collèges n'en sauront rien.

— C'est d'accord.

— Ensuite, nous serons honnêtes l'un envers l'autre. Si une chose nous gêne, il faudra le dire.

— Ça ne me pose pas de problème.

— Troisièmement…

— Troisièmement, si tu te taisais et si tu m'embrassais, Harry Gardiner ?

Il en mourait d'envie depuis le voyage en Cornouailles. Depuis qu'il avait goûté la douceur de sa bouche.

— C'est la meilleure suggestion que j'aie entendue de toute la journée, dit-il en prenant sa main qu'il porta à ses lèvres.

Il la sentit frissonner tandis qu'il baisait chacun de ses doigts sans la quitter des yeux. Il se consumait de désir pour elle. Retournant sa main, il posa ses lèvres sur son poignet, lui arrachant un nouveau frisson. Il sentait son pouls battre, fort et régulier.

Alors, seulement, il l'attira dans ses bras et l'embrassa à pleine bouche.

Ils se retrouvèrent étroitement enlacés sur le canapé.

— Ça va ? demanda-t-il doucement.

— Très bien, répondit-elle en caressant son visage.

— Je suis de garde tôt demain. Et toi ?

— Même chose.

— Es-tu libre ensuite ? Pourrai-je te voir ?

— J'en serai ravie, dit-elle.

— Dînons ensemble. Et fais-toi belle, car ce sera notre premier rendez-vous.

Elle rit.

— Pourquoi ai-je l'impression d'avoir dix-huit ans ?

— Moi aussi. C'est insensé, grommela-t-il en lui volant un baiser. J'ai envie de faire toutes sortes de choses. Mais je vais me calmer, car nous devons y aller doucement. Nous habituer à l'idée. Je ne sors jamais sérieusement, mais pour toi, je vais essayer de changer. Je ne sais pas si je peux, on verra. C'est tout ce que je peux te promettre.

— Ça me suffit, dit Isla.

Il l'embrassa de nouveau.

— A demain, au travail. Et je te retrouve ici à 19 heures.

— Parfait.

Elle s'arracha à ses bras et se leva pour le raccompagner à la porte, lui volant un dernier baiser au passage.

— Bonne nuit, Harry. Fais de beaux rêves.
— Ils le seront. Et les tiens aussi, j'espère.

Isla réussit à se concentrer sur son travail toute la journée du samedi — le fait qu'Harry et elle soient affectés à des postes différents facilita la chose — mais dès qu'elle rentra, son cœur s'accéléra à la pensée de la soirée qui s'annonçait.

Un rendez-vous avec Harry !

Et il voulait qu'elle porte une tenue habillée !

Elle opta pour sa petite robe noire préférée, la sortit de la penderie et prit son temps pour se coiffer et se maquiller.

Ses efforts furent récompensés par le regard admiratif d'Harry quand elle alla lui ouvrir.

— Tu es éblouissante !

— Merci. Toi aussi.

Il entortilla une mèche rousse autour de son doigt.

— Tes cheveux sont magnifiques, dit-il d'une voix rauque.

— Je les attache toujours quand je travaille, dit-elle en souriant, c'est plus pratique.

— Tu me plais autant en surveillante guindée qu'en sirène.

— Je ne suis ni surveillante ni guindée !

— Non, mais tu ne tolères pas les idioties, ce qui est une bonne chose.

— Et je ne suis pas une sirène non plus.

— Permets-moi de ne pas partager ce point de vue. Tu es l'incarnation même du sexy.

— Flatteur, pouffa-t-elle.

— C'est un fait. Mais comment peux-tu marcher avec ça ? dit-il en désignant ses talons aiguille.

— Je suis infirmière, je fais des kilomètres par jour.

— En talons plats.

— Oui, admit-elle.

— Bon. J'ai hâte de t'emmener dîner, Isla McKenna. Parce que c'est une belle soirée et que j'ai envie de me promener avec toi main dans la main.

— Ça me va, répondit-elle avec un sourire.

Dans la rue, Harry lui prit la main, et ils marchèrent jusqu'à la station de métro. Il ne lui dit pas où ils allaient, et elle ne le questionna pas.

— Ça va peut-être être ringard, la prévint-il quand ils atteignirent le West End. Je n'y suis encore jamais allé, mais il paraît que c'est un des restaurants les plus romantiques de Londres, et il a très bonne réputation. Je voulais t'emmener dans un endroit spécial pour notre premier rendez-vous.

Il n'y avait pas emmené d'autre femme !

Elle se détendit et eut le coup de foudre en découvrant l'établissement.

Le plafond était tendu d'une grande toile et de guirlandes lumineuses, des bougies projetaient leur lueur douce sur les tables nappées de tissu damassé blanc et parsemées de fleurs blanches. Les sièges étaient recouverts de velours rouge.

— Je vois pourquoi cet endroit est si apprécié, remarqua-t-elle, c'est ravissant.

La carte était à la hauteur. Ils craquèrent pour les coquilles Saint-Jacques d'Ecosse et le poulet fermier accompagné de gnocchis et haricots verts, et Harry insista pour qu'ils prennent une bouteille de champagne.

— C'est exquis, s'émerveilla-t-elle. Mais rappelle-toi que nous partageons la note.

— Pas question ! C'est notre premier rendez-vous officiel, je t'invite. Mais si tu veux m'offrir le déjeuner demain, ou juste un brownie et un café à la cantine de l'hôpital…

— Je ne travaille pas demain. Mais si tu es libre aussi, c'est entendu, je t'invite à déjeuner.

— Avant, je t'emmènerai voir quelque chose.

— Quoi donc ? demanda-t-elle, intriguée.

— Si je te le dis, ce ne sera pas une surprise, répliqua-t-il, lui tapotant le bout du nez en riant.

Elle aimait cet aspect d'Harry, drôle, charmant, détendu. Et elle prit plaisir à partager un mille-feuille au chocolat avec lui.

— J'ai passé une merveilleuse soirée, dit-elle quand il la raccompagna chez elle. Merci, Harry.

— C'était un plaisir.

— Tu veux entrer ?

Il prit ses lèvres pour un baiser furtif.

— Oui. Mais je ne le ferai pas. Il faut y aller lentement. Pour n'effrayer aucun des deux ?

— Ça me convient, répondit-elle doucement en l'embrassant. A demain, Harry.

10.

Le dimanche matin, Harry s'éveilla avec un sourire béat.

Il allait voir Isla !

— Où allons-nous ? demanda-t-elle comme il venait la chercher.

— J'ai envie qu'on se promène à travers la ville.

— Bonne idée, acquiesça-t-elle en souriant.

En sortant de la station de métro, elle jeta autour d'elle un regard circulaire.

— C'est Big Ben ? On va faire les sites touristiques ?

— Pas spécialement. Mais si tu veux que je te prenne en photo devant Big Ben ou la statue de Boadicée, on peut monter sur le pont.

— Non, je serai heureuse d'aller où tu voudras.

Il l'entraîna le long de la rive sud de la Tamise et s'immobilisa en grommelant.

— Désolé, j'aurais dû me renseigner sur les marées.

— Les marées ?

— Le cours de la rivière est influencé par les marées, et parfois il y a une plage ici. J'avais pensé que ça te plairait. C'est ce qu'il y a de plus proche de la mer à Londres.

— Une autre fois, peut-être.

Ils traversèrent le *Millennium Bridge* jusqu'à St-Paul puis s'engagèrent dans un dédale de petites rues avant de déboucher dans le quartier de Clerkenwell où se côtoyaient boutiques de vêtements tendance, bijouteries, ateliers d'art et cafés à la mode.

— Nous pourrions déjeuner ici, dit-il.

— C'est charmant, dit Isla, visiblement séduite par les terrasses ombragées de parasols évoquant la côte méditerranéenne. Tu penses à un endroit précis ?

— Je ne suis jamais venu, choisis celui qui te plaît.

Ils consultèrent les menus affichés à l'extérieur, et Isla opta pour un café français, où ils commandèrent des croque-monsieur avec du jus d'orange fraîchement pressé, et un brownie pour deux.

— Bon choix, dit-il. La cuisine semble délicieuse.

— C'est agréable d'explorer Londres avec quelqu'un qui connaît bien la ville.

— Je vis à Londres depuis mes dix-huit ans. Evidemment, je ne connais pas toutes les rues, mais j'ai découvert des petits coins sympas, hors des sentiers battus. J'ai lu un article sur ce quartier dans un magazine.

Et il avait eu envie de le partager avec elle.

Curieusement, cela semblait tout naturel, maintenant qu'il avait pris la décision de commencer une vraie relation. Et sa méfiance habituelle avait complètement disparu.

Peut-être parce qu'il avait trouvé la bonne personne ?

Il se garda de le dire à Isla. Il était encore beaucoup trop tôt pour ça. Ils commenceraient par avoir une relation plaisante et discrète, et ils verraient où ça les mènerait.

Au travail, Harry et Isla réussissaient à se comporter en professionnels en se traitant strictement en collègues. Ils veillaient à ne jamais quitter l'hôpital ensemble, sauf s'ils étaient en groupe. Harry avait persuadé Isla de participer aux sorties de l'équipe, et elle s'amusa beaucoup au bowling.

— Je suis contente que tu m'aies convaincue de venir, lui avoua-t-elle ce soir-là. J'ai vraiment l'impression d'appartenir à l'équipe, maintenant.

— Bienvenue à Londres, murmura-t-il en l'embrassant.

Ils se voyaient presque tous les jours après le travail. L'un d'eux cuisinait, ou ils achetaient des plats tout prêts, ou ils dînaient dans un joli petit bistrot. Ils étaient de plus en plus proches, et plus Harry découvrait Isla, plus il s'apercevait de leurs points communs. Pour la première fois de sa vie, il arrivait à se détendre, à être lui-même. Et le soir en la raccompagnant, il avait de plus en plus de mal à la quitter.

Au travail aussi, il peinait à dissimuler ses sentiments. Chaque fois qu'il la voyait, sa journée s'illuminait, et tous les prétextes étaient bons pour la croiser. On allait sûrement remarquer qu'il souriait davantage en sa présence, commencer à se poser des questions…

Un mercredi soir, alors qu'il ramenait Isla chez elle après une séance de cinéma, elle demanda de but en blanc :

— As-tu du courage ?

— Pourquoi ? dit-il, désorienté.

— Comme nous avons un certain nombre de rendez-vous à notre actif, j'ai pensé que nous pourrions… Hum, revivre la scène amorcée dans ce jardin en Cornouailles. Sans être interrompus, cette fois, et sans nous montrer raisonnables…

Il sentit son corps s'embraser.

— Es-tu en train de dire…

— Oui, répondit-elle en levant le menton, je suis prête.

— Moi aussi. Tu n'imagines pas combien j'ai envie de toi.

— C'est réciproque, docteur Gardiner, rétorqua-t-elle d'une voix rauque.

Dès qu'elle eut refermé la porte sur eux, il l'attira dans ses bras et l'embrassa, mordillant ses lèvres pour entrouvrir sa bouche et approfondir leur baiser.

C'était grisant, mais il voulait plus encore, il voulait tout.

Murmurant son nom, il parcourut sa gorge de baisers, et elle renversa la tête en gémissant.

Elle était aussi excitée que lui, tant mieux. Parce qu'il n'avait pas l'intention de s'arrêter, cette fois.

Ecartant les fines bretelles de son top, il promena les lèvres au creux de son épaule.

— Je te désire tant, Isla… Ta peau est si douce, j'ai envie de te toucher. De te regarder.

— Ne t'en prive pas, dit-elle d'une voix mal assurée.

— Pas ici, répliqua-t-il en la soulevant dans ses bras.

— Homme des cavernes, va…

Il lui vola un baiser.

— Où dois-je aller ?

— Harry, mon appartement a quatre pièces, et tu en as vu trois. Tu n'as pas besoin d'une carte pour te repérer, si ?

Il s'esclaffa.

— L'infirmière McKenna et son bon sens cinglant typiquement écossais, remarqua-t-il en se dirigeant vers la porte qu'il n'avait pas encore franchie. Tu es sûre, Isla ?

— Absolument… Tu as des protections ?

— Oui, souffla-t-il en l'embrassant. Et pas parce que j'étais sûr d'en arriver là, ni parce que je couche partout où je passe.

— Je sais. Tu es pratique, voilà tout.

— Exactement.

Il avait envie de lui faire l'amour, mais il ne tenait pas à lui faire un bébé. Il ne voulait pas d'enfants. Jamais. Il avait connu cette responsabilité trop jeune, et ça avait très mal tourné. Désormais, sa vie serait simple. Sans danger. Sans cette peur abominable.

Chassant ces pensées, il ouvrit la porte et, se dirigeant vers le lit, il reposa Isla en la laissant glisser le long de son corps pour lui faire sentir la force de son désir.

— Eh bien, docteur Gardiner…, murmura-t-elle, les joues empourprées.

— Eh bien, infirmière McKenna ?

— A toi de jouer.

Il glissa les doigts sous son top pour caresser son ventre plat.

— Je peux ? demanda-t-il doucement.

Elle hocha la tête.

Dessous, elle portait un soutien-gorge bandeau. Il suivit du doigt le bord en dentelle puis, passant la main dans son dos, il le dégrafa.

— Tu es magnifique, chuchota-t-il quand le soutien-gorge tomba à terre. A toi, maintenant.

Presque timidement, elle déboutonna sa chemise et la fit glisser de ses épaules.

— Superbes pectoraux, docteur Gardiner, dit-elle en promenant ses mains sur son torse et son abdomen.

— Alors, on peut toucher aussi ?

Il prit ses seins dans ses paumes et taquina les mamelons érigés par le désir.

— Oh oui…

— Ça ne me suffit pas. Je veux savourer ton goût, Isla. Explorer ton corps…

Il s'agenouilla et aspira goulûment la pointe d'un sein. Elle glissa les mains dans ses cheveux, et il la sentit trembler pendant que ses lèvres et sa langue la titillaient.

Tombant à genoux à son tour, elle défit les boutons de son jean. Il en fit autant avec elle et rit doucement, le front contre son épaule nue.

— Qu'est-ce qu'il y a de drôle ?

— Dans cette position, je ne pourrai pas baisser ton jean plus bas que tes genoux.

— Et nous sommes par terre, alors qu'il y a un grand lit confortable juste à côté de nous. On a seize ans, ou quoi ?

Il lui donna un baiser.

— Avec toi, j'ai l'impression de retrouver mon adolescence, murmura-t-il en lui mordillant le lobe de l'oreille. Sans l'angoisse ni la crainte qui plombent une première fois, car nous sommes assez grands pour savoir que ce ne sera ni parfait ni catastrophique.

— Qu'est-ce que ce sera, alors ?

— Une exploration. Nous allons découvrir ce que chacun aime, où et comment il aime être touché, embrassé, murmura-t-il en ponctuant ses paroles de baisers.

Il se releva, saisit les mains d'Isla et la remit sur ses pieds.

— Ça commence maintenant, reprit-il en finissant de défaire son jean qu'il fit glisser sur ses hanches. A toi…

A son tour, elle lui enleva son pantalon et sourit.

— Tes chaussettes ont une couleur bizarre.

— C'est très tendance, à Londres. Le comble de la sophistication.

Elle éclata de rire.

— Raté, soupira-t-il en l'embrassant. J'étais distrait la dernière fois que j'ai fait ma lessive. Je pensais à toi. Je fantasmais.

— Vraiment ?

— Absolument, oui.

Il arracha leurs derniers vêtements, écarta la couette et, la soulevant dans ses bras, il la coucha contre les oreillers.

— Avec ta magnifique chevelure étalée ainsi, tu ressembles à une sirène, murmura-t-il en s'agenouillant près d'elle.

— Une sirène ?

— Une sirène, oui. Ou une déesse débordante de sensualité.

— Compliment accepté, dit-elle en lui caressant la joue. Et toi, tu es beau comme une statue de Michel-Ange.

— Merci, murmura-t-il en lui volant un baiser. Toi, ta peau est comme du marbre, à ceci près que tu es chaude et que tu sens la pêche.

Il promena ses lèvres sur les rondeurs de sa poitrine.

— Tu es incroyablement belle, tu sais.

— Comme tu l'imaginais en faisant ta lessive ?

— Beaucoup mieux. J'ai envie d'explorer ton corps.

Il vit une douce chaleur colorer les joues d'Isla.

— Je suis toute à toi.

Il commença par baiser ses chevilles et remonta lentement vers ses genoux. La respiration d'Isla s'était accélérée quand il lui écarta les cuisses, et elle glissa les mains dans ses cheveux pour l'inciter à continuer.

Il avait hâte de la voir jouir sous ses caresses. Il adorait l'idée de faire voler en éclats son masque de personne raisonnable et sensée.

Elle frissonna en sentant sa langue effleurer son intimité et gémit de plaisir quand il s'y attarda pour prolonger l'exquise sensation. Il la sentit se raidir quand l'orgasme la prit, et elle murmura son nom tandis qu'il la serrait contre lui.

— Ça va ? demanda-t-il quand elle eut cessé de trembler.

— Très bien… Je ne m'attendais pas à ça, Harry. N'avais-tu pas dit que ce ne serait pas parfait ?

Il sourit et caressa son beau visage empourpré.

— Et je suis loin d'en avoir terminé !

— Non. C'est mon tour de te faire craquer, répliqua-t-elle, commençant à promener ses mains chaudes sur son corps.

Il aimait les sensations qu'elle éveillait en lui, la façon dont son sang brûlait de désir sous ses caresses. Puis elle baissa la tête, et son opulente et douce chevelure frôla son intimité, portant son excitation à son comble.

— Isla, j'adore ce que tu me fais, et je suis au paradis. Mais là, j'ai vraiment, vraiment, besoin d'être en toi !

— Tes désirs sont des ordres. Préservatif ?

— Mon portefeuille, dans la poche de mon jean.

Elle sauta du lit, sortit le portefeuille du pantalon et le lui lança. Il l'attrapa au vol et y prit le préservatif.

— Tu es sûre que tu veux ?

— Sans aucun doute, affirma-t-elle.

Lui arrachant le petit paquet, elle l'ouvrit prestement, lui enfila le préservatif et se pencha pour l'embrasser.

— Sais-tu combien tu es sexy là, alangui sur mon lit ?

— Pas aussi sexy que toi quand tes cheveux sont étalés sur l'oreiller comme ceux d'une sirène.

— Hum, alors, comme ça, tu as un faible pour les sirènes ?

Il se hissa sur elle, s'agenouilla entre ses jambes.

— Oui, grogna-t-il en entrant en elle d'un coup de rein.

Il n'était pas novice dans les jeux de l'amour, loin s'en faut, mais pour la première fois de sa vie, il éprouva un sentiment de plénitude qu'il n'avait jamais ressenti.

Cela rendait Isla McKenna dangereuse pour sa tranquillité d'esprit, mais elle l'attirait tant qu'il ne pouvait pas lui résister. Ne voulait pas lui résister.

Quand il jouit en elle, elle le serra dans ses bras de toutes ses forces.

11.

Emergeant peu à peu de la torpeur où elle flottait, Isla sentit qu'Harry se levait avec précaution.

— Prends ce que tu veux dans la salle de bains, dit-elle. Tu trouveras des serviettes propres dans le placard.

— Merci.

Pendant qu'il gagnait la salle de bains, elle resta blottie dans le lit douillet avec le sentiment que tout allait pour le mieux dans le meilleur des mondes.

Elle n'avait pas envie de se lever ni de s'habiller. Harry n'avait pas emporté ses vêtements, il allait sûrement se recoucher auprès d'elle. C'était comme en Cornouailles, à ceci près que, cette fois, ils ne s'endormiraient pas en se tournant le dos mais dans les bras l'un de l'autre.

Quand il revint, sa peau était encore humide de la douche, et il avait tout d'un dieu grec.

— Je crains de sentir la rose, remarqua-t-il avec une grimace. Ton gel douche est… un peu féminin.

Elle éclata de rire.

— Sous la Régence, il y avait peu de différences entre les parfums des hommes et ceux des femmes. La plupart étaient à base d'eau florale de rose, de lavande ou d'orange.

— Comment sais-tu ça ? demanda-t-il, l'air intrigué.

— J'ai lu pas mal de romans sur cette époque, et je m'intéresse en particulier aux aspects historiques et sociaux. J'ai fait des recherches sur Internet, et d'après un des plus anciens parfumeurs de Londres, le parfum préféré de Beau Brummel était à base de lavande.

— Beau Brummel ? Hum. Alors, tu aimes les dandies de la Régence ?

— Et les lairds écossais… Et je t'interdis de dire qu'un homme qui porte un kilt est efféminé !

Il rit de bon cœur.

— Tu m'imagines en kilt ?

— Oh oui ! Surtout si tu te laisses pousser un peu les cheveux.

— Me laisser pousser les cheveux ?

— Tu fantasmes sur les sirènes ? Eh bien, moi, j'adore regarder les drames historiques à la télévision. Tu ferais un parfait héros de série historique. Je t'imagine bien chevauchant un étalon, coiffé d'un tricorne…

— On pourrait jouer à la dame et au bandit de grand chemin, observa Harry avec un sourire malicieux. Ça me plairait. Les mains en l'air, milady !

— Il te faudrait un loup pour être convaincant, et peut-être un foulard en soie blanche pour dissimuler ton visage, ou bien je te décrirais au juge, et tu te ferais arrêter. Allons, conclut-elle en riant, reviens te coucher.

Il secoua la tête.

— Désolé, Isla, je dois y aller. Ma garde commence tôt demain.

— J'ai un réveille-matin.

— Je n'ai ni vêtements de rechange ni brosse à dents.

— Je peux passer tes habits au lave-linge, et je dois avoir une brosse à dents de rechange dans la salle de bains.

Mais l'homme rieur, insouciant, qui avait plaisanté avec elle un instant plus tôt, était brusquement devenu distant. Harry refusa et se rhabilla en quelques secondes.

Désemparée, elle ne sut pas quoi faire. S'habiller pour le raccompagner à la porte ? Ou juste enfiler son peignoir ?

Quand elle voulut sortir du lit, il l'en empêcha d'un geste.

— Ne bouge pas. Je connais la sortie.

— Très bien.

— A demain, dit-il.

— Bien sûr, répondit-elle, meurtrie de le voir partir si vite.

Il ne l'avait même pas embrassée pour lui dire au revoir ! Comment l'homme sexy et tendre avec qui elle avait partagé sa couche avait-il pu se métamorphoser aussi vite en cet inconnu froid et distant ?

Elle avait cru naïvement qu'ils étaient prêts pour l'étape suivante. Etaient-ils allés trop loin ? Harry avait-il des doutes sur leur relation ? Allait-il retrouver sa réputation de bourreau des cœurs qui faisait les délices des potins de l'hôpital ? Avait-il raison de prétendre qu'il était incapable du moindre engagement ?

Le fond du problème, n'était-ce pas qu'elle avait commis une énorme erreur en couchant avec lui ?

Les questions se bousculaient dans sa tête, et elle n'avait aucune réponse.

Harry avait conscience de s'être mal comporté.

Il avait vu la souffrance sur le visage d'Isla, même si elle s'était empressée de faire bonne figure. En ce moment, elle devait avoir l'impression qu'il s'était servi d'elle et l'avait quittée après être arrivé à ses fins.

Quel gâchis.

Peut-être aurait-il dû se montrer honnête, lui dire qu'il avait peur. Qu'il paniquait. Mais ce serait admettre que ses sentiments pour elle évoluaient. Qu'il craignait d'être en train de tomber amoureux d'elle, de sa chaleur, de son bon sens, de son humour irrésistible.

Il ne s'engageait jamais. Il ne voulait pas. Il avait vu les dégâts causés par les divorces de ses parents, et même si tout le monde finissait par faire la paix dans l'intérêt des enfants, il savait d'expérience combien ceux-ci souffraient malgré tout : ils se croyaient responsables de la séparation de leurs parents, leur monde s'écroulait.

C'est pourquoi il préférait les relations sans lendemain, pourquoi il partait toujours avant que les choses ne deviennent sérieuses.

Mais, cette fois, il était trop tard. C'était déjà sérieux entre

Isla et lui. Il ignorait quand et comment c'était arrivé. Ils avaient commencé par être amis, et peu à peu il était tombé amoureux d'elle. De son humour un peu cinglant, de son sourire craquant. De la compétence tranquille avec laquelle elle affrontait les crises au travail, de son plaisir sensuel quand elle mangeait quelque chose de bon.

La tête en feu, il s'avoua l'inavouable : il l'aimait.

Que faire ?

Ou s'éloigner d'elle et souffrir, ou laisser leur relation suivre son cours et courir le risque de souffrir encore plus quand ça tournerait mal. Car ça tournerait fatalement mal tôt ou tard. Il l'avait vu avec ses parents, l'amour ne durait pas.

Isla avait dit qu'elle le croyait capable d'avoir une relation sérieuse, qu'il était loyal, gentil, aimant, et qu'il avait tort de s'isoler. Mais il en doutait. Il l'avait déjà blessée. Il savait qu'elle voulait qu'il reste et il était parti quand même, laissant ses vieilles angoisses prendre le dessus. Il avait mauvaise conscience. Il avait été injuste envers elle.

Il dormit mal cette nuit-là, et à la première heure le lendemain il lui envoya un texto.

Pardon. Je me suis comporté comme un idiot hier.

Isla répondit comme il fallait s'y attendre, sèchement.

En effet.

Je n'ai aucune excuse. Peux-tu me pardonner ?

Il était conscient que c'était beaucoup demander, mais il n'était pas prêt à admettre la vérité, à savoir qu'il n'avait jamais éprouvé ces sentiments pour une autre et qu'il était complètement déstabilisé.

J'y réfléchirai. A plus tard à l'hôpital.

Il rempocha son téléphone, le cœur serré.

Leurs rapports professionnels allaient-ils changer ? L'hôpital était la seule constante de sa vie, il y était sûr de lui, chez lui. Il ne voulait pas que ça change.

Heureusement, Isla et lui n'étant pas affectés au même poste, il put se détendre et s'occuper de ses patients.

L'infirmière McKenna se révéla aussi calme et professionnelle que d'habitude, le traitant comme ses autres collègues, mais elle ne répondit pas à son texto lui proposant de dîner ensemble ce soir-là.

Alors il acheta des fleurs et des chocolats et se rendit chez elle.

Elle fronça les sourcils en le voyant les bras chargés.

— Qu'est-ce que c'est, Harry ?

— Je viens m'excuser.

— Ne répéterais-tu pas les erreurs de ton père, par hasard ?

Ça ne lui était jamais venu à l'esprit, mais oui, elle avait raison. Bertie envoyait toujours des fleurs et des chocolats pour se faire pardonner après s'être mal conduit.

— Aïe ! dit-il avec une grimace, je crains que tu n'aies raison.

— Je ne veux pas que tu m'offres des fleurs ou des chocolats quand on se fâche, dit-elle.

Il savait ce qu'elle désirait : qu'il lui parle, qu'il lui ouvre son cœur. Et ça lui coûterait infiniment plus.

Il soupira.

— Je ne suis pas doué pour ce genre de truc, Isla.

— Est-ce qu'une tasse de thé t'aiderait ?

Il acquiesça à contrecœur, parce qu'il ne la méritait pas.

— Entre. Et merci pour cette fois. Mais si jamais tu m'offres encore des fleurs pour te faire pardonner, je te les écrase sur la tête.

— C'est noté. Mais ça ne me ferait pas grand mal, remarqua-t-il, s'essayant à l'humour.

Comme elle riait, il la prit dans ses bras, encouragé par sa réaction.

— Je suis désolé, Isla. C'est juste…

— Tu refuses toute relation sérieuse, et je t'ai demandé de passer la nuit chez moi, ce qui équivaut à te demander en mariage avec un mégaphone, perchée sur une table de la cantine de l'hôpital, résuma-t-elle, pince-sans-rire.

— C'est assez bien résumé… Isla, je t'avais prévenue, je suis nul en relation amoureuse.

— Et tu te sers de tes parents comme excuse.

Il tressaillit.

— Tu n'y vas pas de main morte !

— C'est toi qui as fixé les règles : l'honnêteté.

— Tu veux de l'honnêteté ? murmura-t-il, le front contre le sien. Très bien. J'ai envie d'être avec toi, de me lancer. Je… Je suis confus, désolé. Je gâche tout. Mais je ne veux pas te faire souffrir, et je ne veux pas souffrir non plus.

— Tu dois faire un acte de foi. Est-ce vraiment si dur de rester avec moi toute la nuit ?

— La dernière fois que je l'ai fait, ma petite amie d'alors en a déduit que notre relation comptait pour moi, ce qui n'était pas le cas. Et c'est devenu compliqué.

— Passer la nuit ensemble signifie juste que nous dormirons tous les deux un peu plus avant d'aller travailler le lendemain. Mais je suppose que tu n'as pas apporté de vêtements de rechange ni de brosse à dents ?

— Non. Peux-tu être un peu plus patiente avec moi ?

— Oui, mais à une condition.

Il n'était pas sûr de vouloir la connaître.

— Laquelle ?

— Que tu promettes de me parler franchement à l'avenir.

— Je croyais que tu aimais les troublantes et nébuleuses intrigues de la Régence ? dit-il, cherchant une échappatoire.

— Au théâtre, au cinéma ou dans les livres, oui. Mais dans la vraie vie, je préfère la vérité, même si ça fait mal. Je ne suis pas douée pour deviner ce que tu as en tête, avoua-t-elle avec un sourire désabusé. Ce que j'imagine peut me blesser bien davantage que la vérité.

Curieux. Au travail, il trouvait toujours le bon mot. Mais là, quand c'était vraiment important, il devenait muet. Il n'arrivait même pas à citer une chanson ou un poème. Son esprit était vide, il se sentait stupide, balourd.

— Je suis désolé. Je… J'ai des sentiments pour toi.

Voilà, c'était dit. Le mieux qu'il puisse dire pour le moment, en tout cas. Il n'était pas prêt à parler d'amour, alors qu'il s'efforçait encore d'accepter ce qu'il ressentait.

Isla lui caressa le visage.

— Tu m'inspires des sentiments toi aussi, Harry Gardiner. Notamment l'exaspération.

Il avait conscience de l'avoir mérité. Mais il prit le risque de lui voler un baiser.

— J'essaie, Isla. Ce n'est pas facile pour moi.

— Je sais, dit-elle en lui rendant son baiser. Mais on y arrivera. Il faudra juste faire un peu d'efforts. Ensemble.

Visiblement, elle avait plus confiance en lui que lui-même.

Harry n'avait toujours pas passé une nuit entière avec Isla quand, la semaine précédant son anniversaire, elle partit quatre jours aux îles Hébrides voir sa famille.

Elle ne lui avait pas demandé de l'accompagner, et il se sentait partagé entre le soulagement et la déception. Durant son absence, il fut choqué de voir combien elle lui manquait, malgré une sortie avec ses collègues et un match de squash qui l'occupèrent deux soirs. Les textos et les coups de téléphone n'y changeaient rien.

La vérité lui sauta aux yeux : il était prêt à passer à la phase suivante, à prendre un risque avec elle.

Mais les choses devaient se passer en terrain neutre, hors de Londres. En l'emmenant fêter son anniversaire ailleurs, il aurait plus de chances de se détendre.

A l'insu d'Isla, il se renseigna sur ses jours de repos pour la semaine suivante, et il modifia son propre planning en conséquence. Il passa la soirée à faire des recherches sur Internet et trouva ce qu'il espérait être l'endroit idéal.

Il alla l'attendre à l'aéroport avec une brassée de fleurs.

— Elles sont souples et sans danger, au cas où tu voudrais me les écraser sur la tête…

Elle pouffa de rire.

— Cette fois, c'est différent, tu ne veux pas te faire pardonner. J'adore les bouquets de bienvenue !

— Tu m'as manqué, Isla. Beaucoup.

— Toi aussi, tu m'as manqué, Harry.

— Tu as passé un bon séjour, là-bas ?

— Merveilleux, acquiesça-t-elle. J'ai pris conscience de combien l'île me manquait. Le ciel, les montagnes, la fraîcheur de l'air. Et surtout la mer.

Alors, il y avait de fortes chances pour qu'elle apprécie la surprise qu'il lui avait préparée pour son anniversaire.

Mais une pensée désagréable le traversa.

— Ça te manque au point de vouloir y retourner ?

— On m'a remplacée au cabinet médical, je n'y ai plus ma place, dit-elle en haussant les épaules.

— Mais tu as fait une formation d'infirmière urgentiste, depuis. Je suppose qu'il y a des hôpitaux dans l'île ?

— Je pourrais travailler aux urgences de Benbecula ou au service de soins intensifs de Stornoway, oui…

— Mais ?

— Pas pour le moment. Plus tard, peut-être.

Il se rappela ses confidences.

— Les gens t'en veulent encore, au sujet de Gillespie ?

— Non, mais j'ai vu Stewart pendant mon séjour là-bas.

Il sentit son sang se glacer.

Revoir son ex avait-il changé la donne ?

— Il est fiancé avec une fille avec qui nous sommes allés en classe, et je leur souhaite le meilleur.

— Et ça ne te fait rien ? demanda-t-il doucement.

— Je suis passée à autre chose. J'ai rencontré quelqu'un d'autre que j'aime beaucoup.

Il sourit et l'embrassa.

— Moi aussi, je t'aime beaucoup.

Et plus encore, s'il voulait se montrer honnête.

— Alors, c'est ton anniversaire, lundi ?

— Oui. Je suppose que je devrai offrir le gâteau à toute l'équipe.

— On fête toujours les anniversaires à la pizzeria du coin, je ne pourrai donc pas t'emmener dîner ce jour-là.

— Les gens croiraient que nous sommes en couple…

Il savait que ça la blessait, mais il n'était toujours pas prêt à rendre publique leur relation.

— Comme tu es de repos deux jours après, nous irons dîner ce soir-là, ajouta-t-il. Il te faudra une valise.

— Une valise ? répéta-t-elle, méfiante.

— Pour deux jours, oui. Ça fait partie de ton cadeau d'anniversaire. Tu auras besoin de vêtements de sport pour la marche et d'une jolie tenue plus habillée. Je passerai te prendre chez toi après ton service.

C'était bon de retrouver Londres ! Isla sentait qu'elle avait manqué à Harry autant qu'il lui avait manqué. Il lui fit l'amour avec encore plus de tendresse, ce soir-là. Il ne passa pas la nuit avec elle, mais il projetait une escapade à deux pour la semaine suivante…

Il ne lui avait pas dit où ils allaient. Partageraient-ils une chambre, ou avait-il réservé des chambres séparées ?

Le jour de son anniversaire, elle fut touchée de voir la salle de repos du personnel décorée de banderoles et de ballons colorés. Toute l'équipe s'était cotisée pour lui offrir de jolies boucles d'oreilles. Elle s'amusa beaucoup à la soirée à la pizzeria, où elle souffla les bougies de son gâteau pendant que tout le monde chantait « Bon anniversaire ».

Harry la raccompagna chez elle ensuite et lui tendit un paquet joliment enrubanné.

— La première partie de ton cadeau, dit-il.

C'était un superbe bracelet incrusté de pierres précieuses qui lui plut beaucoup.

Mais, cette fois non plus, il ne resta pas. Pas même pour son anniversaire ! Serait-il jamais prêt à franchir le pas ?

Le mardi, absorbée par son travail, elle n'eut pas le temps de réfléchir à la surprise d'Harry jusqu'à ce qu'il vienne la chercher après son service dans sa voiture de sport rouge.

Ils avaient roulé jusqu'à la côte du Dorset, et Harry s'engagea sur un petit chemin menant à un phare.

— Nous allons séjourner ici ? C'est charmant.

— Nous y passerons deux nuits. Je sais que la mer te manque, alors j'ai pensé que ça te ferait plaisir.

La chambre était terriblement romantique, avec son grand lit à baldaquin dressé face aux fenêtres donnant sur la mer.

Isla contempla la vue, émerveillée.

— Oh ! Harry, c'est absolument parfait ! Merci.

Il n'avait réservé qu'une chambre, et elle savait que c'était pour lui un tournant décisif. Pour la première fois, elle osait espérer que, peut-être, un avenir était possible pour eux.

— C'est bien trouvé, hein ? dit-il, avec un sourire timide.

— Mieux que bien, répliqua-t-elle en l'embrassant. Comment as-tu déniché cet endroit ?

— J'ai fait des recherches. J'ai eu la chance qu'on soit en milieu de semaine, il y avait de la place.

Le dîner fut délicieux, composé d'un délicat poisson fraîchement pêché et d'un gâteau exquis accompagné de crème glacée. Et la suite fut encore mieux : Harry la porta dans ses bras pour franchir la porte de leur chambre, lui donnant presque l'impression d'être en voyage de noces.

Le lendemain matin, elle s'éveilla dans ses bras, et il lui refit l'amour avant le petit déjeuner. Par une matinée radieuse, ils se rendirent à Lyme Regis. Ils se promenèrent le long de la célèbre enceinte du port du Cobb puis allèrent au pied des falaises chercher des fossiles parmi les galets. Harry découvrit une ammonite qu'il lui tendit avec une courbette.

Alors qu'ils admiraient les énormes ammonites enchâssées dans la roche, ils entendirent un hurlement.

Au bord de l'eau, une fillette se tenait le pied en criant, sous les yeux de sa mère désemparée.

— On y va ? dit Isla.

Harry lui prit la main, et ils se précipitèrent.

— Nous appartenons au corps médical, dit-il à la maman accroupie près de sa fille. On peut vous aider ?

— Abbie a marché sur quelque chose qui lui fait très mal. Je me demandais si elle n'avait pas mis le pied sur un éclat de verre, mais je ne vois pas de sang.

— Abbie, je suis le Dr Harry, dit-il à l'enfant. Et voici l'infirmière Isla. On peut regarder ton pied ?

La fillette hocha la tête en pleurant.

— Elle a dû marcher sur une vive. Ce poisson s'enfouit dans le sable en eau peu profonde. Ses épines dorsales libèrent un venin quand on marche dessus, expliqua Harry en montrant une enflure rouge sous le pied d'Abbie. Nous allons l'emmener au poste de secours. Il faut ôter les épines avec des pinces, nettoyer la blessure avec de l'eau savonneuse et placer le pied dans l'eau chaude afin de cuire la protéine du venin, ce qui calme la douleur. On lui donnera aussi du paracétamol.

— J'en ai, dit la mère de l'enfant.

— Bon. Je vais porter Abbie, dit Harry.

— Je vais demander aux sauveteurs de préparer le kit de première urgence et de chauffer de l'eau, annonça Isla.

Quand Abbie arriva au poste de secours, les sauveteurs avaient tout préparé. Allongeant la fillette sur le lit, Harry examina son pied à la lumière d'une lampe-torche.

— Je peux sortir une des épines, mais il y en a une autre près de l'articulation du gros orteil, et je préfère que les urgences s'en occupent.

Un sauveteur appela l'ambulance pendant qu'il retirait l'épine avec une pince à épiler et qu'un autre apportait une bassine d'eau chaude.

— Ça brûle ! gémit Abbie, fondant de nouveau en larmes.

— Je sais, ma chérie, dit Harry, mais il faut laisser ton pied dedans pour ne plus avoir mal. Si tu peux faire ça pour moi, je te raconterai une histoire.

— D'accord, dit bravement la fillette.

Quand les ambulanciers arrivèrent, il finissait de lui raconter une version interminable des *Trois Petits Cochons* avec l'assistance des sauveteurs chargés du bruitage.

Isla leur fit un bref compte rendu de la situation.

— Merci de vous être occupés d'Abbie, dit la mère. Désolée de vous avoir dérangés pendant vos vacances.

— Ce n'est rien. J'espère qu'Abbie se sentira vite mieux.

Harry était adorable avec les enfants, songea Isla. Pourquoi refusait-il catégoriquement d'en avoir ? Que lui était-il arrivé dans le passé ?

Elle ne voyait pas comment lui poser la question sans se montrer indiscrète. Elle devait attendre qu'il soit prêt à en parler. Mais il était têtu. Le serait-il jamais ?

— Eh bien, docteur Gardiner, enchaîna-t-elle d'un ton léger alors qu'ils s'éloignaient, vous avez gagné une tasse de thé avec un scone et de la bonne crème bien riche.

— Bonne idée, répondit Harry en glissant un bras autour de sa taille.

Finalement, ils mangèrent du poisson et des frites au sommet de la falaise en regardant le soleil se coucher. Le spectacle était grandiose, avec l'horizon flamboyant se reflétant dans la mer.

— Faisons un selfie, dit Harry.

Il les prit en photo sur fond de soleil couchant, et elle se dit que la journée n'aurait pas pu mieux s'achever.

C'était si bon d'être ensemble !

Le lendemain, ils escaladèrent la colline pour admirer la célèbre arche en calcaire de Durdle Door, et ils découvrirent l'énorme silhouette du Géant de Cerne Abbas découpée dans la craie.

De retour à Londres, Harry passa la nuit chez elle.

Ils avaient assurément progressé. Peut-être cela allait-il marcher ?

12.

Les deux mois suivants, Harry et Isla étaient devenus toujours plus proches. Chacun avait des vêtements de rechange et des affaires de toilette chez l'autre, mais ils veillaient toujours à ne pas arriver au travail ensemble quand ils étaient affectés au même poste.

Jusqu'au jour où Isla ne se sentit pas dans son assiette en se levant le matin.

— J'ai l'estomac barbouillé. J'ai dû attraper un des microbes qui sévissent dans le service.

Ce qui expliquerait aussi pourquoi elle ne supportait plus le café depuis quelques jours.

— Tu devrais rester au lit et prévenir que tu es malade, répondit Harry. Si tu as la crève, il ne faut pas la passer aux collègues ni aux patients.

Normalement, il fallait plus qu'un microbe pour empêcher Isla de travailler, mais elle se sentait vraiment patraque.

— Je crois que tu as raison, admit-elle.

Harry lui prépara des toasts et un mug de jus de citron chaud au miel, et il posa sur sa table de nuit un pichet d'eau glacée.

— As-tu besoin d'autre chose ? Livre ? Magazine ?

— Ça ira, merci, répondit-elle en souriant. Tu sais t'y prendre avec les malades, on jurerait que tu es médecin.

Il lui rendit son sourire.

— Envoie-moi un texto un peu plus tard pour me dire comment ça va, d'accord ?

— Oui… Tu ferais peut-être mieux de ne pas venir ici ce soir. Je ne veux pas que tu tombes malade aussi.

— Je suis fort comme un bœuf, répliqua-t-il. Je t'appellerai en quittant l'hôpital pour prendre des nouvelles, et tu me diras si tu as besoin que je t'apporte quelque chose. Pour l'instant, repose-toi, conclut-il en l'embrassant sur le front.

Elle passa le reste de la matinée pelotonnée dans son lit avec un magazine. Vers midi, se sentant mieux, elle eut mauvaise conscience de s'être fait porter malade alors qu'elle n'avait manifestement rien de grave. Elle envoya un texto à Harry pour lui dire qu'elle sortait prendre un peu l'air. Mais quand elle alla au magasin du coin de la rue acheter du lait, le parfum capiteux d'une cliente lui souleva l'estomac, et l'odeur de graisse du fast-food voisin augmenta encore sa nausée.

L'explication la frappa de plein fouet.

La nausée, l'odorat exacerbé, l'aversion du café… Si une patiente lui avait décrit ces symptômes, elle lui aurait suggéré de faire un test de grossesse.

Mais elle ne pouvait pas être enceinte ! Ils avaient toujours utilisé des préservatifs…

Le soir de son anniversaire, toutefois, grisés par l'atmosphère romantique de la chambre du phare, ils n'avaient peut-être pas été aussi prudents qu'ils auraient dû. Ses dernières règles avaient été peu abondantes, et une femme pouvait avoir de légers saignements en début de grossesse.

Se pouvait-il qu'elle soit enceinte ?

Elle ne pensa qu'à ça pendant l'heure qui suivit. Finalement, elle décida d'aller acheter un test de grossesse, ne serait-ce que pour se prouver qu'elle se montait la tête.

Elle fit le test et scruta la petite fenêtre en priant pour voir apparaître les mots « non enceinte ». Car elle était sûre que la position d'Harry n'avait pas changé, il ne voulait pas d'enfant.

Horrifiée, elle vit apparaître le mot « enceinte », suivi de « 3+ », ce qui signifiait qu'elle était enceinte de plus de trois semaines.

Ce n'était pas possible, le test était peut-être défectueux ? Un problème de pixels sur l'écran ?

Heureusement, la boîte contenait deux tests, et elle fit le deuxième pour en avoir le cœur net.

Mais le résultat fut le même : enceinte de plus de trois semaines.

Oh non… Elle allait devoir le dire à Harry. Mais comment, alors qu'il avait une vraie phobie en la matière ?

Elle n'avait toujours pas trouvé les mots quand il appela.

— Je viens de finir ma garde et j'arrive, dit-il. Tu as besoin de quelque chose ?

— Non merci.

— Comment te sens-tu ?

« Prise de panique ».

— Mieux, répondit-elle. Mais il vaudrait mieux que tu ne viennes pas, au cas où il y aurait une période d'incubation.

Cela lui laisserait un peu de répit, le temps de trouver comment lui apprendre la nouvelle.

Mais le lendemain matin, elle n'était pas plus fixée. Elle se sentait encore plus nauséeuse que la veille, et elle eut juste le temps de se précipiter aux toilettes.

Il ne fallait pas qu'Harry vienne chez elle ni qu'elle aille chez lui tant qu'elle ne lui avait pas appris la nouvelle. Elle ne voulait pas qu'il le découvre par lui-même, ce qu'il ne manquerait pas de faire s'il la voyait vomir le matin.

Elle espérait juste qu'aucun des patients qu'elle verrait ce jour-là ne serait lourdement parfumé, et qu'elle pourrait éviter d'une façon ou d'une autre les odeurs de cuisine…

Heureusement, elle n'était pas affectée au même poste qu'Harry, mais il la rejoignit pendant sa pause.

— Comment vas-tu ? demanda-t-il avec sollicitude. Tu es sûre que tu es en état de travailler ?

— Bien, répondit-elle, sirotant son verre d'eau pour ne pas réagir à l'odeur du café. Comment s'est passée ta matinée ?

— J'ai été débordé, avoua-t-il avec une grimace. Une mère a amené un bébé malade, et elle avait deux autres bambins enrhumés qu'elle n'avait pas pu faire garder. C'était une vraie pagaille avec les deux petits qui voulaient attirer l'attention de leur mère pendant qu'elle essayait de m'expliquer les symptômes du bébé. Je ne m'entendais même pas penser !

— De quoi souffrait le bébé ?

— Bronchiolite. Récession intercostale classique. Je l'ai envoyé en pédiatrie. J'ai prélevé un échantillon de mucus, mais je suis presque sûr qu'il s'agit d'un virus respiratoire syncytial. C'est la saison, soupira-t-il, le service de pédiatrie va se remplir de bébés sous oxygène, et tout le personnel va être malade. Et on se demande pourquoi je ne veux pas de gosse, conclut-il, les yeux au ciel.

Elle se força à ne pas réagir.

Sans doute exagérait-il pour dramatiser la situation ? Il était fantastique avec les enfants malades du service, et au mariage de son père il avait été adorable avec son plus jeune frère. Pourtant, il était inflexible sur ce point : il ne voulait pas être père, et il ne lui avait jamais expliqué pourquoi. Quand elle essayait d'en parler, il changeait de sujet. Comment allait-elle lui apprendre la nouvelle ? Elle devait trouver un moyen d'atténuer le choc…

Mais pour l'instant, elle n'avait pas de solution miracle.

— Veux-tu venir dîner chez moi ce soir ? proposa-t-il.

— Je me sens encore un peu vaseuse, je préférerais me coucher tôt avec une bonne bouillotte.

Elle avait conscience de sa lâcheté, mais elle devait d'abord trouver le moyen de lui dire la vérité sans le blesser. Restait à savoir lequel…

Etait-ce son imagination ou Isla l'évitait-elle vraiment ? se demanda Harry pour la dixième fois.

Depuis qu'elle avait attrapé ce microbe, elle se comportait de façon bizarre. Avait-elle changé d'avis sur leur relation ?

Lui-même y réfléchissait sérieusement. Jamais il n'avait éprouvé de tels sentiments pour une femme. Avec elle, il avait l'impression que le monde était meilleur, son cœur lui semblait plus léger. Il envisageait de lui demander de s'installer chez lui, peut-être même de passer à l'étape des fiançailles, un risque qu'il avait pourtant toujours évité.

Mais maintenant qu'Isla prenait ses distances, il avait de nouveau des doutes. S'était-il trompé ? Ne ressentait-elle pas la même chose que lui ? Ou craignait-il tant l'engagement qu'il n'arrivait pas à y voir clair ?

Quand arriva le week-end, il était vraiment inquiet.

Ils n'avaient passé aucun moment ensemble depuis plus d'une semaine, et il y avait forcément un problème. Il devait parler à Isla en tête à tête pour découvrir ce qui se passait, arranger les choses dans la mesure du possible.

Ils avaient eu une matinée particulièrement chargée en réanimation, et il s'apprêtait à proposer à Isla de faire une pause entre deux patients, quand les ambulanciers amenèrent une femme victime d'un accident de la route.

— Mme Paulette Freeman, annonça l'ambulancier. Un coursier à bicyclette lui a coupé la route. Elle a dû faire un écart pour l'éviter et a percuté un véhicule. Elle a trente ans et est enceinte de douze semaines de son premier enfant. Sa grossesse se déroule normalement, et à l'examen, il n'y a pas de saignement. Elle est du groupe A positif.

Harry et Isla échangèrent un regard soulagé. Au moins les anticorps de la mère ne seraient pas un danger pour le fœtus.

— Vous rappelez-vous vous être cogné la tête, madame Freeman ? demanda Harry.

— Non, mais j'ai pris l'airbag dans le ventre, dit Mme Freeman d'un air angoissé. Est-ce que mon bébé va bien ? Je n'aurais peut-être pas dû boucler ma ceinture de sécurité.

— Les ceintures de sécurité réduisent le risque de blessures graves chez les femmes enceintes, la rassura-t-il. Vous avez bien fait de l'attacher. A présent, je vais vous examiner. Dites-moi si je vous fais mal.

— Mon ventre est un peu douloureux, mais ça vient sans doute de l'airbag. Qu'en est-il du bébé ?

— Il est bien protégé, mais je comprends votre inquiétude et je vais voir comment vous allez tous les deux. Essayez de vous détendre. Infirmière, appelez la maternité et demandez à Theo Petrakis de venir par mesure de précaution… Faut-il prévenir quelqu'un, madame Freeman ?

— Mon mari.

— Je m'en occupe, dit Isla en notant le numéro. Je l'appelle immédiatement pour lui demander de venir.

Harry commença l'examen.

Il ne sentit aucune contraction, mais l'utérus était un peu trop dur à son goût. L'examen pelvien ne montrait aucun signe d'hémorragie, mais il avait un mauvais pressentiment.

Pâle, les lèvres serrées, Mme Freeman restait muette.

— Je vais écouter le cœur du bébé, dit-il en installant le doppler.

Mais au lieu du battement sourd qu'il attendait, il n'entendit que le silence.

— Qu'est-ce qui se passe ? demanda Mme Freeman, affolée. Pourquoi on n'entend pas le cœur du bébé ?

— Il n'y a peut-être pas de quoi s'alarmer. La machine n'est pas toujours fiable. Essayons la bonne vieille méthode.

Il prit un stéthoscope de Pinard, mais, à sa profonde consternation, il n'entendit aucun battement de cœur.

Isla entra.

— Votre mari arrive, madame Freeman. Docteur Gardiner, le Dr Petrakis descend tout de suite.

— Bien. Je vais chercher l'échographe portable, annonça Harry avec un calme qu'il était loin de ressentir.

En voyant le doppler et le Pinard à côté du lit, Isla avait dû comprendre qu'il y avait un problème, car quand il revint avec la machine, elle était assise au chevet de la patiente et lui tenait la main.

Il le savait, une femme enceinte peut perdre beaucoup de sang avant de montrer des signes de choc hypovolémique. En cas de violent traumatisme, il y a un risque élevé de décollement placentaire — le placenta se sépare de l'utérus avant la naissance —, et le fœtus risque de souffrir. Dans le pire scénario, il ne survit pas. Là, il n'y avait pas de trace de saignement mais, lors d'un décollement placentaire caché, le sang reste dans l'utérus. C'est la forme de décollement la plus sévère, et si ses craintes se confirmaient, le bébé était déjà mort.

— Je vais faire une échographie pour voir ce qui se passe,

dit-il. Je vais vous mettre du gel sur le ventre, ça risque d'être un peu froid.

— Ça m'est égal, du moment que mon bébé va bien, dit Mme Freeman en soulevant son pull.

Il glissa lentement l'appareil sur son abdomen en priant pour que le bébé s'agite.

L'échographie ne montrait pas trace de caillot, mais confirma ce qu'il redoutait : le fœtus ne bougeait pas, et il n'y avait aucun rythme cardiaque.

Seigneur. Il allait devoir annoncer à cette jeune femme la pire des nouvelles — la partie de son métier qu'il haïssait.

Theo Petrakis entra à cet instant.

— Vous vouliez me voir, docteur Gardiner ?

— Oui. Merci. Excusez-moi, madame Freeman, je dois m'entretenir avec le Dr Petrakis, le consultant en obstétrique.

Il entraîna Theo un peu à l'écart et lui parla à voix basse.

— Je n'ai pas pu capter le rythme cardiaque du fœtus. Je sais que c'est courant le premier trimestre, mais l'échographie ne montre aucun mouvement, aucun battement de cœur. La mère ne saigne pas, et je n'ai vu aucun caillot, et il n'y a actuellement aucun signe de choc hypovolémique, mais vu la violence du traumatisme et l'état du fœtus, je pense que nous sommes en présence d'un décollement placentaire caché.

— On le dirait bien, dit Theo. Pauvre femme. Il faut restaurer son volume sanguin avant qu'elle n'entre en état de choc et sortir le bébé. C'est la seule façon d'arrêter l'hémorragie due au décollement. Je vais l'admettre dans mon service pour la garder sous surveillance en cas de coagulation intravasculaire disséminée.

Harry retourna au chevet de Mme Freeman avec Théo et lui présenta le spécialiste. Théo regarda l'échographie, et son expression confirma son diagnostic.

Ils n'avaient pas le temps d'attendre l'arrivée du mari pour annoncer la triste nouvelle à la patiente. Il fallait la traiter maintenant, avant qu'elle n'entre en état de choc.

Harry s'assit près d'elle et prit son autre main.

— Madame Freeman, je suis navré. J'ai peur que l'accident n'ait causé un décollement placentaire. L'impact de l'accident a détaché votre placenta de l'utérus.

— Et mon bébé ?

— Je regrette. Nous allons vous soigner, mais je crains qu'il n'y ait plus rien à faire pour le bébé.

Elle le fixa, les yeux écarquillés d'horreur.

— Mon bébé est mort ? bredouilla-t-elle.

— Je suis terriblement désolé…

Mme Freeman se mit à trembler, et de grosses larmes roulèrent silencieusement sur ses joues. Elle était l'image même du désespoir, et il se sentit atrocement impuissant.

Isla la prit dans ses bras et la berça doucement pendant qu'Harry lui expliquait la procédure qu'ils allaient suivre, précisant qu'ils devaient la garder en observation.

Quand le mari arriva, Harry alla l'accueillir pour lui annoncer la triste nouvelle.

— Notre bébé est mort ? murmura-t-il, atterré. Et Paulette ?

— Nous la soignons, mais nous allons la garder sous surveillance quelques jours. Voulez-vous rester avec elle ?

— Oui, je… Est-ce qu'elle va se remettre ?

— Oui, le rassura Harry. Je regrette de ne pas pouvoir vous donner de meilleures nouvelles.

A la fin de son service, Harry était complètement vidé. Il n'avait aucune envie d'avoir une discussion avec Isla. Il savait qu'il le fallait, mais ils pouvaient peut-être remettre ça au lendemain, quand ils seraient remis de cette dure journée ?

En la voyant, il fut frappé par son visage défait. Visiblement elle avait pleuré.

— Tu vas bien ? dit-il.

Question stupide. Il était évident que non.

— Cette garde a été difficile. Tu le sais, tu y étais.

Il secoua la tête.

— J'ai horreur d'apprendre ce genre de nouvelle à des

parents, de voir leurs rêves se briser… Je ne sais pas pour toi, mais je n'ai pas le cœur à sortir ni à discuter ce soir. On achète une pizza et on va chez moi ?

— Je… Harry, il faut vraiment qu'on parle.

Il sentit son sang se glacer. Ce ton définitif lui rappelait celui qu'il avait quand il annonçait à une petite amie qu'il préférait qu'ils restent amis. Isla allait-elle rompre avec lui ?

Pas maintenant…

— Ça ne peut pas attendre demain ?

Elle secoua la tête.

— Ça a traîné assez longtemps. Le café du coin de la rue est encore ouvert ?

Elle parlait de l'établissement où il l'avait emmenée manger un sandwich au bacon après l'incident avec l'ivrogne.

— Tu veux y aller ? demanda-t-il.

— Ce sera plus intime que la cantine de l'hôpital. On pourra parler.

— Très bien.

Ils marchèrent en silence jusqu'au café.

Il se sentait de plus en plus tendu à mesure qu'ils approchaient. Il n'aimait pas ça. Pas du tout. Voilà pourquoi elle s'était montrée distante ces derniers jours : elle voulait mettre fin à leur liaison. Mais il avait beau se préparer à la rupture, il souffrait l'enfer. Il refusait que ça se termine comme ça. Il voulait continuer à la voir, courir le risque…

— Thé et sandwich au bacon ? suggéra-t-il devant l'entrée.

— Non. Juste un verre d'eau pour moi, merci.

— D'accord. Cherche une table, je m'occupe des boissons.

Il se commanda du thé pour retarder un peu le moment fatidique. Rejoignant Isla avec les boissons, il vit qu'elle avait déniché une table tranquille, un peu à l'écart.

Parfait. Il n'allait pas se montrer faible et attendre de se faire jeter.

— Alors, attaqua-t-il sans préambule, vas-tu me dire ce que j'ai fait de mal ?

— De mal ? Que veux-tu dire par là ?

— J'ai l'impression que tu m'évites depuis quelque temps, expliqua-t-il, se rappelant amèrement qu'ils avaient déjà eu cette conversation, à cette différence près que, cette fois-là, c'était lui qui l'évitait.

— Ce n'est pas qu'une impression, dit-elle doucement.

Une douleur fulgurante le transperça.

Il ne l'avait donc pas imaginé ! Elle voulait donc bien mettre un terme à leur liaison. Elle avait dû passer les derniers jours à chercher comment rompre avec lui, pendant que lui, l'imbécile, il envisageait de pousser leur relation plus loin.

Il fut choqué de voir combien il souffrait. Combien elle comptait pour lui. Combien sa vie allait être vide sans elle.

— Qu'est-ce que j'ai fait de mal ? répéta-t-il.

— Rien.

— Dans ce cas pourquoi m'évites-tu ? dit-il, perplexe.

Isla prit une inspiration.

— Il n'y a pas de manière facile de le dire…

Harry avait visiblement compris que quelque chose clochait, et même si le timing n'était pas top après cette pénible journée, elle ne pouvait pas garder son secret plus longtemps. C'était une des choses les plus dures qu'elle ait jamais eue à faire. Elle se détestait de devoir détruire l'univers de Harry. Il allait vivre son pire cauchemar à cause d'elle.

— Je suis enceinte, lâcha-t-elle.

Il la regarda sans rien dire, et elle fut incapable de déchiffrer son expression, ses sentiments, ses pensées… Rien.

— De notre enfant, précisa-t-elle, comme s'il y avait le moindre doute à ce sujet.

Il ne dit toujours rien, la fixant comme s'il n'arrivait pas à en croire ses oreilles. En état de choc.

A quoi s'attendait-elle ? A ce qu'il la prenne dans ses bras en lui disant combien il était heureux ? Il avait été clair sur ce point, il ne voulait pas d'enfant, et voilà qu'elle lui apprenait qu'il allait être père. Son absence de réaction était éloquente :

il n'avait pas changé d'avis sur la question et ne savait manifestement pas comment le lui dire sans la blesser.

Elle n'avait plus qu'à faire preuve de courage en prenant l'initiative de la rupture.

— Tout va bien, mentit-elle, dissimulant son indicible tristesse. Je sais que tu n'as jamais voulu d'enfant. Je n'attends rien de toi et je comprends que tout soit fini entre nous.

Londres était le fief d'Harry, il vivait ici depuis qu'il était étudiant et travaillait dans le même hôpital depuis douze ans, alors qu'elle n'était aux urgences du London Victoria que depuis quelques mois. A l'évidence, c'était à elle de partir.

— Je rentre en Ecosse, dit-elle. Je retourne dans l'île. Mais je ne voulais pas m'en aller sans te dire pourquoi. Je suis désolée, Harry.

Elle se leva et sortit.

13.

Harry était en état de choc. Il n'arrivait pas à le croire.

Isla était enceinte ? De son bébé ?

Bien sûr, de son bébé ! Elle n'était pas du genre à batifoler.

Il n'arrivait pas à assimiler l'idée qu'il allait être père. Pétrifié, il était incapable de parler, la bouche scellée, le postérieur collé à son siège. Isla le quittait, et il la regardait partir sans broncher.

Ce devait être un cauchemar. Un de ces rêves hyperréalistes où il se passe des événements parfaitement vraisemblables, mais où un élément incongru révèle que tout est imaginaire. Comme rester plaqué à son siège. Comme ce silence, alors qu'on était dans un café qui aurait dû résonner de mille bruits familiers.

Il allait se réveiller dans une seconde et il serait dans son lit ou dans celui d'Isla, blotti contre son corps. Il entendrait sa respiration douce, régulière, et il se rendrait compte que tout ça n'était qu'un rêve, que tout allait bien.

Dans une seconde.

Dans une seconde…

Mais la porte se referma derrière elle, et tous les bruits ambiants l'assaillirent d'un coup. Le sifflement de la vapeur de la machine à café, le cliquetis des cuillères sur les tasses, le murmure des conversations.

Oh ! Seigneur, ce n'était pas un cauchemar ! Isla était enceinte, elle projetait de quitter Londres et…

Non, non, non. Il ne pouvait pas la laisser partir. Il fallait qu'il lui parle. Qu'il lui dise ce qu'il éprouvait pour elle. Qu'il lui demande de rester. Qu'il la supplie de rester. A genoux si nécessaire.

Il aurait eu besoin d'un seau d'eau glacée sur la tête pour

se remettre les idées en place, afin de trouver les mots pour la convaincre de rester.

Ignorant les regards surpris des clients, il s'arracha à son siège et sortit précipitamment derrière elle.

Dans la rue, il regarda à droite et à gauche et crut l'apercevoir qui s'éloignait.

— Isla, attends !

Ou elle n'entendit pas, ou ce n'était pas elle.

Priant silencieusement pour ne pas se tromper, il piqua un sprint pour la rattraper.

Dieu merci, c'était elle.

— Attends, Isla…

Elle s'arrêta et le regarda fixement, les yeux noyés.

— Pourquoi ? Tu as été parfaitement clair, tu ne veux rien savoir.

— Bon sang…

— Tu n'as pas dit un mot quand je t'ai appris la nouvelle.

— Tu ne m'as pas vraiment laissé une chance de le faire ! protesta-t-il.

— Si. Je suis restée assise à te regarder, attendant une réaction.

— J'étais choqué, je n'arrivais pas à penser, et encore moins à m'exprimer. Il m'a fallu plusieurs secondes pour assimiler la nouvelle. Maintenant c'est fait. Je crois.

Elle battit des cils pour refouler ses larmes.

— Harry, tu m'as assez dit que tu ne voulais pas te fixer ni fonder une famille. Je ne m'attends pas à ce que tu changes pour moi.

— Et si je veux changer ?

Elle secoua la tête.

— Je ne peux pas te le demander.

— Tu ne me le demandes pas. Je te le propose.

— Ne fais pas de sacrifice que tu regretterais plus tard. Tu dois prendre une décision parce que tu en as vraiment envie. Tu ne peux pas passer ta vie à plaire aux autres.

— Je ne veux pas que tu t'en ailles… Reste.

— Si je rentre en Ecosse, au moins j'aurai ma famille auprès de moi pour m'aider avec le bébé. Si je reste ici, je devrai me débrouiller seule. Il vaut mieux que je parte.

— Alors, tu veux garder le bébé ?

Elle prit une inspiration tremblante.

— Comment peux-tu me demander ça, après ce qui s'est passé aujourd'hui, quand cette pauvre femme a perdu cet enfant qu'elle désirait plus que tout au monde ?

Il tressaillit.

— Pardon, je ne voulais pas dire ça… Mais ce n'était pas prévu. Nous n'avons pas vraiment discuté de ce que nous attendons de la vie. Notre relation se construit jour après jour…

Il passa une main tremblante dans ses cheveux.

— Je suis en train de tout bousiller, mais il faut qu'on en parle, je ne peux pas te laisser me quitter comme ça… Et la rue n'est pas le meilleur endroit pour discuter. On va chez toi ou chez moi ?

— Chez toi, je suppose. C'est plus près.

— Entendu. Je ne ferai pas pression sur toi. On va juste s'expliquer, et si tu veux que je te ramène chez toi ensuite, je le ferai… Il faut que tu me parles, Isla, dit-il dans un soupir. Tu m'as dit une fois que tu ne savais pas lire dans les pensées. Eh bien, moi non plus. Et j'ai vraiment besoin de savoir ce qui se passe dans ta tête.

Elle le regarda, et pendant un moment affreux, il crut qu'elle allait refuser. Puis elle hocha la tête.

Ils rentrèrent chez lui à pied, dans un silence pesant. Il essaya d'effleurer sa main, mais elle s'écarta, et il n'insista pas.

Sans doute avait-elle raison. Ils devaient aborder le problème l'esprit clair, sans laisser le désir tout embrouiller.

— Tu veux boire quelque chose ? proposa-t-il en entrant dans l'appartement.

— Non, merci.

En étaient-ils vraiment réduits à cette froide politesse ?

— Assieds-toi, je t'en prie, dit-il sur le même ton.

Il remarqua qu'elle préférait un fauteuil au canapé, montrant clairement qu'elle ne voulait pas s'asseoir près de lui. Il en fut blessé mais refusa de s'appesantir là-dessus.

Il pouvait supporter ça. Il devait lui laisser un peu d'espace. Elle était troublée, inquiète, et les bouleversements hormonaux de la grossesse n'arrangeaient rien.

Il choisit de s'asseoir sur le canapé en face d'elle. Il avait envie de la tenir dans ses bras, de lui dire que tout allait s'arranger, mais comment lui promettre une chose dont il n'était pas sûr lui-même ?

Quel gâchis. Il ne savait même pas par où commencer. Emotionnellement, il évoluait comme dans un champ de mines, à l'aveuglette.

Alors, il se rabattit sur son domaine de compétence : la médecine.

— Est-ce que tu vas bien ? demanda-t-il. Souffres-tu de nausées matinales, de migraines ?

— Ce n'est pas brillant en ce moment, avoua-t-elle.

— Depuis quand le sais-tu ?

Elle prit une inspiration.

— J'ai fait le test il y a presque une semaine.

— Quand tu as cru avoir attrapé un microbe ?

— Sauf que ce n'était pas ça.

Elle avait donc eu une semaine pour s'habituer à l'idée et y réfléchir, alors qu'il n'avait eu que quelques minutes.

Il commençait à comprendre pourquoi elle avait pris ses distances. En découvrant qu'elle était enceinte, elle avait eu peur de sa réaction, sachant qu'il ne voulait pas d'enfant. Il était peut-être temps qu'il lui explique pourquoi.

— Je suis désolé que tu ne m'aies pas senti assez accessible pour me le dire avant.

— Ce n'était pas prévu. Et nous avions fait attention.

Pas assez. La seule méthode de contraception parfaitement sûre, c'est l'abstinence.

— Sais-tu de combien tu es enceinte ?

— D'après le test, plus de trois semaines. Mes dernières règles étaient peu abondantes, et j'ai cru… Mais j'ai eu tort.

— Je ne sais que dire, Isla, admit-il en passant les doigts dans ses cheveux. Je ne m'attendais vraiment pas à ça. Et après ce qui s'est passé aujourd'hui…

— Le malheur de cette pauvre femme m'a fait réfléchir. Je refusais de penser au bébé, à mes choix. Mais après lui avoir tenu la main dans cette épreuve, j'ai su ce que je voulais.

Garder l'enfant. Elle l'avait déjà dit. Mais quoi d'autre ? Comptait-elle l'élever seule, ou avec lui ?

Et lui, que souhaitait-il ?

Il n'avait pas eu le temps d'y penser, de peser les options. Il avait toujours été sûr de ne pas vouloir être père, et maintenant que ça allait arriver, il ne savait pas quoi dire.

— Depuis une semaine, je me creuse la tête pour trouver comment te l'annoncer, dit-elle. Je savais que c'était ton pire cauchemar. Ce que je ne comprends pas, c'est pourquoi tu es si certain de ne pas vouloir d'enfants. Tu es adorable avec eux, aussi bien dans le travail que dans l'intimité. Tu serais un père merveilleux, et je ne vois pas pourquoi tu te priverais de cet amour-là. Cela a un rapport avec les frères et sœurs avec qui tu n'as pas grandi ?

— Non… Tu te rappelles le petit garçon qui avait avalé les médicaments de son grand-père ? J'ai dit à sa grand-mère que les bambins étaient imprévisibles.

— Oui…

— Eh bien, je me suis trouvé dans la même situation qu'elle. Il est arrivé quelque chose… Quelque chose qui n'a pas cessé de me hanter. J'avais onze ans. Maman venait de partir faire des courses, et elle m'avait demandé de surveiller mes sœurs. Maisie avait cinq ans, Tasha deux ans, et Bibi était un bébé. J'avais installé Maisie et Tasha devant un dessin animé à la télé, et je faisais mes devoirs sur la table de la salle à manger. Bibi s'est mise à pleurer. Maisie est venue me dire qu'elle sentait mauvais, et j'ai décidé de changer sa couche. Je ne pouvais pas la laisser pleurer jusqu'au retour de ma mère. Je suis donc monté au premier étage pour la changer.

— Que s'est-il passé ? demanda Isla dans un souffle.

— J'ai oublié de fermer le portillon de l'escalier. Lassée de la télé, Tasha a décidé de me rejoindre. Le bébé dans les bras, je l'ai vue arriver en haut des marches. Elle souriait, contente d'elle. Alors elle a chancelé, et elle est tombée en arrière, dévalant l'escalier jusqu'en bas. Tout s'est passé très vite, je n'ai rien pu faire. En la voyant étendue en bas des marches, j'ai cru qu'elle était morte. Et c'était ma faute.

— Elle n'était pas… ?

— Non, répondit-il en secouant la tête.

— Harry, n'importe qui aurait eu du mal à garder trois bambins à la fois, et tu n'avais que onze ans, observa-t-elle. Tu étais occupé avec le bébé. Tu ne pouvais pas deviner que ta petite sœur tomberait dans l'escalier.

— Ce ne serait pas arrivé si j'avais fermé le portillon.

— Elle aurait aussi bien pu se faire mal dans la cuisine ou dans le jardin, objecta Isla. Les bambins sont imprévisibles, tu n'as rien à te reprocher. Comment a réagi ta mère ?

— Elle a eu un choc en voyant l'ambulance devant la maison. Ses premiers mots ont été pour me dire qu'elle m'avait confié mes sœurs et que je ne les avais pas surveillées.

— Elle a réagi comme n'importe quelle mère affolée, sans savoir ce qu'elle disait.

— Elle s'est excusée après. Elle m'a dit que je n'étais pas responsable de l'accident… Mais nous savions tous les deux que c'était faux, et plus jamais elle ne m'a demandé de garder mes sœurs.

— Je parie qu'elle se sentait aussi coupable que toi. Elle était adulte, et t'avait laissé la responsabilité de trois bouts de chou alors que tu n'étais toi-même qu'un enfant, remarqua Isla. Les magasins étaient loin ?

— A un quart d'heure de marche. Suffisamment loin pour que je manque de tuer Tasha. J'ai fait des cauchemars pendant des mois. Je voyais ma petite sœur gisant au bas de l'escalier, blanche comme un linge, ne respirant plus. Je ne voulais plus connaître cette peur atroce, et j'ai fait le vœu de ne jamais plus accepter la responsabilité d'un enfant.

Isla se leva et l'enlaça tendrement.

— Tu n'étais qu'un gosse, Harry. Assumer cette responsabilité est complètement différent quand on est adulte. Et ta petite sœur allait bien, n'est-ce pas ?

— L'hôpital a diagnostiqué un traumatisme crânien et un bras cassé. Nous avons cru qu'elle se remettrait en quelques semaines. Mais, au fil des mois, maman a remarqué que Tasha semblait souvent absente. Quand elle a été plus grande, quand on l'appelait, il fallait la toucher pour qu'elle s'aperçoive qu'on lui parlait.

— Elle était absorbée par ce qu'elle faisait ?

Il secoua la tête.

— On a d'abord cru qu'elle faisait des otites séreuses, mais des tests d'audition ont révélé que son ouïe avait subi des dommages irréversibles. D'après l'audiogramme, le problème était dû à un traumatisme. Il avait donc été causé par la chute. Parce que je n'ai pas veillé sur elle, Tasha souffre d'une grave surdité.

— Beaucoup de gens sont confrontés à ce problème, nota Isla avec douceur, et j'ai cru comprendre que tes sœurs étaient toutes très indépendantes.

— C'est vrai. Mais sa surdité a été causée par la chute, ça n'aurait jamais dû se produire. Et je culpabilise de la voir se battre plus que les autres pour y arriver. Son intelligence lui a permis de progresser, mais elle n'entendait pas ce que disaient les enseignants. Même avec un appareil auditif, un environnement bruyant l'empêche de saisir les propos d'un interlocuteur, surtout s'il a une voix douce et qu'elle ne peut pas lire sur ses lèvres. Elle doit se concentrer encore plus.

— Est-ce ainsi qu'elle voit les choses ? demanda Isla.

— Non, admit-il. Nous nous disputons souvent à ce sujet. Elle me reproche d'être trop protecteur, ça la rend folle.

— As-tu essayé de te mettre à sa place ?

— Oui, ça ne change rien. Je n'oublierai jamais la panique qui m'a étranglé quand je l'ai vue par terre, inerte… Je ne peux pas m'empêcher de m'identifier à tous ces parents fous d'inquiétude quand leur enfant souffre. La peur est la même, peu importe l'âge ou l'expérience…

Il s'interrompit un instant avant de reprendre.

— Je suppose que c'est en partie pour ça que je n'ai jamais voulu m'engager sentimentalement. Je redoutais que les choses tournent mal. Je pensais que le mariage et la famille m'étaient interdits.

— Puis je suis arrivée dans ta vie.

— Et tu as tout changé. Tu m'as fait prendre conscience que les choses étaient peut-être différentes de ce que je croyais. Que ce n'était pas parce que mes parents avaient commis des erreurs que j'allais forcément en faire autant.

Il prit une profonde inspiration.

— Si je me suis trompé là-dessus, je me suis peut-être aussi trompé pour d'autres choses. Comme ma phobie d'être père.

— Qu'es-tu en train de me dire, Harry ?

— Que j'ai besoin d'un peu de temps pour assimiler tout ça. Pour l'instant, je suis sous le choc, j'ai l'impression d'avoir pris un uppercut en pleine figure. Laisse-moi m'habituer à cette idée. Toi, tu as eu une semaine, alors que je viens de l'apprendre…

— Excuse-moi, je suis égoïste, murmura Isla, les yeux pleins de larmes.

Quand il s'approcha, elle voulut s'écarter, mais il l'entoura de ses bras et la hissa sur ses genoux.

— Isla chérie, j'ai beaucoup réfléchi ces quinze derniers jours. J'ai cru que tu m'évitais parce que tu cherchais comment me larguer…

— Te larguer ?

— Oui. J'avais beaucoup pensé à nous. Au plaisir que j'avais d'être avec toi. Le monde est plus beau quand je m'éveille le matin dans tes bras. Tu me donnes le courage de me lancer dans une vraie relation d'adultes… J'envisageais de te demander de t'installer chez moi. De te proposer de nous fiancer, avant de nous lancer dans l'inconnu et de nous marier.

— Toi ? s'écria-t-elle, interloquée. Tu veux te marier ?

— Oui. Je n'arrivais pas à l'admettre au début, mais j'ai

rencontré une personne qui me plaît vraiment, en qui je crois, et qui semble croire en moi. Une personne qui m'a dit que j'étais capable d'aimer. Et j'y ai réfléchi pour la première fois de ma vie. Tu avais raison, je suis capable d'aimer. Je t'aime, Isla. Et si tu veux de moi, je souhaite t'épouser.

Elle le regarda fixement.

— C'est mon tour de prendre un uppercut en pleine figure… Viens-tu vraiment de me demander de t'épouser ?

— Oui.

— Moi et notre bébé ?

— Vous formez un tout.

— Mais… Toi, moi… Comment ?

Il lui caressa le visage.

— Tu es bel et bien enceinte, Isla. Tes hormones ont pris le pas sur ton vieux bon sens écossais.

— Bon sang, Harry, tu es allergique au mariage !

— Je n'ai aucune réaction immunologique, pour autant que je sache, ironisa-t-il, commençant à se détendre.

— Tu as dit que tu ne te fixerais jamais.

— Es-tu vieux jeu au point de penser que changer d'avis est une prérogative exclusivement féminine ?

— Harry Gardiner, tu es vraiment impossible…

Estimant l'avoir assez taquinée, il la fit taire d'un baiser.

— Je t'aime, Isla, murmura-t-il. Peut-être même depuis le premier jour où je t'ai vue. Mais en travaillant avec toi, en sortant avec toi, en m'éveillant dans tes bras, j'ai appris à te connaître, à t'aimer un peu plus chaque jour. Et même si je suis terrifié à la perspective de devenir père, je sais que ça marchera parce que tu seras à mes côtés. Avec toi, je peux tout affronter. Tu sais me faire entendre raison. Je te soutiendrai toujours et je prendrai toujours ton parti. Nous formons une équipe, Isla. Et pas seulement au travail.

Sur la joue d'Isla glissa une larme qu'il essuya d'un baiser.

— Tu ne m'as pas posé la question, remarqua-t-elle. Tu as juste dit que si je voulais de toi, tu aimerais m'épouser. Ce n'est pas la même chose que me demander en mariage…

— Si.

Elle le regarda sans rien dire.

Avec un soupir, il l'écarta doucement et mit un genou en terre.

— Si tu veux chipoter, je n'ai pas non plus de bague. Ne dois-je pas t'en offrir une si je veux faire ma demande dans les règles ?

— Tu as dit que tu me soutiendrais, ça me suffit. On n'a pas besoin de pierres tape-à-l'œil.

Il rit.

— Ah, je vois que tu retrouves ton bon vieil humour écossais ! Bon. Je t'aime, Isla McKenna. Je suis toujours terrorisé à l'idée d'être papa, mais je sais que je vais aimer notre enfant autant que je t'aime. Veux-tu m'épouser ?

— Oui, répondit-elle en souriant.

Il toussota.

— Quoi ? demanda-t-elle.

— Tu n'as pas dit les mots magiques. Après cette semaine épouvantable où j'ai cru que tu allais me quitter, j'en ai besoin, dit-il d'un air chagrin. Allez. Je l'ai dit le premier.

— Je sais et j'en suis heureuse. Je t'aime, Harry Gardiner. Depuis le baiser que tu m'as donné au clair de lune en Cornouailles. Et je dois avouer que, moi aussi, je panique un peu en me demandant si je serai une bonne mère. Mais avec toi à mes côtés, je crois que la réponse est oui. Tout ne sera pas toujours rose, mais nous nous soutiendrons contre vents et marées.

— Tu as intérêt à le croire, dit-il doucement.

Épilogue

Trois mois plus tard

— On aurait dû s'enfuir ensemble, dit Harry. Si j'allais emprunter un cheval et un tricorne et si je t'enlevais pour t'emporter dans mon repaire ?

Isla s'esclaffa.

— Les garçons t'en font toujours voir, c'est ça ?

— Pas seulement eux. Cinq garçons d'honneur. Cinq ! C'est exagéré. Et les filles m'ont accusé de sexisme sous prétexte qu'elles pouvaient aussi l'être ! Je ne peux quand même pas avoir huit garçons et demoiselles d'honneur à mon mariage !

— Comme tu ne te marieras qu'une fois, ils ne veulent pas rater l'événement, et je crains que tu n'aies pas le choix. Je m'étonne que ton père n'ait pas voulu être le neuvième.

— Il a essayé. J'ai dû lui rappeler qu'il tenait déjà le rôle de père du marié. Mais les autres sont vraiment insupportables.

Isla rit, consciente qu'Harry n'en pensait pas un mot. Depuis qu'il lui avait ouvert son cœur, il s'était aussi ouvert à ses frères et sœurs et beaucoup rapproché de sa famille.

— Je les adore. Ils te ressemblent tant !

— Si on voulait un mariage discret, c'est raté, grommela-t-il. On aurait dû s'enfuir à Gretna Green.

— En Ecosse ? Hum. Ça n'aurait pas été plus intime. Tu sais bien que ma famille compte apprendre aux tiens comment les Ecossais s'amusent…

— Il faudrait vraiment qu'on s'enfuie, insista Harry.

— Trop tard. Nous sommes censés être à l'église dans deux

heures. Et tu ne devrais pas être là, à me parler à travers une porte close.

— C'est toi qui as dit que ça portait malheur de se voir avant la cérémonie, lui rappela-t-il. C'est pour ça que je te parle à travers cette porte. Tu es sûre qu'on ne peut pas s'enfuir ensemble ?

— Arrête de paniquer, Harry ! Suis le mouvement, laisse tes frères et sœurs profiter de ton mariage. Tu ne te marieras qu'une fois.

— Notre pauvre bébé ne sait pas ce qui l'attend dans cette famille de fous, dit-il avec un soupir.

— Oh ! je crois que si ! rétorqua Isla. Et il sera le bébé le plus aimé de l'histoire de l'humanité.

— Surtout par son papa, dit Harry.

Il avait pleuré en voyant l'échographie, et depuis, il s'était métamorphosé en papa poule.

— Rendez-vous dans l'église, dit-elle doucement. Et merci pour le magnifique collier. Il va parfaitement avec ma robe.

— Il te fallait quelque chose de neuf à porter. C'est la tradition. Il est aussi habituel d'embrasser son mari pour le remercier de son cadeau…

— Je le ferai, promit-elle. Devant l'autel. Je t'aime, Harry. Et cette journée va être fantastique.

Elle le fut. Quand Isla remonta l'allée centrale au bras de son père dans la petite église pleine à craquer de parents et d'amis. Quand elle vit l'amour briller dans les yeux d'Harry devant l'autel. Quand, unis pour le meilleur et pour le pire, ils sortirent de l'église sous une pluie de pétales de rose.

La réception fut tout aussi émouvante. Elle apprécia beaucoup les discours des garçons et des demoiselles d'honneur. Les frères et sœurs d'Harry s'étaient manifestement exercés avant la cérémonie, car ils se succédèrent au micro dans un ordre impeccable, du plus jeune au plus âgé.

— Le discours du garçon d'honneur doit être court, déclara Evan, fier de commencer. Mais comme on est nombreux et qu'on veut tous parler, ce sera encore plus court. Je vais vous raconter une blague. Qu'est-ce que la banane dit au singe ?

— Rien, les bananes ne parlent pas ! s'écrièrent les autres en chœur, à la grande joie des invités.

A tour de rôle, chacun raconta une histoire amusante sur Harry, et tout le monde rit beaucoup.

Quand Jack eut fini, Tasha s'empara du micro.

— Mon histoire sur Harry n'est pas drôle. Mais elle parle de l'homme le meilleur et le plus courageux que je connaisse. A deux ans, je suis tombée dans l'escalier et me suis cassé le bras. Quelques mois après, on s'est aperçu que la chute m'avait rendue sourde d'une oreille. Harry s'est toujours senti responsable de ce qui s'était passé, mais il n'aurait rien pu faire parce qu'il était en train de changer Bibi. Nous le considérons tous comme un superhéros, mais même lui ne pouvait pas se trouver à deux endroits à la fois.

Isla glissa sa main dans celle d'Harry et la pressa.

— Sans lui, je ne serais pas audioprothésiste stagiaire aujourd'hui, et je ne pourrais pas comprendre mes patients comme je le fais, poursuivit Tasha. En fait, je suis contente que ça soit arrivé, car c'est un peu à cause de moi qu'il est devenu médecin, et les urgences du London Victoria ne seraient pas les mêmes sans lui.

Leurs collègues accueillirent ces paroles par des acclamations enthousiastes.

— C'est parce qu'il est médecin urgentiste qu'il a rencontré Isla. Nous nous en réjouissons tous, car elle est la meilleure chose qui lui soit arrivée, et c'est merveilleux de voir que mon grand frère a enfin trouvé le bonheur qu'il mérite.

Elle prit son verre.

— Les garçons et demoiselles d'honneur lèvent leurs verres pour porter un toast à Isla et Harry ! Puisse leur vie ensemble être remplie de bonheur et de joie !

Harry vola un baiser à Isla pendant que l'assemblée trinquait en leur honneur.

— La vie avec moi ne sera jamais vraiment tranquille, mais

elle sera joyeuse et animée, lui chuchota-t-il. Je t'aime. J'aime notre bébé. Et j'aime notre famille recomposée, insupportable et merveilleuse.

— Moi aussi, dit-elle tendrement. Et je t'accompagnerai jusqu'au bout du chemin.

Le baiser d'une infirmière,de Juliette Hyland - N°1548

Infirmière et sage-femme, Quinn a toujours eu le goût du voyage et enchaîne les missions aux quatre coins du monde. Jusqu'à son arrivée en Californie, où elle exerce depuis quelques mois auprès du Dr Milo Russell, son complice de toujours. Soudain, partir ne lui semble plus si attrayant… Est-ce en raison de l'attirance nouvelle et inattendue qu'elle ressent pour Milo ? Tentée de lui dévoiler ses émotions, Quinn redoute de voir voler en éclats leur si précieuse amitié…

La chance de Ruby, de Shelley Rivers

Depuis la disparition tragique de son épouse, Kern MacKinley entraîne ses chevaux de course à l'abri du monde – et de l'amour. Pourtant, le jour où il voit débarquer dans son haras le Dr Ruby Day, une vétérinaire auréolée de mystère, il éprouve pour elle des sentiments intenses, qui le bouleversent. Se pourrait-il que cette femme qui murmure à l'oreille des pur-sang puisse le tirer de sa solitude ?

Inavouable révélation, de Jennifer Taylor - N°1549

Un regard échangé, et Amy en est sûre : c'est lui, Nicolaus ! Après toutes ces années, cet homme qu'elle a passionnément aimé n'a pas changé et fait s'affoler son cœur comme au premier jour… Très vite, pourtant, son sentiment d'euphorie cède la place à une brutale montée de panique : Jacob, son fils de huit ans, est à ses côtés. Et, à n'en pas douter, en le voyant Nicolaus va immédiatement comprendre qu'il en est le père…

Le choix du Dr Thayer, de Nancy Robards Thompson

Célibataire, papa… et séduisant : le Dr Liam Thayer a toujours fait battre le cœur de Kate en secret. Mais, depuis la mort de sa femme, Liam se montre de plus en plus discret et évite désormais ses collègues de l'hôpital. Alors, quand elle réussit à le convaincre de participer à la vente aux enchères qu'elle organise pour lever des fonds, Kate exulte. D'autant qu'au cours de la soirée ils pourraient bien se rapprocher…

Leur mission : sauver des vies.
Leur destin : trouver l'amour.

BLANCHE

HARLEQUIN

Le fiancé irlandais, de Karin Baine - N°1550

Nate ? Lorsqu'elle entre dans la chambre où son père a été hospitalisé, Violet se fige face à son amour de jeunesse. Le timide garçon d'autrefois s'est métamorphosé en un cardiologue réputé… et viril. Aussitôt, les regrets l'envahissent : si elle n'avait pas quitté Nate, ils auraient pu vivre une belle histoire… Mais, à l'époque, il était hors de question pour elle de rester en Irlande. Une nouvelle chance leur est-elle offerte aujourd'hui ?

Diagnostic : amour, de Louisa Heaton

Non, Naomi n'avait pas prémédité de rencontrer son chef en tombant dans ses bras depuis un escabeau ! Une collision qui la laisse bouleversée, car Tom Williams a un charisme fou, en plus d'être veuf, et donc célibataire… Célibataire, certes, sauf que, contrairement à elle, il ne croit plus en l'amour… Naomi prend alors une grave décision : avant de trop souffrir, il faut qu'elle s'éloigne de celui dont elle est tombée amoureuse…

Leur mission : sauver des vies.
Leur destin : trouver l'amour.

HARLEQUIN
www.harlequin.fr